A HERANÇA DOS BEM-AVENTURADOS

AYỌ̀BÁMI ADÉBÁYỌ̀

A HERANÇA DOS BEM-AVENTURADOS

Tradução
BRUNO RIBEIRO

Rio de Janeiro, 2023

Copyright © 2023 por Ayòbámi Adébáyò
Copyright da tradução © 2023 por Casa dos Livros Editora LTDA. Todos os direitos reservados.
Título original: *A Spell of Good Things*

Publicado mediante acordo com Canongate Books Ltd, 14 High Street, Edimburgo, EH1 1TE.

Todos os direitos desta publicação são reservados à Casa dos Livros Editora LTDA. Nenhuma parte desta obra pode ser apropriada e estocada em sistema de banco de dados ou processo similar, em qualquer forma ou meio, seja eletrônico, de fotocópia, gravação etc., sem a permissão do detentor do copyright.

Publisher: *Samuel Coto*

Editora executiva: *Alice Mello*

Editora: *Lara Berruezo*

Editoras assistentes: *Anna Clara Gonçalves e Camila Carneiro*

Assistência editorial: *Yasmin Montebello*

Copidesque: *Érika Nogueira*

Revisão: *Pérola Gonçalves e Suelen Lopes*

Adaptação de capa: *Guilherme Peres*

Design de capa: *Kaz Johnson-Salami*

Diagramação: *Abreu's System*

Dados Internacionais de Catalogação na Publicação (CIP)
(Câmara Brasileira do Livro, SP, Brasil)

Adébáyò, Ayòbámi
   A herança dos bem-aventurados / Ayòbámi Adébáyò ;tradução Bruno Ribeiro. -- 1. ed. -- Rio de Janeiro, RJ : HarperCollins Brasil, 2023.

   Título original: The spell of good things.
   ISBN 978-65-6005-010-5

   1. Ficção nigeriana em inglês I. Título.

23-151123   CDD-823.92

Índices para catálogo sistemático:
1. Ficção : Literatura nigeriana em inglês 823.92

Tábata Alves da Silva - Bibliotecária - CRB-8/9253

Os pontos de vista desta obra são de responsabilidade de seu autor, não refletindo necessariamente a posição da HarperCollins Brasil, da HarperCollins Publishers ou de sua equipe editorial.

HarperCollins Brasil é uma marca licenciada à Casa dos Livros Editora LTDA.
Todos os direitos reservados à Casa dos Livros Editora LTDA.
Rua da Quitanda, 86, sala 218 – Centro
Rio de Janeiro, RJ – CEP 20091-005
Tel.: (21) 3175-1030
www.harpercollins.com.br

Para JọláaJésù.
Querida irmã,
obrigada pelo maravilhoso presente da amizade.

KINSMAN

Quando um elefante caminha sobre um afloramento de rocha bruta,
Não vemos suas pegadas.
Quando um búfalo caminha sobre um afloramento de rocha bruta,
Não vemos suas pegadas.

Kinsman and Foreman, T. M. Aluko

Caro estava com raiva. Depois que um de seus aprendizes leu em voz alta a convocatória da reunião, ela jogou o papel em uma lata de lixo do outro lado da sala. A esposa de algum político queria dar uma palestra para a associação de alfaiataria e o presidente concordou em recebê-la na próxima reunião. E, é claro, o presidente achou importante mencionar que a esposa desse político era filha de um alfaiate. Caro tinha quase certeza de que era mentira. Essas pessoas alegariam ser seus parentes se isso as ajudasse a chegar ao poder. Eles perderiam tempo ouvindo a tal mulher fazendo campanha para o marido, e isso a deixava irritada. Não era para isso que ela pagava as cotas da associação.

Caro foi até o lixo no canto da alfaiataria. Voltou a pegar a carta, rasgou-a em pedacinhos, foi para a varanda e os arremessou pelos ares. A associação ficaria sabendo a opinião dela na próxima reunião. Não que alguém fosse dar ouvidos ou se importar. Todos eles sabiam que o presidente recebia dinheiro de políticos para recepcioná-los nas reuniões. Mais perto das eleições, membros da associação receberiam seu quinhão da generosidade repentina de diversos candidatos. As esposas ou irmãs desses candidatos iam às reuniões com tigelas de arroz, galões de óleo, metros e metros de tecido *ankara* estampados com o rosto e o logotipo deles. Os próprios homens — os candidatos, em sua maioria, eram homens — nunca iam pessoalmente responder perguntas sobre o que pretendiam fazer se eleitos.

Alguns dos outros alfaiates acusavam Caro de arrogância, porque ela sempre se recusava a aceitar o arroz e o óleo ou a fazer um vestido com tecidos *ankara* ruins. Mas ela nunca se sentiu superior a nenhum deles; a maioria, talvez todos, tinham filhos para alimentar. Além do mais, eles sabiam que isso era tudo o que conseguiriam desses políticos durante os próximos quatro anos. Então, por que não se empanturrar do arroz e do óleo, se estes seriam os únicos, assim chamados, dividendos da democracia a seu alcance? Caro entendia o raciocínio dos companheiros, mas isso não deixava as coisas menos enfurecedoras. Quantas vezes os representantes desses políticos prometeram que o problema da eletricidade seria resolvido se tal candidato fosse eleito? Todos da associação de alfaiataria ainda não dependiam de geradores? Apenas duas semanas atrás uma pessoa não tinha morrido dormindo por causa da fumaça do gerador? A terceira costureira a morrer assim nos últimos anos. Ao ouvir a notícia, Caro não conseguiu chorar. Mas sua cabeça latejava de raiva havia dias, ainda que ela mal conseguisse se lembrar do rosto da falecida.

As eleições aconteceriam dali a mais ou menos um ano. Nos meses seguintes, os cartazes de campanha começariam a aparecer, cobrindo todas as cercas e muros à vista com o rosto de homens cujo sorriso já mostrava que não deveríamos confiar neles. Da última vez, o muro de Caro fora coberto de cima a baixo com cartazes de campanha de um senador qualquer, porque seu jardim dava para a rua. Ela tem que se lembrar de pedir para alguém pintar logo um "não cole cartazes" no seu muro. Ela pediria para um dos aprendizes. Provavelmente Ẹniọlá.

PARTE I

TUDO DE BOM VAI ACONTECER

A raiva aprisionada espreita como o vento, repentino e invisível. As pessoas não temem o vento até que derrube uma árvore. Então, dizem que ele é agressivo.

Tudo de bom vai acontecer, Sefi Atta

1

Ẹniọlá resolveu fingir que era só água. Uma única pedra de granizo derretida. Névoa ou orvalho. Também poderia ser alguma coisa boa: uma gota de chuva que tinha caído do céu, precursora solitária de um dilúvio. Com as primeiras chuvas do ano, ele finalmente poderia comer um *àgbálùmọ̀*. A vendedora de frutas que ficava com a barraca próxima da escola onde ele estuda estava com uma cesta de *àgbálùmọ̀* à venda no dia anterior, mas Ẹniọlá não tinha comprado, e se convencera de que havia sido porque sua mãe costumava dizer que eles davam dor de barriga se comidos antes das primeiras chuvas. Mas, se esse líquido na sua cara fosse chuva, então, em poucos dias, ele poderia lamber o doce e pegajoso suco de um *àgbálùmọ̀* dos dedos, mastigar a carne fibrosa até virar uma goma, abrir as sementes e presentear a irmã com algumas, que ela cortaria pela metade e transformaria em belos brincos. Ele tentou fingir que era só chuva, mas não parecia água.

Ele sentia, ainda que seus olhos estivessem baixos, que cerca de uma dúzia de homens aglomerados ao redor da mesa do jornaleiro o encarava. Eles estavam calados, paralisados como pedra. Como crianças desobedientes transformadas em rocha por um feiticeiro malvado em uma das histórias que seu pai contava.

Quando era criança, Ẹniọlá fechava os olhos sempre que entrava em confusão, certo de que ficaria invisível aos olhos de quem ele não enxergava. Por mais que soubesse que fechar seus olhos agora e esperar que fosse desaparecer era algo tão estúpido quanto acreditar que as pessoas pudessem virar pedra, ele fechou bem os olhos. E é claro que não desapareceu. Ele não tinha tanta sorte assim. A mesa bamba do jornaleiro ainda estava à sua frente, perto suficiente para que suas coxas roçassem nos jornais sobre ela. O jornaleiro, que Ẹniọlá chamava de Ẹ̀gbọ́n Abbey, ainda estava ao seu lado, e a mão com que ele apertou o ombro de Ẹniọlá logo antes de pigarrear e cuspir na sua cara ainda estava no mesmo lugar.

Ẹniọlá passou o dedo pelo nariz, avançando rumo ao peso úmido do catarro. Calados com o choque de que algo tão inesperado tivesse quebrado sua rotina, todos os homens, até Ẹ̀gbọ́n Abbey, pareciam prender a respiração, esperando por mais. Nem sequer uma pessoa estava provocando torcedores do Chelsea sobre como o Tottenham tinha acabado com o time deles na noite anterior. Ninguém discutia aquela carta aberta que o jornalista político tinha escrito sobre outros políticos que se banhavam em sangue humano para se proteger de espíritos malignos. Todos os homens tinham ficado calados quando o catarro do vendedor de jornais atingiu o rosto de Ẹniọlá. E, agora, esses homens que se reuniam ali todas as manhãs para falar sobre as manchetes esperavam para ver o que Ẹniọlá faria. Eles queriam que ele batesse no vendedor, xingasse, chorasse ou, ainda melhor, pigarreasse, juntasse catarro e cuspisse na cara de Ẹ̀gbọ́n Abbey. O dedo de Ẹniọlá seguiu até a testa; mas ele tinha sido lento demais. O catarro já escorria pela lateral do nariz, deixando um rastro úmido e pegajoso na bochecha. Era tarde para tentar limpar a tragédia.

Algo acertou sua bochecha. Ele se encolheu, inclinando-se em direção à banca de jornal. Ao seu redor, algumas pessoas murmuraram "desculpa", enquanto ele se agarrava à borda da mesa bamba para não cair. Um dos homens oferecia um lenço azul perto de seu rosto.

— *Hin ṣé*, senhor — disse Ẹniọlá ao pegar o lenço. Ele *estava* grato, embora o lenço já estivesse manchado com crostas brancas que descascavam quando ele o pressionava na bochecha.

Ẹniọlá examinou a pequena multidão, endireitando-se ao perceber que não havia ninguém de sua escola. Os homens agrupados em torno da mesa do vendedor eram adultos. Alguns, já vestidos para o trabalho, ajustavam nós de gravata apertados e arrumavam paletós mal ajustados. Muitos usavam suéteres desbotados ou jaquetas com o zíper fechado até o queixo. A maioria dos mais jovens, cujos nomes ele tinha que anteceder com "irmão" para não levar um cascudo, eram recém-formados de escolas politécnicas ou universidades. Eles vadiavam a manhã inteira junto da barraca de Ẹ̀gbọ́n Abbey, lendo e conversando, copiando dos jornais anúncios de emprego em blocos de notas ou pedaços de papel. De vez em quando, eles ajudavam o vendedor com o troco, mas nenhum deles comprava um jornal sequer.

Ẹniọlá tentou devolver o lenço, mas o homem o dispensou e começou a folhear um exemplar da *Aláròyé*. Pelo menos não havia ninguém ali que pudesse contar a seus colegas como o jornaleiro o encarara por quase um minuto antes de cuspir na sua cara. Tinha acontecido tão de repente que ele inclinou a cabeça só depois de sentir a umidade se espalhando pelo nariz, tão inesperada que calou os homens cujas vozes costumavam ser ouvidas em todas as casas da rua. Pelo menos Paul e Hakeem, seus colegas de classe que também moravam naquela rua, não estavam ali na hora. Depois de ver um vídeo antigo de Klint da Drunk se apresentando em *Night of a Thousand Laughs*, Paul decidiu que queria ser como Klint. Desde então, sempre que um professor faltava a uma aula, Paul cambaleava, esbarrando pelas carteiras e cadeiras, balbuciando insultos aos colegas.

Ẹniọlá colocou a palma da mão na bochecha, limpando qualquer rastro de umidade que pudesse deixar o rosto marcado. Se ainda houvesse qualquer vestígio de saliva no rosto quando passasse pela casa de Paul no caminho de volta, o colega passaria uma hora ou mais zoando apenas ele. Paul poderia dizer que Ẹniọlá estava molhado porque babava dormindo, não tinha tomado banho antes de vestir o uniforme, vinha de uma família que não tinha dinheiro nem para comprar sabonete. Haveria risadas. Ele também ria quando Paul torturava outras pessoas. A maioria das piadas nem era engraçada, mas, esperando que isso mantivesse o foco de Paul em qualquer menino ou menina infeliz que tivesse escolhido naquela tarde, Ẹniọlá ria de tudo que ele dizia. Quando Paul desviava sua atenção de uma pessoa, ela geralmente se voltava para uma garota que não estava rindo de suas piadas. Geralmente. Houve aquela tarde terrível em que Paul parou de falar sobre o sapato esfarrapado de uma colega de classe para dizer que a testa de Ẹniọlá tinha o formato da ponta grossa de uma manga. Ẹniọlá estava rindo da garota com o sapato esfarrapado e descobriu, quando a classe explodiu em uma nova rodada de gargalhadas que ele ouviria durante o sono por meses, que não conseguia mais calar a boca. Ele queria parar de rir, mas não conseguia. Nem quando sua garganta começou a doer com as lágrimas ou quando os seus colegas ficaram quietos porque a professora de química passou do horário habitual da aula. Ele continuou rindo até a professora mandá-lo se ajoelhar em um canto da sala com o rosto voltado para a parede.

Sem um espelho, não dava para saber... Não. Não. Ele não pediria a nenhum dos homens ao redor para confirmar se seu rosto ainda estava sujo. Não pediria. Enquanto passava a mão na bochecha, Ẹniọlá semicerrou os olhos para o prédio de três andares onde a família de Paul morava no segundo andar. Eles dividiam quatro quartos com outras duas famílias e uma velha que não tinha parentes conhecidos. Essa mulher estava parada na frente da casa, espalhando grãos na areia enquanto as galinhas cacarejavam a seus pés. Nada de Paul. Talvez já tivesse ido para a escola. Mas ele também poderia estar na escada ou no corredor, pronto para sair assim que Ẹniọlá passasse.

Ẹniọlá botou a mão na testa, pressionando a palma no ponto onde ela se projetava, pairando sobre a ponte do nariz, como se esse gesto fosse empurrá-la para dentro, de volta para o crânio. Talvez ele devesse simplesmente passar correndo pela casa. Era tudo culpa do pai. Tudo. As coisas que Paul poderia dizer, os homens que olhavam para os seus punhos, cerrados como se esperassem que ele desse um soco no jornaleiro, a raiva do jornaleiro. Especialmente a raiva do jornaleiro. Era seu pai quem devia milhares de nairas ao homem, seu pai que durante meses pegou fiado o *Daily* de quinta-feira para poder ler os anúncios de emprego no jornal, seu pai que insistira naquela manhã que Ẹniọlá implorasse ao jornaleiro para pegar mais um exemplar fiado. Essa mistura fedorenta de cuspe e catarro deveria estar grudada na pele do pai.

Ele sentiu uma mão no ombro e reconheceu o aperto antes de se virar para o vendedor de jornais. O homem estava tão perto que Ẹniọlá conseguia sentir seu hálito. Mas aquilo também podia ser o cheiro do seu próprio rosto. O lenço tinha ficado com a maior parte do catarro, mas o odor permanecera. Ẹgbọ́n Abbey tossiu e Ẹniọlá se preparou para o pior. O que o jornaleiro poderia fazer? Dar um soco na sua cara, para que quando chegasse em casa ficasse alguma marca inconfundível, um hematoma ou nariz quebrado que anunciasse o que tinha acontecido para o pai de Ẹniọlá?

— Você queria o *Daily*, *àbí*? *Óyá*, toma. — O vendedor deu um tapa no braço de Ẹniọlá com um jornal enrolado. — Mas se eu vir você ou seu pai aqui de novo... viu? Diga a ele. Aquele seu pai, melhor dizer pra ele, que se eu vir algum de vocês aqui de novo, vou fazer maravilhas na cara de vocês com o meu punho. Ouviu? Quem te olhar vai achar que um trailer passou por cima de você. Estou avisando, não vá fazer besteira.

Ẹniọlá desejou poder abrir a boca do jornaleiro e enfiar o jornal goela abaixo. Queria jogar o jornal no chão e pisoteá-lo na terra vermelha até rasgar todas as páginas; ele queria pelo menos dar as costas para Ẹgbọ́n e não pegá-lo. Esse era o tipo de bobagem das pessoas mais velhas com que ele precisava lidar o tempo todo, até de seus pais. Ele sabia que o jornaleiro não pediria desculpas por sua explosão raivosa; o homem preferia beber da sarjeta a admitir que era errado cuspir na cara dele. Era para o jornal funcionar como um pedido de desculpas. Ele imaginou uma pessoa mais velha, sua mãe ou seu pai, pedindo desculpas a ele por qualquer motivo e quase riu.

— Você virou estátua? — perguntou o jornaleiro, cutucando o peito de Ẹniọlá com o *Daily*.

Mas logo seu pai teria dinheiro novamente e mandaria Ẹniọlá comprar um jornal. Naquele dia, ele iria até a Wesley Guild para comprar com o jornaleiro cuja banca ficava em frente ao hospital. No caminho de volta, ele passaria pela banca do vendedor que lhe cuspira, folheando o jornal para que esse maldito pudesse ver. Mas antes que tudo isso acontecesse, seu pai precisava encontrar a vaga de emprego certa. Então Ẹniọlá pegou o jornal, murmurou algo que poderia ser confundido com um agradecimento e começou a correr. Longe do jornaleiro e da sua boca fedorenta, passou pela casa de Paul onde a velha lutava com um pintinho enquanto amarrava um pedaço de tecido vermelho em uma de suas penas. Cada vez mais rápido, desceu na direção de casa.

*

O pai parecia segurar cada folha do *Daily* com a ponta dos dedos ao virar as páginas. Ou só com as unhas — Ẹniọlá estava próximo da porta e não conseguia ver direito. Todo aquele cuidado depois do pai ter lavado as mãos duas vezes e se recusado a secá-las com qualquer tecido, nem mesmo na blusa de renda que a mãe de Ẹniọlá tinha tirado de sua caixa especial onde guardava sua coleção de rendas e *aṣọ-òkè*. Em vez disso, ele caminhou pelo quarto em todas as direções possíveis — da parede para a cama, da cama para o colchão no chão, do colchão no chão para o armário com panelas, pratos e xícaras —, e manteve os braços erguidos até que toda a umidade tivesse evaporado da pele. Ele até bateu os dedos nas pálpebras antes de pedir para Ẹniọlá lhe entregar o *Daily*. Assim que chegassem a dez exemplares, os jornais podiam ser trocados por dinheiro ou por comida com as mulheres que vendiam amendoim, inhame frito ou *boli* nesta rua ou na seguinte. Ele preferia comida, sobretudo quando era da vendedora de *boli* cujas bananas eram assadas bem como ele gostava: crocantes por fora e suculentas por dentro. Mas seus pais sempre queriam trocar os jornais por dinheiro e, quanto mais limpos, mais aquelas mulheres estavam dispostas a pagar por eles.

Seu pai não tinha idade para ter cabelos brancos. Ou sua mãe deve ter dito algo do tipo, quando arrancou pela primeira vez fios de cabelo da cabeça dele, alegando que cresceriam mais escuros que antes ao puxá-los pela raiz. Ainda assim, no último ano, todos os fios da cabeça de Bàami ficaram grisalhos em um mês. A brancura havia tomado a têmpora de Bàami, ocupando cada centímetro de seu couro cabeludo, de modo que, em poucas semanas, Ẹniọlá teve que olhar uma das fotos antigas do pai para se lembrar de como ele era quando seu cabelo era castanho.

Na fotografia amassada e descascada, Bàami está ao lado de uma porta, olhando para a câmera como se desafiasse o fotógrafo a tirar uma foto ruim. Seu cabelo é escuro. Uma risca no lado esquerdo revela uma parcela de seu couro cabeludo brilhante. Na porta, enquadrando-se na moldura antes de ser cortada na borda, uma placa de identificação preta diz Vice-diretor em letras cursivas douradas. Abaixo, digitado em uma folha de papel retangular que parecia ter acabado de ser colada naquela porta e que logo seria arrancada, está o nome de Bàami — sr. Bùsúyì Òní. Bàami está ereto, com o ombro tão para trás que Ẹniọlá se pergunta se ele não estava sorrindo porque suas omoplatas começaram a doer. Ao longo dos anos desde que a foto fora tirada, Bàami parou de olhar diretamente para câmeras ou pessoas. Apenas a mãe de Ẹniọlá ainda insistia que ele a olhasse nos olhos enquanto conversavam. Quando ele falava com Ẹniọlá ou sua irmã, Bàami olhava para os pés, os olhos distraídos como se contasse os dedos repetidamente.

Bàami fechou o *Daily* e pigarreou.

— E os vegetais crescendo sozinhos lá no quintal, e se você vender? Posso te ajudar a colher...

— Não, não, não tem como vender, Bàbá Ẹniọlá. Volta pro jornal, por favor. Você olhou do início ao fim? — disse a mãe de Ẹniọlá.

— Você encontrou alguma coisa? — perguntou Ẹniọlá.

O pai abriu o jornal sem responder a ninguém. Ẹniọlá queria sair e lavar o rosto, mas se sentiu compelido a ficar com seus pais. Além disso, tomar banho é coisa para se fazer de dia e sua mãe já havia guardado o sabonete em um dos seus inúmeros esconderijos. Se ele pedisse o sabonete agora, ela iria querer saber o motivo. Ela não cederia até que ele explicasse por que tinha pedido, nem se ele mudasse de ideia e dissesse que não precisava do sabonete. Ela o obrigaria a revelar o que tinha acontecido, sempre dava um jeito. E ele sabia que, no minuto em que terminasse sua história, ela correria até o vendedor e cuspiria na cara dele até ficar com a boca seca. Ele não queria isso. Sim, adoraria ver o vendedor tentando se esquivar da ira de sua mãe, mas isso também significaria que mais gente poderia ficar sabendo como ele tinha sido humilhado naquela manhã. Ele não precisava do sabonete de verdade. Talvez devesse apenas jogar uma água no rosto e esfregar com uma esponja, como fazia quando o sabonete acabava.

Ele teria ido lavar o rosto no quintal imediatamente, mas Bùsọ́lá não estava no quarto. Ela poderia estar varrendo o pátio, lavando pratos ou esfregando a panela que a mãe deles havia usado para fazer *àmàlà* na noite anterior. Era melhor esperar que ela voltasse ao quarto, pois não queria deixar seu pai sozinho com o jornal. Quando podia, ficava com o pai e cuidava para que ele se sentisse menos só.

A mãe estava ali, mas agia de forma estranha. Ela se sentou ao pé da cama, dobrando e desdobrando a blusa que tinha oferecido há pouco para Bàami.

— Ninguém compra *gbúre* — disse ela. — Estão por todo o quintal, mas ninguém compra. Até cães e cabras têm folhas de *gbúre* no quintal agora.

Ẹniọlá se encostou na parede; não faria diferença se o *gbúre* crescesse em cada centímetro do quintal e em cada superfície daquele quarto, brotando até do seu couro cabeludo e da testa dos pais. Afinal, quanto a mãe ganharia os vendendo? Não seria o suficiente para pagar as mensalidades de Bùsọ́lá ou as dele. Ele sabia disso porque vendia *gbúre* na rua nas férias. Ainda que tivesse ido a pé até depois do hospital, atravessado o mercado ao lado do palácio e o próprio palácio, depois seguido até parar em frente à Igreja Católica Apostólica Romana junto da cervejaria, ainda voltou para casa com mais da metade do que tinha empilhado na bandeja.

O pai de Ẹniọlá tossiu. A princípio, parecia que ele estava pigarreando, mas logo seus ombros tremeram com espasmos enquanto ele lutava para recuperar o fôlego. Sua mãe jogou a blusa na cama e encheu um copo até a borda, deixando um rastro de água quando parou com a mão no ombro de Bàami. Ele bebeu a água em um longo gole, mas a tosse persistiu até ele abraçar os joelhos e se sentar na cama.

— E você, quando vai para a escola? — perguntou a mãe de Ẹniọlá, esfregando as costas do marido enquanto a tosse diminuía.

— Eu… estou esperando para saber se Bàami encontra alguma coisa nos jornais.

— Pegue sua mochila e vá agora, *jàre* — ordenou a mãe.

Bàami apontou o dedo na direção de Ẹniọlá.

— Não se preocupe, já encontrei algo promissor, muito promissor, Ẹniọlá. Vou escrever a carta hoje.

— Posso te ajudar a mandar — sugeriu Ẹniọlá.

— Não precisa; sua mãe vai levar quando estiver saindo para o mercado.

— Achei que ela não…

— Por que ainda estou vendo a sua sombra nesta casa? — A mãe fez um movimento amplo com a mão. — Diga à sua irmã para parar tudo o que está fazendo e ir para a escola. De que adianta ir atrás de dinheiro pra pagar essas mensalidades se vocês chegarem atrasados?

— Tá, mãe. — Ẹniọlá pegou a mochila. — Mas eu preciso de um pouco de sal, por favor.

— Por que essa criança está me pedindo sal quando deveria estar na escola? Você vai fazer sopa hoje de manhã, Ẹniọlá?

— É que... eu ainda não escovei os dentes.

A mãe semicerrou os olhos, como se percebesse que o espaço onde sua cabeça deveria estar na verdade estivesse o tempo todo ocupado por um enorme coco. Ele se manteve imóvel, tendo o cuidado de olhar para ela, sabendo que, se desviasse o olhar, ela suspeitaria da mentira. Mas ele também fez questão de não se fixar exatamente nos olhos da mãe. Olhar fixamente em seus olhos só seria tomado como prova da sua falta de respeito, prova de que ele tinha criado asinhas e se transformado num pássaro selvagem prestes a voar na cara dela, a menos que ela o impedisse com um belo de um tapa. Ele não percebeu que estava prendendo a respiração até que ela acenou com a cabeça em direção ao armário onde guardava as panelas, pratos e um pequeno saco de sal.

Ẹniọlá mediu uma colher cheia na palma da mão esquerda e a fechou em punho.

Bùṣọlá tinha acabado de lavar uma panela quando Ẹniọlá entrou no quintal. Ela lhe deu uma grande tigela de água que não tinha usado, para que ele não precisasse buscar no poço que ficava em um canto do quintal. O harmatão pinicou seus braços dos cotovelos às pontas dos dedos, como um milhão de alfinetadas, cobrindo seus tornozelos com uma fina camada de poeira e rachando seu lábio superior. Ele jogou água no rosto e esfregou o sal no nariz até sentir a pele em carne viva, pronta para descascar. Ele enxaguou o rosto várias vezes até que a tigela estivesse vazia. Mas ainda sentia aquele peso molhado. Sentia o cheiro de cebola velha, ovo estragado e outra coisa que não conseguia identificar, mas que passaria o resto da manhã tentando descobrir o que era.

2

Herniorrafia — boca aberta, bigode trêmulo enquanto ele roncava. Dezoito horas de pós-operatório. Sem complicações. Wúràọlá escreveu sua recomendação. Ele deve receber alta pela manhã. Ela inclinava o caderno para pegar a luz do corredor; as lâmpadas acima das camas dos pacientes eram sempre apagadas bem antes da meia-noite.

Apendicectomia — séptica e sedada. Sua filha, inquieta depois de uma hora perguntando por que ele ainda estava no banheiro, arrebentou a fechadura para encontrar o septuagenário quase desmaiado no chuveiro. Ela o levou às pressas para a emergência na mesma hora, apesar de seus protestos, que continuaram até quando estava sendo conduzido para a sala de cirurgia, dizendo que a dor estava suportável e que bastava um pouco de descanso e seu pote de ervas para resolver. Questionado durante a revisão pós-operatória daquela manhã para explicar o motivo de ter suportado a dor de um apêndice perfurado por dias sem dizer nada a ninguém, ele cruzou os braços e declarou ao cirurgião: *Bóo ni hin ṣe a mọ̀ wí akọ ni mèrè? Akọ rà i ṣojo.* E o professor Babájídé Coker, cirurgião geral e atual presidente da IEMPU, a União Progressista dos Homens de Elite de Ìjẹ̀ṣà, assentiu como se entendesse o que o velho dissera.

O professor Coker e o pai de Wúràọlá eram bons amigos. A família dela costumava sediar reuniões da IEMPU em casa; ela servia pratos de caracol apimentado e buscava garrafas de uísque para reabastecer seus copos desde a adolescência. Nascido em Lagos exatamente cinco anos antes da independência, o professor Coker informava aos novos membros da IEMPU minutos após o início das reuniões que ele havia ido direto da Christ Church na Broad Street para o King's College, quando a educação ainda era educação neste país. Na maioria das vezes, ele conseguia incluir uma história sobre como conhecera a esposa, que estava no Queen's College durante um debate interescolar, antes de concluir que sua formação tinha, é claro, sido coroada com seus anos na importante universidade. Onde mais teria sido possível tal compreensão fundamental e impecável da Medicina? Onde? Se algum outro médico estivesse presente, ele seria interrompido com um contra-argumento sobre a superioridade da Grande Ifẹ ou da Medilag. Então, as vozes desses homens se elevariam e se sobreporiam até que Wúràọlá não conseguisse entender mais o que diziam. Seu pai, que estudou Direito na Universidade de Lagos, nunca se envolveu no clamor das discussões, nem quando era convidado a falar em nome de sua *alma mater* por estudantes da Medilag ou ex-alunos da Universidade de Lagos. Ele ficava quieto até que uma das empregadas sussurrasse em seu ouvido. Nesse ponto, ele costumava bater o garfo no copo até que a sala ficasse silenciosa o suficiente para ele anunciar, sobretudo para o bem dos novos membros, que a sopa de pimenta seria servida em breve e os homens precisavam dizer a Wúràọlá e à empregada auxiliando no serviço se eles escolheriam sopa de pimenta com cabra ou bagre. Assim que entrou na faculdade de Medicina em Ifẹ, Wúràọlá era frequentemente atraída pelos debates dos médicos que haviam se formado lá. E, embora seu pai continuasse elogiando a Universidade de Lagos logo antes das tigelas fumegantes da sopa de pimentão calarem todos por um tempo, ele não parecia nem um pouco incomodado com o fato de a força dos argumentos dela deslindarem os seus e diminuírem o mérito da sua formação. Percebia que ele estava orgulhoso por ela ter se tornado alguém que poderia ser agregada nesse tipo de discussão permanente. Ele escondia os sorrisos tomando goles que não esgotavam o conteúdo de seu copo.

Desde que o professor Coker substituíra o pai de Wúràọlá como presidente da IEMPU, a família dela só sediava essas reuniões quando a esposa do professor Coker estava tendo uma daquelas reações alérgicas que a deixavam indisposta por dias.

O professor Babájídé e a professora Cordelia Coker tinham se mudado para a cidade havia mais de duas décadas, quando ela ainda fazia parte do antigo estado de Oyo. Naquela época, os membros fundadores da IEMPU faziam lobby para que a cidade se tornasse a capital, assim que o novo estado fosse enfim separado do antigo. Correram boatos de que, com a intenção de concorrer a governador logo que terminasse o que todos ainda consideravam um mero interlúdio militar, o professor Coker havia contratado alguém para lhe ensinar Ìjẹ̀ṣà na mesma noite em que foram emitidos decretos de criação no estado de Ọ̀ṣun e sua capital. Mas, depois de todo seu tempo ali e de diversos rumores no ar, o homem não conseguia entender ou falar Ìjẹ̀ṣà além de "hìnlẹ́ àwé", que ele pronunciava com a confiança de um falante proficiente antes de voltar gaguejando ao seu iorùbá ou inglês quando a conversa prosseguia além das meras gentilezas. Nada disso o impediu de acenar com a cabeça como se entendesse o septuagenário, enquanto ele repetia, *Akọ i ṣojo àwé, akọ i ṣojo*. No fim do dia, enquanto dava instruções a Wúràọlá para monitorar os pacientes no plantão, o professor Coker pediu que ela explicasse o que o velho queria dizer.

Wúràọlá suspirou ao devolver a anotação sobre o caso. Se o paciente conseguisse sair dessa, talvez ele mudasse sua afirmação. O que ele chamou de covardia o teria poupado de toda aquela perturbação e mantido o leito livre para algum dos doentes que tiveram que recusar naquela noite. Ela seguiu para o próximo leito e sentiu o celular vibrar junto da coxa.

Retopexia. Ao tentar se virar, ele parou, fez uma careta quando o cateter lembrou seu corpo daquilo que era possível e do que não seria por um tempo.

Ela tirou o celular do bolso do casaco e o abriu. Kúnlé. Ela o fechou e o colocou no bolso de trás da calça jeans, e o aparelho começou a vibrar novamente enquanto ela puxava o prontuário do próximo caso.

Pancreatectomia. Apagado desde o meio-dia, ele pode acordar a qualquer momento e passar o resto da noite com os olhos abertos. Mas, pelo menos — graças aos pequenos alívios da morfina —, ele não sentirá dor. Foi a primeira pancreatectomia que Wúràọlá observou de perto desde que começou a residência em cirurgia. Na noite anterior à operação, ela tinha caído no sono pouco antes do amanhecer, a cabeça aninhada entre as páginas do *Pancreatologia clínica para gastroenterologistas e cirurgiões*. No fim das contas, ela não teve permissão nem para tocar na bandeja cirúrgica durante o procedimento. O hospital estava sem eletricidade havia mais de um mês, mas isso já deixara de ser incomum o suficiente para ser notável. O verdadeiro problema era uma crise de combustível que durava uma semana, pois ou os caminhoneiros ou os trabalhadores das plataformas se revezavam em greve. Wúràọlá muitas vezes estava cansada demais para ir além das manchetes, mas o que ela podia deduzir era que algum sindicato decretara greve e isso resultou na crise de combustível, e a casa de máquinas do hospital estava ficando sem diesel para o gerador. Quando a greve começou, um memorando anunciando uma nova forma de usar a energia foi colocado em escaninhos e pregado com tachinhas coloridas nos quadros de avisos do hospital. A unidade de terapia intensiva e a enfermaria Hurford precisavam ser alimentadas ininterruptamente, então as outras enfermarias e salas de cirurgias seriam alimentadas apenas quando houvesse um procedimento que exigisse o uso de eletricidade. Assim, durante as cirurgias, os médicos faziam tudo sem ensinar nada. Eles nem pediam ajuda aos residentes. Parecia que os dois cirurgiões tinham concluído que perder um segundo extra com uma incisão mais lenta de um residente ou com uma sutura inexperiente de um enfermeiro poderia gastar a eletricidade necessária para ligar o respirador de um bebê da ala neonatal, caso a escassez de combustível persistisse. Quando Wúràọlá foi designada para liderar as enfermeiras responsáveis por conduzir o paciente pelos corredores escuros do hospital depois da operação, ela caiu na gargalhada ao sair da sala de cirurgia. Seis anos de formação e a única habilidade exigida dela em uma cirurgia de doze horas tinha sido utilizar sua capacidade de erguer o celular para que a luz da lanterna guiasse as enfermeiras?

A cirurgia tinha corrido bem. Mas a equipe médica já sabia que o procedimento não salvaria sua vida. Estendê-la? Sim, algumas semanas ou meses, se ele tivesse sorte. Mas será que seria sorte se os seus últimos dias fossem passados com dor ou entorpecido de opioides? Wúràọlá não tinha certeza.

O irmão do paciente vinha todas as noites orar por ele. Ele havia dito a Wúràọlá mais de uma vez que os cirurgiões estavam errados, os poucos meses que previam se estenderiam em anos, em décadas, porque o paciente estava destinado, após essa queda momentânea, a desfrutar de um raro e belo milagre: uma vida longa *e* feliz. Ele tinha falado com tanta convicção que Wúràọlá se sentiu cruel ao lembrá-lo do prognóstico e repetiu o aviso que ele recebera antes da cirurgia. A pancreatectomia é uma medida paliativa nesse estágio do câncer.

O irmão estava ajoelhado ao lado da cama do paciente, com a testa na grade de metal, murmurando suas orações. Como sempre, ele segurava um livro com capa de couro junto do peito. As enfermeiras apostavam para saber se era uma Bíblia ou o Alcorão, já que durante os horários de visita o paciente havia sido acompanhado em diferentes ocasiões e em igual medida por mulheres que se sentavam de pernas cruzadas ao lado da cama, ajustando seus hijabs antes de contar orações em tasbihs, e mulheres que usavam túnicas brancas e encostavam crucifixos de madeira na testa do paciente.

Na semana anterior, antes de perguntar se algumas das mulheres poderiam ficar com ele durante a noite, ou até no lugar dele, ele disse a Wúràọlá: *Doutora, as mulheres estão mais próximas de Deus, e todos nós sabemos, todos nós sabemos, que as orações funcionam melhor depois da meia-noite.*

Wúràọlá tinha dito a ele que a política do hospital não permitia isso, a menos que a mulher que passasse a noite fosse esposa, filha ou mãe do paciente. Talvez, se quisessem forçar o regulamento, uma prima, caso as enfermeiras de plantão concordassem, mas quem ficava mesmo devia ser um parente. Quando o homem explicou que seu irmão era solteiro e não tinha filhos, e que a mãe deles havia morrido anos atrás e nenhuma das irmãs deles morava na Nigéria, Wúràọlá quase pediu que ele mentisse e dissesse que uma das mulheres que oravam era sua irmã. Embora ela achasse as orações das mulheres desestabilizadoras e pensasse que ter duas ou mais delas lá depois do horário de visita fosse pior, também se sentira tentada a aceitar o pedido dele, nem que fosse para lhe dar algum alívio momentâneo. Ela estava quase certa de que o próximo relatório médico obrigaria o irmão de oração a confrontar tudo o que seria tirado dele mais cedo ou mais tarde, apesar de sua devoção incansável.

O paciente havia sido internado um mês antes de Wúràọlá iniciar sua residência em cirurgia. Quando uma enfermeira informou a Wúràọlá que o homem tinha passado todas as noites ao pé daquele leito, orando, desde que o paciente fora internado, ela ficou muito admirada. Até então, ela só tinha visto esse tipo de consistência perseverante nas alas pediátricas. Lá, mães e de vez em quando os pais costumavam dormir no corredor por semanas. Deitados em bancos de madeira ou em mantas de *ankara*, eles se espalhavam pelo chão, usando bolsas ou os próprios braços cruzados como travesseiros. Naquela primeira semana na cirurgia, ela pensava durante os plantões se seus irmãos ficariam de vigília por ela, caso adoecesse. Na melhor das hipóteses, Mótárá se hospedaria em um hotel próximo ao hospital, Láyí enviaria dinheiro e visitaria semana sim, semana não; ele odiava hospitais, embora *ele* fosse o primeiro médico da família e sua foto de admissão, a primeira coisa que se via ao entrar no quarto da mãe deles. Seja como for, Wúràọlá preferiria não tê-los por perto; acabariam brigando e incomodando outros pacientes. Seus pais apareceriam, sem dúvida. Mas, se tivesse que escolher alguém para ficar com ela, Wúràọlá escolheria o pai. Ao contrário da mãe, cujas ansiedades certamente extravasariam em repetidas tentativas de ensinar o trabalho ao pessoal do hospital, ele seria discreto. Tocaria para ela um pouco de I. K. Dairo em seu discman, cantarolando baixo.

Toda vez o homem da oração prometia manter a voz baixa, mas os murmúrios inevitavelmente se tornavam gemidos ouvidos por toda a enfermaria. Não levou um mês para que a admiração de Wúràọlá se transformasse em irritação. E quando o celular dela começou a vibrar de novo, ele soltou um urro súbito e reverberante que fez a cabeça dela começar a latejar.

Todos aqueles anos e horas intermináveis de treinamento, mas ninguém disse a ela o quanto a prática de fato envolveria lidar com parentes e amigos. Nada havia preparado Wúràọlá para o homem que a agarrou e lançou ranho no seu jaleco depois que o feto abortado da esposa fora evacuado, para a mulher enfurecida que a esbofeteou quando ficou claro que a perna do filho precisaria ser amputada, para o homem que, quando ficou sabendo que o amigo já havia sido levado para o necrotério, recusou-se a deixar a enfermaria e foi arrastado para fora pelos seguranças. Ninguém havia lhe ensinado a convencer um homem de que seu irmão estava mesmo morrendo de câncer no pâncreas e não havia nada que ele pudesse fazer para mudar esse fato.

Ainda que, para ser justa, um de seus professores provavelmente tivesse falado sobre tudo isso e ela não prestara atenção, pois fora no grupo de saúde comunitária ou psiquiatria. Ao longo dos dois últimos anos na faculdade de Medicina, ela foi consumida por visões de si mesma como chefe de departamento. Anotando pedidos, lavando as mãos antes das cirurgias, atendendo um paciente e traçando um plano de tratamento impecável. As horas implacáveis que ela passara apertada durante palestras no MDL II em seus anos de pré-Medicina foram aliviadas por fantasias detalhadas sobre protocolos clínicos. Como ela ficaria feliz em deixar aquele laboratório superlotado para trás e passar o tempo no hospital. Entrando em enfermarias e salas de cirurgias, até no necrotério. Desde que ela se qualificara e começara a residência, seu foco tinha mudado para o que significava de fato ser uma médica residente. Recentemente, ela tinha começado a suspeitar que sempre estaria inquieta. Talvez fosse uma daquelas pessoas para quem a satisfação estava apenas no futuro, sempre ligeiramente fora de alcance.

Ela tocou no ombro do homem das orações, que ficou quieto, encostado no estrado da cama. Ele era macilento, cadavérico até. Tavez sempre tenha sido assim; ou era porque seus olhos não estavam emoldurados pelos óculos naquele momento e pareciam mais fundos que de costume? Ela se aproximou, ele se esforçava para se levantar. Quando o conheceu, já era magro, mas agora parecia que um vento forte poderia levá-lo.

Antes de ela falar, ele lançou suas desculpas habituais.

— Minha querida, não posso ir embora. Vou manter a voz baixinha, tá? Sussurrar. — Ele baixou a voz até quase não ficar audível. — Vou sussurrar agora, tá, ouviu?

Ele se afastou dela e colocou as mãos na grade da cama, pronto para se ajoelhar novamente.

Wúràọlá respirou fundo.

— Senhor… Senhor, você tem que sair, senhor.

O homem virou a parte superior do corpo na direção dela, agarrando-se à grade da cama como se fosse cair se a soltasse.

— Minha querida, não posso deixá-lo.

— Você tem que ir, senhor. Agora.

Ele abriu a boca como se fosse falar, mas não disse nada. Ela tentou chamar a atenção de um dos enfermeiros que estavam sentados atrás de uma mesa ao lado da porta. Uma dormia profundamente e outro estava absorto em um grande livro, aberto sobre os joelhos em um ângulo improvável, que ela supôs ser o que o mantinha acordado. Se a situação piorasse, ela sempre poderia gritar "enfermeiro", já que estava exausta demais para se lembrar de qualquer nome que não fosse o próprio.

— Eu entendo que você está orando — disse ela. — Mas acaba falando muito alto.

Ela esperou, mas o homem não protestou. Ficou parado. Ficou calado, sem fechar a boca. Não havia nada de desafiador em sua postura, e ficou claro para ela que não haveria discussão nem necessidade de ameaçar chamar os seguranças para retirá-lo. O homem não estava nem conseguindo se manter de pé; ele simplesmente não se lembrava do que fazer com seu corpo quando não estivesse ajoelhado.

— Já te avisei várias vezes.

Em um sussurro que ela se esforçou para ouvir, o homem das orações disse:

— Yèyé mi.

Wúràọlá não tinha certeza se ele estava apelando ao pronunciar o título honorífico ou se estava realmente clamando pela mãe morta. Buscando o conforto que ela teria lhe dado uma vez, pedindo-lhe implicitamente para salvá-lo, seu irmão ou os dois.

— Tenho que pensar nos outros pacientes também — disse Wúràọlá.

O homem assentiu, soltou da grade da cama e começou a se afastar. Ela o observou caminhar em direção à porta, notando pela primeira vez que ele se apoiava na perna esquerda.

Wúràọlá se virou para o paciente. Pulso: oitenta bpm. No ponto em que seu pulso, envolto em rugas que se misturavam às linhas de vida, quase indistinguível à palma de sua mão, a pele do homem era fina como papel, descamando. Ela enfiou a mão no bolso do jaleco

— chiclete, caneta, chiclete, caneta reserva, bloco de notas, mais chiclete, elástico de cabelo. Sim! Ela pescou o minúsculo frasco de álcool em gel e espremeu um pouco na palma da mão. Enquanto esfregava na pele, notou os óculos de aro prateados do homem das orações próximo aos pés do irmão. Ele devia tê-los tirado enquanto orava. Suas lentes refratavam a luz de uma lâmpada próxima na direção dela. Os raios atingiram seu rosto, afiados como uma repreensão. Talvez ela devesse tê-lo deixado ficar. Ela o imaginou vagando pelos corredores do hospital, tropeçando em paredes, derrubando latas de lixo, caindo na sarjeta ao tentar encontrar o caminho para o estacionamento. Ela podia tê-lo deixado ficar, mas suspeitou, mesmo enquanto pegava os óculos e se dirigia para a porta, que ele nunca ergueria a voz além de um sussurro se o médico de plantão fosse homem. Ele provavelmente não teria se referido a nenhum dos caras como "meu querido". Ela tinha quase certeza.

No posto de enfermagem, a enfermeira adormecida acordou e bocejava.

— Vou... — Wúràọlá apontou os óculos para a porta. — Me chame se...

Os enfermeiros assentiram.

O corredor estava vazio, mas ainda faltavam algumas horas para o amanhecer e, mesmo se ele estivesse com os óculos, provavelmente ainda não teria conseguido sair do hospital. A maioria dos bairros, pelo menos os do tipo que ela imaginava em que o homem das orações morava, tinham toques de recolher obrigatórios que começavam depois da meia-noite e terminavam ao amanhecer. Qualquer movimentação só era permitida nessas horas se houvesse uma emergência médica. Várias ruas estariam fechadas agora, seus pontos de acesso guarnecidos por algo entre dois a meia dúzia de guardas armados. Alguns eram conhecidos por pedir aos que não respeitavam o toque de recolher que rastejassem de um lado para o outro no asfalto até o amanhecer. Mesmo os mais misericordiosos insistiam que os infratores esperassem até que o toque de recolher terminasse para seguir até seu destino.

No fim do corredor, ela o viu ao longe, já no asfalto, indo em direção à capela do hospital. Ela queria chamá-lo: *Senhor? Senhor?*

Considerou dizer apenas um "licença, senhor", mas não conseguiu. Ela sabia o nome dele, mas qual era?

Na faculdade de Medicina, ela franziu os lábios na primeira vez que um encarregado disse que eles precisavam verificar a ala médica masculina de doença hepática crônica; estava orgulhosa, pois sabia que era capaz de recitar os nomes de todos os pacientes sob seus cuidados naquele momento. Mas ali estava ela, menos de um ano depois, correndo atrás de um homem que via quase todos os dias, incapaz de lembrar seu nome ou o do irmão doente.

Mas ela mal dormira nos últimos três dias. Não era para estar de plantão três noites seguidas, mas o hospital ainda não conseguia arcar com novos residentes. Então, duas noites atrás, seu plantão foi na ala cirúrgica masculina; na noite passada, no pronto-socorro, e naquele momento mais uma vez na ala cirúrgica masculina. Em seu gráfico de residência, a lista mostrava apenas seus plantões em cirurgia. Os plantões do pronto-socorro deveriam ir só até meia-noite, então não era tão ruim. Mas, na noite anterior, os pacientes chegaram sem parar, e o cara que a substituiria à meia-noite simplesmente não apareceu ou atendeu suas ligações, então ela ficou até de manhã. Sim, ela estava com fome e cansada e não conseguia se lembrar do nome do homem das orações, mas podia estabelecer um limite no momento. Tinha comido apenas um pacote de biscoito o dia todo, mas sabia que poderia realizar uma traqueostomia com mãos firmes se fosse necessário, e talvez isso fosse o que realmente importava. Que ela pudesse ganhar uma hora ou duas para seja-lá-qual-fosse--o-nome, mantê-lo vivo até o último minuto possível antes que seu corpo, como os de todos os outros que estavam condenados, inevitavelmente o traísse.

O homem parou na grama em frente à igreja por um momento, se balançando. Então caiu de joelhos e Wúràọlá ficou parada, temendo que algo particular ou vergonhoso estivesse prestes a acontecer. Talvez ele estivesse prestes a chorar ou uivar para qualquer divindade a quem estivesse orando por meses. Mas tudo o que ele fez foi deitar de costas na grama, o rosto voltado para o céu sem luar.

— Senhor... Desculpe-me senhor, desculpe, mas esqueci o seu nome. Deixou seus óculos lá dentro.

O homem das orações não falou nem estendeu a mão para pegar os óculos.

— Senhor?

Wúràọlá aproximou-se e ajoelhou-se ao lado do homem, instintivamente alcançando seu pulso. Ele começou a roncar antes que ela o tocasse, e ela suspirou. Ao lado dele, o livro com capa de couro estava virado para baixo. Ela colocou os óculos de aro prateados em cima do livro, tomando cuidado para não fazer barulho. Enfiou a mão no bolso da calça jeans para pegar o celular enquanto voltava para a enfermaria.

Kúnlé tinha ligado nove vezes.

3

Não fazia diferença se Ẹniọlá lhe lembrasse que as suas salas de aula não ficavam nem no mesmo prédio. Sua mãe ainda o fazia esperar por Bùsọlá para sair de casa. Ela queria que eles fossem a pé para a Escola Secundária Abrangente Glorious Destiny juntos, todos os dias possíveis, e até obrigou Ẹniọlá a prometer que seguiria a irmã mais nova diariamente até a carteira antes de ir para sua sala de aula.

Na maioria das manhãs, ao se aproximarem do primeiro prédio da escola, com as meias brancas já cobertas de poeira vermelha pela caminhada de nem dez minutos, Ẹniọlá costumava pensar na escola secundária que seu pai prometera que ele frequentaria. Ẹniọlá tinha certeza de que não havia poeira vermelha no caminho para aquela escola. Provavelmente tinha calçadas, passarelas e gramados que levavam os alunos dos seus alojamentos até os laboratórios e as salas de aula.

Ẹniọlá tinha nove anos quando seu pai fez essa promessa. Ele não podia imaginar então que as incertezas do destino os levariam à estúpida Glorious Destiny. Na época, ele estava no quinto ano do Ensino Fundamental e todos os seus colegas estavam se preparando para fazer os exames de admissão. Enquanto isso, seu pai insistia que, como o sistema de Ensino Fundamental tinha sido projetado para ir até o sexto ano, Ẹniọlá deveria prosseguir, em vez de ir direto para o Ensino Médio como a maioria dos colegas.

Ẹniọlá passou semanas pensando em como poderia convencer os pais de que estava pronto para o Ensino Médio. Ele era mais alto do que a maioria dos alunos do JSS1 que encontrava no caminho de ida e volta para a escola primária e sempre tirava notas mais altas do que pelo menos metade dos colegas nas provas e atividades. Ele havia memorizado as conversões e tabelas de *Livro de exercícios olímpicos* e conseguia recitar a tabuada de cabeça, do um vezes um, que dava um, ao doze vezes doze, que dava cento e quarenta e quatro, até catorze vezes catorze, que dava cento e noventa e seis. Nas semanas que antecederam seu aniversário de nove anos, Ẹniọlá varreu a sala antes que a mãe o fizesse de manhã, parou de reclamar por não ter permissão para jogar futebol do lado de fora com os filhos do vizinho quando tinha que olhar Bùsọlá e, como não era alto o bastante para lavar o carro todo, passava as manhãs de sábado esfregando os pneus do fusca azul do pai. Temendo que toda aquela bondade passasse despercebida pelos pais, mesmo suspeitando que ele poderia estar perto de se qualificar para a santidade, em um domingo a caminho da missa, Ẹniọlá anunciou que queria ser coroinha. Ele ficou aliviado quando a mãe disse que não permitiria, porque poderia distraí-lo dos estudos. Ao longo daquela semana, ele mentiu muitas vezes sobre o quanto queria ser coroinha, causando uma boa impressão no pai, que pensou que esse desejo intenso mostrava que ele estava crescendo sob o temor do Senhor.

A casa deles na época não ficava longe da escola ou da creche e escola primária Crystal; na maioria dos dias, Ẹniọlá ia a pé com algumas outras crianças da vizinhança. No dia em que completou nove anos, seu pai o deixou na escola. Ele ficou amuado ao lado do pai, e o bolo de aniversário, com cobertura como ele havia pedido, de glacê branco, azul e amarelo, balançava no banco de trás ao lado de caixinhas de biscoitos Oxford Cabin e uma grande caixa térmica de zobo gelado. Nem mesmo a direção cuidadosa de seu pai os impedia de pular de um buraco para outro. Ele começou a falar quando pararam em frente ao prédio da escola, mas só conseguiu dizer:

— Sou o único que não tem Ugo C. Ugo na minha classe. Todo mundo tem o livro. Isso é justo? — Antes de o choro vir à tona, continuou: — É justo? — Ele choramingou de novo e de novo enquanto os soluços se intensificavam. O pai deu um tapinha em suas costas, tentando e não conseguindo acalmá-lo. Eventualmente, ele se acalmou quando percebeu que alguns dos colegas de escola que passavam pelo carro o encaravam pela janela aberta.

— Esse tipo de comportamento… Olha, não posso me atrasar para o trabalho. Vamos conversar sobre tudo isso hoje à noite — disse o pai de Ẹniọlá, tamborilando os dedos no volante. — Vem, vamos levar essas coisas para dentro.

Ẹniọlá ficou no carro enquanto o pai descia e descarregava as coisas do banco de trás. Algumas crianças se reuniram ao redor do carro para ajudar, gritando "Feliz aniversário!" para Ẹniọlá. Ele não respondeu. Não acreditava na sua estupidez. Como ele pôde simplesmente desperdiçar todas aquelas horas que tinha passado na frente do espelho do banheiro, se preparando para depois do jantar daquela noite conversar calmamente com os pais? Ele ficou sentado em silêncio, olhando para suas sandálias Kito e lutando contra a vontade de brincar com o velcro. Onde estavam todos os argumentos que ele tinha preparado, todas aquelas palavras razoáveis que poderia ter falado em vez de choramingar um "É justo?", como o garotinho que os pais ainda pensavam que ele era? Por que as palavras desceram pela garganta em vez de saírem da sua boca como queria? Ele começou a chorar de novo, baixinho desta vez, fungando sem soluçar.

Ele não percebeu que o pai tinha voltado ao carro até que baixasse o freio de mão. Ẹniọlá estendeu a mão para a porta.

O pai agarrou seu pulso.

— Vamos, limpe as bochechas antes de descer. Não deixe ninguém ver você chorando.

Naquela noite, o pai de Ẹniọlá lhe deu um novo exemplar do livro de perguntas práticas do Ugo C. Ugo para exames de admissão comuns. Por alguns momentos, ele pensou que finalmente havia vencido os pais, mas sua felicidade durou só até que o pai começasse a falar.

— Olha, você pode fazer as provas agora se quiser, mas — ele ergueu um dedo — se esperar e completar o sexto ano do Ensino Fundamental, que, como já lhe disse inúmeras vezes, é uma parte essencial do nosso sistema de educação, muito essencial, eu diria, seria melhor. Mesmo que a maioria das escolas esteja fazendo as coisas de qualquer maneira hoje em dia. De qualquer forma, se você fizer isso direito e ficar até o sexto ano, poderá ir para a escola do Instituto Federal em Ìkìrun. A escolha é sua.

Ẹniọlá queria frequentar a escola federal em Ìkìrun desde que Collins, cuja família morava no apartamento de cima, tinha ido para o Ensino Médio lá três anos antes, voltando todas as férias com histórias de diversão e liberdade que Ẹniọlá sabia que nunca poderia contar se continuasse indo para uma escola tão perto de casa. Sempre que ele mencionava a escola, sua mãe dizia que nunca permitiria que ele fosse para aquele ou qualquer outro internato. Ela costumava falar sem parar sobre como ele era muito novo, os veteranos poderiam intimidá-lo, ele poderia se juntar a uma turma de maus-caracteres e certamente voltaria para casa sem modos ou bom senso. Agora que seu pai de alguma forma tinha conseguido convencê-la a deixá-lo frequentar a escola do Instituto Federal, Ẹniọlá não pensou duas vezes e concordou em permanecer na escola primária por mais um ano.

Depois da promessa do pai, ficou mais fácil para ele ouvir os seus colegas se gabarem da escola secundária. Ele também poderia contar a eles sobre como iria estudar em uma escola do Instituto Federal. Um ano depois de todos eles já terem ido para o Ensino Médio, sim. Mas algum deles iria para um internato? Ou uma escola do Instituto Federal? Ẹniọlá dava um jeito de trazer isso à tona quase todos os dias, voltando a contar as histórias que Collins havia compartilhado com ele, até que percebeu que alguns de seus amigos tinham ficado com ciúmes. A inveja deles era um consolo quando fizeram seus exames de admissão comuns e foram para outras escolas, enquanto ele ficou para trás para concluir o sexto ano do Ensino Fundamental com dois meninos reprovados em todos os exames de admissão comuns. Ele seria como Collins em breve. Também voltaria para casa três vezes por ano, e outros meninos da vizinhança se reuniriam ao seu redor enquanto ele contava as histórias do que tinha feito sem a supervisão dos pais. Ele pensava nisso todos os dias caminhando sozinho para a escola e para casa. Os amigos com quem costumava ir não eram mais seus colegas e, embora sentisse falta deles, isso não importava. Ele logo seria como Collins. Isso compensaria tudo; ele só precisava esperar.

E então, no fim do primeiro semestre do sexto ano do Ensino Fundamental, algumas semanas antes do Natal, seu pai e mais de quatro mil professores do estado foram demitidos. A princípio, as coisas em casa seguiram normalmente. Seu pai continuava saindo de casa às sete da manhã nos dias de semana, nó na gravata, cabelo brilhando nos locais onde a pomada Morgan não tinha sido bem espalhada com o pente e a risca lateral ainda no lugar. Ẹniọlá continuou acreditando que iria para uma escola do Instituto Federal em Ìkìrun conforme planejado. Afinal, era apenas uma questão de tempo até que o governador percebesse que estava destruindo as escolas públicas e todos os professores fossem reintegrados com um pedido pessoal de desculpas. No mínimo, alguns professores teriam que ser reintegrados, e o pai de Ẹniọlá, com sua experiência e qualificação, com certeza seria um dos que seriam chamados de volta, porque eram necessários. Tinha que acontecer logo. Como a escola executaria seus planos de ensino sem aula de história? Como? Noite após noite, Ẹniọlá adormecia ao lado de Bùsọ́lá no sofá enquanto seus pais continuavam falando sobre isso em vez de fazer as orações da hora de dormir.

No rádio, um dos assessores do governador explicou que a maioria dos professores demitidos lecionava disciplinas — artes plásticas, iorùbá, alimentação e nutrição, estudos religiosos islâmicos e cristãos — que em nada contribuiriam para o desenvolvimento da nação. *O que nossos filhos farão com iorùbá nesta era moderna? O quê? Percebam, o que precisamos agora é de tecnologia, ciência e tecnologia. E como aquarelas serão úteis para eles? Não é isso que os professores de belas-artes ensinam? Aquarela.*

O locutor da rádio riu.

O Natal veio e passou. Era o primeiro dia do novo ano e alguns dos amigos de seus pais, muitos dos quais também haviam perdido o emprego, tinham ido jantar. Enquanto o radialista continuava a rir, Ẹniọlá descobriu que, embora a tigela à sua frente estivesse cheia de sopa de pimenta, ele não conseguia mais sentir o gosto da carne ou o picante das pimentas. Era como se estivesse bebendo água com uma colher. Quando voltou para a escola depois das férias, ele listou *redução de custos* e *reintegração* entre as novas palavras que aprendera nas férias.

Alguns meses depois, o fusca azul do pai passou por ele quando voltava da escola. Um homem careca que ele não reconheceu o dirigia. Quando chegou em casa, a resposta de sua mãe às suas perguntas sobre o carro era que ele terminasse o dever de casa antes de fazer perguntas idiotas, varresse o chão da cozinha antes de perturbar sua paz, lavasse o jardim da frente antes de frustrá-la nesta vida.

Levou uma semana para contar a ele que tinham vendido o carro. Àquela altura, seu pai havia parado de sair de casa às sete da manhã, não se juntava mais à família para jantar e passava o dia inteiro no quarto. Sua mãe começou a tomar a frente das orações matinais, tropeçando nas palavras que Ẹniọlá conseguia pronunciar durante o sono enquanto ela lia para ele e Bùsọ́lá *Devoção ao Preciosíssimo Sangue de Nosso Senhor Jesus Cristo*.

Logo tiveram que se mudar do apartamento de três quartos em que moravam antes do pai ser demitido. Quando a família se mudou para a casa onde moravam agora, apenas algumas portas adiante, mas quase um século atrasada, Ẹniọlá presumiu que a mudança seria temporária. Ele acreditava que depois de no máximo alguns meses eles voltariam a morar em uma casa que tivesse banheiros internos e pelo menos um lavabo. Ele deveria saber então, quando saíram da casa que tinha cozinha interna e venezianas, depois que a televisão, as camas e sofás foram vendidos, antes que seu pai tentasse vender o videocassete e ninguém quisesse comprar porque até as locadoras haviam começado a ter só DVDs, ele deveria saber que seus pais não poderiam mais pagar as mensalidades da escola do Instituto Federal em Ìkìrun. Mas seu pai ensinava História. Seu pai ensinava História e aquele homem rindo no rádio não havia mencionado História na lista de matérias inúteis para a era moderna. A História ainda importava. Seu pai tinha dito.

Na nova casa, o pai parecia ter virado uma estátua. Ele ficava na cama por horas, de costas para o quarto, de frente para a parede, muitas vezes se recusando a comer. Quando Ẹniọlá perguntou se ainda seria possível frequentar a escola do Instituto Federal, ele não deu sinais de ter escutado o menino.

Foi a mãe de Ẹniọlá que vendeu todas as suas joias e ganhou dinheiro suficiente para cobrir o formulário de inscrição para a Escola Secundária Abrangente Glorious Destiny e as mensalidades do seu primeiro período lá. As escolas do Instituto Federal eram muito caras, mas ela ainda não iria mandá-lo para uma das escolas estaduais gratuitas.

— Dizem que é educação gratuita. Educação gratuita, mas sem a metade dos professores — dizia ela, enfiando a caixa de joias em uma bolsa que estava levando para um *mallam* que compraria as peças dela. — É como prometer às pessoas almoço grátis e dar-lhes palitos cozidos para comer. Você começa na Glorious Destiny, depois te colocamos em algum lugar melhor quando isso passar, não se preocupe.

A Glorious Destiny ficava em um prédio de três andares caindo aos pedaços, que já havia sido a casa de um comerciante rico. Em aniversários ou durante cerimônias de nomeação, não era incomum que padres ou imames invocassem o comerciante enquanto rezavam: *Que sua riqueza flua da fazenda para a propriedade, assim como foi com Adénrelé Àrèmú Mákinwá.*

Dizia-se que os filhos do comerciante, certos de que seus quinhões no testamento os sustentariam pela vida toda, mataram uma dúzia de vacas por dia para entreter convidados e penetras, que comiam, dançavam e bebiam sob as barracas que bloquearam metade da rua por uma semana inteira. Ẹniọlá tinha ido a uma dessas festas com o pai. Ele devia ter seis anos na época. Sua mãe estava grávida de Bùsọ́lá, e eles ainda moravam mais adiante na rua, na casa com venezianas e banheiros. Quando ele ia a pé para a escola agora, às vezes pensava naquele dia, uma década atrás. Como ele tinha seguido pela mesma rua com o pai para um daqueles funerais, e as pessoas pararam para apertar a mão de seu pai sem se ofender quando ele estendia a mão esquerda porque estava segurando Ẹniọlá com a direita. Como, embora sua mãe não tivesse ido à festa com os dois e houvesse comida suficiente na mesa deles para encher um daqueles sacos plásticos pretos que ela agora escondia na bolsa quando ia a festas sem ser convidada, Ẹniọlá e o pai tinham saído da festa carregando apenas leques de plástico estampados com o rosto do morto. Sempre tinha comida em casa e não havia necessidade de fingir que não tinham sido servidos para conseguir pratos extras de arroz jollof que sua mãe colocava em um saco plástico e escondia na bolsa quando ninguém estava olhando.

Ẹniọlá gostava de pensar no funeral, como naquele dia ele havia saltitado pela rua de mãos dadas com um homem que outros homens paravam para cumprimentar. Às vezes, lembrar disso o ajudava a esquecer que seu pai havia se tornado um homem que agora preferia sair de casa depois do anoitecer, porque era menos provável que seus credores o reconhecessem no escuro.

Depois que a sra. Suleiman, a professora do Ensino Fundamental aposentada que era proprietária da Escola Secundária Abrangente Glorious Destiny, comprou a casa dos filhos de Mákinwá, alguns meses antes de abrir a escola com uma dúzia de alunos, ela foi à casa de Ẹniọlá para oferecer a seu pai um emprego como diretor. Terminando o jantar, Ẹniọlá observou da mesa seu pai se recostar na poltrona que teria de vender alguns anos depois e rir. No tom agudo que costumava usar ao repreender seus filhos, o pai de Ẹniọlá disse à sra. Suleiman que a escola dela acabaria produzindo "graduandos incompletos" e que ele não deixaria seu cargo no sistema educacional público para fazer parte de um "projeto oportunista" que nem sequer tinha a devida aprovação do governo. E assim, mesmo depois de passar nos exames admissionais e retomar o Ensino Fundamental na Glorious Destiny, Ẹniọlá acreditou por um tempo que ele não passaria o Ensino Médio inteiro lá de jeito nenhum. Em algum ponto do seu futuro, do futuro próximo, a escola do Instituto Federal em Ìkìrun o esperava.

Em seu primeiro período na Glorious Destiny, Ẹniọlá costumava dizer aos colegas que no próximo ano letivo estaria em uma escola adequada que não tivesse salas de aula improvisadas com cadeiras encostadas em guarda-roupas. Lá, os alunos não precisariam espernear e gritar quando a família de ratos-do-mato que morava em um daqueles guarda-roupas resolvesse frequentar a aula de Estudos Sociais.

Nas longas férias do final de seu primeiro ano na Glorious Destiny, em um daqueles dias chuvosos de meados de agosto, desapareceram as três sacolas *Ghana Must Go* cheias dos livros do pai, de quando saíram da antiga casa. Desta vez, não precisou perguntar o que havia acontecido, como no caso do carro, dos móveis, da televisão, do rádio, da geladeira. Mas ele perguntou mesmo assim, e soube então, quando a resposta de sua mãe desapareceu no som do trovão e da chuva, que ele voltaria ao prédio de três andares caindo aos pedaços em meados de setembro para começar seu segundo ano. Não haveria escapatória.

Depois que os livros do pai desapareceram, Ẹniọlá tentou esquecer o Instituto Federal, mas seus colegas de classe, especialmente os meninos a quem ele perguntara por que os pais não os mandariam para uma escola onde não dividiriam o refeitório com ratos, lagartos e uma ou outra cobra, não o deixariam esquecer. No início de cada ano letivo, JSS2, JSS3, SS1 e agora no SS2, eles perguntavam por que ele estava de volta à Glorious Destiny. As estradas que levavam a Ìkìrun tinham sido fechadas? Os institutos federais não estavam mais admitindo novos alunos? Tinham sido fechados? Queimados? Inundados? Em algum momento antes de completar o JSS3, vários meninos de sua classe começaram a chamá-lo de Federal em vez de Ẹniọlá e, quando ele começou o último ano do Ensino Médio, a maioria dos colegas, até as meninas, o chamavam de Federal. Alguém gritou esse apelido enquanto ele se aproximava do prédio da escola com Bùṣọ́lá. Ẹniọlá olhou para cima e sorriu como se gostasse do apelido. Você nunca deixa seus amigos te verem chorar.

— Vai encontrar seu amigo — disse Bùṣọ́lá. — Não precisa ir comigo até a sala.

— Ele não é meu amigo.

No ano anterior, a direção da escola mudara todas as turmas do primeiro ano para um novo prédio, no meio de uma floresta fechada que antes marcava o final da rua. Desde então, uma trilha foi forjada para onde ficava esta nova sede da Glorious Destiny. O caminho mergulhava em um vale e passava por um riacho antes de o terreno voltar a subir, de modo que era uma subida até o bloco de salas de aula sem pintura que ficava no meio de uma clareira: uma verdadeira ilha, cercada de todos os lados por matagal e árvores altas. Ẹniọlá passava por esse caminho todas as manhãs, embora sua sala fosse no prédio de três andares caindo aos pedaços. Ele acompanhava Bùṣọ́lá até que estivessem no limite da clareira e ela estivesse a apenas alguns metros de sua sala de aula. Ela reclamava desde quando saíam de casa sobre como não precisava que ninguém a seguisse.

Ela tinha idade suficiente para ir sozinha até a escola, ele não percebia?

Ela nunca contaria a verdade à mãe deles se ele a deixasse ir sozinha, só uma vez, só desta vez.

Quem o levava à escola quando ele tinha a idade dela? Ele não ia sozinho? Por que alguém tinha que acompanhá-la? Só por que era uma menina?

Ẹniọlá aprendeu a ignorá-la, treinando para se concentrar em seus próprios pensamentos, de modo que ouvia a voz dela como se estivesse a distância, sem ser capaz de distinguir suas palavras. Cabia a ele acompanhá-la até a escola e se, como a mãe insinuava, a presença dele significava uma proteção extra para Bùsọ́lá, nada que ela dissesse o faria parar. Principalmente depois de fazer uma promessa à mãe.

A voz de Bùsọ́lá muitas vezes se elevava quando passavam na frente do prédio de três andares, como se uma mudança no tom fosse convencê-lo a virar à direita e subir para sua própria sala de aula. Assim que chegavam ao riacho, Bùsọ́lá parecia resignar-se a sua presença.

— Tèmi encontrou um cajueiro atrás da escola ontem, ela falou que as frutas estão maduras — disse Bùsọ́lá, colocando o pé direito em uma das pedras que haviam sido dispostas para formar uma ponte sobre o riacho raso. — Nós vamos lá no intervalo.

— A mesma Tèmi que você chamou de mentirosa na semana passada?

Bùsọ́lá ergueu os braços enquanto caminhava sobre as pedras, inclinando-se para um lado e para o outro. Ẹniọlá ficou perto dela, curvando o corpo na direção em que ela se inclinasse, pronto para segurá-la caso perdesse o equilíbrio. Sempre que passava por um corpo d'água, Bùsọ́lá abria os braços como asas, como se estivesse prestes a planar ou levantar voo. Ela fazia isso desde criança, quando precisava ser carregada.

— Não inventa de seguir a Tèmi naquele mato no intervalo, Bùsọ́lá. Pode ter cobras atrás da escola.

— Eu não tenho medo de nada.

Ela balançou a saia para tirar um pouco do pólen que se acumulou na bainha enquanto seguiam pelo capim.

— Ah, você não tem mais medo de baratas?

— Circula, vaza, para de me seguir. Você quer que todo mundo pense que eu sou criança? — disse Bùsọ́lá, olhando para ele enquanto se aproximavam do bloco de salas de aula.

— Cajus verdes vão te dar dor de barriga.

— Não é a sua barriga. Vai indo, *jàre*. Vai se atrasar pra sua aula.

Ẹniọlá se virou e começou a seguir para a trilha. Quando chegou a ela, deu uma olhada para se certificar de que Bùsọlá havia entrado na sala de aula e não o via. Então correu. Ele tinha medo de muitas coisas. Tinha pavor de matas e florestas, até de capim alto. Sempre que ele estava no trecho antes e depois do riacho, coberto de capim-elefante que esvoaçava acima de sua cabeça, não conseguia se livrar da sensação de que a vegetação escondia um dos *iwins* com os quais a mãe o havia ameaçado quando era mais novo. Claro, agora ele sabia que aquelas histórias serviam para que ele não fosse brincar perto dos arbustos, mas mesmo assim. Mesmo assim, sentia uma presença avançando sobre ele quando estava sozinho em um matagal como aquele. Mais tarde, poderia pensar como essa presença não passava de seu próprio medo, crescendo além do que seu corpo poderia conter, derramando-se para fora, formando uma segunda sombra que o espreitava por entre o capim. Por enquanto, toda vez que seus pés tocavam o chão, ele imaginava uma cobra, verde o suficiente para se misturar com a folhagem, enrolando-se em seu tornozelo, afundando presas venenosas em sua pele. Ele correu cada vez mais rápido, parando apenas quando emergiu do outro lado, onde ficou por um bom tempo com as mãos nos joelhos, ofegante.

Ele ergueu o olhar para a sacada do último andar do prédio e viu ali filas de alunos se formando. A aula da manhã ia começar. Ele estava atrasado, mas não o suficiente para ser punido. Ou pelo menos era o que esperava quando começou a caminhar em direção ao prédio o mais rápido que pôde com a cãibra que agora sentia no tornozelo esquerdo. Havia uma escada na lateral do prédio que fora construída depois que o térreo ficou pantanoso durante as chuvas. Ele disparou escada acima, sem encontrar nenhum outro aluno no caminho, até irromper na sacada do terceiro andar. Tentou se juntar aos alunos reunidos sem atrair o olhar de nenhum professor e deslizou para o final da fila mais próxima, sem se preocupar em se certificar de que estava atrás de seus próprios colegas.

O sr. Bísádé, o único professor de matemática da escola, que também era o diretor, se dirigia aos alunos. Ele segurava um troféu com borlas em uma mão e um chicote na outra. Hakeem, o garoto que havia superado todos na classe de Ẹniọlá desde que eles estavam no JSS1, estava ao lado do diretor. Sorrindo enquanto o troféu pairava sobre sua cabeça, o diretor falou sem parar sobre como Hakeem tinha ganhado outro troféu para a escola em mais uma competição interescolar. Hakeem, com seus olhos fundos e uma testa que se projetava como se alguém tivesse batido nela com uma tábua, não era apenas o único aluno da classe de Ẹniọlá a ganhar um prêmio em qualquer competição de perguntas ou debates interescolar; era o único em toda a escola que já tinha voltado de uma delas com algum tipo de louvor.

— Estamos muito orgulhosos de você — disse o sr. Bísádé, entregando o troféu a Hakeem.

Hakeem baixou a cabeça como se fosse curvar-se, mas o sr. Bísádé agarrou-o pelos ombros e puxou-o para um abraço.

— *Óyá*, batam palmas para Hakeem, ainda preciso dizer isso pra vocês? — ordenou o sr. Bísádé, estalando o chicote. — Mais alto, mais alto, mais alto.

Os aplausos abafaram a voz do diretor.

Hakeem pegou o troféu e seguiu para o fundo, espremendo-se no espaço entre as filas de alunos. Ao passar, Ẹniọlá estendeu a mão para um cumprimento, mas Hakeem segurava o troféu com as duas mãos e não o soltou nos poucos segundos que levaria para apertar a mão de Ẹniọlá.

O sr. Bísádé estava de frente para os alunos, braços cruzados, dizendo algo que ninguém conseguia ouvir e sorrindo como as palmas dos alunos fossem para ele. Quando alguns meninos começaram a se agitar, ele estalou o chicote e os aplausos cessaram.

— Considerem isso o sermão de hoje — anunciou o sr. Bísádé, com a voz estrondosa que reservava para os versículos diários que escolhia da Bíblia ou do Alcorão. — Foi retirado da Bíblia Sagrada. "Como é feliz o homem constante no temor do Senhor! Mas quem endurece o coração cairá na desgraça." Dito isso, a direção da escola me pediu para informar que todos têm até a próxima segunda-feira para pagar as mensalidades. Mas que generosidade, hein? Deram uma semana inteira. Agora, se você já pagou, me mostre o comprovante pra eu passar o recibo. Se não pagar a mensalidade até o início da semana que vem, nem se dê ao trabalho de vir à escola. Todos os devedores serão...?

— Açoitados e mandados de volta para casa — disseram alguns alunos.

— Os devedores serão...?!

— Açoitados e mandados de volta para casa.

O refrão foi mais alto desta vez. Estrondoso o suficiente para Ẹniọlá sentir aquelas vozes vibrarem dentro do seu peito. Ou era o seu coração disparado de novo, como se ainda estivesse correndo? Ele teria que falar sobre isso com os pais em breve, talvez naquela noite. Mal conseguia se lembrar da letra enquanto cantavam o hino da escola, e sua mão direita tremia quando ele a colocou sobre o coração para recitar o juramento nacional.

O rádio da vizinha estava alto demais. Se prestasse atenção, o pai de Ẹniọlá poderia ouvir a respiração do locutor entre as frases. Ele tinha certeza de que o rádio também podia ser ouvido no prédio ao lado, mas nunca reclamou com a vizinha. Como poderia, quando ainda devia à mulher três mil nairas? Mais importante, porém, era que quando estava sozinho em casa Bàbá Ẹniọlá ficava grato por qualquer som que pudesse distraí-lo da escuridão que ia e vinha em seus pensamentos.

A escuridão estava lá desde que ele conseguia se lembrar, abocanhando os limites de sua mente. No final da adolescência, ele já tinha se acostumado com ela. Como ela vinha e ia embora como um resfriado sazonal. Ele se retraía, esperando que o desespero passasse, ignorando ofertas para se encontrar com amigos ou comparecer a cerimônias, incapaz de encontrar conforto ou prazer nas coisas a que costumava recorrer em momentos de tristeza. Ele sabia que era a escuridão quando o apetite desaparecia por dias, quando não se encantava com seus livros favoritos. Na idade adulta, ele entendeu o padrão, contava com ele para saber que passaria dentro de alguns dias ou semanas. Até agora.

Um locutor se despedia na rádio. O noticiário da uma da tarde havia terminado; Ẹniọlá e Bùsọ́lá estariam em casa em uma hora.

Antes de sair, sua esposa disse que as crianças iam comer *gaàrí* no almoço. Ele se levantou da cama e foi até o armário de comida. Se não conseguisse sair da sala, pelo menos poderia preparar o almoço para eles. Ele mediu o *gaàrí*. Apenas uma xícara, nem mesmo o suficiente para roçar a borda da lata de medição. Foi tudo o que sua esposa conseguiu juntar.

Ela fora de novo, provavelmente revirando pilhas de lixo atrás de plástico e garrafas que pudesse revender. Ele deveria estar com ela, oferecendo-se para trabalhos diurnos, lavando roupas ou banheiros de outras pessoas, procurando garrafas em lixões ou carregando cimento em um canteiro de obras. Apenas alguns meses atrás, ele era capaz de fazer algumas dessas coisas. Um dia, eles estavam juntos em um lixão, e ele não sabia que havia começado a chorar até que a esposa o segurou pela cintura. Ele não percebeu que estava tremendo até tentar segui-la, enquanto ela o puxava para longe do monturo.

O que desencadeou aquelas lágrimas? Uma percepção de que toda a sua educação foi em vão e todas as suas escolhas deveriam ter sido erradas se o levaram a um momento em que sua esposa estava vasculhando o lixo de outras pessoas? A ciência de que se encontrassem uma camiseta velha, ela seria lavada para que Ẹniọlá pudesse ter roupas novas para vestir?

Ẹniọlá havia espichado nos últimos anos e estava mais alto do que o pai. Bàbá Ẹniọlá pasmava com o fato de o filho continuar crescendo, avançando na vida sem muitas das coisas básicas de que precisava. Houve várias oportunidades em que ele esperava poder disponibilizar para o filho, mas a maioria se tornou redundante a cada ano que passava. O tempo era implacável, não parava, nem para dar às pessoas a chance de se recolherem do chão se estivessem aos cacos. E, assim, os membros de seu filho continuaram crescendo, ainda que não houvesse como oferecer um guarda-roupa que acompanhasse seu corpo em expansão. Bàbá Ẹniọlá não podia falar com orgulho sobre como a altura de seu filho ultrapassava rápido a dos colegas. Não quando as bainhas das calças do pobre menino continuavam ficando mais curtas, cada vez mais distantes de seus tornozelos ruços.

Um locutor anunciou que eram duas da tarde. Hora das notícias em tempo real. Bàbá Ẹniọlá ergueu a lata de *gaàrí*. A quantidade não seria suficiente para as duas crianças. Ele se perguntou se Bùsọlá passaria mais uma tarde batendo o pé pela sala e protestando contra a falta de comida. Ela não era de suportar o sofrimento sem reagir. Bàbá Ẹniọlá preferia isso ao silêncio do filho. Pelo menos ele sabia o que Bùsọlá estava pensando. Nunca conseguia dizer o que estava por trás dos silêncios de seu Ẹniọlá. Desespero? Ressentimento? Desdém por um pai que falhara com sua família?

O locutor relatava que o registro de eleitores estava aberto no estado para a eleição do ano seguinte. Bàbá Ẹniọlá olhou para a cicatriz que rasgava seu pulso até o cotovelo. Ele não conseguia pensar em eleições sem se lembrar de seu tempo em Àkúrẹ́, após as realizadas em agosto de 1983. Ele estava em Àkúrẹ́ para visitar um parente distante, que era um político local. Poucos dias depois de sua chegada, bandidos invadiram a rua da Igreja Metodista e cercaram a casa de seu parente. Bàbá Ẹniọlá e os vários primos da casa conseguiram fugir, pulando a cerca com os filhos do homem. A maioria dos primos saiu ilesa, mas um bandido conseguiu cortar o braço de Bàbá Ẹniọlá no momento em que ele escalava a cerca para se safar. O político local não teve tanta sorte. Ele foi pego, arrastado para as ruas e queimado vivo pela turba.

Bàbá Ẹniọlá suspirou. Ele encheu uma tigela grande com água e derramou o *gaàri* dentro, esperando que fosse do tipo que inchasse consideravelmente. Os minúsculos grãos sorveram a água em minutos, expandindo-se para encher a tigela. Bàbá Ẹniọlá sentou-se na cama, aliviado e mais calmo, com uma ligeira sensação de dever cumprido. Agora haveria comida suficiente para as duas crianças.

Bùsọlá foi a primeira a entrar na sala, cantarolando. Ela brandiu uma folha de papel antes de qualquer cumprimento.

— Olha, Bàami, tirei dez na prova surpresa de hoje.

Bàbá Ẹniọlá pegou a prova dela e a examinou. Em tinta vermelha, a professora havia rabiscado *excelente* abaixo da pontuação.

— Boa tarde, senhor. — Ẹniọlá o cumprimentou ao entrar na sala.

— Ninguém tirou mais de seis na turma inteirinha. — Bùsọlá sorriu. — E eu tirei dez.

Bàbá Ẹniọlá examinou a prova. Bom. A matéria era ciência integrada. Esta criança não cometeria os seus erros. Seria médica ou engenheira. Na pior das hipóteses, poderia ser contadora. Ele não permitiria que ela desperdiçasse suas habilidades em algo que não tivesse um caminho claro para a riqueza. Ela era mais esperta do que ele já fora, por que deveria deixá-la ser botânica ou o que quer que ela tivesse dito outro dia?

Ele costumava se reconhecer na filha. Sempre que a via cheirar um livro antes de abri-lo, ele entendia sua alegria. Doía o fato de não poder levá-la a uma livraria e vê-la passear com o tipo de enlevo que ele havia conhecido. Ele via sua ingenuidade nela também. Foi daí que surgiu o comentário de ser botânica. Ele teve opções no início da sua formação como professor, poderia ter gravitado em torno de alguma ciência, algo que seus pais consideravam mais prático e útil, mas não, tinha escolhido o que amava. História.

Mais tarde, quando alguns de seus amigos professores foram para os negócios e passaram a se concentrar em suas lojas e não nos alunos, Bàbá Ẹniọlá se dedicou ao ensino. Ele foi consumido pelo currículo que queria gravar no cérebro deles. Que bobagem era aquela que costumava dizer no início do semestre? Compreender o passado os prepararia para o futuro ou alguma besteira assim. Sua dedicação parecia nobre e honrável. Veja aonde isso o levara.

— Você não falou nada — disse Bùsọlá.

— Como?

— Você só está olhando para a prova, não me deu parabéns.

Bàbá Ẹniọlá devolveu a prova a Bùsọlá. Ele estava grato pela filha por aquilo; ela ainda exigia coisas dele. Ela presumia que ele era capaz de mais do que os devaneios em que costumava mergulhar, capaz de fazer mais do que vagar pela casa o dia todo. De vez em quando, a fé dela era suficiente para afastar a escuridão.

— Muito bem — disse Bàbá Ẹniọlá. — Bom trabalho.

Ela sorriu e assentiu.

— Tem alguma coisa pra comer? — Ẹniọlá estava trocando a camisa da escola.

— Tem, sim. — Bàbá Ẹniọlá apontou para a tigela de *gaàrí*.

Bùsọlá pegou uma colher e comeu.

— Agora tá muito mole. Por que você colocou tanta água?

— Para de reclamar — disse Ẹniọlá.

— Por que tá tão mole se não tem açúcar ou amendoim?

Ẹniọlá pegou sua colher.

— É pra que dê pra nós dois.

— Eu não estava falando com você. — Bùsọ́lá deixou cair a colher. — Não tem como comer essa coisa. Bàami, já teve notícias de algum dos empregos pra que se candidatou?

Bùsọ́lá esperava uma explicação que o pai não podia dar. Bàbá Ẹniọlá desviou o olhar. Ele temia que, se falasse, poderia cair no choro. Deitou-se na cama e sentiu a energia o deixando, sendo lentamente substituída por desespero. Até em fazer o almoço para os dois ele tinha falhado. Bùsọ́lá repetia perguntas que ele não poderia responder sem afundar ainda mais na escuridão. Ninguém queria contratar um professor de História. Nem as escolas particulares caindo aos pedaços de que ele tinha desdenhado no passado. Eles não tinham mais interesse em colocar História no currículo. Se ele falasse com Bùsọ́lá sobre isso e começasse a chorar, como às vezes acontecia sem perceber, a escuridão não o dominaria?

Bàbá Ẹniọlá se virou para a parede. Bùsọ́lá estava fazendo outra pergunta. Ẹniọlá se despediu, dizendo que estava indo para a loja da tia Caro. As vozes de seus filhos chegavam como ecos fracos, não convincentes o bastante para ele levantar a cabeça ou se despedir de Ẹniọlá, que saía da sala.

Havia duas placas do lado de fora do bangalô da tia Caro. Uma era preta, na altura do joelho, que dizia OFICINA DE COZTURA DA CARO. Já estava lá muito antes de Ẹniọlá começar a ser aprendiz, um ano atrás, e as letras estavam quase apagadas. A outra placa, grande e mais alta que a própria construção, fora instalada poucos meses depois que ele começou o treinamento. Essa placa e uma nova máquina de costura industrial foram o presente de aniversário que tia Caro deu para si mesma quando completou cinquenta anos. Contra um fundo branco, letras azuis brilhantes proclamavam:

CHEGOU A HORA DA ESTILISTA INTERNACIONAL Nº 1,
ALFAIATARIA E OFICINA DE COZTURA
ENTRE EM CONTATO PARA ROUPAS DE TRABALHO,
AṢỌ-EBÍ E VESTIDOS DE NOIVA.
TEMOS RENDAS, GINI BROCADO, *ANKARA* E MATERIAIS COM ADIRE.
SÓ COSTURA FEMININA DISPONÍVEL. NADA PARA HOMENS.
EXPERIMENTE PARA VER.

Tia Caro era magra como uma vassoura e mais alta que a maioria dos homens. Ela era uma das duas únicas pessoas que conhecia que eram mais altas do que ele. Na maioria dos dias, usava bubus que batiam no tornozelo, no mesmo estilo de decote em V e linha A, sempre bordados na bainha com fios dourados ou prateados. Ela estava do lado de fora quando ele se aproximou, segurando um tecido *adire* no alto enquanto o cortava ao meio com uma tesoura a partir da outra ponta.

O jardim da frente era uma laje elevada de concreto, com três degraus que levavam a ela.

— *Hin kúrọ̀lẹ́*, tia Caro — cumprimentou Ẹ̀niọlá ao chegar no último degrau.

Ela ergueu o olhar e disse algo que ele não conseguiu ouvir por causa dos roncos de um gerador preto e amarelo que ficava em um canto do jardim.

Ẹ̀niọlá foi até ela, segurou uma ponta do tecido e depois recuou até que ele estivesse totalmente esticado. Com a testa franzida, ela foi cortando em direção a ele, pedaço por pedaço, até que eles ficaram frente a frente e o tecido tinha sido dividido em dois. Ela deu duas batidas no ombro do menino para agradecer. Uma batida era um aviso, duas significavam "obrigado". Três batidas era um pouco confuso, podiam significar "muito bem" ou "para com isso", tudo dependia da velocidade.

Tia Caro entregou-lhe o tecido e foi até o gerador, inclinando-se sobre ele e mexendo em um dos fios. Ele foi com ela, sentindo que de alguma forma deveria verificar o que quer que ela estivesse verificando e consertando, embora não soubesse nada sobre geradores.

Seu pai tinha sido despedido antes que outras casas da rua tivessem um estremecendo em um corredor ou jardim. Os geradores eram exibidos nos jardins durante o dia e escondidos em corredores à noite. Ordem que surgiu depois que um foi roubado de um homem que passou o resto da noite gritando xingamentos que alegou serem flechas espirituais que perfurariam o corpo do ladrão em até três dias, o matando. Algumas pessoas juraram que o vizinho do homem havia roubado o gerador, mas, embora o suspeito tivesse começado a mancar logo após o incidente, ainda estava vivo três dias e três anos depois. De fato, ninguém morreu na rua por pelo menos mais de um ano, nem mesmo uma velha que estava tão doente e idosa que seus filhos já haviam repintado a casa duas vezes, se preparando para um enterro grandioso. Logo, houve outros rumores sobre o homem do gerador roubado, que *ele* fazia parte de uma gangue de assalto à mão armada e que um *èsan* tinha simplesmente o roubado depois de ter a propriedade invadida. Independentemente disso, ninguém deixou o gerador do lado de fora à noite após o incidente. A maioria dos geradores era azul e preto ou amarelo e preto, todos os chamavam de "É melhor dar isso pro meu vizinho". Baratos o suficiente para muitos na rua comprarem novos ou usados, pequenos o suficiente para serem levados para dentro por um adolescente assim que a noite caísse. Se sua família tivesse um "É melhor dar isso pro meu vizinho", Ẹniọlá sabia que o pai teria lhe ensinado a ligá-lo. Ele também seria o encarregado dele a essa altura, trocando o óleo semanalmente ou qualquer outra coisa.

Tia Caro tratava o gerador com o mesmo cuidado que tinha com sua máquina de costura mais nova. Nenhum de seus aprendizes tinha permissão para tocá-lo, nem com a ponta de uma unha. Quando os roncos do gerador ficaram mais altos e suas vibrações tão fortes que parecia ter começado a dançar no mesmo lugar, tia Caro ergueu-se e enxugou as mãos no bubu. Ela apanhou o tecido de Ẹniọlá, jogou-o sobre o ombro e seguiu para a porta que dava para seu bangalô. Ele a seguiu até o corredor que dividia o bangalô em dois apartamentos. Às vezes, quando conversava com um aprendiz que estava para sair depois de completar a formação, tia Caro contava que nunca tinha morado em outra casa. Ela tinha sido construída com barro antes de ela nascer e, quando a herdou dos pais, ela rebocou as paredes e as pintou de azul brilhante. Ela fez isso antes da oficina, quando tinha vinte e poucos anos, com o dinheiro que ganhara costurando como uma *èjìkániọ̀ọ̀bù*, carregando sua primeira máquina de costura Singer no ombro de rua em rua. Da Coca-Cola a Ìsàlẹ̀ General, Ìlérí a Àyésọ̀, remendando e consertando roupas de porta em porta. Ela economizou por anos e anos, aumentando a casa ao longo do tempo, avançando com os próximos passos assim que tinha dinheiro suficiente para comprar um saco de cimento ou uma lata de tinta.

Ẹniọlá achou a casa estranha e se perguntou por que ela não tinha simplesmente a demolido e construído outra. Era pequena e velha, coberta com camadas irregulares de tinta que descascavam quando você tocava nas paredes. Mas tia Caro tinha orgulho do que havia feito e continuou a usá-la como exemplo do que poderia ser feito por meio da costura, quando os aprendizes estavam prestes a deixá-la.

Na época em que seus pais eram vivos, a família de tia Caro morava em um apartamento e o outro era alugado. Agora ela morava em um deles e havia transformado o corredor e o outro apartamento na oficina de costura. O que fora um quarto servia como uma loja, com prateleiras que continham metros de *ankara* e faixas de cetim à venda. A antiga sala de estar abrigava seis máquinas de costura e duas mesas compridas; uma era para tecidos que estavam prestes a serem usados e a outra ficava cheia de roupas acabadas que precisavam ser passadas. Havia dois bancos no corredor para as clientes, mas se uma delas fosse particularmente rica ou importante, tia Caro a puxava pelo corredor até a sala de estar. Às vezes, ela deixava Ẹniọlá sentar-se ali, acomodado em uma das grandes poltronas, com o caderno no colo terminando o dever de casa. De vez em quando ela entrava e olhava por cima do ombro do menino, apertando os olhos para a caneta que corria pela página, com as mãos no quadril, pensativa, embora ambos soubessem que ela não conseguia ler o que ele estava escrevendo.

Durante o primeiro mês de Ẹniọlá como aprendiz, tia Caro lhe ensinou a medir e cortar. Designou o garoto para operar uma máquina de costura ao lado dela e lhe mostrou como fazer pontos. Mas quando chegou o último dia daquele mês e seus pais não pagaram sua mensalidade de aprendiz, ela o chamou de lado e explicou que não poderia continuar a formação. Ela entendia que o pai dele não tinha emprego, mas ninguém lhe dava linhas e agulhas de graça também. Ele entendia o que ela estava falando, não é? Ele poderia continuar indo para a oficina depois da escola para aprender uma coisa ou outra, mas ela não ensinaria nada a ele que envolvesse uma máquina de costura, a menos que os pais lhe pagassem.

Tia Caro tinha três aprendizes que de fato haviam pagado a mensalidade da aprendizagem. Fúnké, a mais velha e experiente, estava sob a tutela de tia Caro havia dois anos e faltava um para ela conseguir sua liberdade. Credenciada por tia Caro como alfaiate de boa-fé, ela poderia ingressar no Sindicato dos Alfaiates e abrir sua própria alfaiataria.

Maria e Şèyí haviam começado a formação poucos meses antes de Eniolá, mas como tinham pagado por ela, sabiam muito mais do que ele. Elas agora conseguiam fazer saias, *ìró*, *bùbá* e um ou outro bubu do começo ao fim, sem pedir qualquer ajuda a tia Caro. Isso significava que elas podiam mandar Eniolá fazer serviços, já que tudo com que ele estava ajudando poderia ficar para depois e elas de fato estavam costurando coisas que as clientes usariam. Às vezes, ele fingia não ouvir quando lhe pediam para ir comprar algo gelado para beber e salgadinhos. Ao contrário de tia Caro e Fúnké, elas nunca deixavam um pouco de Coca ou Fanta na garrafa para ele beber. Şèyí e Maria tomavam cada gota, depois lhe pediam para devolver as garrafas vazias e trazer de volta o troco que ficava retido até que os cascos fossem entregues. Elas faziam isso até quando não estavam costurando nada, como se ele fosse seu empregado. Şèyí nem era mais velha que ele. Ela tinha sido sua colega de classe até o JSS3, quando engravidou e foi expulsa da escola porque, como disse o sr. Bísádé para os alunos reunidos, sua presença corromperia a fibra moral da escola. E, embora o sr. Bísádé não tivesse mencionado quem era o pai, todos sabiam que Şèyí havia engravidado de Ahmed, outro aluno da escola. Şèyí e Ahmed usaram roupas costuradas com o mesmo tecido de renda durante a cerimônia de nomeação da criança, e foi Ahmed que leu em voz alta os nomes da criança. Ahmed estava agora no SS3.

Ẹniọlá às vezes até que suportava quando Maria o mandava fazer algo, mas Ṣèyí? Ele a odiava pela facilidade casual com que o mandava para cima e para baixo, como se não fossem da mesma idade, pela rapidez com que ela tirava as notas de naira do sutiã, o fazendo ver de relance a sua carne, antes de ela sequer lhe entregar o dinheiro. Durante todo o trajeto até a loja, ele sentiria o calor da pele dela naquelas notas de naira, e sempre, sempre aquela vontade de levar as notas às narinas, aos lábios. Duas vezes, quando ele tinha consigo dinheiro suficiente para comprar o que ela queria, guardou as notas que Ṣèyí lhe dera por dias, segurando-as contra o rosto com os olhos fechados, imaginando como elas deveriam ter ficado pressionadas junto do peito dela. Como ele se sentiria.

Ẹniọlá sentou-se em frente à máquina de costura de Ṣèyí, atrás de uma mesa repleta de metros de renda e exemplares antigos da revista *Ovation*. Ele gostava de folhear a revista sempre que podia, mergulhando em outro mundo ao passar as páginas. Dava a sensação de estar se preparando para uma vida que poderia ser sua, algum dia, de alguma forma. Tia Caro mantinha um estoque de exemplares antigos da revista para que suas clientes pudessem escolher modelos entre as infinitas opções oferecidas por qualquer uma das mulheres que haviam sido fotografadas em alguma grande festa em Lagos, Londres, Abuja, Paris, alguma ilha cujo nome Ẹniọlá pronunciava silenciosamente, mas não ousava dizer em voz alta. Ele estudava os homens, prósperos em seus *aṣọ-òkè agbádás* com dobras no alto dos ombros, majestosos em seus tecidos George e camisas tão brancas que pareciam capazes de refletir a luz do sol. Ele estudava seus relógios de pulso, as paredes estampadas atrás deles, as cadeiras douradas em que se sentavam, as contas coral que pendiam de seus pescoços em cordões de várias voltas ou uma única que descia até o umbigo. Como eles olhavam ou sorriam para a câmera, como as mãos descansavam no ombro de uma esposa sentada ou nas suas próprias barrigas estufadas, testemunhos de que levavam uma boa vida.

— Você veio aqui para ler a *Ovation*? — disse Ṣèyí antes que ele pudesse passar da primeira página. — Ah, alguns dos seus parentes estão nessas fotos, *àbí*?

Maria riu. O som atingiu Ẹniọlá como um tapa. Ele não tinha parentes que sequer pudessem comprar a revista.

Ṣèyí estendeu um tecido azul para ele.

— Você não consegue dobrar isso sozinha? — disse ele, devolvendo o exemplar da *Ovation* para a mesa.

— E quem é que vai fazer esse bubu? — Ṣèyí ergueu as mãos e olhou para a esquerda e para a direita, primeiro para Fúnkẹ́, que estava pregando botões em uma jaqueta rosa, depois para Maria, que marcava uma roupa com giz.

Ele pegou o tecido e deu as costas para Ṣèyí, ficando de frente para a janela sem vê-la sorrir triunfante. Duro de tão engomado, o tecido estalou quando ele o dobrou. O azul do céu estava ficando mais escuro, rajadas de vento faziam as persianas de madeira das janelas balançarem nas dobradiças; atrás dele, o pedal de Ṣèyí matraqueava enquanto ela trabalhava no bubu.

Um Mercedes M-Class vermelho parou em frente à loja.

— Yèyé está aqui — anunciou Ẹniọlá, observando o motorista sair do carro e abrir a porta para uma mulher de quase cinquenta anos.

Ela olhou para a sarjeta que separava a rua da loja de tia Caro como se estivesse pronta para voltar em vez de passar pela tábua estreita que havia sido colocada ali como uma ponte.

— Fúnkẹ́, me ajuda a pegar alguma coisa para Yèyé beber — pediu tia Caro. — Ei, espera, tá indo aonde? Você ainda não sabe o que ela quer, espera ela chegar.

— Sim, ma — disse Fúnkẹ́, arrastando cada palavra como costumava fazer, de modo que sua gagueira soava como um tremor na voz.

Yèyé atravessava apressada a tábua, e os fios de ouro que contornavam o decote de seu vestido que ia até o chão brilhavam cada vez que ela se movia. Ẹniọlá se lembrava dessa roupa: tia Caro não permitiu que qualquer outra pessoa na loja tocasse no tecido enquanto trabalhava nele. Uma vez, quando Ẹniọlá pegou um pedaço que havia caído no chão e o colocou em uma pilha de restos que juntava para fazer uma blusa de retalhos para Bùṣọ́lá, tia Caro estalou os dedos para ele antes de dizer:

— Dê isso aqui, um metro desta renda dá para comprar você e a sua família, não traga problemas para minha vida, por favor.

O aroma frutado do perfume de Yèyé encheu o lugar antes de ela entrar na loja.

— Caro! Caro, *torí Ọlọ́hun*, arruma um dinheiro e cubra aquela sarjeta com cimento já. É só fazer uma ponte pequena. Isso que você colocou ali fora é como um lápis, vai quebrar a qualquer momento e te arrumar dor de cabeça. E se alguém cair lá dentro, Caro? E se *você* cair? Estou avisando, Caro.

— Te ouvi, ma, e vou arrumar. — Tia Caro estendeu a mão para pegar as bolsas de Yèyé. — E boa tarde, Yèyé, vamos para minha sala de estar.

— Não, não, aqui está bom. Vou embora logo.

Tia Caro levou Yèyé até o único sofá de dois lugares da loja, depois empurrou para o lado um monte de tecido empilhado, criando espaço suficiente para Yèyé.

— O que devemos trazer para você? — perguntou Tia Caro enquanto Yèyé se sentava. — Coca ou Fanta? *Àbí zobo*?

— Tô com vontade de tomar alguma coisa, mas Wúràọlá disse que eu deveria parar com coisas doces. Por causa do meu açúcar no sangue, *kiníkan sha*. — Yèyé suspirou. — Nessa vida curta, esses médicos não querem que vivamos os pequenos prazeres que podemos desfrutar.

— Uma garrafa não vai te matar — disse tia Caro.

— *Àbí*? Mas, sabe, eu sempre digo ao pai dela que, já que fomos nós que mandamos Wúràọlá para aprender, nós é que devemos sofrer com o conhecimento que ela agora tem. Estamos aproveitando o dinheiro que gastamos.

Tia Caro riu.

— E como está nossa jovem médica? Faz meses que não vemos nem a sombra dela por aqui.

— Não tem tempo nem para si mesma. Ela está bem, é até por causa dela que… — Yèyé parou no meio da frase. — Boa noite, certo? Seja lá o que eu estava falando me fez esquecer de cumprimentá-los. Maria? Ṣèyí? Ẹniọlá? E… Fúnkẹ? Boa noite a todos, *gbogbo riín ni mo kí o*.

Todos responderam ao mesmo tempo, as vozes se misturando com a dela enquanto continuava falando com tia Caro.

— Então, é por causa de Wúràọlá mesmo que estou aqui. Dá para imaginar que essa menina ainda não fez nada com a renda que escolhemos para o meu aniversário? Já tem três meses que escolhemos o material, daí você imaginaria que a minha filha teria escolhido um bom modelo para esse dia, mas até agora nada. *Ótí o*, talvez ela esteja esperando pra fazer quando faltar dois dias pra cerimônia, não sei. Mas eu trouxe.

Yèyé se inclinou e pegou o saco de papel dourado que tinha deixado cair ao seu lado no sofá. Um lado da bolsa tinha uma grande foto de Yèyé sorrindo, enquanto os outros tinham várias fotos menores dela sentada, de pé, dançando. Estampado abaixo da maior foto em letras verdes e destacadas, havia:

CHEFE (SRA.) CHRISTIANAH ÀLÀKẹ́ MÁKINWÁ
YÈYÉ BỌ́BAJÍRÒ DE ÌJẹ̀ṢÀLAND

Yèyé empurrou a bolsa para tia Caro, que enfiou a mão e tirou um pacote de tecido de renda verde, antes de colocá-lo no chão ao lado dos pés de Yèyé.

— Pode ficar com a sacola — disse Yèyé. — É a lembrança que estamos distribuindo com o *aṣọ-ebí* para os convidados. Eu queria trazer uma para você desde então, mas sempre esqueço.

— E é muito bonita. — Tia Caro pegou a sacola e a examinou.

— *Àbí*, Láyí mandou fazer em Àkúrẹ́. Muitas, umas mil, e ele as trouxe a tempo de eu usá-las para embalar a aṣọ-ebí. Rapaz muito atencioso. Gostei do acabamento, muito bonito.

— E como não ficaria bonito, olha só como você é linda.

— Caro, olha só esse meu rosto enrugado.

— É o seu rosto que tá deixando bonito, Yèyé, você ainda parece uma *sisí*.

As bochechas rechonchudas de Yèyé se enrugaram quando ela abriu um sorriso.

— A nossa doutora mandou um modelo para o tecido?

— Wúràolá? Estilo *kè*, ela disse que vai te ligar amanhã, mas, por favor, se ela não ligar, me ajude a lembrá-la. Você tem o número dela? Bom. Tente fazer com que ela não escolha nada com estilo de aldeia, por favor, me ajude a encontrar algo atual. Faça algo que as garotas finas estejam usando hoje em dia. Você sabe que estamos implorando a Deus para que possamos celebrar o casamento dela em breve. Mas a fé não exclui o esforço, *àbí* Caro? Ela precisa se vestir bem para aquela festa. Por favor, faça um vestido de bom gosto.

— Nem se preocupe, Yèyé. Vou ligar para ela amanhã para lembrar do modelo.

Yèyé se levantou.

— Você ainda tem as medidas de Wúràolá, *àbí*? Isso é bom. Ela perdeu um pouco de peso desde que voltou ao trabalho, mas não muito. É só fazer e mostrar pra gente primeiro, para fazermos os ajustes. Quando fica pronto, Caro?

— Me dê duas semanas.

— Para quê? Não, eu quero na semana que vem. Assim ela pode experimentar e fazer ajustes.

— Yèyé, já tenho muito trabalho, mas vou tentar deixar pronto no próximo sábado, isso não é coisa de menos de duas semanas.

— Sábado?

— Eu mesma levarei na sua casa.

— Caro, não vamos brigar de novo. Não me decepcione desta vez.

— Yèyé, sinto muito pelo mês passado. Meu gerador teve um probleminha.

— O seu gerador estraga todo dia, Caro. Não me decepcione desta vez se não quiser que Deus a decepcione.

— Que Deus não decepcione nenhuma de nós — disse tia Caro.

Yèyé pegou sua bolsa.

— *Àmín o*, vou indo agora, preciso passar no mercado antes de ir pra casa.

— E as roupas que você me pediu para ajustar da última vez?

— Ah, acabei esquecendo. *Óyá*, pode trazer. — Yèyé estendeu a mão.

— Não, eu te ajudo a levar para o carro.

Tia Caro desapareceu pela outra sala que servia de depósito.

— *Ótí o*, não precisa.

Tia Caro reapareceu, carregando uma enorme sacola de plástico preta. Yèyé estendeu a mão para pegá-la, mas tia Caro deu um passo para trás, deixando a outra mulher agarrando o ar. As duas riram.

— Caro, tudo bem, deixe alguém do seu pessoal levar. Volte para o seu trabalho. Qual é mesmo o nome do menino?

— Ẹniọlá. Ẹniọlá, *óyá*, vem.

Ẹniọlá foi até elas, pegou a bolsa de tia Caro e seguiu Yèyé quando ela saiu da loja.

O motorista estava parado junto da porta do carro, se espreguiçando. Quando ele abriu a porta para ela, Yèyé acenou com a cabeça para Ẹniọlá entregar a bolsa de plástico para ele.

— *Bàbá* — disse ela ao motorista. — Tá com o troco que pegamos no posto de gasolina? Dá pra este menino duzentas nairas.

O homem tirou uma nota amassada do bolso da camisa e deu a Ẹniọlá.

— Obrigado, senhora. Deus te abençoe, senhora. Obrigado, senhora.

Ẹniọlá se prostrou para Yèyé, que assentiu e não disse nada.

Ela olhou para cima antes de entrar no carro e Ẹniọlá seguiu seu olhar. As nuvens escuras estavam em movimento, seguindo rapidamente para longe.

Ẹniọlá deixou o *Time Wait for No 1* depois de escurecer.

A caminho de casa, enfiou a mão no bolso direito repetidas vezes para tocar na nota de duzentas nairas. Sua nota de duzentas nairas.

Ele poderia comprar meias novas, dois bons pares que não tivessem buracos para nenhum de seus colegas estúpidos rirem durante a reunião de alunos matinal. Não, ele deveria comprar uma mochila. As alças da que estava usando agora estavam puídas e, assim que arrebentassem, ele sabia que a mãe lhe diria que daria um jeito até o fim do semestre. Se ele comprasse *okrika*, poderia até conseguir uma bolsa estampada com símbolos de grife. Nike, Puma, talvez FUBU. Os vendedores de segunda mão sempre tinham coisas boas que eram ainda melhores do que as novas. Sua mãe dizia isso o tempo todo. Mas duzentas nairas seria mesmo suficiente para uma mochila? Talvez devesse guardar o dinheiro até ter mais e poder comprar uma mochila e meias. Ele não sabia como conseguiria mais dinheiro, mas a generosidade de Yèyé parecia um começo. Ela o havia escolhido entre todos os outros aprendizes; talvez ele tivesse sorte agora e as clientes mais ricas lhe dessem dinheiro quando fossem à loja. Ele poderia economizar até ter mil ou dois mil. Talvez devesse perguntar à tia Caro quanto custava para ser aprendiz; se ele aprendesse habilidades suficientes com ela, conseguiria entrar na universidade. Ela dissera isso a ele quando começou a formação. A única razão pela qual ela mesma não tinha ido para a universidade foi porque não teve cabeça para terminar um ano do Ensino Médio. Já ele estava prestes a terminar. Se trabalhasse firme e ficasse acordado para ler à noite, talvez conseguisse passar nos exames no ano seguinte. Mas nesta noite ele não podia ficar acordado estudando.

Não tinha eletricidade na rua havia semanas, mas ele não precisava de postes de luz para guiá-lo até sua casa. Ele podia andar pela estrada com os olhos vendados e ainda ser capaz de dizer onde ficava cada prédio. Talvez devesse usar o dinheiro que economizara para comprar uma lâmpada recarregável para ler à noite. Tia Caro deixaria ele carregar na loja dela.

Ele estava passando pela clínica agora arruinada onde havia nascido, quando ouviu alguém chamar seu nome. Ele olhou para a esquerda em uma rua lateral e viu Hakeem vindo em sua direção.

— Você não veio assistir ao jogo esta noite — disse Hakeem, acompanhando Ẹniọlá.

— Tava na casa da tia Caro.

— Você deveria ter vindo.

Ẹniọlá deu de ombros. Tudo o que Hakeem fazia, parecia ser sem esforço. Ainda que, depois da escola, sempre que Ẹniọlá se aproximava de um campo de futebol, ouvia sua mãe dizer: *Não jogue fora seu futuro.* Hakeem jogava quase todos os dias e ainda conseguia ser o melhor da sala. Talvez ele tenha ficado acordado para ler à noite. Mas provavelmente não; ele era uma daquelas pessoas que apenas tinham muita sorte, pessoas como Yèyé, que nasceram para ter todas as coisas boas do mundo. Ẹniọlá tocou a nota de duzentas nairas novamente; talvez ele fosse uma dessas pessoas agora.

— Eu marquei três gols — disse Hakeem.

É claro. No escuro, dava para ver o brilho do sorriso de Hakeem.

— Três, ouviu? Deixei todo mundo embasbacado.

Ẹniọlá sorriu e fez um som, algo para indicar que estava maravilhado.

— Surpreendente, eu sei.

Os dentes de Hakeem brilharam na escuridão enquanto ele dava outro sorriso. Ẹniọlá estava familiarizado com aquele sorriso, porque o via dia sim, dia não no rosto da irmã. Era a explosão feliz de alguém que estava acostumado a ser adorado por ser o primeiro da sala, ganhar prêmios, se sair melhor do que todos os outros em quase tudo.

— De onde você está vindo? — perguntou Ẹniọlá, antes que Hakeem pudesse começar a descrever os três gols.

Hakeem ergueu dois bastões de vela branca.

— Minha mãe me mandou comprar isso. A lâmpada recarregável apagou e ela está com medo de querosene agora por causa de todas aquelas explosões.

Uma garotinha correu em direção a eles, empurrando um velho pneu de bicicleta com um pedaço de pau e gritando de alegria. Hakeem virou-se para vê-la passar.

Uma moto surgiu ao longe e quase imediatamente pareceu estar a centímetros deles. Ẹniọlá saiu às pressas do caminho. Então olhou para trás e viu Hakeem ainda encarando a garota, de costas para a moto que se aproximava. Sem pensar, Ẹniọlá voltou correndo e puxou Hakeem do trajeto da moto, perto o suficiente para o cotovelo do motoqueiro esbarrar em Ẹniọlá.

— *Orí riín dàrú, hin ti fẹ́ kú*! — gritou o motoqueiro para eles.

— Você quer morrer? — Ẹniọlá enfiou as mãos trêmulas nos bolsos. — O que você estava olhando?

— Ela estava usando só um sapato — disse Hakeem. — Você não viu? O pé esquerdo estava descalço.

— E daí? — Ẹniọlá começou a se afastar.

Hakeem o alcançou, mas nenhum dos dois falou até chegarem ao prédio cercado onde a família de Ẹniọlá morava quando seu pai ainda trabalhava. O prédio para onde a família de Hakeem se mudou logo depois que eles tiveram que ir embora.

— Boa noite — disse Hakeem, e bateu com o punho no portão. Logo ele se abriria para admiti-lo ao paraíso que Ẹniọlá havia perdido.

Ẹniọlá acelerou o passo sem responder.

Ele estava quase em casa quando sentiu uma batida no ombro. Assustado, olhou para trás: era Hakeem.

— O quê? — questionou Ẹniọlá.

— Esqueci de expressar minha sincera gratidão — disse Hakeem. — Você salvou minha vida.

— Acho que não.

— Não seja modesto. Obrigado, Ẹniọlá — agradeceu Hakeem, e se virou.

E enquanto o observava voltar a pé para a casa azul, Ẹniọlá percebeu que Hakeem era o único menino de sua classe que ainda o chamava pelo nome. O único que não o insultava diariamente com a lembrança de uma vida que poderia ter sido a dele, caso tivesse tido a sorte de ir para a escola do Instituto Federal.

4

Kúnlé estava esperando ao lado da porta traseira dela, vestindo aquele blazer preto de que ele tanto gostava. Era como se ele não conseguisse sentir a força do sol que baniu completamente a brisa fria do harmatã daquela manhã.

— Você não está fritando? — perguntou Wúràọlá.

— Que tal um "Bom dia, meu amor" ou "Que bom ver você"? Talvez, "Que gentileza da sua parte ter vindo", ou melhor ainda, "Eu estava prestes a ligar de volta" — disse Kúnlé, contando as declarações na mão esquerda.

— Tudo isso também, mas esse blazer, você não tá com calor?

— Você não estava atendendo minhas ligações.

— Eu não estava atendendo as ligações de ninguém.

— Eu me tornei qualquer um para você agora.

Ele fez uma pausa para fazer aspas com os dedos quando disse "qualquer um", e ela observou suas mãos se moverem em dois arcos. Aquelas mãos. Ela pensava nelas nas horas de vigília, como seus longos dedos se afunilavam em direção às pontas, como eram inacreditavelmente ágeis dentro dela.

— Eu sou só uma das pessoas aleatórias que ligam para você, hein?

Wúràọlá vasculhou a bolsa atrás das chaves do carro.

— Calma, por favor, você sabe o que eu quis dizer. Até minha mãe está ligando pra saber sobre o vestido de aniversário dela e eu não consegui… Onde eu coloquei essa chave? Não tive um minuto pra mim hoje.

— Vamos no meu carro. — Kúnlé apontou para o outro lado do estacionamento, para seu Sentra azul.

— Quero deixar um negócio no meu banco de trás. — Wúràọlá balançou suas chaves no rosto de Kúnlé. — E quem te disse que vou a algum lugar com você?

Ele riu e se encostou no carro dela, bloqueando o acesso à porta do motorista.

— Chega pra lá, me deixa abrir a porta — disse Wúràọlá.

— Você não estava atendendo minhas ligações.

Na maioria das vezes, Kúnlé parecia gostar de discutir. Ele chamava de brigas amigáveis e achava isso estimulante. Wúràọlá não se importava com o sexo de reconciliação que se seguia ao que ela considerava briguinhas falsas. Ela entrava no jogo, agindo com uma beligerância que, mais tarde, ele se gabaria de ter sido flexivelmente prazerosa. O que a incomodava era como aquela disposição brincalhona era tênue; uma dita sessão de briga amigável podia se transformar a certa altura, na pausa entre uma palavra e a seguinte, em um confronto.

Ela segurou o pulso dele e tentou tirá-lo do caminho, mas ele não se mexeu nem sorriu. Confronto à vista. Mesmo colocando toda a força naquele puxão, ele permaneceu impassível. Talvez ele não estivesse absolutamente em uma briguinha: às vezes era difícil dizer.

— E você nem se preocupou em ligar de volta ou mandar uma mensagem.

Ela fechou os olhos brevemente. A voz dele tinha subido alguns tons a cada palavra?

— Você está gritando comigo? — perguntou ela.

— Você está dizendo que eu não tenho o direito de ficar chateado?

— Na verdade, só estou perguntando se você está gritando comigo agora.

— O que você está sugerindo? Que ignorar minhas ligações não garante uma reação da minha parte? É esse o tipo de coisa que estamos fazendo aqui?

Wúràọlá olhou ao redor do estacionamento. Havia menos carros e pessoas porque era sábado, mas isso também significava que sua voz reverberaria. À sua direita, alguns homens pararam de colocar uma maca vazia em uma ambulância para olhar para eles. Sim, não era apenas seu cérebro exausto que estava amplificando sons: Kúnlé estava gritando.

— Pode só chegar para lá? — Ela manteve a voz baixa e uniforme. Não queria começar qualquer bobagem em público.

— O que você quer colocar no carro que é tão importante a ponto de achar normal ignorar minhas perguntas?

— Kúnlé, só quero deixar o meu livro. Podemos falar no caminho. Chega para lá.

— E se eu não sair?

Wúràọlá inclinou a cabeça de lado.

— Sério?

Ele deu de ombros e cruzou os braços sobre o peito. Nesses movimentos, ela teve um vislumbre de quando ele era mais jovem, quando ainda frequentavam a mesma escola do Ensino Fundamental, antes de serem mandados para internatos diferentes no Ensino Médio. Kúnlé costumava acompanhar o pai às reuniões do IEMPU, porque sua família presumia que ele era amigo de Láyí, irmão de Wúràọlá. Ainda que os dois meninos fossem colegas de classe, dois anos à frente de Wúràọlá, o círculo de amigos no Ensino Fundamental de Láyí se formou antes de a família de Kúnlé se mudar para a cidade e nunca se ampliou para incluí-lo. Wúràọlá e Láyí costumavam rir dele naquela época, imitando como ele dava de ombros, como cruzava os braços, os movimentos que fazia logo antes de sair para dedurá-los para algum adulto, só porque eles imitavam o seu *Eu vou contar pro meu pai e pra sua mãe.* Ele estava até franzindo os lábios agora, só faltava sair da frente batendo o pé. Wúràọlá quase riu, mas conseguiu reprimir sua alegria.

Ela deu a volta no carro, abriu pelo lado do passageiro e jogou seu *Neuroanatomia clínica* no banco de trás. Ela tinha enfiado o livro na bolsa no início da semana, esperando — tolamente, agora ela sabia — que teria pelo menos algum tempo para folheá-lo. Não seria interessante se seus pacientes não a levassem a sério quando começasse na neuro em algumas semanas. Todo mundo era um idiota quando chegava em neurologia; o objetivo era ficar na média. Ela não tinha conseguido abrir o livro a semana toda, mas a alça da bolsa estava puída de tanto carregá-lo pra cima e pra baixo. Hora de mudar para uma bolsa de notebook. Ela se sentou no banco do passageiro, então se inclinou para o lado do motorista para ligar o motor.

Wúràọlá deixou o motor rodar por cerca de um minuto antes de ligar o ar-condicionado. Ela baixou a trava e puxou a cadeira totalmente para trás. A rajada de ar frio a envolveu enquanto ela sorria para Kúnlé, que a olhava de volta. Ela manteve o sorriso, certa e satisfeita de que isso o enfureceria. Por um breve momento, se perguntou se ele a deixaria em paz e iria para o seu carro. Ela o seguiria se ele o fizesse. Não fazia sentido dirigir naquela manhã. Suas mãos estavam tremendo quando ela saiu da enfermaria, minutos antes, e isso depois de passar a noite só com a ajuda de uma lata de energético que outro funcionário lhe dera. Kúnlé bateu no vidro e fez sinal para ela abrir a porta. Ela abaixou o vidro apenas o suficiente para ele enfiar um dedo dentro do carro.

— Você precisa se desculpar pelo grito — disse ela.

Ele fez uma careta.

— Você já disse que sente muito por ignorar minhas ligações?

— Eu estava trabalhando quando você ligou.

— Não podia ter mandado uma mensagem?

— Você sabe mesmo o que os médicos fazem quando estão de plantão?

— Você se acha.

— Tudo bem. Por favor, tire o dedo, deixa eu fechar a janela.

— Wúrà, só abra esta porta, te imploro.

"Te imploro" não era um pedido de desculpas. Pelo menos não nesse tom, mas teria que servir. Ela estava muito cansada e com fome demais para aguentar drama. Se eles superassem isso e partissem, ela poderia comer logo. Wúràọlá o deixou entrar e se preparou para um longo discurso retórico. Kúnlé não disse nada antes de recuar em um movimento rápido, que a sacudiu.

— Pensei que a gente ia no seu carro. — Ela endireitou o banco e colocou o cinto de segurança. — Podemos comprar alguma coisa para comer? Eu estou com fome.

Kúnlé não respondeu.

— Podemos parar no Capitão Cook antes de ir pra sua casa? Podemos comprar só uma torta de carne para começar? O que você acha? Tá, vai, se faz de bobo. Só nunca mais fale comigo assim. Estou avisando. Por que você estava gritando na frente de todo mundo? Por quê?

Ele diminuiu a velocidade quando se aproximaram do portão do hospital. Em algum ponto entre o Ensino Médio e a universidade, Kúnlé, um chorão e rabugento, havia se tornado o tipo de pessoa que agora baixava a janela para cumprimentar os guardas, com efusivos *Ẹ kú iṣẹ́, major* e *Bom trabalho, oficiais,* que passavam por eles sem pedir para que abrissem o porta-malas para inspeção. Seu ato acabara com o hiato entre o que se aspirava e o que era a realidade por meio de duas palavras, "major" e "oficiais". Os homens e mulheres que ele cumprimentava não tinham nenhum título além de guardas. Eles não poderiam estar mais distantes dos quadros militares que as respostas radiantes à bajulação de Kúnlé sugeriam a que um dia já haviam aspirado. Embora fossem funcionários do hospital, circulavam boatos de que suas funções logo seriam terceirizadas para empresas privadas. Ela não tinha certeza se a prática de Kúnlé de se tornar benquisto por estranhos dessa maneira era exploradora ou benevolente. Talvez, como em muitos outros atos de generosidade, fosse ambos. Assim que saíram do hospital, ela se virou para olhar as barracas e as casas que passavam zunindo até que tudo se confundiu em um sonho.

Chovia. Ela estava no meio de uma estrada, ajoelhada em cima de um bebê cujo choro se elevava acima dos trovões, ouvindo as batidas de seu coração. Em algum lugar, um relógio antigo marcava meia-noite. Ela ouvia o rugido de caminhões e tanques em alta velocidade, o guincho de pneus no asfalto molhado, os gritos de um abutre empoleirado no seu ombro esquerdo. Ela não ouvia mais os batimentos cardíacos do bebê. Mesmo quando a estrada esvaziou e a chuva parou, com o sol nascendo, ela não conseguia ouvir as batidas do coração. Quando o piar do abutre se misturou com o choro do bebê em um grito implacável, Wúràọlá tentou largá-lo, mas descobriu que suas mãos estavam coladas nele.

Ela acordou com o som de batidas, e esse barulho foi um alívio. Desta vez, o sonho acabou antes de outro abutre pousar em sua cabeça. Semanas se passaram desde que ele morreu sob sua supervisão, e ela sonhava com o bebê quase diariamente, acordando para se perguntar se havia mais alguma coisa que poderia ter feito. Estava melhor agora; ultimamente, ela só sonhava com ele durante os cochilos que dava durante o plantão ou logo após.

Pius: 2,2 kg, parto vaginal com 29 semanas de idade gestacional. Índices de Apgar de 5 e 6 entre 1 e 5 minutos.

Wúràọlá tentou focar seus pensamentos na irmã gêmea da bebê, Priscilla, aquela que sobreviveu.

— Você consegue se lembrar do sonho? — perguntou Kúnlé.

— O quê?

— Você estava fazendo um som estranho, como se estivesse chorando. Imaginei que estivesse sonhando com alguma coisa.

Wúràọlá pensou em Priscilla; no exato momento em que a respiração de Pius parou, Priscilla, dona de um par de pulmões mais saudável, despertou do sono com um gemido penetrante que não pôde ser abafado pelas paredes de sua incubadora.

— Você se lembra?

— Não — disse Wúràọlá. Ela havia contado a Kúnlé sobre Pius alguns dias depois de sua morte, mas nunca contara a ninguém sobre os sonhos.

— Vamos descer antes que a fornada de inhame pilado acabe — disse Kúnlé, desligando o motor.

Eles estavam em Ọlọ́hunwà, bem na frente da região onde os pais de Kúnlé construíram sua casa. As pessoas disseram que os Coker optaram por construir tão perto da capital do estado porque o pai de Kúnlé ainda planejava se candidatar a governador. Quando ela perguntou a Kúnlé sobre isso, ele disse que era apenas uma coincidência conveniente. Sua mãe tinha herdado aqueles lotes de terra da avó.

Kúnlé era um âncora de notícias da Nigerian Television Authority na capital do estado e estava tentando ser transferido para Lagos ou Abuja. Ele tinha certeza de que a carta chegaria a qualquer momento e, portanto, não se deu ao trabalho de ir atrás de um apartamento. Em vez disso, remodelou os seus aposentos da adolescência e se deslocava para o trabalho diariamente.

Wúràọlá bocejou. Ela queria ir direto para a cama.

— Por que não compramos a comida e levamos para sua casa?

— Meus pais ainda estão em casa — disse ele, e a deixou no carro.

Os pais de Kúnlé pareciam esperar que ela não ultrapassasse a sala de estar deles, como se ainda fosse a garotinha que acompanhava a mãe às reuniões da União das Mães quando a professora Cordelia Coker as sediava. Sempre que a mulher mais velha se deparava com

Wúràọlá em sua propriedade, dava um sorriso de boca fechada que a fazia se perguntar se os sons animalescos que Kúnlé fazia quando gozava de alguma forma chegavam até o trecho de ladrilhos que interligava o quartinho e o duplex onde os pais dele moravam. Não era fácil ficar lá quando eles estavam presentes.

Wúràọlá saiu do carro e seguiu para o buka. Do lado de fora, homens e mulheres enfiavam inhames em grandes tigelas, fazendo um barulho abafado que se tornava agudo; pilões passavam do monte branco até o fundo da tigela. *Po-ki-po*. Kúnlé já estava dentro do buka. Ela se sentou ao lado dele em um banquinho e pegou a bebida que ele havia pedido.

Ele riu.

— Você é tão teimosa.

— Foi você que não se desculpou por gritar, mas eu sou a teimosa? — Ela deu um bom gole em sua cerveja preta. Ele colocou a mão no ombro dela e a puxou para perto.

— Seus pais não vão ao funeral na catedral? — perguntou Wúràọlá.

Kúnlé checou o relógio.

— Sim, eles devem sair em cerca de uma hora. Podemos levar a comida para casa, se você quiser cumprimentá-los.

— Continue fazendo piadas e eu vou passar o dia sendo a namorada dos sonhos deles, vamos ver o que você vai achar disso.

— Eu senti sua falta — disse ele junto dos cabelos dela.

A garçonete veio, eles pediram a mesma coisa que sempre comiam ali. Inhame batido com *èfọ́ rírò*. Carne de cabra para ela, carne de caça para ele.

Antes daquela manhã, fazia duas semanas que não se viam, não, três semanas, e Deus, como ela estava sentindo falta dele. Ele curvando o corpo ao redor do dela depois que faziam amor, a respiração soprando em sua têmpora, o peso daquele braço que ele sempre jogava sobre a barriga dela, o calor reconfortante de seu corpo. O prazer era a parte fácil para ela. Ela era conhecida, compreendia. Ficava eufórica nas asas da adrenalina e da dopamina. Na hora de descer, oxitocina. Amor, bem, aquilo era nebuloso demais. Tão instável e irreconhecível para ela quanto as mudanças de humor de Kúnlé. Ele lhe perguntou sobre os telefonemas novamente, depois que terminaram de comer, e ficaram em silêncio durante todo o caminho de volta para casa. Mas logo ele estava procurando os seios dela assim que entraram, e ele se agarrou a ela como se tudo tivesse sido esquecido, talvez perdoado. Quando ele começou a roncar, ela se desvencilhou e foi tomar banho.

Ele não tinha creme hidratante, só um pote grande de vaselina que provavelmente duraria mais um ano. Ela se contentou com seu próprio creme para as mãos e vestiu uma das camisas dele antes de ir para a sala. Deitou no sofá, esperando que o banho a fizesse dormir. Os pais de Kúnlé usavam o sofá quando ele era mais novo, e ela se lembrava de já ter se sentado nele uma vez, tentando alcançar um doce que havia caído no espaço entre as almofadas. Ela conseguira encontrá-lo antes que sua mãe percebesse, mas assim que o colocou de volta na boca, Láyí gritou: *Menina nojenta!* Ela quase tinha se engasgado com o doce quando sua mãe e a professora Cordelia pararam de conversar para encará-la. Láyí a entregara. As mães riram e continuaram a conversa. Naquela noite, quando voltaram para casa, Wúràọlá sentou-se à mesa de jantar com um prato vazio à sua frente enquanto a família jantava. Segundo seus pais, ela havia desonrado a família Mákinwá em público e não merecia comer nada pelo resto do dia. Mais tarde naquela noite, Láyí entrou furtivamente em seu quarto com duas fatias de pão e um pedido de desculpas.

Wúràọlá não conseguia encontrar uma posição confortável. A cama seria melhor, mas ela não queria voltar para lá. Depois de reorganizar as almofadas mais uma vez, Wúràọlá pegou o controle remoto da TV e ficou zapeando. Ela escolheu o Channel O, pois estavam tocando "African Queen".

Kúnlé tinha lhe dado o CD quando a visitou em Ifẹ̀ pela primeira vez. Esse disco viveu em seu CD player, que ficava ao lado da cama, por meses, intocado. Depois, ela comprou um segundo disco para ouvir no carro, até que ele estivesse tão arranhado que só tocava uma faixa. Na semana anterior às provas finais, quando sua única pausa nos estudos acontecia quando voltava para o alojamento para um banho rápido, "Keep on Rocking" foi o alívio de que sua mente precisava. Enquanto seus amigos gritavam com ela do banco de trás, ela tirava uma mão do volante para bater no teto do carro quando 2Face pedia que ela tocasse o teto. Wúràọlá soltou as tranças do coque que as prendia, balançando-as para a frente e para trás enquanto 2Face cantava. E quando ele canta que está tudo liberado na plantação hoje à noite? Aquilo exigia tirar as duas mãos do volante e socar o ar. Grace, a primeira amiga que Wúràọlá fez na faculdade de Medicina, geralmente se sentava ao lado dela durante a viagem e conseguia pegar no sono no meio daquilo tudo. O CD parou de tocar antes das provas finais e ela nunca conseguiu substituí-lo.

A segunda mulher a aparecer no clipe de "African Queen" sempre fascinara Wúràọlá. Seu cabelo era tão curtinho, quase não dava para vê-lo. Às vezes, Wúràọlá desejava se livrar de suas tranças, mas havia muitas coisas a considerar. Suas orelhas grandes poderiam se projetar como as de um coelho. Ela poderia acabar parecendo uma galinha depenada. A mãe dela lançaria seus olhares de eu-não-acredito-que-desperdicei-nove-meses-da-minha-vida-com-você por pelo menos uma década ou até que uma delas morresse. Ainda assim, ela se inclinava para a frente toda vez que a mulher de cabeça raspada entrava em cena, estudando as semelhanças em sua estrutura facial como um indicador do quão bem-sucedida sua própria transição poderia ser. Pessoas eram conhecidas por sobreviver ao olhar mortal de sua mãe. Láyí ainda estava vivo dois anos depois de abandonar a carreira médica. Ela poderia se arriscar também.

Alguém bateu e, antes que ela pudesse se levantar do sofá, o pai de Kúnlé entrou na sala. Ele a encarou por um momento interminável, percebendo que estava com a camisa de Kúnlé. Ela se ergueu, ajoelhou-se para cumprimentá-lo e não sabia bem o que fazer com o corpo, se ficava de pé ou se sentava. Ela se levantou, puxando a barra da camisa para que ficasse mais perto dos joelhos.

O professor Babájídé Coker era alto e tinha a barriga protuberante, o tipo de homem adequado para usar um bubu. Ele era careca desde que ela o conhecera, mas seu bigode era volumoso e parecia ficar mais escuro à medida que ele envelhecia. Sua mãe tinha certeza de que ele o tingia regularmente. Até então, Wúràọlá se contivera para não perguntar nada a Kúnlé sobre isso.

— Como vai o senhor? — perguntou Wúràọlá.

— Dra. Mákinwá, que bom que está aqui — disse o professor Coker, olhando para os joelhos dela, que apesar da camisa esticada ainda estavam expostos.

"African Queen" havia terminado, uma música que ela não conhecia estava tocando na televisão. Quatro mulheres se contorciam e rastejavam pelo chão de um armazém, em volta de um homem de peito nu que cantava em um microfone. Seria falta de educação pegar o controle remoto e desligar a televisão?

— Onde está meu filho?

— Kúnlé?

Era certo deixar a televisão ligada enquanto o homem de peito nu projetava os quadris para a câmera?

O professor Coker ergueu uma sobrancelha como se perguntasse a ela: *Você conhece algum outro filho meu de quem eu não esteja a par?*

— Ele está no quarto, senhor.

— Já que você está aqui — começou o professor Coker, num tom que dizia que ela não deveria estar ali —, por que não diz a ele que gostaria de vê-lo?

— Sim, senhor — respondeu Wúràọlá, feliz por sair da sala.

Kúnlé estava esparramado de bruços com uma mão pendurada na beirada da cama. Ela juntou a roupa dele com uma mão e bateu nele com a outra. Ele poderia pelo menos estar completamente vestido quando saísse para ver o pai, mas não importaria: o homem sabia decifrar o que havia acontecido, e não devia ser a primeira vez que encontrava uma mulher na sala de Kúnlé. Quando eram adolescentes, todos invejavam Kúnlé, porque ele era o único cujos pais permitiam que as meninas dormissem em casa. O professor Coker sabia que seu filho era sexualmente ativo, mas o olhar que ele lhe lançou dizia que não esperava que ela fosse.

Kúnlé finalmente acordou quando ela beliscou seu ombro.

— *Kíni*? — disse, sentando-se na cama e estendendo a mão para ela.

Ela se esquivou dele.

— Seu pai está aqui. Quer te ver.

Kúnlé espreguiçou-se e olhou para o relógio de parede.

— Eles já voltaram?

— Eles não devem ter ido à recepção. Pelo menos acho que ele não foi. Não sei se a sua mãe voltou junto.

Ela entregou as roupas para o namorado, peça por peça, dando a ele uma camisa limpa do guarda-roupa. Quando ele saiu do quarto, ela começou a vestir suas próprias roupas, enfiando a blusa amarrotada dentro da saia como se estivesse prestes a ir para o trabalho. Ela entrou na sala carregando os sapatos e a bolsa, pronta para falar com o professor Coker como uma adulta, agora que seu cabelo estava afastado do rosto, como deveria estar na enfermaria.

— Onde ele está? — perguntou ela, examinando a sala.

Kúnlé encolheu os ombros.

— Deve ter voltado para a casa principal. Vou lá... E você deveria ir comigo.

— É, eu deveria — disse Wúràolá, calçando os sapatos.

— Ele disse alguma coisa?

— Acho que ficou desapontado por eu estar seminua no seu sofá.

Kúnlé riu.

— Eles gostam de você.

Ele sempre falava dos pais como uma unidade, como se tivesse crescido para vê-los como fundamentalmente indivisíveis.

— Você quer dizer que eles gostam dos meus pais — disse ela.

— Eles acham que você é de uma família adequada.

Os pais dela pensavam o mesmo dele. Em sua primeira manifestação de interesse pelas escolhas românticas dela, o pai já perguntava sobre Kúnlé. *Ele estava tossindo durante o último noticiário, ele está bem? Como ele está indo no trabalho? Vai demorar para ser transferido?* As conversas terminavam com o pai comentando que Kúnlé era um bom homem, seus pais eram boas pessoas, ele era de boa linhagem. Ela aprendera, por meio da proibição dos tipos de garotas que podia convidar para visitar quando estava no Ensino Médio, que a opinião de seu pai sobre qualquer pessoa era refratada pela opinião que ele tinha sobre os pais. E ficou claro que, para ele,

Kúnlé era o melhor namorado que Wúràọlá poderia ter, um que já nascera elegível para gerar seus netos.

Kúnlé segurou a porta aberta para ela sair do quartinho. Ele tentou segurá-la quando se aproximavam da casa principal através de um labirinto de ixoras e hibiscos, mas ela se desvencilhou. Ele pareceu achar aquilo divertido. Não conseguia entender as explicações da namorada sobre a recusa em dormir ali, não entendia que seus pais iriam julgá-la com padrões distintos dos quais o julgavam — os pais dela também julgariam diferente, ora! Não importava que os Coker pensassem que ela era de boa família, o que quer que isso significasse; o fato de ela consentir, não, pedir para transar com Kúnlé não ia ser visto pelos pais dele como uma coisa boa. Tinha ficado claro para ela desde a puberdade que o alcance de seus desejos não seria considerado adequado. Garotos deviam querer sexo, garotas deviam afastá-los; isso era o que boas meninas faziam para não desgraçar suas famílias.

Wúràọlá desejou ser o tipo de mulher que não se importava mais com isso. Se ao menos pudesse desfrutar do que queria sem culpa e o julgamento na forma do olhar do professor Coker. Mas ela se importava com as coisas. O que ele pensava dela e, mais importante, a opinião de sua esposa, tudo isso importava para ela.

Desde que roubou seu primeiro lápis de olho da penteadeira da mãe, Wúràọlá tentava copiar as sobrancelhas perfeitamente arqueadas da professora Cordelia Coker. Sua admiração havia chegado tão perto da adoração absoluta que, durante a residência em oftalmologia na faculdade de Medicina, ela havia considerado brevemente ficar na especialidade para que a professora Cordelia pudesse ser sua mentora. A mulher tornara-se médica antes dos trinta anos e professora aos quarenta e seis. Ela falava com uma voz que tilintava e parecia flutuar pelos corredores do hospital em uma nuvem de perfume floral. Metade da turma de Wúràọlá se apaixonara por ela. Wúràọlá ficou feliz por não ter sido a professora Cordelia quem entrou na sala de estar de Kúnlé. Seu marido provavelmente contaria a ela sobre o que havia visto, mas isso era melhor do que ver aquelas sobrancelhas perfeitas franzidas de decepção.

Eles entraram pela cozinha, passaram pela empregada que esfregava uma panela e chegaram à sala de jantar, onde os pais de Kúnlé estavam sentados um ao lado do outro, comendo banana-da-terra cozida e legumes.

— Como você está, minha querida? — disse a professora Cordelia, acenando para que Wúràolá se sentasse na cadeira à sua frente.

— Estou muito bem, senhora, obrigada.

— Quer banana-da-terra? Deve ter sobrado um pouco.

— Não, obrigada, senhora.

— Tem certeza? Este *wòròwó* está fresco, experimente com um pouco de banana.

— Estou bem, senhora.

— Nós comemos depois que eu a peguei. — Kúnlé sentou-se ao lado de Wúràolá.

— Ah, vocês já estão por aqui há um tempo?

— Isso, senhora. Eu, hum, eu estava com Kúnlé.

— Ah, entendi.

— Não vi seu carro quando voltamos — disse o pai de Kúnlé.

— Está no hospital, senhor — respondeu Kúnlé. — Queria me ver?

O professor Babájídé olhou para Kúnlé e Wúràolá.

— Você pode dizer para ele agora, ela é... eles estão juntos — disse a mãe de Kúnlé.

— Talvez eu devesse me retirar. — Wúràolá se levantou.

A criada entrou na sala para recolher os pratos.

— Traz um pouco de suco para Wúrà — ordenou Kúnlé.

— Sente, Wúrà. — A mãe de Kúnlé voltou-se para o marido. — Vai, Wúràolá, por que você está agindo assim? Esta é a filha de Òtúnba Mákinwá.

O pai de Kúnlé recostou-se na cadeira.

— Hummm. Sei que seu pai tem grandes esperanças em você, e eu também. Você não é uma garota qualquer.

Wúràolá se esforçou para sustentar seu olhar desta vez. Sua insinuação era clara: o objetivo do pai dela não incluía ter uma filha que transa com o namorado e tenta tirar uma soneca no sofá dos sogros, como uma garota qualquer. O professor Coker estava dizendo isso a ela. O professor Coker, cujas fotos de casamento apresentavam Kúnlé como pajem.

— E qual é a questão aqui? — perguntou a professora Cordelia.

— Wúrà, você está passando por algum problema no hospital? O trabalho na residência pode ser difícil, certo? Um dia, você é uma estudante, e nos próximos dias, os pacientes esperam que você tenha todas as respostas.

— Ela está indo bem, na verdade é uma das melhores — disse o professor Babájídé Coker.

— Fico feliz em ouvir isso, Wúrà. Você sempre foi brilhante.

A empregada voltou com uma caixa de suco. Todos ficaram quietos até ela servir um pouco em um copo e sair da sala.

— Enfim, Kúnlé, o que eu queria te dizer…

— Sim, senhor.

— O presidente do partido estava na igreja e tivemos a chance de conversar. Ele acha que a próxima eleição pode ser nossa chance. O pessoal deles está feliz em me colocar em campo, mas preciso começar a me preparar agora e quero que você esteja envolvido.

— Parabéns, senhor — disse Kúnlé.

— Bem, vamos esperar até que sejamos indicados, muita coisa pode mudar rapidamente na política.

A professora Cordelia apertou o ombro do marido.

— Dessa vez tenho um bom pressentimento.

O professor Babájídé lançou a Wúràọlá um olhar penetrante.

— As coisas mudam muito rápido na política, por isso mantemos conversas sobre isso dentro da família até surgir a necessidade de compartilhar com pessoas de fora.

— Claro, senhor. — Wúràọlá rodou no copo o que restava do suco. Ela precisaria terminar e depois esperar de dez a quinze minutos antes de poder sair. Sua mãe inculcou isso nela: depois de comer, você espera um pouco para ir embora, para que seus anfitriões não pensem que você é uma pessoa faminta que veio apenas para comer ou beber.

— Então, Kúnlé, comece a ter algumas ideias. A festa vai nos trazer algumas pessoas da mídia, mas você tem que ser meu representante. Quero você totalmente no comando, e isso só pode acontecer se você tiver ideias melhores.

— Sim, senhor. Vou trabalhar nisso. Parabéns novamente, senhor.

A professora Cordelia esfregou as costas do marido.

— Aproveite este momento.

Wúràọlá bebeu o resto de seu suco, certificando-se de deixar uma fina película no fundo do copo: não se bebe até a última gota. Seus parabéns estavam presos na língua, leves como um biscoito, quase derretendo. Ela não iria parabenizar o pai de Kúnlé, não depois do comentário sobre ela ser uma estranha. Era isso que ela temia quando começou a ter sentimentos por Kúnlé, como as diferenças entre eles poderiam complicar as coisas. O pai dele não teria sido tão estridente com qualquer outra pessoa, mas, como ela era filha de seu amigo, ele sentiu que poderia repreendê-la, como se fosse pai dela.

— Como vão seus turnos?

A prática clínica da professora Cordelia era no hospital de Ifẹ̀, então Wúràọlá não interagia com ela durante seu trabalho na residência.

— Tudo bem, senhora.

— Foi bom você vir aqui para se aprimorar, terá mais oportunidades — comentou a professora Cordelia.

Wúràọlá sorriu.

— Sim, senhora, fiz três atendimentos quando estava em Ginecologia e Obstetrícia.

— Isso seria improvável em Ifẹ̀.

— Pois é, estou feliz por ter decidido voltar. É intenso, mas estou aprendendo.

— Está sendo muito puxado?

— Ela não está dormindo o suficiente — disse Kúnlé.

O professor Babájídé Coker grunhiu ao se levantar:

— Foi para isso que ela se inscreveu, resiliência é metade do trabalho.

— Isso não significa que ela não deva dormir.

— Se ela tem tempo para passar no quarto de Kúnlé, não anda tão privada de sono assim. — O professor Babájídé deixou a sala de jantar e foi para a sala de estar.

— Não ligue para ele, Wúrà. Ele está estressado com toda essa coisa de eleição. — A professora Cordelia suspirou. — Kúnlé, é melhor nos prepararmos para os próximos dois anos.

Wúràọlá se levantou.

— Acho que devo ir para casa agora, senhora.

— De volta à residência no hospital?

— Não, se não estiver de plantão durante o fim de semana, vou para casa.

— Muito bom fazer isso, minha querida.

— Vou me despedir do professor.

Ela passou pelo arco que delimitava os dois espaços.

O professor Coker estava sentado em uma poltrona, estalando os dedos, fazendo ruídos altos, enquanto olhava para longe.

Wúràọlá tossiu para anunciar sua presença. O professor Coker se mexeu na cadeira.

— Estou indo embora, senhor. — Ela forçou um sorriso.

— Tudo bem. Dê minhas lembranças a Ọ̀túnba e Yèyé.

— Sim, senhor, eu direi a eles.

— Espere, Wúràọlá. Venha aqui.

Wúràọlá se aproximou dele.

— Olha, se você e Kúnlé planejam se casar, e presumo que sim, precisa se certificar de que não vai engravidar antes da cerimônia. A catedral não vai realizar seu casamento se você estiver grávida, o novo vigário é rigoroso sobre essas coisas. Você me entende?

Wúràọlá assentiu, fixando o olhar no local onde a luz do candelabro se concentrava na careca do professor Coker, fazendo-a brilhar.

A mãe de Kúnlé insistiu que Wúràọlá não deveria dirigir até que ela descansasse um pouco.

— Sebì, Kúnlé não vai ter que pegar seu carro no hospital de qualquer maneira? Deixa ele te levar para casa em segurança.

— Ele planeja fazer isso na segunda-feira, senhora. Ele vem com o professor para o hospital e de lá vai para o trabalho.

— Quantos minutos ele levaria para te deixar em casa? — Ela se virou para a casa. — *Lakúnlé!* Está bem ao lado dos meus óculos.

Elas estavam paradas ao lado do carro de Wúràọlá, esperando que Kúnlé trouxesse uma sacola de lembranças da União das Mães que Cordelia queria mandar para a mãe dela.

Ele apareceu com a bolsa de pano, segurando-a no alto até a mãe acenar com a cabeça para indicar que ele havia pegado a bolsa certa.

— Você vai levá-la para casa, *àbí*? Ou tem outros planos para a noite?

— Bem, Wúrà gosta de brincar de supermulher e às vezes eu deixo — disse Kúnlé.

— *Óyá*, dê as chaves para ele, você pode até tirar uma soneca enquanto ele dirige.

Kúnlé começou a falar sobre a campanha assim que entraram no carro.

— Não podemos deixar que pareça uma campanha ainda, teremos que continuar com os projetos comunitários por um tempo e garantir que o nome dele seja mais proeminente.

— Projetos? Não há apenas um?

— Podemos facilmente bolar mais uns seis, distribuí-los por todo o estado. Depois, alguma coisa de cursos técnicos para os jovens. Podemos colocar as fotos dele no pôster de divulgação desses projetos.

— Que cursos?

Kúnlé franziu a testa.

— Como?

— Em quais cursos vocês vão se concentrar?

— Qualquer coisa, o que as mulheres estão aprendendo hoje em dia? Fabricação de miçangas ou o quê?

Wúràọlá balançou a cabeça.

— Como eu iria saber?

— Você não é mulher?

— Isso não me torna uma especialista em quais cursos as mulheres estão fazendo neste momento. Na melhor das hipóteses, posso fornecer informações anedóticas, mas você provavelmente deveria tentar um estudo de viabilidade.

— Pode ser cozinhar ou qualquer outra coisa. E algo só para os jovens também.

— Qual é o seu plano, realmente?

— Estou explicando para você.

— Quero dizer, a plataforma do seu pai, qual será? Você pode refratar tudo o que faz através disso. Pode ser o seu ponto de partida.

— Saúde de qualidade, boas estradas, boa educação. Ainda não podemos colocá-los em um projeto fechado. Devemos encontrar uma maneira de usar as iniciais dele, que podem ir em tudo assim que lançarmos, para que seja consistente com o que colocaremos na campanha propriamente dita. O que você acha?

— Todo mundo o chama de Professor B no hospital, para diferenciá-lo de sua mãe, eu acho.

— Professor B é muito fraco. Babájídé Coker. Poderíamos usar professor BJ.

Wúràọlá abafou uma risada.

— BJ pode soar cômico.

Levou um momento para ele entender.

— PJC então, Professor Jídé Coker. Precisamos manter o "professor" de alguma forma, chama mais atenção.

— Eu estava perguntando sobre as métricas mensuráveis. Saúde de qualidade, o que isso significa? Mais centros de saúde primários? Quantos? Ele vai aumentar o pagamento dos médicos estaduais? Formação continuada? Condições de trabalho? Não é sobre isso que você vai construir a campanha de mídia dele? Mesmo essa coisa de cursos, você está soando como se fosse realmente sobre colocar fotos dele em pôsteres e não sobre uma formação técnica para os jovens.

— Você não entende de política.

— Isso é condescendente.

— É um fato. — Suas mãos apertaram o volante. — Você não sabe de tudo, porra.

— Lakúnlé Coker.

Às vezes isso era suficiente, chamá-lo por uma versão mais completa de seu nome podia realinhar seus sentidos.

— Sinto muito, mas o que eu estava tentando dizer é que não é assim que a política funciona neste país, tá? Precisamos de mensagens mais simples, algo que caiba em um saco de arroz ou sal. Você sabe que esse vai ser o principal material da campanha, não é? Arroz, sal, metros de *ankara*. Você não pode imprimir um plano abrangente neles. Talvez uns sete pontos.

Wúràọlá pensou na boca frouxa e nas gengivas desdentadas de Pius. Como ele morreu com os olhos fechadinhos, como se tivesse percebido, mesmo lutando para respirar, que este mundo era uma coisa terrível de se ver. Ela desviou o olhar de Kúnlé. Deveria ter insistido em dirigir ela mesma. Se tivesse mantido a janela aberta, o vento e o barulho a teriam mantido acordada até chegar em casa.

Eles passaram pela estátua de Obòkun e seguiram rumo à mesquita central.

— Para — disse ela quando eles estavam na frente da mesquita.

Do outro lado da rua, os comerciantes montaram mesas para expor de tudo, de frutas a sapatos, VCDs e roupas. Ela se inclinou para abrir a janela de Kúnlé e fez sinal para um vendedor.

Ele correu em direção ao carro.

— Você tem *Face 2 Face*?

— Tá falando do *wetin*?

— *Face 2 Face*. O álbum do 2Face, você tem?

— Ah, sim, claro, todo mundo tem. Pera, já vem.

— Eu acho que seu pai tem um plano para a saúde do país, pelo menos. Quero dizer, ele precisa ter. Converse com ele sobre isso antes de definir uma estratégia de campanha. Você ficaria surpreso com o quanto isso conectaria as pessoas. As pessoas estão morrendo desnecessariamente, Kúnlé. Você nem quer saber.

O vendedor voltou com o CD e Kúnlé pagou antes que ela pudesse abrir a carteira. Ele buzinou para um táxi antes de entrar na avenida.

— Ele tinha preferência.

Ela tirou o CD do plástico.

— Isso não significa que ele tenha que ser tão lerdo.

Depois que ela colocou o disco no rádio e pulou as faixas até chegar em "Odi Ya", Wúràọlá fechou os olhos e deixou a música silenciar os suspiros finais de Pius. Ela se rendeu à percussão, a voz de 2Face e suas várias camadas — Três? Quatro? E o deleite inesperado da transição da música até o trecho a *cappella* no final.

— Eu não gosto do jeito que você fala comigo.

— Como? Eu estava apenas tentando... O que eu fiz...? Estou muito cansada, Kúnlé. Podemos discutir isso mais tarde?

— Você está sempre muito cansada.

— Na verdade, sim, e você não está ajudando. Você também está me estressando. Podemos simplesmente deixar isso de lado?

— Você nem ligou para as minhas desculpas.

— Dizer "sinto muito, mas..." não conta como desculpas, não que isso importe. Eu disse vamos esquecer isso. Não posso apenas ouvir música em paz?

— Só quis dizer que as pessoas querem algo diferente neste país, tá? Todas essas coisas que você está dizendo não ganham eleições aqui.

— Santo Deus. Tá, tanto faz.

— Eu sinto que você nem se importa o suficiente para lutar por nós.

— Lutar pelo quê? Kúnlé, eu gosto muito de você, você sabe disso. Só isso... Por favor.

— Você sabe que te amo. — Ele colocou a mão no joelho dela e apertou. — Mesmo que você seja teimosa pra caramba.

Wúràolá não disse nada. Em algum momento, depois que começaram a namorar, ele se convenceu de que ela era obstinada e, quando falava disso, era com raiva ou para insultá-la, ou porque de alguma forma encarava como um desafio excitante bater de frente com ela.

Ele moveu a mão até a coxa dela. Excitado. Sempre melhor do que quando pensava que ela o estava desafiando.

Eles tinham virado na rua que os pais de Wúràolá batizaram com o nome deles porque foram os primeiros a se mudar para lá. A casa deles era a segunda no final, e só dava para ver o telhado por trás dos muros com arame farpado no alto.

O portão foi aberto depois que Kúnlé buzinou duas vezes e Wúràolá acenou para o guarda enquanto eles entravam. Ele respondeu com uma saudação zombeteira. A casa em si era afastada do portão, deixando espaço para um gramado grande o suficiente para sediar jogos de futebol amadores e uma cascata artificial que era ligada apenas quando seu pai tinha convidados especiais. Eles dirigiram pela entrada de cascalho que passava pela porta da frente até um retângulo de concreto, onde os carros geralmente ficavam estacionados ao lado de um aglomerado de árvores que faziam sombra.

Kúnlé pôs o braço nos ombros dela enquanto atravessavam o gramado até a casa.

Wúràọlá tocou a campainha duas vezes, depois enfiou a mão na bolsa para pegar as chaves. A porta se abriu antes que ela pudesse enfiar a chave na fechadura, e Mọ́tárá quase trombou nela quando saiu furiosa de casa, vestindo shorts e um top que a mãe nunca teria permitido que Wúràọlá usasse em casa quando era adolescente.

— Ei, você esqueceu como cumprimentar os mais velhos? — disse Wúràọlá.

Mọ́tárá continuou caminhando em direção do monte de árvores.

— Desculpe por isso — disse Wúràọlá a Kúnlé. — Essa garota vira outra quando está de mau humor.

Kúnlé deu de ombros.

— Ela é uma pirralha.

Era algo que ela havia dito muitas vezes para Kúnlé, aos seus pais, para Láyí e até para a própria Mọ́tárá, mas a irritava ouvir Kúnlé repetir isso. Ela desvencilhou o braço dele do seu ombro quando entraram na casa.

Não havia ninguém na sala, mas a televisão estava ligada no andar de cima. Wúràọlá conseguiu distinguir a voz de Bukky Wright. Sua mãe estava assistindo *Ṣaworoidẹ* novamente.

Kúnlé segurou a mão dela enquanto subiam as escadas, mas ela fingiu não perceber e foi em frente, subindo os degraus de dois em dois. Eles davam na sala principal da família. Ela ficava fora da vista da maioria dos visitantes, exceto daqueles que, como Kúnlé e seus pais, eram praticamente da família. Amigos da família, como seus pais os chamavam.

A mãe de Wúràọlá estava reclinada em um dos sofás compridos com os pés apoiados em dois travesseiros. Seu rosto se iluminou quando ela desviou o olhar da televisão e viu Kúnlé.

— Lakúnlé, Lakúnlé! Wúràọlá não me disse que você vinha.

Kúnlé estava prostrado no chão, com o queixo tocando a ponta de um tapete.

— Boa tarde, senhora.

— Como estão seus pais?

— Estão bem, senhora, mandaram lembranças.

Wúràọlá abraçou a mãe por trás.

— Yèyé! A única Yèyé Bọbajírò de todos os lugares possíveis, qualquer outra é uma falsificação.

— Wúràọlá, você finalmente se lembrou de sua mãe hoje, hein?

— Apenas confesse que você estava com saudades da sua filha favorita.

— Levanta, Lakúnlé, levanta, por favor. — Yèyé olhou para Wúràọlá. — Um jovem tão educado. Você não vê tantos deles hoje em dia.

Kúnlé sempre foi bem-vindo naquela casa e, na maioria das vezes, Wúràọlá ficava feliz porque sua presença animava a mãe. De vez em quando, porém, o modo como a mãe o acolhia a irritava. Ela sentia essa raiva agora, incipiente e amarga, inundando sua garganta com algo parecido com bile.

Sua mãe, essa mesma mulher amável, passou por Nonso sem respondê-lo quando ele se prostrou para cumprimentá-la, quase que com o queixo no chão, no mesmo local em que Kúnlé estivera havia pouco. Pobre Nonso. Só depois que Yèyé saiu da sala da família ele conseguiu se erguer, quando ouviu uma porta bater no corredor. Wúràọlá o conheceu em uma festa de boas-vindas aos calouros; ela estava no primeiro ano da faculdade de Medicina, e ele no terceiro. Eles só ficaram amigos no segundo ano dela, enquanto trabalhavam juntos no comitê da semana de saúde. No final de seu terceiro ano, eles tinham virado unha e carne, daqueles que falam ao telefone até a bateria acabar. Amigos que saíam juntos no Dia dos Namorados e adormeciam nos braços um do outro. Amigos que às vezes se beijavam e se pegavam. Às vezes, saíam com outras pessoas, mas continuavam amigos, colocando o papo em dia e compartilhando histórias de horror, ficando juntos apenas nos intervalos entre ex-namorados. Ela sempre tinha confiado mais na permanência da amizade do que no romance de qualquer maneira, ou foi o que ela disse, até que ele pediu para visitá-la durante o recesso quando ela estava em casa com os pais, e tudo entre eles ficou abalado com promessas.

Nonso ficou sentado na ponta da cadeira durante o resto da visita, nervoso demais para tocar na garrafa de Coca que ela lhe servira, olhando para o corredor como se temesse que sua mãe pudesse voltar brandindo um facão. E ela voltou. Nonso prostrou-se novamente, mas Yèyé concentrou seu olhar em Wúràọlá. *Não se atreva a trazer nenhum garoto estranho para minha casa novamente.* Nonso saiu correndo da sala, antes de ela continuar: Wòó, *se eu vir aquele garoto igbo nesta casa novamente, Deus certamente receberá a alma de alguém no céu naquele dia. Você até o trouxe para cima!* Kíló fa effrontery kẹ?

O tempo todo, esse lance deles — uma aventura, uma ficada? Seja lá o que fosse, eles nunca conseguiram definir. Nonso estava preocupado com a reação de seus próprios pais se ele apresentasse uma pessoa iorùbá a eles como namorada. Ela nunca imaginou que a etnia dele pudesse ser um problema para sua família. Não com sua mãe, que passara dias falando sobre como ela era abençoada sempre que o sr. Okorafor conduzia estudos bíblicos nas reuniões durante a semana na catedral.

Eles tinham decidido por mensagem de texto que não valia a pena tentar mais, a amizade deles bastava. E, embora não tivessem mais transado, eles mantiveram contato mesmo depois que ele se formou e se mudou para Nsukka, suas longas conversas caindo em silêncios que fervilhavam possibilidades. Não parecia um rompimento até que ele se casou.

Wúràọlá foi convidada para o casamento, mas não compareceu. Todos os seus amigos em comum inundaram o Facebook com fotos do evento, e ela passou o dia se sentindo à flor da pele e despedaçada, como se o tivesse visto trocar votos com outra mulher. A esposa era mais alta que Nonso e seu vestido de noiva acentuava a menor cintura que Wúràọlá já vira em um adulto. Enquanto ela percorria as fotos, Wúràọlá se perguntou se aquilo era o que ele queria de verdade: uma mulher de pele clara que poderia ter saído de uma capa de revista. Era mais fácil pensar em sua esposa nesses termos e não considerar que ela tinha sido a primeira da classe em Ìbàdàn, com distinção em Cirurgia e Pediatria. Doutora Rukayat Quadri. Não apenas uma mulher iorùbá, uma muçulmana iorùbá. Alguém que vale todas as reviravoltas possíveis.

— Você não está me ouvindo? Eu disse que você deveria buscar algo para Kúnlé comer. — Wúràọlá tirou os braços dos ombros de Yèyé.

— Preciso me trocar.

— Pegue uma bebida para ele primeiro.

— Rachel foi ao mercado?

— O que a minha empregada tem a ver com a sua visita?

— Kúnlé, você pode esperar, certo? Não está morrendo de fome. Ele poderia acabar com tudo isso dizendo a Yèyé que não queria nada, mas não, ele só sorriu e continuou calado.

— Wúràọlá, quantos minutos você levaria para trazer algo da cozinha?

— Mamãe, estou indo, deixa eu me trocar.

Wúràọlá se virou e seguiu pelo corredor até seu quarto. Ela estava tirando os sapatos quando a mãe entrou.

— Quando começou todo esse desrespeito, Wúràọlá? Eu estava pedindo para você fazer algo e você estava me dizendo que precisava se trocar. E na frente de uma visita. Sua blusa é feita de escorpiões e formigas?

Wúràọlá abriu o zíper da saia.

— Se você se importa tanto, por que não vai lá e serve ele?

— Eu mesma deveria fazer isso?

Wúràọlá dobrou a saia, tomando cuidado para não olhar para o rosto de sua mãe.

— Eu? Wúràọlá? Eu agora me tornei um nada que nem pode te pedir para fazer algo?

— Você poderia simplesmente pedir para a empregada.

— Você quer começar a mandar na minha própria casa? Você é tão importante que agora é quem cuida das minhas coisas.

— Não quis dizer isso, mãe.

— Quando foi que você se tornou Láyí ou Mọ́tárá? Eu espero deles esse tipo de comportamento, não de você. Você, não, Wúràọlá, não, não mesmo.

— Posso pelo menos colocar uma roupa ou você quer que eu saia assim?

— Não se preocupe. Eu mesma cuidarei da sua visita, mas saiba que isso é impróprio. Não importa se você o viu comer uma montanha antes, você oferece algo. Sobretudo na hora do almoço, é o que você faz. Simples assim.

Quando a mãe saiu e a porta se fechou, Wúràọlá afundou em uma cadeira e tirou a blusa. Essa opinião constante sobre seu comportamento era a razão pela qual ela preferia passar os fins de semana nos quartos sujos que o hospital destinava aos funcionários. Ela não teria voltado para casa se pudesse confiar em Láyí ou Mọ́tárá para planejar a festa de aniversário da mãe deles. Na melhor das hipóteses, Láyí mandava dinheiro e Mọ́tárá dava um jeito de não atrapalhar. Os detalhes sempre cabiam a Wúràọlá. Era com ela que sua mãe planejava um futuro e com quem se preocupava, e esse aniversário era importante. Embora ela não estivesse arrependida por não ter servido Kúnlé, se desculparia com a mãe antes de ir embora: era a única maneira de manter a paz.

Uma batida e uma pausa, duas batidas e uma pausa, três batidas e uma pausa. Ọ̀túnba sorriu. Sua filha mais velha estava na porta. Ele gostava de pensar que esse era o código deles, que Wúràọlá batia dessa forma só quando estava do lado de fora de seu escritório. Quatro batidas e uma pausa. Ele olhou no relógio. Quase oito da noite. Talvez o jantar estivesse pronto e ela tivesse ido perguntar se ele queria que trouxessem comida para ele. Era a primeira vez em semanas que Wúràọlá passava a noite em casa; ele preferia descer para passar um tempo com ela enquanto a família comia. Cinco batidas e uma pausa.

Ọ̀túnba fechou o livro que estava lendo e recostou-se na cadeira.

— Eu não tranquei desta vez. Entre.

Wúràọlá entrou.

— Você finalmente decidiu conferir se os seus velhos ainda estão vivos.

—Ahn… Eu voltei para casa algumas semanas atrás. Boa noite, senhor.

— Você perdeu o meu número entre algumas semanas atrás e agora?

— Eu tenho estado tão ocupada. — Wúràọlá piscou. — Estou tentando ficar rica como você.

Ọ̀túnba riu e acenou com a cabeça para uma das cadeiras do outro lado de sua mesa.

— O professor Coker está aqui para vê-lo.

— Ah, e aqui estava eu pensando que você tinha vindo passar um tempo comigo.

— Yèyé já me encarregou de um monte de coisas. E eu já a irritei hoje, então vou ser uma boa menina e agradá-la esta noite.

— Você sempre pode comprar um colar de ouro para ela, que resolve tudo.

— Minha oferta de paz não pode ser tão cara — disse Wúràọlá.

— O professor está na sala da família, digo que você vai se juntar a ele em breve?

— Não, não. Você pode trazê-lo aqui.

— Tudo bem, senhor.

Wúràọlá fechou a porta e Ọ̀túnba se levantou da mesa. Ele se acomodou em uma das poltronas ao lado das estantes para esperar o amigo. Desta vez, não houve batida antes de a porta ser aberta.

— Eu deveria ter ligado antes, mas aconteceu de estar na vizinhança, então decidi parar para uma visita rápida — disse o professor Coker ao entrar no escritório.

— Você nunca é uma visita aqui. — Ọ̀túnba acenou para o professor Coker sentar-se na poltrona ao lado dele. — O que vai beber?

— Yèyé já me serviu algo.

— Como está Cordelia? — perguntou Ọ̀túnba.

— Ela está bem.

— Sem reclamações?

Assim que os Coker se mudaram para a cidade, Cordelia entrava e saía do hospital quase todo mês. Se ela não caía, era algum acidente doméstico. Também havia as constantes reações alérgicas. Elas deixavam partes de seu rosto inchadas por dias ou semanas. Isso incomodou Ọ̀túnba por um tempo, e ele pressionou o amigo para se certificar de que não havia mofo na casa em que moravam na época.

Com o passar dos anos, porém, ele passou a aceitar isso como parte da estrutura de Cordelia. Ela ainda aparecia nas reuniões com alguma parte do rosto inchada por causa de uma alergia, mas não ia mais parar no hospital tanto quanto antes.

O professor Coker deu de ombros.

— Ela está bem, mandou lembranças.

— E Kúnlé?

— Você não o viu esta tarde? Ele veio deixar sua filha.

— Eu falei à minha esposa para não me incomodar — disse Ọ̀túnba. — Queria terminar de revisar nossa proposta para aquele contrato do Ministério do Trabalho. Nem sempre posso confiar naqueles garotos no escritório, tenho que me certificar de olhar tudo antes de eles submeterem.

— Ah, então estou interrompendo.

— Está tudo bem, eu precisava de uma pausa de qualquer maneira.

— Tudo bem, vou ser rápido, então. — O professor Coker pigarreou. — Queria dizer pessoalmente que decidi me candidatar a governador.

— Finalmente?

— Peguei o formulário de nomeação.

— Fantástico. — Ọ̀túnba deu um tapinha nas costas do amigo. — É uma notícia maravilhosa. Devemos brindar!

O professor Coker balançou a cabeça.

— Vamos brindar quando eu ganhar.

— Coker, aproveite as pequenas alegrias da vida. Eu tenho champanhe na geladeira. Vamos celebrar!

— Haverá tempo para isso. O que preciso de você agora é mais importante.

— E o que seria?

— Seu apoio.

— Claro, você tem. Por que sequer tem que perguntar?

— Quero dizer o seu dinheiro. Preciso que invista seu dinheiro e seu nome nessa campanha. Seu nome é muito importante.

Ọ̀túnba suspirou.

— Você sabe o que quero dizer, seu pai ainda é lendário nesta cidade. Então, estou pensando em cartazes de campanha que digam

Cortesia de Ọ̀túnba Adémọ́lá Mákinwá ou melhor ainda *Ọ̀túnba Adémọ́lá Àrẹ̀mú Mákinwá*. — O professor Coker inclinou-se para a frente. — Inclua seu nome do meio, já que também era o nome de seu pai. As pessoas ainda rezam com o nome dele, sabe, para também ficarem ricas.

— Vou precisar dessa bebida.

Ọ̀túnba foi até o frigobar que ficava ao lado de sua mesa. Ele não se apressou para pegar uma garrafa de cerveja. Não ficou surpreso por Coker tê-lo procurado. Todos falavam sobre quanto dinheiro o pai de Ọ̀túnba tinha durante a vida, mas poucos consideraram como os bens diminuíram depois que foram divididos entre trinta e tantas partes. Não que Ọ̀túnba estivesse desamparado. Tinha herdado dinheiro suficiente para ficar décadas sem trabalhar e, além disso, havia dado duro na vida. Foi para a área jurídica, mas depois de dois anos, montou uma empresa para importar suprimentos diversos para escritórios do governo. Os militares ainda estavam no poder quando abrira a empresa, e seu irmão o colocou em contato com todas as pessoas certas que poderiam aprovar suas propostas. Os negócios desaceleraram por um tempo quando os militares deixaram o poder. Ele até administrou a empresa no vermelho por mais de um ano, antes de entender como os novos donos do poder em Abuja operavam.

— Pense nisso como um investimento — disse o professor Coker enquanto Ọ̀túnba voltava para sua poltrona.

— Fẹ̀sọ̀jaiyé não está concorrendo a esta mesma cadeira de governador?

— Olha, eu tenho o apoio do presidente do partido. Ele me disse isso pessoalmente, por isso fui buscar o formulário. Esta é a minha hora e não vou perdê-la ou desistir por causa de Fẹ̀sọ̀jaiyé. De qualquer forma, são apenas boatos, não é como se ele tivesse declarado publicamente que está concorrendo. Eu prometo a você, vai ser um bom investimento.

Ọ̀túnba bebeu um pouco de cerveja. Investimento. Era assim que o povo de Fẹ̀sọ̀jaiyé também chamava. Invista na campanha, colha retornos em alocações contratuais. Um telefonema, um bilhete assinado ou uma mensagem de Fẹ̀sọ̀jaiyé na maioria das vezes facilitava o caminho de Ọ̀túnba para a aprovação sempre que ele estava licitando um contrato nos ministérios que o comitê do homem supervisionava. Suas contribuições mensais para a próxima campanha de Fèsòjaiyé não eram subornos. Eram investimentos.

— E, pelo que sabemos, Fèsòjaiyé pode querer manter sua cadeira na Câmara dos Deputados.

— A questão é que também investi em Fèsòjaiyé. O pessoal dele me procurou nas últimas eleições e eu doei para a campanha. Também tenho doado mensalmente para a futura campanha dele desde então, de modo que tenho quase certeza de que o homem está planejando se candidatar a governador.

— Ah, ah, entendo. — O professor Coker tamborilou com os dedos no joelho. — Foi assim que o seu negócio deu certo?

— Fèsòjaiyé tem sido útil, sim.

Òtúnba tomou outro gole, e o professor Coker se levantou e começou a andar de um lado para o outro.

— Seu apoio seria realmente valioso para nós, Démólá.

— Tem duas coisas. Uma: essa é uma decisão de negócios, certo? Tenho que pensar no que é mais viável. A outra é que só estive na mesma sala com Fèsòjaiyé talvez duas vezes na vida. Eu nem tenho o número dele, mas assim que entro em contato com seu assistente pessoal, consigo o que preciso em alguns dias. Ele manteve sua palavra. E você deve saber que ele tem a reputação de ser vingativo.

Òtúnba fez uma pausa para terminar a cerveja.

— Já ouvi histórias.

— Devo pensar no que significaria para mim e para o negócio se eu mudasse de lado agora. Uma coisa é deixar de contribuir para os fundos de Fèsòjaiyé, outra é claramente apoiar outro candidato. Aquele homem pode decidir bloquear qualquer coisa que minha empresa queira fazer em Abuja. Todos os contratos que eu precisar do ministério poderiam acabar num piscar de olhos. Percebe, há muito para eu considerar.

— Òtúnba, há uma coisa que você esqueceu de considerar.

— O que seria?

— Podemos ser sogros em breve. Seu investimento em minha ambição não é apenas negócio. É um investimento no futuro de Wúràọlá também.

— Você acha que essas crianças estão levando isso a sério?

O professor Coker assentiu.

— Meu filho está.

— Hmmm. Está bem, vou considerar isso. — Ọ̀túnba inclinou-se para a frente. — Sente-se e vamos falar de números. De quanto você precisaria inicialmente?

A oferta de paz de Wúràọlá para a mãe foi uma visita à casa de tia Caro. Elas saíram de casa à tarde e chegaram lá depois do anoitecer, então Wúràọlá teve que iluminar o caminho com a lanterna do celular na hora de atravessar a sarjeta. Ela segurou a mão da mãe ao cruzarem a frágil ponte.

— Por que ela não conserta isso?

— Sabe, eu já disse isso a ela da última vez que vim aqui. E tenho avisado desde então. Provavelmente é dinheiro.

— Ela só precisa encontrar uma madeira melhor e pregar. Tenho certeza de que tem dinheiro suficiente para isso.

— Obrigada. — Yèyé soltou a mão de Wúràọlá quando entraram no jardim de tia Caro. — Você não deve achar que sabe tudo sobre como as outras pessoas levam a vida.

Wúràọlá riu.

— Você sempre tem certeza de como devo viver a minha.

— É diferente, você é parte de mim.

Tia Caro abriu a porta antes que batessem. Ela estava segurando uma lanterna de querosene.

— Boa noite, Yèyé. Dra. Wúrà, liguei bastante para falar com você sobre o modelo.

— É por isso que estamos aqui, Caro. Ela vai escolher algo agora.

— Sinto muito, tia Caro. Eu queria ligar de volta, mas acabava esquecendo.

Tia Caro abriu caminho até a sala, depois atravessou o corredor para pegar umas revistas, levando consigo o lampião a querosene.

Na mesa de centro, uma vela bruxuleava, juntando ainda mais cera em uma lata de leite já incrustada de cera. As sombras deslizavam pela sala enquanto sua chama oscilava. Incapaz de dissipar a escuridão, a vela resolveu reorganizá-la.

Tia Caro logo voltou com uma pilha de revistas, que jogou nos braços de Wúràọlá.

— Obrigada por nos receber a essa hora, Caro — disse Yèyé.

Tia Caro sorriu e colocou a lanterna de querosene em um banquinho ao lado de Wúràọlá.

As revistas eram em sua maioria exemplares antigos da *Ovation*; o mais recente tinha pelo menos dois anos. Não havia nada que Wúràọlá gostasse em particular, e quando ela finalmente apontou para um vestido longo de mangas compridas, a mãe balançou a cabeça.

— De jeito nenhum, vai parecer que você está vindo de um convento.

— Acho que vai ser legal.

— Você é uma *sisí*, uma jovem, não há razão para se vestir como uma velha. Se vista bem, haverá solteiros elegíveis na minha festa de aniversário, Láyí está convidando muitos de seus amigos de Lagos. Mostre suas pernas ou ombros, essa coisa cobriria todo o seu corpo.

— E Kúnlé? Seu bom menino de uma boa família? Não gosta mais dele? — perguntou Wúràọlá.

— Eu gosto dele — disse Yèyé —, mas, depois de um ano, vocês ainda estão namorando. Talvez ele não seja seu marido destinado.

— Sério? Destinado? — Wúràọlá riu. — Yèyé e suas crenças em um marido destinado.

— Namorado e namorada quando vocês não têm mais quinze anos? Eu gosto dele, mas ele ainda não se casou com você, nem mesmo ficou noivo, então devemos manter nossas opções em aberto. A não ser que ele tenha falado com você sobre casamento, falou? Deixa eu saber para já planejar.

Wúràọlá pegou outra revista e apontou-a para a lanterna de querosene. Kúnlé havia falado sobre casamento algumas vezes, mas ainda não ia contar isso à mãe. Ela ficaria melhor sem o enxame de conselhos que viriam primeiro cara a cara, depois por mensagens de texto e telefonemas que a acordariam de madrugada. Quando completou vinte e três anos e estava, graças a várias greves universitárias, ainda no terceiro ano da faculdade de Medicina, sua mãe foi de pedir para ela ignorar os garotos idiotas e se concentrar nos estudos a se interessar por cada detalhe da sua vida amorosa. Uma das razões pelas quais ela se sentiu confiante em deixar que Nonso a visitasse.

Wúràolá tinha vinte e oito anos agora e, embora a mãe até então não tivesse falado com ela sobre como os trinta estavam chegando, suas tias não exerciam tal restrição. Algumas delas deixaram claro que Wúràolá estava fazendo hora extra como solteira; vinte e cinco anos era a idade ideal para se casar e, depois disso, ela passaria do prazo de validade, acabaria com um viúvo ou pior, um divorciado, ou o maior dos pesadelos: sozinha. Ela parara de atender as ligações delas havia mais de um ano, mas a maioria não se intimidava e frequentemente ligava de um número desconhecido. Era desconcertante. Sentir que estava falhando em algo que, até recentemente, ela nem sabia ser tão relevante para essas mulheres. Wúràolá achava que sabia o que era exigido dela. Tirar boas notas, se tornar médica. Mas, quanto mais perto chegava do diploma de Medicina, mais parecia se transformar em uma mulher irrelevante aos olhos delas, afinal, mesmo terminando o curso, ela não teria um homem à sua espera para se casar. Na sua festa para celebrar a residência médica, ela ficou perplexa quando as irmãs de sua mãe lhe disseram para esperar em casa até que Kúnlé chegasse, de forma que pudessem sair juntos para receber os convidados. Duas tias examinaram o vestido que ela usava para aquela festa e acharam que faltava algo; ela tinha certeza de que elas teriam opiniões fortes sobre qualquer coisa que ela escolhesse para o aniversário da mãe.

— Tia Caro — disse Wúràolá. Esse é o modelo que eu quero. Eu gosto do corte clássico.

Tia Caro olhou para a página e depois para a mãe de Wúràolá.

— Você não me escuta, Wúràolá, esse modelo é muito antiquado, você vai parecer uma avó — disse Yèyé. — Veja a mulher que está usando isso aqui, ela parece alguém que tem dezesseis filhos e quarenta e oito netos. É assim que você quer aparecer no meu aniversário?

— Mas foi desse que eu gostei.

— Ah, Caro, me ajude a colocar bom senso na cabeça dessa garota. Só freiras devem se vestir desse jeito, e olha que até elas já se casaram, com Jesus.

— Yèyé, acho que esse modelo vai ficar bem na dra. Wúrà.

— Caro, você é uma Judas. Vamos nos unir para colocar o bom senso nessa garota.

Tia Caro riu.

— Ela deve vestir o que ela gosta.

— Obrigada, tia Caro — disse Wúràọlá.

— Isso não é sobre o que ela gosta, é sobre o que ela quer e sobre essa coisa de que ela gostou.

— E o que eu quero?

— Um marido.

— Tia Caro, por favor, quando o vestido fica pronto? Você pode mandar alguém entregá-lo para mim no trabalho?

— Wúràọlá, sobre este determinado assunto, você vai continuar seguindo o conselho de uma mulher que nunca teve marido?

— Mamãe!

— Caro sabe que estou brincando. *Àbí*?

— Dra. Wúrà, levante-se para eu tirar novas medidas — disse tia Caro —, você perdeu peso desde a última vez.

5

A caneta esferográfica escorregava da mão de Ẹniọlá. Suas palmas estavam escorregadias de suor. Seu rosto, úmido, as axilas, pegajosas. Ele tampou a caneta e a colocou no meio de seu caderno de geografia. Era impossível acompanhar o que o professor estava escrevendo no quadro, e ele poderia copiar de Hakeem depois. De qualquer maneira, as anotações dele eram sempre melhores; ele sublinhava os títulos e os subtítulos com uma caneta verde e escrevia as definições com uma vermelha.

Era segunda-feira, mas não houve menção a mensalidades na reunião matinal. Nos anos anteriores, os nomes dos alunos que ainda estavam devendo à escola eram lidos após as orações e aqueles que, como Ẹniọlá, ainda estavam presentes, apesar das advertências do sr. Bísádé, eram punidos antes de serem mandados de volta para casa. Mas, naquela manhã, a reunião havia acabado sem nenhum castigo, e o sr. Bísádé desaparecera antes de ela terminar.

Ẹniọlá esfregou as palmas das mãos nos braços até secar os dedos. Ele era sempre o último a pagar as mensalidades de sua turma, por isso estava acostumado com os castigos. Era essa demora que ele achava insuportável. Ele tinha planejado ir à oficina de Caro assim que lhe dissessem para ir embora da escola. Ele queria já estar lá, dobrando tecidos e esquecendo as risadas dos colegas cujos pais tinham pagado as mensalidades em dia.

Quando o sr. Bísádé apareceu na sala, pouco antes de terminar a aula, Ẹniọlá ficou quase feliz. O que quer que acontecesse, aconteceria logo, e suas mãos poderiam finalmente parar de tremer.

A turma levantou-se quando o sr. Bísádé entrou na sala.

— Bom dia, senhor, estamos felizes em vê-lo. Que Deus o abençoe.

— Sentem-se, sentem-se — disse Bísádé, segurando seu chicote de três pontas.

— Devo... — começou o professor de geografia.

O sr. Bísádé olhou para o relógio.

— Cinco minutos. Não, não espere, pode ir.

O professor de geografia pegou seus cadernos de uma mesa no canto e saiu.

— Venho de uma reunião especial com a proprietária e estou feliz em anunciar que a administração de nossa escola decidiu ser misericordiosa com aqueles que ainda nos devem mensalidades. — O sr. Bísádé pigarreou. — Em vez de mandá-los para casa hoje, se você não pagou todas as suas mensalidades, vamos estender um período de carência. Portanto, se você pagou metade, não será enviado para casa até depois das provas intermediárias.

Alguém começou a bater palmas e parou. Ẹniọlá ouviu alguns dos colegas suspirarem de alívio, mas não pôde se juntar a eles. Seus pais não tinham pagado uma naira do total de cinco mil que deviam. Ele roía as unhas enquanto seus colegas começavam a falar uns com os outros. Quem sabe se seus pais pudessem pagar duas mil e quinhentas nairas em breve? Ele pensou na nota de duzentas nairas que Yèyé lhe dera; ele a dobrara novamente pela manhã e a enfiara no bolso da camisa. Duzentos eram quantos por cento de dois mil e quinhentos?

— Silêncio! — gritou o sr. Bísádé. — Melhor. Então, é assim que faremos as coisas a partir de agora. Se você pagou metade das mensalidades, não precisa se preocupar com nada até depois do meio do semestre. Agora, deixe-me passar para os devedores perpétuos que se recusaram a pagar qualquer coisa.

Paul riu.

— Teremos misericórdia de vocês também. Não serão mandados para casa esta semana, na verdade vocês terão um período de carência de duas semanas, mas, todas as manhãs, servirei um café da manhã para esses devedores. E quando chegar em casa, lembre-se de dizer a seus pais que eles devem pagar as mensalidades para que seus professores não passem fome. O que foi que eu disse? Eles devem pagar suas mensalidades para que…?

— Nossos professores não passem fome — disse em uníssono a turma.

— Mais alto.

— Nossos professores não passem fome.

— Bom. Permitiremos que vocês assistam a todas as suas aulas, mas antes serviremos o café da manhã, diariamente, e se você não quiser o café da manhã, poderá ficar na casa dos seus pais. Querem saber o que é o café da manhã?

— Sim — gritou Paul.

— Eu digo, vocês querem saber o que é o café da manhã?

A classe inteira murmurou um sim.

— Os não pagantes receberão seis golpes disso. — Ele estalou o chicote. — Todas as manhãs, durante o período de clemência e misericórdia. Após o término do período de carência de duas semanas, aí, sim, serão enviados para casa. Está claro? Bom. Agora, se você souber usar a cabeça, seja esperto ao não vir ao colégio depois desse período de carência sem pagar pelo menos cinquenta por cento da mensalidade. Quando eu terminar de te açoitar, você vai até esquecer o seu nome. Agora, as pessoas que irão desfrutar do café da manhã de hoje. — Ele enfiou a mão no bolso, tirou uma folha de papel almaço e a desdobrou.

Ẹniọlá juntou as mãos para mantê-las quietas.

— Apenas dois nesta classe, isso é bom. *Óyá*, palmas para vocês. Sandra Oche e Ẹniọlá Òní, vocês também estão batendo palmas? Devedores crônicos, vejam só. O que vocês estão aplaudindo? Venham aqui e tomem seu café da manhã.

Ẹniọlá e Sandra foram para a frente da turma.

— *Óyá*, Sandra, as damas primeiro. Onde você quer?

As meninas podiam escolher onde queriam ser açoitadas: na mão esquerda ou nas costas. Os meninos não tinham opção, sr. Bísádé sempre os chicoteava nas costas.

Sandra já estava chorando tanto que não conseguia responder. Ela esticou a mão esquerda e o castigo começou. A pobre garota retraía a mão após cada golpe e segurava o pulso, pulando várias vezes no lugar antes de esticar a mão novamente. Seus soluços eram ofuscados pelas gargalhadas de alguns dos colegas de classe.

Enquanto Sandra soluçava e voltava para seu lugar, Ẹniọlá deu um passo à frente, virou as costas para o sr. Bísádé e retesou o corpo, esperando o primeiro golpe. Ele estava pronto. Havia usado três camisetas sob o uniforme naquela manhã. Os primeiros cinco golpes bateram na parte inferior das costas e a camiseta amorteceu o impacto. Mas o sr. Bísádé mirou mais alto no último, e o chicote se enrolou no pescoço de Ẹniọlá. Ainda assim, ele se conteve para não gritar e mordeu a língua até sentir gosto de sangue. Ele abriu os lábios no que esperava que parecesse um sorriso enquanto voltava para seu assento. Ninguém da turma riu. Ele tinha conseguido ficar imóvel dessa vez.

Quando o sr. Bísádé saiu, os amigas de Sandra se reuniram em torno dela para acalmá-la, mas a atenção delas só fez com que os soluços da garota se intensificassem. Ẹniọlá queria gritar para ela calar a boca. Ele desejava que a próxima professora chegasse na hora, para que as meninas que se reuniram em torno de Sandra parassem de olhar para ele com pena. Pelo menos, nos anos anteriores, ele podia ir embora da escola logo após ser açoitado e alimentar sua vergonha em particular. Agora ele tinha que sentar e encarar a pena dos colegas. Se isso era misericórdia, ele não queria.

O proprietário nunca se deu ao trabalho de pintar o prédio de dois andares onde a família de Ẹniọlá alugava um quarto no térreo. Como a maioria das casas no final da rua, suas paredes eram uma mistura acidental de mofo com concreto cinza.

No caminho da loja de tia Caro para casa, Ẹniọlá viu que seu pai estava agachado ao lado de uma dessas paredes, segurando uma lamparina a querosene. A princípio, Ẹniọlá pensou que ele estava tentando raspar um pouco do mofo, mas ao se aproximar, viu que o chão estava coberto de *gaàrí*.

— Boa noite, senhor — disse Ẹniọlá.

O pai assentiu sem desviar os olhos do chão.

O *gaàrí* desperdiçado dava para pelo menos três refeições, e ele não precisou se agachar para ver que não havia como separá-lo da areia. Se estivesse em uma pilha, eles poderiam ter tirado a parte de cima e ainda ter conseguido uma refeição com essa porção.

— O que aconteceu? — perguntou Ẹniọlá.

— Bùsọ́lá. — O pai de Ẹniọlá se levantou. — Ela caiu e espalhou tudo. Vamos embora, não há nada que possamos fazer.

Lá dentro, Bùsọ́lá estava sentada na cama e a mãe ajoelhada ao lado dela.

— Está doendo. — Bùsọ́lá chorou enquanto a mãe limpava seu joelho arranhado com um pedaço de pano embebido em querosene.

— Você tem que parar de gritar — disse a mãe. — Eu já falei para você ter mais cuidado. Viu o que aconteceu? Graças a Deus não foi sua cabeça que bateu no chão.

— Temos mais? — perguntou o pai.

A mãe balançou a cabeça.

— Usei todo o dinheiro que tinha para comprar aquele *gaàrí*.

— Vou ver meu ex-diretor amanhã — disse o pai. — Talvez ele possa nos emprestar... No ano passado, ele me prometeu que se eu precisasse de algo pequeno...

— As pessoas prometem o tempo todo, mas quando você chega na casa delas ninguém abre quando você bate. — Ela deu um tapinha na perna de Bùsọ́lá. — O que vamos comer hoje à noite?

Ẹniọlá encostou-se em uma parede. Ele enfiou a mão no bolso esquerdo e deslizou os dedos sobre a nota de duzentas nairas. O dinheiro dava para comprar um pouco de *gaàrí* e de óleo de palma.

— Aquele homem é diferente — disse o pai.

A mãe de Ẹniọlá estendeu a mão para o marido; ele lhe deu a lamparina. Ela a segurou junto do joelho de Bùsọ́lá e assentiu com satisfação.

— Deite-se — disse ela. — Você vai ficar bem pela manhã.

Ela devolveu a lamparina ao marido.

— O que faremos hoje à noite?

— Você tem algum dinheiro? — perguntou ele.

— Se eu tivesse dinheiro em qualquer lugar desta terra, acha que deixaria meus filhos passarem fome?

Ẹniọlá envolveu a nota com os dedos. Sua mãe abriu a boca para dizer alguma coisa, mas depois a fechou. Ela cruzou os braços e olhou para a parede à sua frente. Quando falou, sua voz estava rouca:

— Vamos dormir sem comer de novo?

— Eu tenho um pouco de dinheiro — disse Ẹniọlá.

Seus pais se viraram para ele com os olhos arregalados de surpresa, como se ele tivesse acabado de contar que estava grávido de gêmeos. Até Bùsọ́lá se sentou na cama.

Ele tirou a nota de duzentas nairas. Os pais pegaram o dinheiro ao mesmo tempo e suas mãos esbarraram nas de Ẹniọlá. Ele deu o dinheiro ao pai.

O pai de Ẹniọlá examinou a nota como se pudesse ser falsa.

— Onde você conseguiu esse dinheiro? — perguntou a mãe. Ela estava de pé, o olhando do alto, as mãos nos quadris, um sermão sobre honestidade transbordando em seus olhos.

— Uma das clientes da tia Caro me deu.

A mãe apertou os lábios finos.

— Pode perguntar à tia Caro — disse Ẹniọlá. — Estou falando a verdade.

A mãe o puxou para um abraço. Ele estremeceu quando ela pressionou os dedos no ponto sensível onde o chicote do sr. Bísádé machucara seu pescoço naquela manhã.

— Obrigada, meu Ẹniọlá — agradeceu ela. — Que você tenha filhos que cuidarão de você.

6

As tias de Wúràolá chegaram na quarta-feira. Vieram com reclamações, isopores cheios de carne frita, cabritos vivos e exclamações, potes de Aboniki Balm, repreensões e sacos de arroz.

Reclamações e isopores cheios de carne frita — *nítorí Ọlọ́run*, como Yèyé podia fazer uma festa dessas bem na sua casa? Quando não era festa dos dez anos de Wúràolá, era para a cerimônia de nomeação de Mọ́tárá. Era o seu aniversário de cinquenta anos, *kẹ*! Quantas pessoas viveram o suficiente para fazer cinquenta anos? A mãe delas — que ela continue a ser mimada na vida após a morte — só vira o sol nascer até seu quadragésimo aniversário. E isso depois que o pai delas se despediu do mundo, bem antes de completar quarenta e nove anos. Não era motivo suficiente para que os cinquenta fossem celebrados por todos os descendentes como uma vitória? Uma grande vitória pedia uma bela e grande festa. E agradecimento. Sim, claro, e agradecimento. Não havia espaços para eventos nesta cidade? Yèyé deveria ter ido para Lagos, Ìbàdàn, Abuja, para fazer a festa. O dinheiro era problema? Todas poderiam ter contribuído mais para a comemoração. Se elas tinham feito isso para todas as irmãs quando fizeram cinquenta anos, por que não estariam ansiosas, felizes e entusiasmadas para fazer isso pela mais nova? Se Yèyé não tivesse dinheiro para dar uma festa, não poderia ter dito para suas irmãs mais velhas? Yèyé era orgulhosa demais para pedir ajuda? O cordão fraterno que as unia tinha enfraquecido com o tempo e a distância? Não? Por que então essa importante festa estava sendo realizada no *gramado* de Yèyé? Se elas soubessem disso antes de chegar, algo poderia ter sido feito. Estava no convite? Por que elas leriam um bendito convite quando falavam com Yèyé toda semana? Por que Yèyé não usou a boca para dizer a elas que era ali que a festa seria realizada? Convite para quê? De qualquer forma, não se deve permitir que isso se repita nos sessenta anos de Yèyé. De jeito nenhum, não quando todas estariam vivas e saudáveis para tratar dessas questões. Pela graça especial de Deus. Não faltaria ninguém, pelo poderoso nome de Jesus. Ninguém ficaria doente, pela misericórdia do Todo-Poderoso.

Agora, quem levaria os isopores pra dentro para que Mọ́tárá contasse a carne?

Eram cinco isopores, um de cada irmã. Duzentos pedaços de peru de tia Bíọ́lá, que não deveria ter se dado ao trabalho de trazer nada. Não depois de tudo o que ela fez por Yèyé e suas irmãs desde que seus pais morreram. Só Deus poderia recompensar aquela mulher, só Deus. Quatrocentos pedaços de frango de tia Àbẹ̀ní. Ela sempre era tão generosa. Wúràọlá sabia que, quando todas eram crianças, tia Àbẹ̀ní dividia seus peixes em dois para que Yèyé pudesse comer mais. E se Yèyé pedisse, ela lhe daria até o peixe inteiro. Ninguém deveria escolher irmãos favoritos, mas o coração de tia Àbẹ̀ní sempre fora tão bom. Tia Sùnḿbọ̀ ainda conseguiu dar cem pedaços de carneiro, apesar das coisas que ela estava passando com aquele marido estúpido. Ela era tão corajosa, nossa. Duzentos pedaços de carne de porco de tia Mosún. Sim, daquela fazenda de porcos que ela acabara de começar. E Wúràọlá acreditaria que tia Jùmọ̀kẹ́ havia trazido duzentos pedaços de carne de vaca? Carne de vaca? Por que alguém traria carne de vaca? Todos sabiam que duas vacas seriam mortas na quinta-feira, até contribuíram com dinheiro para comprar uma delas. Não se deve falar mal dos mais velhos, mas tia Jùmọ̀kẹ́ realmente deveria ser mais atenciosa.

Cabritos vivos e exclamações — Mọ́tárá estava toda crescida. Mọ́tárá estava rude agora, sua boca, grande o suficiente para engolir uma casa. Veja seus shorts minúsculos e aquele top decotado. Isso é uma tatuagem? Não? Mas por que ela desenharia uma com uma caneta de feltro enquanto ainda morava em casa? Como ela podia ser tão ousada? O que faria quando fosse para a universidade? Yèyé tinha que fazer algo sobre aquela Mọ́tárá antes que ela virasse uma verdadeira desgraça. Melhor colocá-la em uma universidade particular, cristã. Yèyé arranjou para alguém curar e cozinhar as duas cabras que trouxeram, certo? Não?

Repreensões e sacos de arroz — Yèyé tinha certeza de que havia se preparado bem para esta festa? Mesmo? Um dos pares de sapatos que Yèyé planejava usar era muito alto para a sua idade. Ela não se lembrava de como Jùmọ̀ké tinha caído na pista de dança em sua festa de cinquenta anos? Esses sapatos eram muito baixos, ela não se lembrava do aniversário de cinquenta anos de Jùmọ̀ké, de como as fotos ficaram boas? Mas os sapatos não eram do tom certo para sua roupa. Sim, sim, sim, sim e sim. E elas poderiam ter trazido algo de Lagos, Ìbàdàn, Abuja pra ela. Yèyé precisava parar de se comportar como se não tivesse irmãs. Elas queriam ajudar, por que ela não as deixava ajudar? Haveria espaço para guardar os sacos de arroz que havia dito que elas não deveriam se preocupar em trazer? Por que elas eram irmãs se não podiam dar arroz para ela de aniversário? Arroz, arroz comum. E Yèyé continuava lhes dizendo que havia mais do que suficiente. O que Yèyé sabia? Todas comemoraram seus cinquenta anos, sabiam o que estavam fazendo. Não tem isso de arroz demais em uma festa. É sempre melhor ter de sobra.

— Você pode doar o arroz depois da festa, quando tiverem ido embora — disse Wúràọlá quando a mãe fez uma pausa para respirar.

— Quer falar com elas?

— Eu realmente não tenho muito tempo, mãe. Saí da enfermaria para atender essa ligação e preciso voltar logo.

— Posso colocar você no viva-voz, elas estão perguntando por você.

— Falei com a tia Jùmọ̀ké antes de ela sair de Lagos esta manhã.

— E a tia Àbèní?

— Falei com o filho dela na semana passada.

— Você deveria ligar mais para ela.

Fazia muitos anos que tia Àbèní estava convencida de que estava morrendo de algo que seus médicos não haviam diagnosticado. Sempre que Wúràọlá se permitia ser convencida e incitada a ligar para a sexagenária (fosse sobre exames de sangue ou uma tomografia computadorizada), a discussão rapidamente se voltava para algum novo assassino silencioso que Àbèní estava certa de ter invadido seu corpo.

— Vou vê-la quando voltar para casa.

— E quando vai ser isso? — perguntou Yèyé.

— Ainda na sexta-feira.

— Você não pode sair amanhã?

— Não tem a menor possibilidade.

— De jeito nenhum? Você tem certeza? Você poderia simplesmente voltar para casa depois do trabalho amanhã, passar a noite e ir trabalhar daqui na sexta de manhã.

— Não posso, estou de plantão amanhã.

Ela tinha conseguido trocar seu turno no fim de semana com um colega, mas não havia ninguém para a noite de quinta-feira.

— Até Láyí vai chegar antes de você.

— Vou estar em casa antes das quatro e meia.

Yèyé suspirou.

— Tia Jùmọ̀kẹ́ fica esfregando Aboniki nos meus joelhos e tornozelos de cinco em cinco minutos. Ela ainda acha que vai curar minha manqueira. Essas pessoas querem me matar com seu *wahala*.

— Por que você não manda elas para um hotel?

— Minhas irmãs? Hotel? Hotel, o que é isso? Estamos falando das minhas irmãs. O que há de errado com você?

— Tudo bem, desculpe. Eu só estava tentando ajudar.

— Ajudar como? Isso é porque você tem que dividir o quarto com a sua irmã enquanto elas estiverem aqui? Olha, elas estão certas, eu estraguei vocês. Eu e minhas irmãs dividimos um quarto quando nossos pais ainda eram vivos. Seis de nós, em um único quarto. Agora você quer que eu as coloque em um hotel, porque não pode dividir a cama com Mọ́tárá? Enfim, tenho que ir, tia Mosún está fazendo *ègbo*, acho que está pronto e não quero que terminem antes de eu descer. Melhor voltar para casa, ela vai fazer *ẹwẹ́* esta noite para que a gente possa comer *múkẹ́ ẹlẹ́wẹ̀* amanhã de manhã. Você me conhece, não tenho tempo para ficar doze horas fazendo feijão, aproveita que ela está por aqui.

Quando Wúràọlá chegou na sexta-feira, vários homens estavam montando gazebos no gramado, enquanto outros descarregavam cadeiras e mesas de plástico da traseira do caminhão da locadora. As tias observavam os homens, dando instruções intermitentes. Sentaram-se em cadeiras de plástico dispostas em torno de uma mesa de plástico cheia com vários pratos de carne. Cada mulher estava tomando um refrigerante, exceto tia Àbẹ̀ní, que só bebia água.

Wúràọlá ajoelhou-se diante delas, cumprimentando-as, e apoiou o queixo na mesa enquanto respondiam às suas amabilidades. A maioria dos negócios estava indo bem, algumas crianças ainda se recusavam a ouvir qualquer coisa, Wúràọlá falaria com elas? Ela era um bom exemplo. Um ou dois maridos ainda eram inúteis, mas apesar de tudo, glória a Deus pela vida. Ela se levantou e abraçou cada uma delas, depois pegou uma coxa de frango de um dos pratos na mesa.

— Ei, Wúrà, antes de entrar, que tipo de cerveja vocês têm nesta casa? Não a que vamos servir na festa de amanhã. Só o que vocês têm na geladeira.

— Tia Mosún, você deveria estar bebendo? — perguntou tia Jùmọ̀kẹ́ antes que Wúràọlá pudesse responder.

Tia Mosún se mexeu na cadeira.

— É assim que você fala com uma senhora?

— Só estou te aconselhando. — Tia Jùmọ̀kẹ́ bateu com as costas de uma mão na palma da outra.

— Aconselhe a si mesma, Jùmọ̀kẹ́. A pessoa que é médica aqui não falou nada, você é que gosta de ser conselheira geral. Eu *kúkú* não sei qual universidade lhe deu um diploma de médica para que você possa sair dando orientações. — Tia Mosún apertou a mão de Wúràọlá. — Minha querida, quando você entrar, peça a alguém para me trazer uma garrafa de cerveja preta. Uma geladinha. Você sabe o que eu quero dizer, não é? Uma garrafa que pegou cadeia na geladeira.

Pelo menos uma dúzia de cadeiras de plástico foram trazidas para a sala de estar para complementar a mobília, e todas estavam ocupadas. Yèyé agitava-se de uma ponta à outra da sala, orientando Rachel e Mọ́tárá enquanto serviam suas benfeitoras. Enquanto Wúràọlá caminhava em direção à escada, ela reconheceu mulheres da associação do mercado de Yèyé, líderes da União das Mães diocesanas e várias esposas de membros da IEMPU. Ela cumprimentou todos em seu caminho e subiu as escadas, certa de que, se demorasse bastante na sala, Yèyé lhe atribuiria alguma tarefa urgente.

Ela ficou surpresa ao encontrar suas amigas Tifẹ́ e Grace na sala da família. Elas haviam sido convidadas para a festa, mas não esperava que aparecessem até a manhã seguinte.

— Minhas lindas, vocês não disseram que chegariam hoje.

Grace se aproximou para um abraço e Tifẹ́ permaneceu sentada, bebendo uma taça de vinho.

— Espero que sejamos bem-vindas! — disse Tifẹ́.

— Claro, por que não seriam bem-vindas aqui? — Wúràọ́lá sentou-se ao lado de Tifẹ́ e apertou seu ombro. — Muito obrigada, amores. Como vocês têm estado? Como está Ifẹ̀? Vocês duas conseguiram fugir? Nenhuma de vocês está de plantão esta noite?

— Qual pergunta você quer que a gente responda primeiro, madame? — perguntou Grace.

— Onde vocês vão dormir esta noite? A casa está tão cheia que tenho que dividir meu quarto com Mọ́tárá, minhas tias ocuparam quase todos os cômodos. Talvez possamos achar um hotel?

Grace sorriu.

— Kúnlé já cuidou de nós.

— Meu Kúnlé?

— Ele cuidou de tudo, reservou o hotel, pagou tudo. Tão querido.

— Como? Conversamos pouco antes de eu sair do hospital e ele não me contou.

— Estou mudando minha opinião sobre aquele rapaz. — Tifẹ́ girou seu vinho na taça.

— E qual opinião você tinha antes? — perguntou Wúràọ́lá.

— Um escrotinho — disse Tifẹ́.

Grace zombou.

— Você acha que todo cara é escroto.

— E quando eu errei? — perguntou Tifẹ́.

— Por favor, não comece — disse Grace.

Tifẹ́ colocou a taça de vinho em um banquinho.

— A verdade é amarga, queridas.

— Ofereceram algo para comer?

— Kúnlé nos levou para sair assim que chegamos. Fomos àquela casa de sopa de pimenta perto de Akewusola. Não tenho vergonha de dizer que comi três pratos — contou Tifẹ́.

— Vocês o viram? Ele não mencionou nada disso quando conversamos.

— Isso teria estragado a surpresa — disse Grace.

— Então você não precisa de nada? Kúnlé já cuidou de vocês?

Tifẹ́ esfregou a barriga.

— Muito bem. Esse cara, ele pode ser um dos melhores escrotinhos. Sabe, escroto-mor. Mas confesso que estou impressionada, só um pouquinho.

Kúnlé e seus pais se juntaram a eles para jantar naquela noite. Seis mesas de plástico foram colocadas do lado de fora, para formar uma longa mesa de jantar que tinha o pai de Wúràọlá em uma das cabeceiras. Yèyé, os pais de Kúnlé e Láyí sentaram-se ao lado dele enquanto Grace, Tifẹ́ e Kúnlé flanqueavam Wúràọlá na outra ponta da mesa. As tias sentaram-se no meio com a esposa grávida de Láyí, Ọdúnayọ̀, contando-lhe tudo sobre os rendimentos cada vez menores das palmeiras que herdaram do avô. Por alguma razão, Mọ́tárá decidira colocar sua cadeira mais perto dos gazebos, longe de todas as outras pessoas.

Grace mal tocava na comida. Ela queria escrever suas primárias antes do serviço nacional da juventude, mas não conseguia decidir entre clínica médica e pediatria.

— Não é como se você pudesse começar a trabalhar quando passar — disse Tifẹ́, cuspindo grãos de arroz enquanto falava. — Você ainda tem que servir a Nigéria primeiro, então se acalme e pense bem antes de decidir.

— Provavelmente vai ser clínica médica. Só tenho que decidir logo, vou me inscrever para o exame na próxima semana.

— Por que a pressa? — perguntou Tifẹ́.

Grace deu de ombros.

— Quando você vai escrever as suas, Wúràọlá?

— Não agora.

— Está vendo? Essa é a coisa sensata a fazer, ter um tempo para pensar, você não quer ficar presa em um programa de residência que odeia.

Tifẹ́ espetou um pedaço de carne com o garfo.

— Tifé, Grace tem pensado nisso desde que estávamos no quinto período. Ela está na nossa frente e...

— Wúràọlá, você poderia me trazer um pouco de água gelada? — pediu Kúnlé.

Quando ela se levantou, Wúràọlá reprimiu a vontade de perguntar por que ele tinha pedido água em temperatura ambiente antes. Na cozinha, Rachel supervisionava duas cozinheiras contratadas que fritavam peixe. Wúràọlá pegou uma garrafa de água na geladeira e bebeu um pouco.

Ao sair, todos estavam de pé e, ao lado da varanda, Kúnlé estava ajoelhado, segurando uma caixa de anel.

Ela não ouviu o que ele disse.

Todas as tias batiam palmas e tia Mosún batia os pés, pronta para começar a dançar. Grace já estava dançando, mesmo sem música. Até Tifé estava sorrindo. Seus pais encostados um no outro, o rosto de seu pai enrugado em um raro sorriso. A mão da professora Cordelia estava pressionada contra o peito como se segurasse o coração, e seu marido já havia levantado a taça de vinho para um brinde. Um flash cegou Wúràọlá quando Láyí tirou uma foto.

— Diga sim, diga sim! — gritou Ọdúnayọ̀.

Wúràọlá estendeu a mão esquerda.

PARTE II

NA RUA DAS IRMÃS PRETAS

O mundo era exatamente como deveria ser. Nem mais e, definitivamente, nem menos. Ela tinha o amor de um homem bom. Uma casa. E seu próprio dinheiro — ainda novo e fresco e com o mais saudável tom de verde; a ideia a animava e lhe dava uma adrenalina que a fazia querer cantar.

On Black Sisters' Street [Na rua das irmãs pretas],
Chika Unigwe

7

Ẹniọlá não teve coragem de lembrar os pais das mensalidades. Em todos os semestres, desde o início dos anos finais do Ensino Fundamental, ele teve que lhes dizer diversas vezes que seria mandado embora da escola se não pagassem em um mês, duas semanas, um dia. Todo semestre, sempre que precisava falar das mensalidades com os pais, seus lábios ficavam cada vez mais pesados, e às vezes passava dias pensando quando e como abordar o assunto, antes que pudesse abrir a boca apenas para — em muitos casos — fechá-la novamente por mais uma hora ou um dia. Quando conseguia falar, tropeçando nas palavras na pressa de encerrar a conversa, muitas vezes ficava triste com a resposta dos pais. O pai olhava para o chão ou para o teto, olhos treinados para se concentrar em um único ponto. A maneira como o queixo de sua mãe afundava no peito, como ela enxugava o rosto com a palma da mão como se limpasse lágrimas invisíveis. Sempre que pedia algo que envolvia dinheiro — um exemplar da *New General Mathematics*, calças para a escola que não batessem nos tornozelos ou apertassem suas bolas, uma camisa que não irritasse sua axila —, sentia pena deles. Ẹniọlá gostaria de ser um daqueles alunos que conseguem completar as tarefas sem ter que olhar vários exemplos no livro didático.

Enquanto isso, Bùsọ́lá parecia não se incomodar com o desconforto dos pais. Ela reclamava das surras que recebia na escola durante a primeira semana de misericórdia que a Glorious Destiny oferecera aos alunos. Com o passar da semana, ela levantava a blusa diariamente para que os pais vissem os vergões se multiplicarem e se sobreporem como vermes em suas costas. Ela perguntava quando pagariam as mensalidades, levantando a voz, explodindo em lágrimas, recusando-se a lavar roupas ou pratos até receber uma resposta. E, embora ele entendesse a raiva dela, Ẹniọlá ficou surpreso que a irmã não pudesse suportar em silêncio do jeito que ele tinha aprendido a fazer. Mas ele estava grato pela voz dela; a irmã levou seus pais a implorarem por dinheiro a todos os parentes e amigos a seu alcance. Durante a maior parte da semana, sua mãe também foi a vários lixões para pegar garrafas de plástico e latas, que repassou a um vendedor de amendoim por muito menos do que esperava ganhar.

No sábado de manhã, Bùṣọ́lá acordou a todos enquanto empilhava os pratos e panelas que se recusara a lavar na noite anterior, batendo os itens uns sobre os outros para que o barulho aumentasse cada vez que ela movia algo. Ẹniọlá sentou-se em seu colchão quando ela começou a jogar colheres em uma panela. Na cama, seus pais bocejaram e se viraram, se agarrando ao sono até que Bùṣọ́lá deixou cair uma frigideira enorme. Enquanto pegava a frigideira e a jogava de volta no armário que guardava os utensílios de cozinha, Ẹniọlá se perguntou o que aquela frigideira gigantesca ainda estava fazendo na casa. Nem estava suja. Ninguém fritava nada havia meses.

Quando seus pais se sentaram na cama, Bùṣọ́lá se ajoelhou para cumprimentá-los, mas antes que pudessem responder, a menina começou a reclamar das mensalidades escolares.

— Bùṣọ́lá. — A mãe balançou as pernas para fora da cama. — O sol ainda nem nasceu, deixe o dia amanhecer antes de começarmos a falar sobre tudo isso.

Bùṣọ́lá apontou para a janela.

— Já está amanhecendo, o dia está amanhecendo. Não é em mim que eles vão bater na escola na segunda-feira? Não vou aceitar, não aguento mais uma semana de chicotadas. Se você não vai pagar, me deixa ficar em casa a partir de segunda-feira. Eles vão começar a me mandar de volta para casa na outra segunda-feira se você ainda não tiver pagado, então quero ficar em casa.

— Não nesta casa. Se você começar a pagar aluguel em outro lugar, pode ir e ficar lá, mas não vai ficar nesta casa. Estamos tentando, Bùṣọ́lá, estamos tentando.

— Quanto você tem agora? Consegue pagar metade?

— Por que você está procurando problemas logo de manhã? Já disse que estamos atrás desse dinheiro. Você estava nessa casa quando voltei do mercado ontem, você estava aqui quando seu pai foi...

— Por que você não diz quanto tem, hein? Por quê? Apenas diga quanto você tem e...

— Você ainda tem uma semana de aula antes de pagarmos, por que não pode ter paciência?

— Mas não é em você que eles estão batendo, não é em você. — A voz de Bùsọ́lá se erguia. Ela estava quase gritando com a mãe, cuja voz tremia e diminuía ao falar, o queixo afundando no peito.

Ẹniọlá chamou a atenção da irmã, franziu a testa para ela e balançou a cabeça. Ela já deveria ser mais esperta. De que toda essa gritaria adiantaria?

— Por que você está assim? Eles não estão batendo no seu irmão também, Bùsọ́lá? Você já viu Ẹniọlá falar assim comigo ou com o seu pai? Por que você está se comportando como se fosse superior?

— Por sua causa, minhas costas estão todas inchadas. Todos os dias, chicotadas. As pessoas da minha classe vão rir de mim. Vocês é que estão provocando tudo isso. — Bùsọ́lá apontava para os pais enquanto falava, como se os apunhalasse com o indicador.

— Mas você está morta? — Ẹniọlá pulou do colchão, incapaz de suportar mais o tremor na voz da mãe. — Por que você está gritando como se algo estivesse acontecendo só com você? Por que você está sendo tão mal-educada? Você é a única nesta casa que está apanhando na escola?

Bùsọ́lá revirou os olhos.

— Talvez você goste de sofrer, não sei. Mas eu estou falando de mim. Eu não quero que nenhum professor estúpido me bata de novo esta semana. Sofra seu próprio sofrimento como quiser. Eu não vou sofrer calada.

— Quem te disse que estou sofrendo calado? Eu te disse que...

— Vocês dois, calem a boca, só calem a boca, por favor. Querem deixar seu pai e eu com dor de cabeça esta manhã?

A voz da mãe mal passava de um sussurro, mas era o suficiente. Ẹniọlá ficou quieto e até Bùsọ́lá parou de falar. Mas, como Bùsọ́lá era Bùsọ́lá, ela ainda murmurava.

8

Assim que a filha parou de reclamar e levou os pratos sujos para o quintal, Ìyá Ẹniọlá tirou o dinheiro que vinha guardando em uma bolsa velha desde que os filhos voltaram à escola para o período letivo. Ela sempre contava o dinheiro quatro vezes ao dia, antes de dormir e depois de acordar. Naquele dia maravilhoso de janeiro, quando conseguiu adicionar uma nota de quinhentas nairas à bolsa, e nos muitos dias em que não conseguiu acrescentar nem cinco nairas, Ìyá Ẹniọlá contou o dinheiro. Duas vezes pela manhã e duas vezes à noite.

Em outra vida, quando só era chamada de Abọ́sẹ̀dé, antes de conhecer o marido que agora estava deitado na cama lhe dando as costas, ela gostava de aritmética. Tudo na escola a confundia, desde o dia em que segurou um giz e copiou seu primeiro "A" do quadro em seu tabuleiro de madeira. Mas os números sempre lhe pareceriam reais e úteis, de algum modo; eles permaneciam no lugar, enquanto alfabetos e palavras nadavam pelo tabuleiro. Quando ela parou de ir à escola depois de repetir em tantas matérias, era a pessoa mais alta da turma e a única que usava sutiã, e a única coisa de que sentiu falta por um tempo foram as somas. Alguns dias depois de ouvir uma professora dizer a outra que ela era uma tonta sem cérebro, Abọ́sẹ̀dé disse aos pais que queria parar de ir à escola e que gostaria de morar com a avó. Nenhum dos pais se opôs. A avó morava no mesmo complexo e tudo o que Abọ́sẹ̀dé precisava fazer era atravessar o pátio até sua nova casa.

A avó de Abọ́sẹ̀dé era a única pessoa que vendia *àkàrà* no bairro. Todos, incluindo seus seis filhos, a chamavam de Ìyá Alákàrà, e dependendo depois de qual grande guerra ela realmente tinha nascido, Ìyá Alákàrà tinha oitenta ou noventa anos quando Abọ́sẹ̀dé abandonou a escola. Ìyá Alákàrà deixava de molho e descascava o feijão que usava para fazer o *àkàrà* sozinha, recusando qualquer ajuda dos filhos e netos. Quando foi morar com a avó, os parentes de Abọ́sẹ̀dé

— madrastas, tios casados, tias e primas divorciadas que moravam nas cinco casas que compunham o complexo familiar — agradeceram por ela ter decidido assumir as tarefas diárias da matriarca. Enquanto isso, Ìyá Alákàrà continuava a acordar antes de qualquer um no complexo para fritar o *àkàrà* que vendia todas as manhãs, ameaçando mandar Abóṣẹdé de volta para a casa dos pais se ela ousasse tocar em algum de seus utensílios ou ingredientes.

Abóṣẹdé encontrou outra forma de se envolver nos negócios da avó. Ela começou a anotar os números das vendas em um de seus velhos cadernos e a calcular quanto ela havia ganhado no final do mês. Quando anunciava o valor total para a avó, a mulher ria até começar a tossir, tossia tanto que Abóṣẹdé tinha que pegar um pouco de água para ela.

— Obrigada, mas você subtraiu quanto eu gastei para fazer o *àkàrà* nessa quantia que diz que eu ganhei? O dinheiro para a lenha? Azeite de dendê? Feijão? E a cebola e o sal? Pimenta? Isso é bom, mas você deveria me perguntar quanto vou gastar com todas essas coisas no próximo mês, sim? Eu estou nesse negócio antes de seu pai ser concebido, Abóṣẹdé, e sei como calcular meu lucro. Mesmo que eu não tenha estudado na escola, estudei a sabedoria que está dentro de mim. Eu só não sei anotar os valores, então é bom que você tenha começado a fazer isso. Eu agradeço, obrigada por tentar ajudar. — Ìyá Alákàrà parou um pouco e cobriu a boca com uma mão. — Vou ter que dizer, Abóṣẹdé, não queria falar porque não sou sua mãe. Mas a verdade é que também sou sua mãe, então preste bem atenção e ouça. Neste mundo em que vivemos, você deve estudar tanto a sabedoria que eles lhe dão na escola quanto aquela que Deus colocou dentro de você. O mundo gira, e devemos descobrir para que lado está indo e segui-lo. E, pelo que estou vendo, este mundo se voltou para a sabedoria que ensinam nas escolas. Tenho observado os filhos de seu pai fugindo da escola, um após o outro. No começo, pensei que você ficaria, mas agora você também se juntou a eles. Temo pelo seu futuro, Abóṣẹdé, por que você parou de ir à escola? *Kóìtiírí*? Por quê?

Abóṣẹdé não conseguia falar sobre como as letras pareciam dançar pela página sempre que ela tentava ler. Ela já tinha feito isso uma vez, e a professora a quem ela explicara as coisas concluiu que ela *era* uma tonta sem cérebro.

— Estou cansada de ir para a escola todos os dias. Mas não se preocupe, vou me casar com alguém que tenha um diploma. Nada menos do que alguém com licenciatura. Prometo.

— Abósèdé. Abósèdé. Hmmmm. Abósèdé! Quantas vezes eu te chamei?

— Três vezes.

— Quantas orelhas você tem?

— Duas.

— O que você faz com suas orelhas?

— Escutar, senhora.

— Agora preste bem atenção: o que não é seu, não é seu, mesmo se você se casar com a pessoa que tenha essa coisa. Se não é seu, não é seu. Não seja preguiçosa, Abósèdé, estou avisando, não seja preguiçosa.

As preocupações de Ìyá Alákàrà sobre o que seria de sua neta não mudaram, e ela voltou a falar sobre a escola algumas vezes. Até seu último dia na terra, uma década depois, Ìyá Alákàrà continuou convencida de que Abósèdé devia voltar e completar seus estudos, mesmo que isso significasse que, aos vinte cinco anos, ela seria mais velha que alguns de seus professores.

Os pais de Abósèdé não estavam preocupados com o futuro dela. Presumiam que Ìyá Alákàrà estava mostrando a Abósèdé como fazia seu *àkàrà,* tão crocante por fora e macio por dentro que as pessoas vinham do outro lado da cidade para comprar. *Àkàrà* tão apimentado e saboroso, que uma das esposas dos Qwá mandava um mensageiro comprar uma dúzia dia sim, dia não. E embora fosse impossível dizer se a rainha comprava os *àkàrà* para si mesma ou os servia, todos na família se gabavam de como os *àkàrà* de seu complexo eram requisitados no palácio toda semana. Os pais de Abósèdé esperavam que quando a idosa morresse — ninguém pensou que ela viveria mais uma década, mais do que dois de seus filhos —, Abósèdé herdaria sua grande frigideira e se tornaria a nova e lendária Ìyá Alákàrà da família.

Quando Ìyá Alákàrà morreu, dois dias antes do casamento de Abósèdé, a enorme frigideira foi adicionada à pilha de coisas que ela deveria levar para o apartamento que seu marido havia alugado. Ela a guardou, mas nunca conseguiu fazer um *àkàrà* tão perfeito quanto os que a avó fazia. Durante o primeiro mês do casamento, ela tentou e falhou diariamente. Deixou o feijão de molho por muito tempo e ficou difícil descascar, esquentou demais o azeite e acabou queimando o *àkàrà* demais por fora antes de cozinhar bem por dentro, seus montinhos de massa se espalhavam quando tocavam no azeite em vez de ficarem bonitos e redondos. Aos prantos ao provar os resultados de seu trabalho, Abóṣẹdé ansiava pela mão de Ìyá Alákàrà em seu ombro, sua voz rouca e onisciente. Aquela voz teria dito a ela o que fazer com seu negócio falido de *àkàrà*, sobre as brigas que ela e o marido travavam todos os dias, com sua vida.

Levou cerca de um ano para Abóṣẹdé aceitar que nunca se tornaria uma Ìyá Alákàrà. Ela guardou a frigideira, mas assim que teve seu filho e se tornou Ìyá Ẹniọlá, garantiu que a família comesse *àkàrà* no café da manhã todos os sábados de manhã. Frequentemente, enquanto comiam, ela contava histórias sobre a avó até que o marido e o filho começassem a balançar a cabeça daquele jeito que faziam quando não estavam mais ouvindo. E, agora, ainda que o dinheiro que ela contava chegasse a apenas dois mil trezentos e setenta nairas — nem mesmo o suficiente para pagar metade das mensalidades de um dos filhos —, ela tirou uma nota de cinquenta nairas e pediu a Ẹniọlá que comprasse o máximo de *àkàrà* possível com o dinheiro. Sim, havia um pouco de *gaàrí* no armário onde guardavam panelas e comida. Sim, às vezes as crianças não sentiam fome de manhã ou fingiam não ter. Sim, seu marido agora parecia capaz de viver apenas de ar e água. Mas ela alimentou sua família com *àkàrà* todos os sábados de manhã por quinze anos, e não, nada mudaria isso agora. Ela ainda era — não importava o que mais tivesse acontecido — a neta de Ìyá Alákàrà, e todo sábado de manhã, ela comia *àkàrà*. Pronto. Gastar cinquenta nairas do estoque de mensalidades escolares não era o que manteria os filhos fora da escola.

Ter Ẹniọlá foi bom para o seu casamento. Quando bebê, ele acordava chorando se alguém deixasse cair um alfinete no quarto ao lado, e isso significava que ela e o marido tinham que se desentender sem gritar. E, depois de alguns meses sem brigar um com o outro, ela começou a se lembrar por que o havia escolhido e não qualquer um dos pretendentes sobre os quais ela pensava desde que se casara. Ela abriu seu negócio de picolés depois que Ẹniọlá começou a engatinhar, e tantas crianças da vizinhança adoraram sua mistura de Tasty Time, açúcar e água que ela logo conseguiu comprar uma pequena geladeira que servia só para congelar os picolés. Sua vida se estendia diante dela, brilhante e aberta como o sorriso do filho. Para o filho, ela criou um cardápio de que esperava que ele se lembrasse com alguma nostalgia quando saísse de casa. As noites de domingo eram de arroz frito, e todo primeiro sábado, para comemorar o início de um novo mês, ela fazia inhame batido e duas sopas diferentes. *Egusi* para quem estivesse na sua casa, e *okro* para o marido, que não comia inhame amassado acompanhado com qualquer outra coisa. Agora, tudo o que Ìyá Ẹniọlá podia fazer era cozinhar o que estivesse disponível. Mas nas manhãs de sábado, ela podia fingir que ainda estava em uma versão de sua vida em que os cardápios eram possíveis.

Ao longo daquela semana, enquanto seus filhos voltavam da escola, com as costas machucadas e vermelhas, o rosto enrugado de dor e raiva, o corpo testemunhando todas as maneiras como ela havia falhado com eles, antes mesmo de Bùsọ́lá abrir a boca para falar, sua mente voltou para as opiniões de Ìyá Alákàrá sobre a escola. Fez isso de novo quando enfiou o dinheiro de volta na bolsa, resistindo ao impulso de contá-lo pela terceira vez, lembrando de que dinheiro não se multiplica do nada, não importava o quanto ela desejasse.

Ela apertou o ombro do marido

— Bàbá Ẹniọlá, é melhor se levantar. A tristeza não vai pagar essas mensalidades, só vai minar suas forças. Eu sei que está acordado, Bàbá Ẹniọlá. Bàbá Ẹniọlá?

Ìyá Ẹniọlá se levantou e começou a arrumar o quarto. Acreditando que seria injusto piorar as chances dos filhos se casando com alguém que, como ela, tinha dificuldades para ler e desistira de escrever, ela resolvera se casar com um homem com alguma formação acadêmica. Quando conheceu o marido em uma cantata de Páscoa, ele já estudava no colégio batista de Ìwó. O grau de formação dos professores para o qual ele estava trabalhando tinha sido bom o suficiente para lhe render um trabalho em outras cidades. Ele voltou para Ìwó logo após o primeiro encontro deles e de lá escreveu várias cartas para ela.

Minha amada Abósèdé,
Espero que esta minha missiva a encontre em estado de alegria, ou então, de doxologia.

Ele enchia folhas de papel almaço com declarações de amor e notícias sobre sua vida — ia dormir com a foto que ela lhe dera dobrada debaixo do travesseiro, lia o novo romance de Achebe, *Anthills of the Savannah*, sonhava com ela todas as noites e em breve viajaria para vê-la. Com a ajuda de uma vizinha que escrevia o que ela ditava, mandou sua carta de amor mediante o pagamento de uma taxa; ela respondeu apenas uma vez, para que ele soubesse que ela também o amava. Esperava que ele escrevesse para ela com menos frequência depois que ela declarasse seu amor, mas após aquilo ele começou a escrever toda semana. Ela não disse a ele que demorava horas, com as sobrancelhas franzidas e muita dor de cabeça, para ir do "Minha amada Abósèdé" até a sua famigerada despedida peculiar.

Ao devolver minha caneta à cesta dourada do amor, penso em seu lindo pescoço.
Seu admirador para sempre, Bùsúyì

Sua vizinha se ofereceu para ler as cartas para ela. Por um valor, é claro. Mas ela preferia lutar com as palavras, preocupada com o que a mulher poderia dizer às outras vizinhas se lesse as partes da carta em que Bùsúyì escrevia coisas como:

Meu ideal de beleza, quando nos reencontrarmos, vou abraçá-la junto de mim novamente, fortemente, para que seu corpo possa estar perto de todos os lugares onde eu quero que me toques.

Ele lhe dava livros quando vinha visitá-la, e ela os recebia com sorrisos. Ela leu em voz alta as capas dos livros, fingindo admirar os desenhos antes de ter certeza de dizer em voz alta: *Um homem, uma mulher*, de T. M. Aluko; *Àjà ló lẹrù láti ọwọ́*, de Ọládẹ̀jọ Òkédìjí; *Silas Marner: o tecelão de Raveloe*, de George Eliot. Ela o amava por presenteá-la com livros que não saberia ler. Pelas cartas que lhe davam dor de cabeça, porque, para comemorar o noivado, ele a levou a Ìbàdàn para que pudessem comprar livros na livraria Odùṣọ̀tẹ̀ e porque, um mês depois de casada, ela lhe contou como achava difícil ler; e diferente da professora, ele não a olhou como se ela fosse tonta, mas começou a ler poemas para ela antes de dormir. Mesmo quando gritavam um com o outro e ela virava as costas, ele continuava lendo para ela.

Apesar de todas as bobagens que os irmãos dela diziam sobre ele, ela sabia que o marido não era um homem preguiçoso. Durante anos, ela se perguntou se sua professora estava certa e que suas dificuldades na escola realmente significam que era uma idiota. Então, a fé inabalável do marido em suas ideias — onde deveriam morar, o que deveriam fazer com o dinheiro, quando deveriam ter filhos — começou a convencê-la do contrário. Se o desespero estava impedindo o corpo dele de obedecer a seu coração naquele momento, ela não concordaria com os irmãos que ele havia se tornado um preguiçoso desde que perdera o emprego. E ela sabia, sabia e tinha certeza de que, no fundo, esse homem que chorara em seu ombro na noite em que resolveram vender todos os seus livros não queria que os filhos parassem de ir à escola. Se pudesse, ele se levantaria e a ajudaria a conseguir dinheiro para essas mensalidades. Às vezes, seus irmãos falavam como se o passado fosse um sonho a ser esquecido e o hoje fosse tudo o que importasse. E então, e se fosse ela quem também tivesse que conseguir dinheiro para pagar parte do aluguel tão atrasado? Ele não tinha cuidado daquilo na primeira década do casamento? Enquanto ela comprava alimentos com o dinheiro de seu negócio de picolés, ele pagava as mensalidades escolares e o aluguel, abastecia o carro e mandava uma mesada para os pais dela até que se foram. Se seus irmãos escolheram esquecer tudo aquilo ao falarem do seu casamento, era problema deles.

Quando terminou de dobrar as roupas que os filhos haviam espalhado pelo quarto, Ìyá Ẹniọlá foi até o marido. As molas rangeram quando se sentou ao lado dele na cama e colocou a mão em seu ombro. Ela o agarrou quando ele tentou se desvencilhar dela.

— Eu não queria dizer isso ontem por causa das crianças — começou ela. — Já é ruim o suficiente eles terem que se preocupar com as mensalidades escolares. Eu não queria que ouvissem e se preocupassem com isso também. Você entende? O proprietário disse que quer vê-lo esta manhã. Talvez você possa subir e falar com ele depois de comermos? Ẹniọlá deve voltar logo com o *àkàrà*, e ainda temos um pouco de *gaàrí*.

A pele parecia fina, como se não houvesse nada por baixo além de ossos. Ele estava olhando para a parede sem pintura ao lado da cama. Ainda se lembrava de como havia passado dias escolhendo entre três tons de amarelo, quando decidiram repintar o antigo quarto depois que Ẹniọlá nasceu? Era uma das coisas em que ele pensava olhando para o nada ultimamente? Ela queria se inclinar e contornar a mandíbula dele com a língua, tirá-lo da sessão matinal de vigilância na parede, mas se conteve. Uma das crianças poderia entrar.

— Perguntei ao proprietário se ele poderia me adiantar o assunto para eu discutir com você, mas ele disse que foi você quem alugou a casa dele, não eu. Você sabe que eu falaria com ele no seu lugar se ele permitisse. Você vai depois de comermos?

Ela passou o dedo por seus lábios ressecados, esperando que ele os abrisse e deixasse seus dedos deslizarem para dentro. Ele não o fez.

— O que ele poderia querer discutir com você além do aluguel? Tenho certeza de que é isso. Você só precisa implorar direito, se manter bem prostrado e tal. Peça a ele mais tempo. Talvez você possa contar a ele sobre as mensalidades das crianças. Sim, diga a ele que estamos concentrados nisso. A montanha bem à nossa frente não nos deixou ver aquela que estava um pouco mais distante, algo assim. Lembra de como ele gosta de provérbios? Assim que conseguirmos pagar as mensalidades escolares, vamos ter que pensar no aluguel, mas as mensalidades escolares são o mais importante no momento. Não, não. Não diga que as mensalidades são a coisa mais importante. Você pode apenas dizer a ele que pagaremos em breve. Bàbá Ẹniọlá? Por favor, fale comigo, precisamos pensar sobre isso juntos. Já tentei de tudo e não quero ir implorar ao meu irmão pelas mensalidades de novo.

Preocupada que seus filhos tivessem dificuldades para ler como ela, durante cada gravidez, Ìyá Ẹniọlá rezou para que eles tivessem a habilidade do pai de ir do começo ao fim de uma página com uma facilidade que ainda parecia mágica para ela. Ela também estava ansiosa sobre como eles aprenderiam a escrever. O que aconteceria se isso fosse tão difícil para eles quanto fora para ela? Existiria um mundo em que eles pudessem responder às perguntas de uma prova oralmente e não por escrito? Um mundo em que eles não seriam rotulados de estúpidos e insultados quando precisassem de mais tempo do que os colegas para responder a uma pergunta que envolvesse ler algo do quadro-negro, um livro didático, seus próprios cadernos? Houve momentos em que ela se perguntou se sequer deveria ter tido filhos.

Nos primeiros anos de educação de Ẹniọlá, ela fazia o marido ler os trabalhos escolares para ele todos os dias, certa de que, quer suas orações fossem atendidas ou não, seu filho entenderia o que fora lido para ele. A maioria das coisas que seus professores diziam quando ela era estudante era fácil de entender e lembrar. Mesmo quando os boletins do filho mostravam que ele estava obtendo notas médias nas atividades e provas, ela não acreditava que ele não estivesse tendo dificuldades até que ele passou um sábado lendo *The Queen Primer* em voz alta. Só quando seu marido acenou com a cabeça em aprovação, ela acreditou que Ẹniọlá havia sido poupado.

Já com Bùsọ́lá, ela estava mais relaxada. Essa já sabia o abecedário de cor antes de entrar na creche e desde o primeiro semestre sempre conseguiu ficar entre as três primeiras da turma. No segundo ano do Ensino Fundamental, ela ganhou prêmios em Estudos Sociais, Matemática e Inglês. Isso fazia Ìyá Ẹniọlá sorrir no meio de seus afazeres, esse dom de criança que aprendia sem sofrimento e não passaria pela humilhação que ela havia passado com seus professores e colegas. Essa alegria já se fora havia muito tempo. Uma década antes de concebê-los, ela já tomava decisões para proteger os filhos do pior. E ainda assim eles sofreram. Ela havia sido chicoteada por suas notas baixas. Os dois estavam sendo açoitados por ela não conseguir pagar as mensalidades. Seus irmãos insistiam que tudo isso era culpa de seu marido, e que ela deveria dizer isso a ele o máximo que pudesse.

Ela balançou as pernas para fora da cama e disse, de costas para o homem:

— Bàbá Ẹniọlá, quero visitar meu irmão mais velho esta tarde. Acho que devemos pedir a ele que nos empreste algum dinheiro.

Dois anos antes, a mesma sugestão resultou em uma discussão que durou uma semana inteira. Agora, ela esperava que as molas da cama rangessem enquanto ele se sentasse, que sua voz se elevasse ou vacilasse. Ela queria que ele ficasse zangado, magoado. Qualquer coisa.

Ela se levantou e pegou uma vassoura. Falaria com ele novamente assim que terminasse de varrer, arrastaria-o para fora da cama se fosse necessário para ele responder às suas perguntas. Talvez fosse hora de tentar os métodos que seus irmãos sugeriam? Ela tinha acabado de levantar os colchões dos filhos para varrer embaixo quando Ẹniọlá entrou e o quarto ficou perfumado com o cheiro de *àkàrà*.

O marido sentou-se na cama e Ẹniọlá pegou a vassoura das mãos da mãe.

— Quer *àkàrà*? — perguntou ela ao marido.

Ele balançou sua cabeça.

Pelo menos estava respondendo. Ele tinha se sentado na cama e poderia se levantar em breve. Ele estava sofrendo de algo que ela não conseguia entender completamente; seria paciente com ele.

Algumas horas depois, Ìyá Ẹniọlá estava no pátio do conjunto residencial em que havia crescido, observando duas meninas traçarem linhas na areia. Com vestidos na altura do joelho no mesmo tecido floral, as meninas poderiam se passar por gêmeas se uma não fosse muito mais alta do que a outra. Ìyá Ẹniọlá não as conhecia. Elas provavelmente eram filhas de algum novo inquilino que se mudara desde a última vez que estivera ali. As meninas não a notaram enquanto arrastavam gravetos curtos pela areia, parando apenas para tirar as pedras que deixavam suas linhas tortas. Primeiro, elas desenharam um retângulo; então, traçaram uma linha no meio para dividi-lo em dois. Quando começaram a traçar um arco em uma das pontas do retângulo, Ìyá Ẹniọlá decidiu que deviam estar se preparando para uma brincadeira de *suwe* e seguiu em direção à casa do irmão.

Antes de dizer que deveria cortar suas pernas se ela pisasse ali novamente, Ìyá Ẹniọlá visitava Alàgbà, seu irmão mais velho, com frequência. Eles eram os dois únicos que não se mudaram para ir atrás de sonhos que os levassem a Lagos, Lokoja e Port Harcourt, como os outros irmãos tinham feito. Ela encontrava conforto naquelas visitas, permanecendo até que o sol desaparecesse do céu e Alàgbà pedisse que ela voltasse para a casa do marido antes que escurecesse demais. Quando os filhos eram pequenos, ela ia com eles, porque o irmão sabia como acalmá-los e enganá-los com doces. Ela levava garrafas de óleo vegetal e tigelas de arroz para o irmão no Natal, quando o marido ainda tinha um trabalho, acrescentando latas de tomate enlatado quando seus picolés começaram a vender bem. Depois que o marido foi demitido, Alàgbà nunca a deixava sair de casa de mãos vazias. Ele lhe dava alguns defumados de suas caçadas e colocava notas de naira em sua mão na hora da despedida. De todos os três irmãos, ele era o único com quem ela podia contar para lhe dar dinheiro quando lhe implorava. Provavelmente porque ele não precisava se preocupar com esposa e filhos como os outros. Embora quinze anos mais velho que ela, Alàgbà não era casado e não tinha filhos, ao menos que soubessem.

Alàgbà também era o único de seus irmãos que ainda chamava aquele conjunto residencial de lar. Ele morava em uma casa que fora construída por um tio-avô falecido havia muito tempo, recusando-se a alugar qualquer um dos quartos extras, ainda que dois dos cinco permanecessem vazios. Ele usava um cômodo como sala de estar e dormia em outro. Quando finalmente comprou um fogão a querosene, ela o ajudou a montá-lo em um dos quartos para que ele compartilhasse apenas a latrina externa com os inquilinos do conjunto. Uma casa do conjunto havia sido alugada, mas outras estavam em diversos estágios de deterioração. A casa de Ìyá Alákàrà fora reduzida a cinzas em uma queda de energia alguns anos antes, enquanto a casa que o pai havia construído perdera o telhado em uma tempestade alguns meses após a morte de sua mãe. Agora, as paredes haviam desmoronado e o capim crescia, alto e vicejante, nos corredores de sua infância.

A última vez que ela estivera ali, todos os seus irmãos estavam na cidade para a Páscoa, e houve alguma conversa, sobre pratos de inhame amassado e sopa de *egusi*, de todos os filhos contribuindo para a reconstrução da casa. Alàgbà enfatizou a importância do dever de todos de garantir que a casa do pai não ficasse arruinada. Alguém, ela não se lembrava quem, disse que gostaria que aquele conjunto da família estivesse localizado próximo a uma estrada principal, para que um daqueles novos bancos pudesse comprá-lo. Alàgbà ficou furioso com a ideia e por uma hora seus irmãos discutiram se os bancos estavam realmente pagando milhões de nairas às famílias para construir salões bancários em sua propriedade, na terra onde pais e ancestrais tinham sido enterrados. Quando Alàgbà ficou em silêncio, enojado demais para sequer discutir a possibilidade, os outros irmãos discutiram sobre como teriam dividido o dinheiro se os bancos tivessem se interessado. Dividido em quatro, conforme o número de esposas do pai, ou em vinte seis, para que todos os filhos tivessem uma parte igual? Ou ainda melhor, em cinco, já que foram eles que tiveram a ideia e nenhum de seus meios-irmãos sequer botara os pés no conjunto desde a morte de seu pai. Ìyá Ẹniọlá mastigou o peixe seco em seu *egusi* e esperou que parassem de gritar para poder falar. Embora as esposas de seus irmãos continuassem olhando para ela com olhos que imploravam para que interviesse, ela sabia que tudo o que tinham que fazer era esperar. Ela estava acostumada com o volume dos irmãos e as veias que saltavam em suas têmporas enquanto gritavam argumentos que não levavam a lugar algum.

Depois que a refeição terminou e os dedos sujos foram mergulhados em tigelas rasas de água com sabão, os irmãos bocejaram, esticaram as pernas e se perguntaram se suas esposas haviam comprado palitos de dente. Seus filhos levaram os pratos sujos para o pátio e as esposas foram para a cozinha improvisada começar a preparar o jantar, enquanto os homens, sem obter resposta definitiva sobre os palitos e presumindo que não era tarefa deles ir atrás deles, começaram a limpar os dentes com as unhas compridas. Finalmente sozinha com os irmãos, Ìyá Ẹniọlá apresentou a sua ideia.

Ela tinha ido para o conjunto da família naquele dia sem sequer discutir a ideia com o marido. Se tivesse, talvez a resposta dele a tivesse preparado para a forma como os irmãos reagiram à sua sugestão. Ela poderia estar pronta para ver seus olhos esbugalhados, bocas se abrirem e permanecerem abertas até ela achar que fossem babar. Como se ela tivesse sugerido que exumassem Ìyá Alákàrà e incinerassem seu crânio no mercado. Como se o primeiro pedaço de terra que seus pés tocaram nesta vida não tivesse sido o solo daquele mesmo conjunto, como se ela não tivesse parte ou herança ali.

Parecia tão simples para ela. A contenção a forçara a começar a dividir um quarto com o marido e os filhos, em uma casa não melhor do que as de sua família. Depois de alguns anos lá, o proprietário insistia que eles pagassem dois anos de aluguel adiantado, algo com o que ela sabia que não podiam arcar. Fazia sentido para ela que pudesse voltar para o conjunto residencial da família e morar na casa que estava sendo alugada para estranhos. Mas, naquela segunda-feira de Páscoa, seus irmãos insistiram que era impróprio ela voltar para casa com o marido e os filhos. Quando Alàgbà sugeriu que a única maneira de ela voltar era como uma mulher divorciada, ela pensou que ele estava brincando, até que passaram a chamar o marido de inútil, preguiçoso e idiota.

Ela deveria ter apanhado sua bolsa e ido embora. Em vez disso, dilacerou seu irmão mais velho com palavras que não a deixariam dormir nos anos seguintes. Ela saiu só depois de jurar nunca mais voltar ali, desafiando os irmãos a cortarem suas pernas se ela o fizesse. Bem, ali estava ela, novamente na frente da casa de Alàgbà.

Ela bateu duas vezes e, como ninguém atendeu, encostou o ouvido na porta e pensou em deixar um recado com um dos inquilinos. Não parecia certo que depois de mais de três anos sem falar com ele, ela voltasse a aparecer na vida de Alàgbà através de uma mensagem de alguém que ela nem conhecia. Ela bateu de novo, e desta vez ouviu pés se arrastando em sua direção. Ela se afastou da porta, olhou para o vestido e ajustou o lenço combinando.

A porta se abriu e ele estava lá, mais magro e mais encurvado do que ela se lembrava, ainda semicerrando os olhos. Ele parou na porta, sem recuar para deixá-la entrar.

— Boa tarde, senhor. — Ela se ajoelhou diante dele.

— Você lembrou da sua família. — Ele abriu a porta e se abaixou para erguê-la.

Eles seguiram para a sala de estar. Ela ficou feliz em ver que as capas das almofadas eram diferentes. Os anos devem ter sido mais gentis com ele. Gentis o suficiente para ele substituir as capas de algodão marrom que usava havia décadas por outras, de camurça marrom. Não foram gentis o suficiente para ele trocar o sofá, mas mesmo assim. Ele não parecia pior do que da última vez que o vira; devia estar conseguindo poupar dinheiro, se ela pedisse com jeito daria certo.

Sentaram-se em cantos opostos da sala, as pernas pressionadas contra uma grande mesa de centro que ocupava a maior parte do espaço. Ela empurrou a cadeira para trás, buscando espaço.

— Se você mexer muito nessa cadeira, a porta não vai abrir direito.

Ela assentiu e nem ousou perguntar por que ele ainda tinha aquela mesa. Uma perna estava bamba e a fórmica estava descascando da superfície.

— Como está Ẹniọlá? — perguntou Alàgbà.

— Está bem, senhor. Ele mandou cumprimentos.

— Hummm. Eu ainda o reconheceria se o visse? Ele deve estar crescido agora.

— Mais alto que o pai.

— Hummm. E Bùsọlá?

— Ela está no Ensino Médio.

— Ainda bem.

— Muito bem, senhor.

— Isso é bom. Agradecemos a Deus, que fez com que nos reuníssemos na alegria.

Ela mordeu o interior da bochecha em um momento de silêncio, desejando que ele perguntasse sobre o marido. Ele não perguntou.

— E como está, senhor?

— Bem, você pode ver que estou exatamente onde você me deixou, graças a Deus. — Ele fez uma pausa e olhou para ela. — A fraqueza e a maldade humana não podem impedir a obra de Deus.

Ìyá Ẹniọlá empurrou a cadeira para trás e caiu de joelhos.

— Sinto muito, Alàgbà. Eu sinto muito. — Ela apoiou os cotovelos na mesa e se inclinou na direção do irmão.

— Levante-se, Abósẹdé.

Ela não se levantou e ele continuou a encará-la, piscando apenas quando seus olhos ficaram cobertos com uma película. Doía que ela o tivesse levado às lágrimas novamente, embora muito menos do que o fato de ele ter escolhido chamá-la de Abósẹdé. Ela deixou seu olhar descer de suas bochechas úmidas para a fórmica rachada da mesa. Embora fosse mais velho e não lhe devesse tal consideração, Alàgbà passou a chamá-la de Ìyá Ẹniọlá depois que ela teve seu filho. Ela voltou a ser Abósẹdé na última vez que o viu, e sabia que ele estava usando seu primeiro nome deliberadamente agora. Para lembrá-la de que algo havia mudado entre ambos.

— Por favor, eu imploro, me perdoe. As coisas que eu disse foram terríveis, blasfêmia. Não sei o que me tomou.

— O que é aquilo que eles dizem? — perguntou Alàgbà. — A blasfêmia e a verdade foram concebidas pela mesma mãe. Então, por que você está arrependida? Tudo o que você disse era verdade.

Mas ela havia dito muitas coisas que não eram verdade, repetindo insultos ouvidos de primos e vizinhos ao longo dos anos, coisas que ela nem acreditava sobre o irmão. Ela tinha parado de falar com alguns dos primos porque eles usaram as mesmas palavras que ela lançou ao irmão, enfurecida, naquela segunda-feira de Páscoa. Quando Alàgbà disse que seu marido era um idiota inútil e preguiçoso, ela respondeu chamando-o de idiota e fracassado, um vadio que não conseguia nem sair do conjunto onde nascera, um primogênito indigno de sua posição, que tirava de seus irmãos mais novos em vez de dar a eles, uma decepção para seus pais e depois para todas as mulheres que recusaram seu pedido de casamento. Um péssimo motorista. Ela até fez uma pausa para imitá-lo mancando enquanto zombava dele.

— Por favor, me perdoe, eu não quis dizer aquelas coisas. Eu estava com raiva.

— A raiva é boa, revela. Quando as pessoas falam com raiva, eu as ouço, porque é quando vêm à tona seus verdadeiros pensamentos, tudo o que elas mantiveram escondido.

— Isso não é verdade. Não acredito naquelas coisas sobre você.

— O que não é verdade, Abọ́sẹ̀dé? O que não é verdade? Eu tinha esposa? Eu tive filhos?

Ìyá Ẹniọlá encostou a testa na mesa, não se importando que uma farpa de fórmica deslocada cravasse em sua pele. Ela merecia isso. Seus irmãos tentaram acalmá-la. Eles puxaram seu vestido, beliscaram seu braço, empurraram-na para a cadeira, só para ela se levantar e continuar gritando com Alàgbà. Avançando em direção a ele até que estivesse bem na sua frente, perguntando onde estavam sua esposa e seus filhos, já que ele queria aconselhar outras pessoas sobre seus casamentos. A sala ficara em silêncio, seus irmãos pararam de implorar para ela se calar e apenas a encararam. Bàbá Ṣùpọ̀, seu segundo irmão mais velho, foi sentar-se ao lado de Alàgbà, para abraçá-lo enquanto ele chorava. E depois de seu discurso, quando de repente ela se sentiu tão esgotada que achou que poderia cair em um silêncio interrompido apenas pelo farfalhar de uma cortina, de um vento forte, Alàgbà disse: *Abọ́sẹ̀dé*.

Antes que ele pudesse continuar falando, ela saiu da sala, passando por suas cunhadas, que se aglomeravam no corredor para escutar, jurando nunca mais voltar àquela comunidade miserável.

— Alàgbà — disse ela, incapaz de levantar a cabeça da mesa. — Por favor, me perdoe.

Ele tinha sido casado uma vez. Já havia sido motorista de táxi, economizando dinheiro para levar a esposa grávida para fora do conjunto antes do nascimento do filho. Mas, um dia, ele levava a esposa para casa depois do casamento de um amigo e um trailer bateu em seu táxi. Quando ele acordou no hospital, sua esposa estava no necrotério. Depois disso, ele nunca mais teve interesse em sair do conjunto residencial da família. Seus pais falaram com ele várias vezes sobre isso antes de morrerem, insistindo que as mulheres o rejeitavam porque ele ainda morava lá.

— Sinto muito por tudo que eu disse, por gritar com você. A vergonha me impediu de voltar desde então, todos esses dias. Eu não sabia nem como começar a me desculpar. O que posso fazer para apagar o que disse? Eu nem tinha certeza se você abriria a porta para mim hoje. De todos os nossos irmãos, apenas Bàbá Ṣùpọ̀ ainda fala comigo. Já que aqueles que não insultei estão tão zangados pelo que eu disse, não sei o que esperar de você. Fiquei com medo de vir aqui. Por favor, Alàgbà.

— Hummm. É por isso que você levou mais de três anos para voltar?

— Tenho muita vergonha de mim mesma. — Ela levantou a cabeça da mesa e olhou para ele. Seus olhos estavam rosados, como se os tivesse esfregado, mas suas bochechas estavam secas. — Alàgbà, por favor, acredite em mim.

— Tudo bem, eu ouvi. Sente-se.

— Alàgbà, por favor, eu imploro.

— Ìyá Ẹniọlá, eu te ouvi. Por que eu teria medo de dizer a verdade? Se eu ainda estivesse com raiva, eu diria.

— Obrigada, muito obrigada, senhor. — Ela pressionou as mãos na mesa para se levantar, estremecendo quando a superfície as arranhou.

A vergonha a impediu de voltar, mas ela também fora dominada por sua própria vida. No início de cada ano, ela resolvia fazer as pazes com Alàgbà, mas antes do final de janeiro, as mensalidades, as contas e os diversos pequenos desastres do cotidiano a abatiam; era a falta de certeza se teriam uma próxima refeição, a falta de dinheiro atenuava suas intenções. Ela realmente esperava não ter que implorar por ajuda na primeira vez que aparecesse depois de todos aqueles anos. Assim, ele não pensaria que ela estava ali porque precisava da ajuda dele, nem que havia algo de errado com o marido dela. Ela tinha vergonha, mas também esperava que um milagre acontecesse em seu destino para que ela, no futuro, não voltasse mais a pé, e sim de carro, para sua casa com torneiras e pias.

— Quer um pouco de água? — perguntou Alàgbà, esticando o corpo para a frente em seu assento como se fosse levantar.

— Deixa que eu pego.

As xícaras ainda estavam no lugar de sempre, dispostas em um banquinho ao lado da grande panela de barro que Ìyá Alákàrà havia dado à esposa de Alàgbà quando ele se casou. Ìyá Ẹniọlá sempre desconfiou de que ele nunca comprou uma geladeira porque queria que seu dia a dia dependesse de algum modo de um objeto que o lembrasse da esposa que havia perdido. Não porque não pudesse comprar nem mesmo uma geladeira de segunda mão, como ele costumava alegar quando ela reclamava da panela. Ela levantou a tampa e pegou uma jarra de plástico do banquinho. O nível da água estava baixo e ela afundou até o cotovelo para que o jarro tocasse a água.

— Espero que não seja você quem ainda busca água no poço? — disse Ìyá Ẹníọlá, enchendo uma xícara. — Há crianças na vizinhança que podem te ajudar com isso?

— Deus não me abandonou. Ele me envia ajudantes.

Ela colocou a xícara na frente dele.

— Eu não te abandonei, Alàgbà. Sinto muito.

— Eu mencionei seu nome?

Ela encheu sua própria xícara e voltou para seu lugar, tentando decidir quando seria certo falar sobre o dinheiro que queria dele. Era errado pedir no mesmo dia em que fora se desculpar, mas ela não tinha escolha.

— Como os anos te trataram? — perguntou ela.

— Deus não retribuiu minhas boas ações com o mal, por isso sou grato. — Ele pegou seu copo e examinou o conteúdo antes de beber. — E você? Como estão as coisas agora?

— As crianças estão bem. Todos nós estivemos bem de saúde.

— Bem, graças a Deus por sua misericórdia.

— Meu marido ainda está procurando emprego. Ele faz uns bicos de vez em quando, já tentou ser pedreiro, mas sabe como as pessoas constroem casas...

O irmão olhou para ela como se nunca tivesse ouvido falar de casas ou tijolos.

— Não é sempre que um pedreiro tem trabalho. Depois que uma casa é concluída, esse trabalho termina até que haja outro. E não se ganha bem. Então, ainda esperamos que ele consiga um emprego em algum escritório.

— Hummm. Um escritório.

— Sim, senhor, para o tipo de pessoa que ele é, é para isso que ele realmente serve. Mas não é preguiça, não é preguiça de jeito nenhum. Por enquanto, ele faz o que encontra. Ele até já quis ser empacotador no mercado, fui eu que disse que ele não devia tentar.

— Por quê?

— Eles carregam coisas muito pesadas e ele está tão magro agora. Só tenho medo de que ele caia com o peso de um saco de arroz e acabe morrendo.

O irmão sorriu pela primeira vez desde que ela entrara.

— Trabalhar não mata ninguém.

— Ele não tem medo do trabalho, é só isso: ele está procurando, ele está procurando muito alguma coisa.

— E ele está procurando já tem quantos anos?

Ìyá Ẹniọlá suspirou e olhou ao redor. As paredes estavam vazias, exceto por um almanaque da Igreja Apostólica de Cristo. Em sua metade superior, quatro rostos sorridentes orbitavam o retrato do apóstolo Joseph Ayọ Babalọlá, enquanto abaixo deles, um calendário exibia as datas de janeiro, semanas depois que deveria ter sido virado para fevereiro.

— Você ainda é jovem o suficiente para deixar este homem e se casar com um melhor. Mesmo que você aperte o rosto como se estivesse espremendo uma laranja, Abọṣẹdé, ainda assim devo lhe dizer a verdade.

"Abọṣẹdé" novamente. A raiva estava ardendo em sua garganta, aguda e acre. Ela tomou um gole de água para empurrá-la para baixo. Por que esperava que pedir desculpas o impedisse de desautorizar seu casamento mais uma vez?

— Digamos que Bàbá Ẹniọlá seja tão preguiçoso quanto você diz, não posso fazer algo sozinha? Por que a solução para meus problemas deve ser outro casamento? Eu não deveria poder cuidar dos meus filhos sozinha? Eu não sou aquela que os colocou neste mundo?

— Duas pessoas tiveram esses filhos. Por que você deveria arcar com a responsabilidade sozinha quando ele está vivo e bem? Por quê? Há homens melhores por aí que podem ajudá-la, Abọṣẹdé. Se você não se importa com você mesma, faça isso pelos seus filhos.

— Por que acha que estou aqui, Alàgbà? Só penso neles.

O irmão inclinou a cabeça.

— Sinto muito por gritar. Eu não, eu... Eu...

— Está tudo bem, tudo bem. — Alàgbà suspirou. — Você tem lidado bem com o bem-estar das crianças?

— Eu vim para discutir as mensalidades com você.

— Eu sabia.

— Essa não é a única razão pela qual eu vim.

Ele apoiou o queixo no punho e olhou para ela.

— É por isso que eu vim, mas não é por isso que me desculpei. Juro que eu queria fazer isso antes, eu só... Juro pela lápide de minha mãe.

— Deixe o túmulo de nossa mãe fora disso. Deixe-a descansar em paz, por favor.

— Quero dizer... Não sei como...

À beira das lágrimas, ele olhou para ela de mãos entrelaçadas. As unhas roídas e avermelhadas ainda a alarmavam. Uma unha pendia de um polegar, roída até a metade. Ela a estivera roendo quando chegou no conjunto residencial da família ou antes? Ela desenvolvera o hábito quando ainda era estudante, mas não se lembrava exatamente quando de fato tinha começado. Alguns anos depois que desistiu da escola, suas unhas cresceram, longas e curvadas, mais bonitas do que qualquer uma das artificiais que estavam se tornando populares. Ela tinha começado a cobri-las com esmalte quando se casou. Enfiar a mão em uma bolsa cheia de embalagens coloridas se tornara seu passatempo favorito quando as crianças chegaram. Ela nunca deixou ninguém da família vê-la pintando as unhas, era para ela curtir sozinha, em seu tempo livre. Trancada no banheiro, passando meia hora lá dentro pintando as unhas, ela se desligava e não se preocupava com as mudanças de humor do marido, nem com o dente mole de Bùsọ́lá ou com o joelho machucado de Ẹniọlá. Tudo o que importava naquela meia hora silenciosa era passar as camadas direito. Azul, verde, dourado e prateado eram seus tons favoritos, que ela passava todos os sábados para que os esmaltes estivessem frescos no domingo de manhã, quando ela usava sapatos abertos na ponta para ir à igreja. E, agora, ela tinha voltado a roer as unhas, atacando-as com uma voracidade que avermelhava sua carne.

— Vá em frente — disse seu irmão.

— Não estamos dando conta das mensalidades. Eu tentei, quero dizer, nós tentamos. Meu marido e eu fizemos tudo o que pudemos para juntar dinheiro suficiente para pagar. Para dizer o quanto tentei, Alàgbà, um dia... Foi na semana passada? Bem... Dei a Bùsọ́lá um dinheiro para comprar *gaàrí* para o jantar. Voltando do lugar onde eles estavam vendendo, a menina caiu e o *gaàrí* se espalhou. Não havia mais nada para comer em casa naquela noite, mas nem encostei no dinheiro que guardava para as mensalidades da escola. Fiquei feliz por irmos para a cama com fome naquele dia, Alàgbà. Para mim, isso era melhor do que tirar das economias e gastar com comida. Mas todos os meus esforços, todos os nossos esforços, deram em nada. Eu não teria vindo implorar por dinheiro, mas agora precisamos levantar mais de dez mil nairas. O proprietário está pedindo o aluguel... Não, Alàgbà, não, não estou sugerindo que nos mudemos para cá.

— Mesmo que você sugira, não seria possível. — Alàgbà balançou a cabeça.

— Sim, senhor.

— Então, qual é o valor das mensalidades?

— Dez mil nairas para os dois, mas só conseguimos levantar pouco mais de dois mil. Na semana passada, eles começaram a açoitá-los todos os dias na escola. A partir desta, os professores vão dobrar o número de chicotadas.

Ela engoliu em seco e pressionou a palma da mão na garganta, esperando que isso firmasse sua voz vacilante.

— Depois, acho que vão dizer para eles ficarem em casa. *Bọ́dá mi*, eu imploro. Se houver alguma coisa que possa dar para ajudar, qualquer quantia ajuda, senhor. Você é o único que me resta. Na semana passada, liguei para Bàbá Ṣùpọ̀, e ele não conseguiu me enviar dinheiro. Não estou com raiva nem nada, eu entendo, todo mundo tem seu próprio *bukata*. Ele também tem filhos e está pagando mensalidades. Então, por favor, senhor.

— Hummm. Você precisa... Digamos, apenas de oito mil.

— Isso, meu irmão. Eles já estão na escola mais barata que pudemos encontrar. A outra opção é a gente mandar para a escola pública.

— E o que eles vão aprender na escola pública?

— *Àbí*? É por isso que estamos nos esforçando, para que eles possam frequentar uma escola particular, mesmo que seja a mais barata, pelo menos teriam mais chances de sair com algum conhecimento.

— Muito bem, isso é o que uma boa mãe faz.

— Isso.

— Ìyá Ẹniọlá, quero ajudar, mas só posso com mil nairas.

— Alàgbà, por favor, não pense em como eu o ofendi. Se puder chegar a duas mil, por favor. Farei o possível para conseguir o restante. Assim podemos pagar pelo menos a metade e implorar aos professores por mais tempo.

— Ìyá Ẹniọlá, se ofendemos a Deus e ele nos perdoa, por que eu, um mortal, não perdoaria? Isso não é sobre o passado. Se estou com raiva de você, eu descontaria em seus filhos? Mesmo que você os tenha escondido de mim nos últimos anos, ainda penso neles como se fossem meus. Se o bem vier para eles, é para o meu próprio bem. A Bíblia que leio todos os dias diz que não devo negar o bem a quem é devido, quando isso está em meu poder. Por que eu permitiria que você fosse a razão de eu ofender o meu Deus? E, de qualquer maneira, digamos que Deus me perdoe por negar esse dinheiro a você, *alajobi* me perdoará? Os espíritos ancestrais que vagam por este conjunto vão me assombrar até o dia em que eu morrer por ser tão cruel com você. Se eu tivesse o poder, Ìyá Ẹniọlá, olhe para mim, se eu tivesse o poder de te ajudar, eu a ajudaria.

— Por favor, eu quero... Quero que essas crianças vão para a escola. É a única chance delas na vida. Eu não tenho nenhuma propriedade para deixar a eles. Não tenho mais nada para dar a eles que possa...

— Você acha que fico feliz em ver você sofrer assim? Por que acha que estou com raiva do seu marido? Deus não abençoou esta família com riqueza, mas você já passou fome? Olhe como seu pescoço está fundo. Se ele sabia que não poderia cuidar de você, por que se casou? Veja o que está vestindo, não estava mais bem-vestida quando morava aqui?

Ìyá Ẹniọlá olhou para seu vestido de *ankara* desbotado. A bainha estava esfarrapada e, se prestasse atenção, poderia ver que tinha sido remendado no quadril.

— Vou parar de falar sobre seu marido antes que isso se torne outra briga.

— Sim, senhor.

— Mas, Ìyá Ẹniọlá, não posso lhe dar mais de mil e quinhentas nairas. Eu também acabei de pagar mensalidades escolares na semana passada. Ainda estou recuperando meu orçamento.

Ìyá Ẹniọlá inclinou-se para a frente. Certamente ela não tinha ouvido direito.

— Você acabou de pagar o quê?

— Mensalidades, eu disse mensalidades.

— Para?

— Meus filhos.

— Filhos? Tudo bem, Alàgbà, você não quer me dar o dinheiro. Sem problemas.

— Bem, nosso Deus não me abandonou onde você me deixou. — Ele apontou para a porta. — Você deve tê-los visto lá fora quando estava entrando, minha esposa tem dois filhos do primeiro casamento.

— Esposa?

— Sim, porque o sol nunca se põe na misericórdia de Deus, eu me casei no ano passado. O primeiro marido da minha esposa morreu depois que o último filho nasceu e, desde então, ela assumiu sozinha as responsabilidades dessas crianças. Isso até o ano passado, quando nos casamos. Agora eles também são minha responsabilidade.

Essa era uma notícia alegre, mas Ìyá Ẹniọlá não conseguiu nem se forçar a sorrir. Ela deixou o queixo afundar no peito. Alàgbà era a única pessoa a quem ela sempre podia recorrer no último minuto, certa de que ele lhe daria a última xícara de *gaàrí* que tivesse em casa. Houve momentos em que ele lhe garantiu que preferia morrer de fome a permitir que Bùsọ́lá e Ẹniọlá ficassem sem comida. E agora ela percebia que, em algum lugar de sua mente, sempre presumira que nunca haveria ninguém na vida dele cujo bem-estar viesse antes do dela. A quem ela recorreria agora? Como pagaria as mensalidades dos filhos? E o aluguel? Ele teria lhe contado sobre seu casamento se ela não tivesse perguntado sobre as mensalidades? Ela estudou seu rosto e percebeu, pela maneira como ele sustentou seu olhar, como se fosse normal para ela ficar sabendo que ele tinha se casado um ano depois do evento, que ele teria guardado a informação para si. Como ela havia deixado passar os anos sem vir vê-lo? Por que seu orgulho importava mais do que seu irmão? E como, como ela havia se tornado uma mulher que não reconhecia mais, alguém para quem a felicidade dos outros inspirava apenas desespero?

— Parabéns, senhor.

— Gostaria que Ìyá Favour estivesse em casa agora.

— Quem?

— Ìyá Favour, minha esposa. Ela foi a Sabo comprar cebolas. Ela vende pimenta e outras coisas na frente de casa.

— Ninguém me contou sobre o casamento. Ninguém. Eu teria comparecido, eu...

— Pedi aos nossos irmãos que não lhe contassem.

— Alàgbà, sei que o ofendi, mas por que...

— Isso é passado, vamos encarar a questão das mensalidades dos seus filhos. Você deve pensar muito bem nisso, porque não dá para ficar fazendo isso todo ano. Lembra do que te aconselhei a fazer na última vez que nos vimos?

— Que eu deveria deixar meu marido?

— Isso não. Sobre as crianças.

— Você disse que eu deveria pedir a eles para aprender um ofício? Alàgbà assentiu.

— Ẹniọlá está fazendo isso. Você conhece a costureira do nosso bairro?

— Caro?

— Ele agora é aprendiz dela. O único problema é que também não conseguimos pagá-la. Precisamos pagar essas mensalidades escolares e nosso aluguel primeiro, depois daremos um jeito de pagá-la.

— Qual dos seus filhos está se saindo melhor na escola?

— Bùsọlá.

— Então junte dinheiro para pagar as mensalidades escolares de Bùsọlá. Você pode fazer isso. Com o meu dinheiro, você já terá mais da metade das mensalidades dela. Pague as mensalidades dela. E isto talvez seja o que você não quer ouvir: deixe Ẹniọlá sair da escola e...

— Deus me livre de coisas ruins. — Ìyá Ẹniọlá estalou os dedos.

— Ah, entendo, você não precisa do meu conselho.

— Eu não queria gritar. Por favor, continue.

— Deixe-o sair da escola e se concentrar na alfaiataria. Ele já estudou mais do que qualquer um de nós. Se combinar isso com a alfaiataria, pode fazer algo com sua vida. Então você vai se concentrar em Bùsọ́lá, e ela poderá tirar o melhor proveito daquela escola. Isso é melhor do que se os dois passarem metade do semestre em casa porque você não pode pagar as mensalidades escolares, e então os dois recebem uma educação nem lá, nem cá. Pense nisso.

Ela havia considerado isso antes. Como sua vida seria muito mais fácil se ela não tivesse que se preocupar com mensalidades escolares, uniformes novos, meias e sandálias, cadernos que acabavam rápido porque os filhos escreviam torto e ocupavam mais espaço do que deveriam, os livros didáticos que eles às vezes jogavam pela sala, então ela não tinha escolha a não ser gritar com eles. Eles achavam que ela tinha uma árvore de dinheiro debaixo da cama? Ela havia pensado em tirar os filhos da escola e ficou com vergonha da sensação que teve ao perceber que teria muito mais dinheiro para comida, aluguel e possivelmente um vidro de esmalte. Se eles abandonassem a escola, quando ela tivesse mercadorias para vender, poderia colocar bandejas na cabeça deles nos dias de semana em vez de apenas sábado e domingo. Suas vendas quase triplicariam, suas unhas poderiam voltar a crescer, ela poderia até dormir a noite toda novamente. Mas seus filhos.

— Eu não posso fazer isso, Alàgbà. É o meu dever. Devo dar a eles a chance de ter uma vida melhor do que a que eu tenho.

— Tudo o que peço é que você pense sobre isso. Pense bem. — Ele se levantou e se arrastou para longe de seu assento, passando pela panela de barro, até a porta que dava para seu quarto.

Quando ele fechou a porta ao sair, ela se virou na poltrona, procurando algum sinal da presença daquela esposa em sua vida. Não havia cortinas novas, nem fotos de casamento na parede ou na mesa coberta de *ankara* onde uma grande Bíblia estava ao lado de um sininho. A única coisa que parecia ter mudado na sala era a capa das poltronas, que, agora que ela podia tocá-la, era muito áspera para ser de veludo.

A porta do quarto se abriu com um rangido e o irmão voltou, estendendo-lhe as notas dobradas.

— Muito obrigada, senhor. — Ela pegou o dinheiro e se ajoelhou.

— Não vai buscar água em cestos ou guardar dinheiro em carteiras rasgadas. Sua carteira nunca ficará vazia e não haverá desperdício em sua vida.

— Sente-se, Ìyá Ẹniọlá, toda a glória seja para Deus. Eu disse que você deveria se sentar. Isso, melhor. — Ele suspirou. — Gostaria de poder fazer mais. Mas pense em tudo o que eu disse. Invista seu dinheiro em Bùsọlá, ela tem as melhores chances. Se acontecer um milagre e você conseguir sustentar o estudo dos dois, tudo bem, mas se tiver só uma criança na escola e puder dar a ela tudo o que precisa para se concentrar e ser a melhor, acho mais saudável do que se as duas receberem uma educação ruim que não poderá levá-las a lugar nenhum. O mundo mudou, antigamente as pessoas podiam fazer carreira quando saíam da escola, mas agora? Mesmo quem vai para a universidade está lutando para conseguir emprego. É melhor escolher quem pode ir até o fim e se sair muito bem e investir nessa criança.

— Vou pensar sobre isso.

— E quanto a Ẹniọlá, ele vai ficar bem. Se ele aprender alfaiataria, poderá se cuidar muito bem. Ele não vai precisar implorar a ninguém por um emprego.

Depois que ela enfiou as notas bem no fundo da bolsa, eles falaram sobre sua esposa e ele insistiu que ela só voltaria muito mais tarde, então não havia razão para Ìyá Ẹniọlá esperar.

— Talvez haja algum outro lugar aonde queira ir? — perguntou ele. — Alguém a quem você pode pedir mais dinheiro?

— Sim, senhor, eu vou indo. Cumprimente Ìyá Favour por mim quando ela retornar. Voltarei a visitar em breve, para poder conhecê-la.

— *Hìnlẹ àwé* — disse ele, levantando-se.

Ela parou por um momento, esperando por um *bámi kí'kọ̀ rẹ* que não veio. Era difícil aceitar que suas despedidas fossem agora despojadas daquela extensão de cortesia ao marido. Mais difícil ainda foi como ele não se levantou para acompanhá-la até a encruzilhada, como costumava fazer antes.

Do lado de fora, Favour e sua irmã tinham terminado de desenhar linhas na areia e começaram a brincadeira. Uma pedra atingiu a areia com um baque surdo quando Ìyá Ẹniọlá se aproximou. Ela errou o alvo e correu para fora do retângulo. A criança mais nova sibilou e bateu o pé, fazendo birra. Foi *suwe*. Ìyá Ẹniọlá observou as meninas, imaginando se elas teriam herdado os olhos esbugalhados e as covinhas no queixo da mulher que agora era esposa de seu irmão.

Ìyá Ẹniọlá passou por uma estrada secundária após a outra até irromper na estrada asfaltada que levava à rotatória. Ela desviou caminho entre ambulantes, *okadas* e vendedores, segurando a bolsa com mais força quando entrou na multidão de corpos se espremendo em direção à mesquita central. Cada cotovelada, cada puxão em seu vestido, parecia uma tentativa de roubo de bolsa, e ela se preocupava com o dinheiro que Alàgbà lhe dera. Levaria apenas um momento para enfiar a mão na bolsa, pegar o dinheiro e colocar dentro no sutiã. Ela poderia ter feito isso logo que saiu da casa do irmão. Mas só foi se preocupar em manter o dinheiro seguro quando já estava no meio de uma das ruas mais movimentadas da cidade.

Ela virou em um posto de gasolina, planejando atravessá-lo até o ponto onde pudesse chegar do outro lado da estrada. Três garotinhas a cercaram quando ela se aproximou da primeira bomba de combustível. Elas deram as mãos, colocaram-se ao seu redor em semicírculo e imploraram com olhos claros que pareciam quase transparentes, inclinando-se para trás de modo que seus cabelos sedosos balançavam abaixo de sua cintura. O que quer que elas estivessem dizendo era abafado pela conversa dos clientes pechinchando com vendedores que se alinhavam em todos os lados da rua, buzinas agudas de veículos que passavam, gargalhadas ocasionais. Os cabelos e a pele clara anunciavam que as meninas eram de outro lugar. A maioria das pessoas dizia que vinha de um país vizinho. Ìyá Ẹniọlá, perplexa, não acreditava que alguém trocasse outro país por aquele, mas talvez ela simplesmente não soubesse o suficiente sobre a dor que havia no mundo. Ela balançou a cabeça para as garotas, erguendo o olhar quando uma delas parecia à beira das lágrimas. Havia outros pedintes no posto de gasolina, aglomerados em torno de carros e transeuntes, segurando pratos e tigelas. Uma idosa rastejava de carro em carro. Um homem de jeans segurava o ombro de um menino, tropeçando atrás dele de janela em janela. Uma mulher parou junto de uma bomba de combustível, tocando seu bócio com uma das mãos enquanto contava a esmola na tigela com a outra.

As menininhas que estavam diante de Ìyá Ẹniọlá eram as únicas pedintes sem enfermidade aparente. Ela tentou contorná-las, mas as garotas recuaram e viraram para o lado, permitindo que ela avançasse apenas alguns passos antes que barrassem seu caminho novamente. Elas se dispersariam se Ìyá Ẹniọlá as repreendesse ou ameaçasse, mas não fez isso. Ela não estava apressada e poderia fazer alguma gentileza se tivesse dinheiro sobrando. Então, disparou de um lado para o outro, permitindo que as meninas fossem e voltassem com ela, avançando alguns passos de cada vez. Uma das garotas começou a rir enquanto se movia, e as outras duas sorriram. Ìyá Ẹniọlá sorriu para elas, surpresa com uma sensação no coração, algo similar a alegria. E então uma das garotas recuou em direção ao guia do mendigo vestido de jeans e caiu, puxando as outras duas consigo. As garotas derrubaram o mendigo e lançaram sua tigela de dinheiro pelos ares. Ìyá Ẹniọlá estendeu a mão para as meninas, mas antes que pudesse tocar em qualquer uma delas, elas se levantaram e fugiram do posto de gasolina e dos atendentes que começaram a gritar com elas.

— Espero que vocês não tenham se machucado! — gritou Ìyá Ẹniọlá para as meninas que corriam do posto de gasolina para a rua.

Como elas pareciam bem para correr, Ìyá Ẹniọlá voltou sua atenção para o mendigo de jeans e seu guia. Ele se sentou no chão, enquanto o guia recolhia as nairas espalhadas.

— Ah, sinto muito, sinto muito — disse Ìyá Ẹniọlá ao mendigo. — Posso ajudar?

Ele se virou para ela, seus olhos desfocados e sem piscar.

— Não. Deixe meu guia voltar.

Ìyá Ẹniọlá olhou ao redor. Eles não estavam no caminho dos veículos que disparavam para o posto para reabastecer, mas quem sabe que motorista maluco poderia decidir desviar na direção deles.

— Devo ajudá-lo a se levantar? Seu guia ainda está ocupado, podemos esperar por ele juntos. Posso ajudar?

— E se houver alguém atrás de você? Alguém com quem você planejou me sequestrar. Eu nem consigo enxergar para saber se isso está acontecendo. Me deixe em paz, mulher. Meu guia vai vir me ajudar.

Ìyá Ẹniọlá decidiu esperar com ele até que o guia voltasse depois de seguir a trilha de notas espalhadas. Um carro passou acelerando, levantando uma das notas de vinte nairas que haviam caído perto dos pés de Ìyá Ẹniọlá. Ela se abaixou para ajudar o mendigo a pegá-la antes que voasse para longe. Mas, quando a mão dela foi em direção ao dinheiro, o mendigo a arrancou do caminho.

Ele olhou para ela enquanto enfiava a nota no bolso do peito. Seus olhos estavam claros e focados.

— Ah! — disse ela. — Você não é cego.

Ele colocou um dedo indicador sobre o lábio. Um apelo.

Não, um aviso. Rápido como uma cobra atacando, ele tirou um pequeno pedaço de madeira do bolso e, sacudindo-o com o polegar, revelou sua lâmina serrilhada.

Ìyá Ẹniọlá tropeçou para trás e se afastou, resistindo ao impulso de olhar para o homem quando já estava na rua. Ela atravessou a rua imediatamente, disparando entre os táxis e ignorando os motoristas furiosos que praguejavam para ela.

9

Wúràọlá decidiu se levantar quando Mọ́tárá chutou sua canela mais uma vez. Já fazia mais ou menos uma hora que estava acordada. Sonolenta, mas sem conseguir voltar a dormir, mesmo depois de ter contado quatrocentos carneirinhos. Enquanto isso, Mọ́tárá se debatia na cama, evidentemente com o mesmo sono inquieto que tinha desde criança, rolando para fora da cama com tanta frequência que passaram a colocar seu colchão no chão.

Quando o relógio da cabeceira piscou 4h17 em dígitos vermelhos e angulares, Wúràọlá se sentou e tateou com o pé até encontrar seus chinelos de banho. Seria um dia longo e caótico entre os convidados para garantir que o fluxo interminável fosse embora satisfeito: aperitivos e lembranças, o tamanho e o tipo de carne que serviam, a temperatura exata das bebidas que estariam nas mesas. Ela ainda não entendia por que aqueles detalhes importavam tanto, mas sabia que muitas pessoas ligavam para essas coisas. Uma prima mais velha do lado paterno havia se recusado a falar com Wúràọlá por dois anos, só porque ela ficara responsável pelos bufês do casamento de outra prima e servira peixe em vez de frango.

Wúràọlá tinha certeza de que às 6h30 da manhã sua mãe invadiria a sala e exigiria que ela a ajudasse com uma das milhões de coisas que precisavam ser feitas antes que a festa começasse ao meio-dia. Yèyé achava que ficar na cama depois do amanhecer era um sinal de preguiça e não parecia entender o conceito de dormir aos sábados ou nas férias. Nessas ocasiões, Wúràọlá se perguntava se o motivo de os pais não dividirem mais um quarto era a insistência de Yèyé de que todos se levantassem com o sol.

Wúràọlá abriu as cortinas para que pudesse seguir o reflexo das luzes das lâmpadas externas. Ela foi da janela para a penteadeira, seguida pelas vozes abafadas dos fornecedores que trabalhavam no quintal. Na noite anterior, depois de comemorarem o noivado de Wúràọlá com exclamações, duas garrafas de champanhe e abraços sufocantes, as irmãs de Yèyé haviam traçado um cronograma de mulheres que supervisionariam os fornecedores contratados durante a madrugada. Pediram que Wúràọlá ocupasse o horário entre meia-noite e uma da manhã. Quando ela recusou, tia Bíọlá a olhou com uma decepção que só não foi verbalizada porque Kúnlé estava presente. Wúràọlá ouviu tudo o que a tia estava dizendo sem mover os lábios. Tia Bíọlá, cujas expectativas e exortações se voltavam infalivelmente para o casamento, perguntava, como fazia desde que Wúràọlá tinha idade suficiente para andar, *É assim que você vai se comportar na casa do seu marido?* Wúràọlá e as primas costumavam brincar sobre como tia Bíọlá conseguia fazer tudo — seus cabelos e tom de pele, suas notas e os cursos que escolhiam fazer, quantas vezes iam à igreja, se usavam tranças ou batom — ser sobre o futuro delas como esposas. Recentemente, elas passaram a dar menos risadas, que se transformaram em uma mistura de tossidas e fungadas, para disfarçar as lágrimas que algumas estavam segurando.

Ela poderia ser a mulher que tia Bíọlá queria e descer as escadas correndo para substituir a tia que estivesse supervisionando a preparação da comida no momento. Ela simplesmente não se importava se os fornecedores roubassem alguns pedaços de carne enquanto cozinhavam. Wúràọlá procurou *Restos mortais*, de Patricia Cornwell, na penteadeira, depois olhou embaixo da cama e atrás das cortinas. Ainda dava tempo de ler um ou dois capítulos antes que alguém demandasse sua atenção. Por fim, ela encontrou o livro debaixo de uma pilha de roupas íntimas em seu guarda-roupa.

Quando era adolescente, os pais de Wúràọlá a puniam toda vez que a pegavam lendo os romances da época da Regência que ela amava. Mas esfregar tapetes com uma escova de dentes, subir as escadas de joelhos e as chineladas ocasionais na palma da mão não a dissuadiram; ela simplesmente descobriu como esconder os livros. Desde então, passou para thrillers e histórias de detetive, mas seu instinto de esconder romances permaneceu intacto. Mesmo que as capas dos livros não fossem mais tão explícitas e Yèyé tivesse parado de vasculhar suas coisas atrás de evidências de que ela estava bebendo, fumando, fazendo sexo ou qualquer uma das coisas que Yèyé alertara que levariam Wúràọlá à morte, penúria ou a uma velhice como solteirona. Segurando o celular e *Restos mortais*, Wúràọlá saiu para o corredor e fechou a porta do quarto. Ela estendeu a mão esquerda e admirou seu anel de noivado ao caminhar pelo corredor. Ela tinha dormido com ele no dedo, encantada demais com seu brilho para tirá-lo. A aliança era de ouro rosé, a pedra luminosa em forma de pera. Bem, ela não seria uma solteirona na velhice.

Ela atravessou o corredor silencioso, parou por um momento na sala da família e decidiu não se sentar em uma das poltronas. Uma tia poderia facilmente sequestrá-la ali. Na varanda contígua, ela se acomodou em uma cadeira de vime acolchoada. Ela tentou ler, mas sua mente se recusou a se assentar no mundo da dra. Scarpetta. Kúnlé tinha ido embora cerca de uma hora depois de pedi-la em casamento, e eles passaram mais uma hora ao telefone quando ele chegou em casa, conversando sobre como ele tinha planejado o pedido, repassando a vida que levavam juntos até então, revisitando os momentos em que perceberam que se amavam. Quando Wúràọlá caiu no sono, tinha a sensação de que o pedido era uma culminação, o ponto para o qual o arco de suas vidas estava se curvando, uma convergência tão inevitável quanto o destino. Ela largou o romance e mandou uma mensagem para Kúnlé.

Acordado?

Seu celular não vibrou com uma resposta. Ela se recostou na cadeira e olhou para o céu escuro. O despertador de Kúnlé geralmente tocava às cinco da manhã, e ele sempre se arrastava para fora da cama para correr. Talvez estivesse correndo. Ele também podia estar ignorando a mensagem dela porque ainda estava chateado. Eles tinham discutido antes de desligar na noite anterior. Ele queria que eles se casassem em seis meses, mas ela queria esperar pelo menos um ano. Ela deveria começar o ano de Serviço Nacional logo depois da residência e poderia ser mandada para qualquer estado da Nigéria. Se eles se casassem antes do início do ano de serviço, Wúràọlá teria permissão para servir onde quer que o marido morasse. O argumento dele fazia sentido, mas ela não estava disposta a ceder. Ela estava ansiosa para morar em outro lugar durante o ano de serviço, longe das duas cidades onde havia passado a maior parte da vida. O casamento poderia vir depois daquele ano de liberdade dos círculos fechados em que vivera da infância até a universidade, onde ela sempre parecia estar em uma sala com alguém que seus pais conheciam. Seu celular vibrou.

— Oi, querido — disse Wúràǫlá, segurando o telefone junto do ouvido.

— Olá — respondeu Kúnlé.

— Você estava correndo?

— Não.

— Tá chovendo por aí?

— Eu não estava com vontade de correr.

Ela sabia que ele estava se esforçando para manter o tom leve, mas o vacilo em sua voz o denunciara e a lembrara da primeira vez que notou uma oscilação em sua voz enquanto ele fingia um sorriso. Kúnlé havia se formado no Ensino Médio e Wúràǫlá estava em casa para o recesso do meio do semestre quando seu pai a mandou até os Coker com um envelope lacrado. Ela sabia, por escutar os pais, que o envelope branco continha dólares para o pai de Kúnlé, que se preparava para tirar um ano sabático na Arábia Saudita. A família de Kúnlé ainda morava nos alojamentos para funcionários do Hospital Geral e, embora a fileira de bangalôs idênticos confundisse Wúràǫlá, o motorista de seu pai tinha ido direto para a porta dos Coker. Kúnlé estava parado no gramado quando ela saiu do carro, de costas para a casa, onde os pais brigavam por causa dos seus resultados. Láyí, que se saíra bem em todas as provas possíveis, já havia contado a Wúràǫlá sobre como Kúnlé fora muito mal. Kúnlé tinha sido reprovado em Biologia e Química, requisitos fundamentais para admissão em qualquer faculdade de Medicina do país. O pai de Kúnlé queria que ele refizesse os exames. Já sua mãe achava que ele deveria se apegar a outros campos e esquecer um futuro na Medicina. Os olhos vermelhos de Kúnlé mostravam que ele estava chorando ou prestes a chorar, mas ele sorriu quando Wúràǫlá se aproximou. Ele manteve o sorriso quando ela estava parada diante dele, sem saber o que dizer depois que lhe entregou o envelope. Ele não parava de perguntar a ela sobre a escola, aumentando o tom de voz para disfarçar que os pais brigavam em casa. Era impossível ignorar os xingamentos, os gritos, o som agudo de algo se espatifando no piso de marmorite. Dominada por uma súbita onda de ternura por um rapaz que ela mal havia notado antes, Wúràọlá deu um passo à frente e abraçou Kúnlé, antes de correr de volta para o carro que a esperava. Ela sentiu aquela onda novamente quando o imaginou esparramado na cama, ainda desanimado pela discussão da noite anterior.

— Vou pensar sobre o casamento — disse ela.

— Isso é tudo que eu estava pedindo ontem à noite antes de você gritar comigo.

— Eu não fiz isso.

— Eu só quero que a nossa vida comece o mais rápido possível. Eu queria já estar acordando do seu lado todas as manhãs. Wúrà, você não entende que você é um conforto para mim?

— Não se preocupe, a gente vai chegar a um meio termo. Podemos falar sobre outra coisa?

— Tá... O que você está vestindo?

Ela puxou a bainha da camisola.

— Nadinha.

A respiração dele vacilou, já ela observava o sol nascente raiar nas nuvens com um brilho flamejante.

10

Antes de tomar banho ou até escovar os dentes naquele sábado, Yèyé Christianah Àlàkẹ́ Mákinwá sentou-se à penteadeira e poliu suas joias de ouro. Ela aninhou cada uma na palma da mão e lembrou quantos gramas pesavam. Com os colares e anéis, ela fazia isso sem consultar o caderno cinza em que anotava as principais compras. Semana sim, semana não Yèyé perguntava a Alhaja Ruka, uma ex-vizinha que negociava joias de ouro de segunda mão, sobre seu preço por grama. Dessa forma, ela poderia estimar quanto receberia caso, Deus me livre, roubassem todo o dinheiro do marido, ou ela perdesse suas provisões em um incêndio ou outro desastre se abatesse sobre suas irmãs, de modo que ela se afundasse num buraco de infortúnio sem esperança de resgate do empobrecimento. Se isso acontecesse, essas joias seriam suas salvadoras.

Yèyé envolveu todos os itens de dezoito quilates — colares e brincos, anéis e pulseiras, as poucas tornozeleiras nunca usadas — em um tecido antimancha antes de colocá-los em um porta-joias de madeira. O porta-joias não era novo, mas nunca tinha sido usado. Comprado e guardado desde que Wúràọlá completara vinte e cinco anos, idade com que Yèyé esperava que sua primeira filha se casasse ou pelo menos ficasse noiva; esperava no canto esquerdo da penteadeira por este dia.

Quando terminou de arrumar todos os itens de dezoito quilates no interior aveludado do porta-joias, Yèyé fechou-a e juntou as mãos sobre ela. Sentia vontade de ir pulando para o banheiro, como fazia quando era criança, cantando enquanto a mãe pegava água de um balde de aço reservado para isso, girando com os braços estendidos, vendo a água espirrar em seu corpo. Yèyé muitas vezes reduzia sua dança a contorções quando a mãe segurava seu ombro com uma mão e esfregava suas costas com a outra, mas ela sempre cantava até que a espuma de sabão fosse enxaguada de sua pele e uma toalha colocada em seus ombros. Se a mãe estava com pressa, a inquietação de

Yèyé lhe rendia um tapa na bunda, mas na maioria das vezes a mãe apenas implorava para que ela parasse de se mexer. Yèyé ainda ia dançando para o banheiro na maioria das manhãs, mas ultimamente ficava parada enquanto tomava banho. Agora que não havia mão para segurar seu ombro, seria fácil escorregar sem ninguém para ampará-la caso caísse. Hoje, todos os seus giros aconteceriam na pista de dança. Ela poderia esperar.

Ela enfiou o porta-joias de madeira em uma gaveta e voltou sua atenção para as peças menores que estavam diante dela na penteadeira. Catorze quilates e dez quilates, italianos e brasileiros; em algum lugar da pilha, o conjunto de brincos e pingente banhado a ouro que tia Bíọlá lhe dera antes de se casar. Eram as únicas joias que ela tinha nos primeiros dois anos de casamento, antes de se tornar a esposa cujo marido brincava sobre como gastava mais dinheiro com as joias dela do que com as mensalidades escolares dos filhos. Essa frase só era verdadeira quando as crianças estavam no primário, mas ele manteve a piada ao longo das décadas, balançando a cabeça enquanto assinava cheques para ela comprar "aquelas bugigangas". Yèyé não se importava com sua zombaria, desde que os cheques fossem assinados e entregues a ela.

Acontece que tia Bíọlá estava certa sobre tudo. Que Adémọ́lá, o irmão mais novo do coronel J. D. Mákinwá que usava óculos, era atraído por Yèyé, que Adémọ́lá não era do tipo que negava a paternidade como o marido de tia Jùmọ̀kẹ́ havia feito de início, e mesmo que fosse, o coronel se encarregaria de que seu irmão mais novo faria a coisa certa.

Yèyé tinha dezenove anos quando tia Bíọlá a apresentou a Adémọ́lá Mákinwá em uma festa de Ano-Novo na década de 1970. Os militares estavam no poder havia quase uma década, tia Bíọlá tinha sido a terceira esposa, e favorita, de um general da brigada por três anos e sua mãe estava morta havia quatro. E daí se o brigadeiro já era casado com outras mulheres? Tia Bíọlá ficava com um de seus duplex só para ela em Bodija e cuidava de suas irmãs mais novas como se fossem suas próprias filhas. Ele abriu a primeira conta bancária de Yèyé e lhe pagou uma mesada até que ela se casasse com Adémọ́lá Mákinwá.

Durante seu reinado como a esposa favorita do brigadeiro, tia Bíọlá se dedicou a fazer com que as irmãs conhecessem e se casassem com homens adequados. Os homens que tia Bíọlá considerava adequados tinham formação universitária, eram ricos e solteiros. Ela costumava dizer às irmãs que, embora não houvesse nada que pudesse fazer sobre elas acabem em casamentos polígamos, queria ter certeza de que poderiam pelo menos se tornar primeiras esposas, porque qualquer posição depois disso seria inútil. Ela dizia isso mesmo quando o brigadeiro estava na sala, o que deixava Yèyé com o rosto quente, mas não parecia incomodar o homem.

A maioria dos oficiais que tia Bíọlá conhecia já eram casados, mas tinham primos e irmãos cuja proximidade do poder os tornava adequados. Adémọlá era um desses homens adequados. Desde o encontro no dia de Ano-Novo até o casamento, o lado de Yèyé no relacionamento foi conduzido por sua irmã mais velha. Ela se sentou à mesa de Adémọlá durante a festa de Ano-Novo, bem na frente dele, conforme instruída por tia Bíọlá; na linha de visão, mas fora de alcance. Ele a encarou a noite toda. Uma vez, ele se inclinou sobre a mesa para falar com ela, mas a música estava alta demais e ela não se inclinou de volta. Eles conversaram quando a festa acabou, de madrugada, bocejando entre as frases. Ele a convidou para duas festas de aniversário no final daquele mês. Ela o masturbou depois de uma dessas comemorações, sorrindo enquanto o queixo dele caía no banco de trás de seu carro. Até o corpo dela obedecia aos conselhos de tia Bíọlá, e ela concebeu Láyí um mês depois de conhecer Adémọlá. Assim como a irmã havia planejado, Yèyé terminou o ano com um filho e uma aliança de casamento. Dezoito quilates de ouro italiano, nada menos. Tia Bíọlá garantiu.

Yèyé parou de seguir os conselhos de tia Bíọlá depois do casamento, mas isso não impediu a mulher mais velha de lhe dizer como viver nas poucas ligações que trocavam durante as semanas, que mais oscilavam por questões técnicas do que qualquer outra coisa. Frustrada com as linhas telefônicas crepitantes do país, tia Bíọlá chegou a ir para Ìbàdàn passar horas persuadindo, instruindo e, finalmente, comandando Yèyé a obter mais dinheiro do marido — roubá-lo se necessário — para garantir que ela comprasse ouro.

Para a sra. Christianah Àlàkẹ́ Mákinwá, amada esposa de Adémọ́lá e mãe amorosa de Ọláyíwọlá, as palavras de tia Bíọ́lá pareciam cada vez mais amargas e exaustivas. Conselhos nada surpreendentes de uma mulher que havia chegado ao fim de seu reinado como esposa favorita e não conseguia aceitar esse fato. Mas para uma mulher cujo marido a adorava? Conselho estúpido a se seguir. Tia Bíọ́lá não sabia como Adémọ́lá olhava para Yèyé quando estavam sozinhos, não tinha ouvido as promessas que ele continuava lhe fazendo antes de caírem no sono. Ao contrário dos maridos das irmãs, que mal notavam os filhos até que pudessem andar ou falar, Adémọ́lá ajudou Láyí desde o dia em que o levaram do hospital para casa. Ele colocou um berço em seu escritório para que o bebê pudesse passar os sábados com ele enquanto Yèyé dormia o quanto precisava. Quando ela se levantava durante a noite para amamentar ou cantar para que Láyí voltasse a dormir, Adémọ́lá também se levantava. Ocasionalmente, ele amarrava o menino nas costas como um velho embrulho e dançava pelo quarto. Isso não fazia Láyí parar de chorar, mas fazia Yèyé rir.

Por um breve e maravilhoso período, Yèyé acreditou que o vínculo que ela compartilhava com o marido era incompreensível para qualquer pessoa além dos dois. O casamento deles era como nenhum outro. O amor deles — e ela passou mesmo a amá-lo na época em que Láyí completou um ano — não podia ser entendido por nenhuma de suas irmãs mais velhas, que naquela época estavam juntando dinheiro para comprar um pedaço de terra de que seus maridos não faziam ideia. Yèyé não faria parte do esquema delas, não mentiria para o marido para conseguir o dinheiro de que precisava para ter quatro lotes alocados, se recusaria a esconder ouro como garantia contra futuros infortúnios. Juntos, ela e Adémọ́lá afundariam ou emergiriam juntos. Em vez disso, Yèyé economizou parte do dinheiro de manutenção da casa durante os primeiros dois anos de casamento até ter valor suficiente para comprar um terreno em Òkè Omirú. Quando ela contou ao amado marido sobre essa terra, ele perguntou para que ela precisava daquilo, quando havia herdado dois hectares em Ìdó Ìjẹ̀sà e tudo o que ele possuía pertencia a ela, mesmo que seu nome não estivesse na escritura. No mês seguinte,

Yèyé disse a ele que não queria mais usar joias banhadas a ouro. O que as pessoas pensariam dele se soubessem que sua esposa usava *pánda* barata?

Embora a conversa com o marido sobre sua intenção de comprar um terreno tenha sido seguida por uma reunião familiar em que seus sogros acusaram Yèyé de conspirar para matar o filho, Adémólá nunca discutia quando ela pedia dinheiro para comprar um novo colar. Às vezes, ele falava sobre como ela era vaidosa em um tom quase de admiração, e Yèyé respondia insistindo que não podia usar joias antiquadas. E, como tia Bíólá havia instruído, ela nunca disse uma palavra sobre o valor de revenda de cada item.

Yèyé não podia mais considerar suas peças de dezoito quilates parte de seu fundo de emergência agora que Wúràólá estava noiva, mas se essa festa de cinquenta anos fosse seguida por uma série de infortúnios inesperados, do tipo que sempre preocupava tia Bíólá — incêndio, roubo, Adémólá perder contratos essenciais, Adémólá morrer, divórcio —, ela poderia arrecadar de quatro a cinco milhões de nairas só com a venda dos itens de catorze quilates. Ao terminar de polir e guardar todas as peças de ouro, Yèyé colocou os brincos folheados que tia Bíólá lhe dera quando completou dezoito anos. Ela estudou o rosto no espelho. Os brincos roçavam nos ombros, impróprios para uma aniversariante que estava fazendo cinquenta anos. Hoje, ela usaria algo mais sutil, brincos de pressão que cobriam os lóbulos das orelhas, mas não pendiam. Ela acariciou os pontos onde as gavinhas dos brincos tocavam sua pele. Se ela não podia usar o presente de décadas da tia Bíólá, seria bom ver os brincos em uma de suas filhas durante a festa. Ambas eram jovens o suficiente para sustentar o visual, mas era melhor oferecer o par a Wúràólá. Ela poderia concordar em usá-los e, como se casaria em breve, poderia ser uma abertura para discutir o modo como ela se vestia. Yèyé tinha certeza de que sua filha mais velha provavelmente planejava usar brincos quase invisíveis. Ela deveria ter dito algo antes sobre as mesmas roupas pretas, cinza e marrons de sempre de Wúràólá? Talvez cores mais fortes tivessem garantido um noivo para a filha mais cedo, em vez de agora, quando ela estava perigosamente se aproximando dos trinta. Yèyé riu. Provavelmente não, mas, por Deus, a garota se vestia como se estivesse de luto.

Yèyé juntou as mãos em oração e fechou os olhos. Sua Wúràọlá ia se casar. Finalmente. Glória a Deus nas alturas e paz na terra.

Quando Láyí entrou em sua vida aos gritos, pouco antes do Natal, tantos anos antes, Yèyé presumiu que o medo que sentia era passageiro. Mais uma consequência de quão perto ela estivera da morte durante aquelas vinte três horas de trabalho de parto. Mas o medo não se dissipou, como esperado. Ficou com ela enquanto amamentou primeiro Láyí, depois Wúràọlá e finalmente Mọ́tárá. Enquanto preparava lanches e ajudava nos deveres de casa, anunciava castigos e estudava boletins, o medo era um companheiro perpétuo, mais próximo e mais constante do que sua sombra. Ele revirava em sua mente enquanto ela dormia, de modo que chamava o nome de um filho ou outro, mesmo quando seus pesadelos não tinham nada a ver com eles. E, então, algo estranho e maravilhoso aconteceu quando Láyí se casou. Onde seus temores sobre ele se transformaram em absoluto terror após aquela decisão tola de parar de praticar Medicina e "perseguir seus sonhos", eles se dissolveram apenas em uma agitação branda assim que ele decidiu se casar.

Durante a semana seguinte ao casamento de Láyí, Yèyé esperou em vão que sua agitação se intensificasse. Mas ela se sentiu aliviada, como alguém que terminou uma prova e recebeu uma nota final de aprovação. Eventualmente, sua leve agitação deu lugar a algo parecido com a paz. E daí se Láyí tinha decidido jogar fora sua carreira na Medicina? Pelo menos ele ainda tinha o diploma, e o que quer que decidisse fazer, seria problema da esposa dele. Esse novo sentimento de liberdade foi acompanhado por um traço de culpa, que sugeria que, ao se preocupar menos, ela se tornara uma mãe ruim.

A culpa era inconstante e fácil de ignorar. Assim como a ideia de que Láyí poderia estar chateado por ela estar menos interessada nos detalhes de sua vida. Yèyé havia muito tinha aceitado a ideia de que seria considerada carente de alguma forma por seus filhos. Se eles acreditavam no que todos afirmavam — que as mães eram deusas inigualáveis forjadas em ouro precioso —, como ela poderia não ficar aquém de suas expectativas? Era o destino dos deuses serem derrubados. Yèyé nunca temeu que seus filhos pudessem pensar que ela não era uma boa mãe; isso era inevitável. O que a aterrorizava acima de tudo era a possibilidade de que eles pudessem se machucar sob sua vigilância. Agora que Láyí era casado e pertencia a sua esposa de uma forma que, embora nunca chegasse a sua conexão com ela, conseguia ser abrangente na mesma proporção que Yèyé não dizia mais o nome do filho durante o sono. Em um ano ou menos, ela também pararia de dizer o nome de Wúràọlá.

Yèyé levantou-se, revigorada. Uma semana antes, ela temia que Kúnlé estivesse desperdiçando o tempo da sua filha. Agora, ela tinha um casamento para planejar.

— O fotógrafo chegou. Ele está esperando você lá embaixo. É para ele subir para a sala da família?

Yèyé segurou as pontas de seu *gèlè* junto das orelhas e olhou para a porta: Mọ́tárá estava ali, segurando um pedaço de carne frita.

— Por que você não bateu? Quantas vezes eu te falei?

— Não consigo nem dizer quantas vezes você invadiu meu quarto. — Mọ́tárá deu uma mordida na carne. — Só este mês, milhares.

— Como é? Você está dizendo que preciso da sua permissão para entrar em qualquer cômodo desta casa? Acorda para a vida, viu? E não me irrita hoje de manhã.

— Tá bom, tá bom. — Mọ́tárá deu de ombros. — Mas na verdade, eu bati.

— Mọ́tárá Mákinwá.

— É verdade! Eu bati antes de entrar. — Mọ́tárá apontou para o *gèlè* de Yèyé. — Você estava amarrando essa coisa, e ela estava fazendo aquele barulho, como quando eu estava te ajudando a amarrar no Natal passado. É por isso que você não me ouviu. Mamãe, mamãe. Você está ótima. Seus sapatos são lindos, a carteira de mão e a renda. Operação Cegar Todo Mundo Com Lantejoulas.

Yèyé olhou para Mọ́tárá. Uma Wúràọlá adolescente confessaria a verdade em segundos sempre que Yèyé a encarasse sem piscar. Láyí conseguia aguentar por mais tempo, mas ele olhava ao redor da sala, coçava a cabeça ou repetia o que havia dito como se isso fosse transformar sua mentira em verdade. Mas Mọ́tárá... Ela encarava de volta e continuava mastigando a carne frita. Imperturbável. Wúràọlá nunca teria mentido sobre algo tão trivial, ela apenas teria se desculpado por entrar sem avisar. Mas Mọ́tárá mentia o tempo todo; para conseguir algo que queria, para evitar ser punida, ou só porque estava entediada.

Yèyé apoiou os cotovelos na penteadeira, tomando cuidado para não deixar o *gèlè* frouxo. Este *gèlè* não era fazia barulho. Era *àlàárì*, tecido de algodão entremeado com seda macia. Ao contrário do tecido de damasco crepitante do ano passado, mal fazia barulho. Yèyé olhou para o relógio. Ela estava sem tempo para pegar Mọ́tárá na mentira. Elas tinham pouco mais de uma hora para tirar as fotos antes da festa.

— Venha aqui — disse Yèyé. — Venha me ajudar com isso.

— Mas minhas mãos estão gordurosas.

— Lava no banheiro!

— E os ossos?

— Ossos?

— Da carne. O que eu faço com eles?

— Deixa eu ver, hummm. Que tal colocar na minha cabeça, *àbí*?

Mọ́tárá foi para o banheiro, resmungando e revirando os olhos. Yèyé ficou aliviada por ninguém estar testemunhando aquele diálogo. Todos da família já achavam que ela não disciplinava Mọ́tárá o suficiente. Nessa idade, Láyí e Wúràọlá teriam sido punidos se resmungassem depois que ela tivesse falado com eles. Wúràọlá teria deixado isso claro se estivesse no quarto, franzindo os lábios e dando um tapa na testa. Sua dicção tinha melhorado, mas seu corpo ainda mostrava a decepção do mesmo modo que da primeira vez que cambaleou para contar de Yèyé para o pai.

Yèyé não tinha mais como justificar a forma como educava Mọ́tárá. Ela tentou fazer isso por alguns anos, mas seus filhos mais velhos só interpretaram qualquer coisa que ela dissesse como uma confirmação de suas suspeitas: ela havia se tornado uma mãe que conversava até de manhã com a filha adolescente em vez de se certificar de que ela estava estudando, isso só porque por fim ela criara uma filha de quem gostava.

O que Láyí havia dito na última vez que discutiram os ditos sonhos que ele estava perseguindo em vez de fazer bom uso de seu diploma? *Eu sei que você me ama, mas acho que nunca gostou de mim.* Essa foi a acusação que ele fez. Que Mọ́tárá, que dormia demais e mentia e mal ajudava em casa, que tirava notas medianas porque não se dava ao trabalho de estudar, era a única filha de quem Yèyé gostava. Onde Láyí tinha aprendido a fazer aquelas distinções? Se ele estivesse ocupado terminando a residência, não teria tempo para inventar teorias sobre quem gostava dele e quem não sorria o suficiente quando ele aparecia sem avisar. É claro que ela gostava dele.

A verdade sempre foi mais simples do que Láyí pensava. Mọ́tárá foi a única filha que não se tornou uma versão taciturna e calada de si mesma quando atingiu a puberdade. Enquanto Mọ́tárá se esgueirou para a cama de Yèyé todas as noites durante sua primeira menstruação, Wúràọlá já menstruava por todo um semestre escolar antes mesmo de Yèyé ficar sabendo. Ela examinava a lista de compras que Wúràọlá lhe dera durante o recesso de Páscoa quando encontrou "absorventes" aninhado entre "Nixoderm" e "hidratante corporal Venus". Yèyé sempre soube que havia uma chance de que a primeira menstruação de Wúràọlá descesse quando ela estivesse na escola. Ela havia imaginado Wúràọlá sussurrando isso para ela quando estivessem saindo de carro da escola no início das férias, sua voz com uma mistura de medo e empolgação de quem não aguentava mais segurar. Quando chegassem em casa, Yèyé levaria Wúràọlá para seu quarto, elas se sentariam lado a lado na cama, a mãe colocaria um braço nos ombros da filha antes de lhe contar sobre a primeira vez que ela menstruara. Elas ririam juntas de como era bobo que, desejando ser como as irmãs mais velhas, Yèyé tivesse mentido duas vezes sobre a menstruação antes de ela realmente ter descido no meio de uma aula de matemática. Ela pingava, atravessando a calcinha e a saia, enquanto a professora explicava o teorema de Pitágoras. Olhando para o pedaço de papel que Wúràọlá rasgara de um bilhete escolar, Yèyé sabia que não podia permitir que aquele momento, o momento delas, fosse reduzido a uma palavra em uma lista de compras. Ela foi ao quarto de Wúràọlá, pronta para conversar sobre como tinha sido. Para Wúràọlá, para ela mesma, para suas irmãs mais velhas, que haviam trocado histórias no quarto que dividiram quando eram jovens.

— Espero que não tenha doído demais da primeira vez. Não foi durante a aula, foi?

— O quê? — perguntou Wúràọlá.

Yèyé sentou-se ao pé da cama de Wúràọlá.

— Sua primeira menstruação.

— Ok, mãe.

— Como foi?

— Tudo bem, mãe.

— Conta como aconteceu.

— Por quê?

— Tudo bem, vem aqui e deixe eu te contar sobre...

— Já está vindo desde janeiro e minha professora me falou tudo o que preciso saber sobre isso.

— Janeiro? Wúràọlá? Janeiro, *lọhùún lọhùún*? Por que você não me disse quando fui para o início das aulas? Ou durante as provas?

— Por favor, não grite comigo. É só comprar os absorventes, mãe.

Talvez o problema fosse que Láyí e Wúràọlá tinham estudado em internatos. Era um detalhe que às vezes eles apontavam como mais uma prova de que Mọ́tárá era a favorita. Yèyé os lembrava que eles queriam estudar fora. Láyí implorou para ir com os amigos. Wúràọlá havia discutido as escolhas escolares com seu pai muito antes de Yèyé ficar sabendo o que havia sido decidido. Eles conseguiram o que queriam e voltavam para casa no final de cada período letivo, cada vez mais ensimesmados, até ficarem escondidos dela, irreconhecíveis e impossíveis de desvendar.

Mọ́tárá não era irreconhecível. Ela costumava dizer o que estava passando na sua cabeça. Talvez até demais, mas, na maioria das vezes, Yèyé gostava disso nela. Essa mentira sobre o *gèlè* crepitante, por exemplo: em uma ou duas semanas, enquanto as duas conversassem sobre outra coisa, Mọ́tárá poderia confessar que era mentira e daria de ombros. Se ela estivesse de bom humor, as duas até ririam disso. Não era favoritismo. Não, ela só conhecia sua filha mais nova melhor do que conhecia os outros quando tinham a idade dela.

Quando Mọ́tárá voltou do banheiro, pegou as pontas do *gèlè* de Yèyé e imediatamente começou a abri-las.

— Você tem que dar um nó antes de fazer isso — disse Yèyé.

— Ṣé, dá para deixar a maquiadora fazer isso para você? Ela está *kúkú* amarrando o *gèlè* para uma das suas irmãs no meu quarto. Posso chamar ela?

— Prefiro amarrar meu *gèlè* sozinha.

— Mas você não está amarrando este, sou eu que...

— Apenas termine. — Yèyé pegou sua bolsa e verificou novamente o conteúdo. Celular, um envelope com notas novas de naira, duas canetas, um caderninho.

— Vire a cabeça para a esquerda — disse Mọ́tárá. — Isso, bom. Desse jeito.

Yèyé fechou a bolsa. Mọ́tárá suspirou.

— Você está bem?

— Estou com um problemão.

— Qual é o problema? Mọ́tárá, o quê? — Yèyé tentou ler a expressão de Mọ́tárá no espelho, mas as dobras do *gèlè* escondiam seu rosto.

— Fica quieta, você está abrindo tudo.

— Você disse que está com um problema.

— Sim, um problemão. Meu perfume está acabando e não tenho outro. Só tenho umas cinco sprayzadas.

Yèyé deu um grande suspiro e voltou a respirar normalmente.

— Esse é o seu problema?

— E você pode resolvê-lo.

Era isso que Mọ́tárá chamava de problema? O de Láyí parecia ser se seus pais gostavam dele tanto quanto diziam que o amavam. Protegido pela linhagem que ela havia escolhido para ele quando se casou com seu pai e equipado com a educação que ele podia se dar ao luxo de ignorar porque as escolhas dela garantiam que ele não morreria de fome enquanto perseguia sonhos tolos, Láyí reclamava de que ela não gostava dele o suficiente para acreditar naqueles sonhos. E Wúràọlá? Ela não tinha nenhum problema que Yèyé pudesse ver. Não agora que estava noiva e se casaria antes dos trinta anos.

Yèyé sorriu e ajustou sua pulseira de coral. Seus filhos tiveram a vida que ela queria, mas não pôde ter. Uma vida em que, mesmo que passassem por um desastre repentino, desde que não os matasse, seriam amortecidos pelo sobrenome e o saldo bancário do homem que ela havia escolhido para ser pai deles. Um tio, tia ou primo rico os socorreria se seus pais não pudessem. Se tudo mais desse errado, havia um estoque de ouro esperando, guardado naquele cofre à prova de incêndio. E, para todos os três, sua parte nas terras que ela e as irmãs tinham comprado juntas depois que ela desperdiçou os primeiros dois anos de casamento acreditando que o amor de um homem era uma coisa ilimitada.

— Seu pai está pronto para as fotos? — perguntou Yèyé.

— Sim, ele está esperando na sala da família com o pai de Kúnlé e suas irmãs.

— O professor Coker está aqui?

— Ele entrou quando eu estava saindo da sala da família.

— Sei. Ele veio com a esposa?

— Não. — Mótárá pegou um alfinete da penteadeira e enfiou no *gèlè*. — Kúnlé também não estava com ele.

— Ele deve ter algo para discutir com seu pai. Cuidado, não me machuque. Pode fazer essa careta aí, só não me fure até a morte.

— Com um alfinete?

— Mótárá, agora que Kúnlé vai se casar com a sua irmã, você precisa parar de chamá-lo só pelo nome. Acrescente algo, seja respeitosa.

— Irmão ou tio?

— Sim, use tio, é mais respeitoso.

Mótárá riu.

— Talvez eu devesse começar a chamá-lo de papai? Impossível ser mais respeitosa do que isso.

— Tudo bem, coloque irmão antes do nome dele se tio for demais para você.

— Eu não vou entrar nessa. Ele não pode estar esperando que eu o chame de tio Kúnlé quando não chamo nem meu próprio irmão de tio Láyí ou irmão Láyí. Tenho certeza de que ele nem liga para tudo isso.

Mọtárá se recusou a anteceder o nome de seus irmãos com qualquer uma das opções — irmão, tio, irmã ou tia —, Yèyé tinha que justificar isso para os estranhos. Ao contrário de Wúràọlá, que, aos cinco anos, chamava Láyí de irmão Láyí quando ele estava presente, Mọtárá desafiou ameaças, ignorou súplicas e continuou a usar os nomes sem adornos de seus irmãos mais velhos em todas as ocasiões. Seus parentes mais distantes achavam Yèyé fraca por não botar ordem quando Mọtárá chamava até os primos mais velhos dessa forma, como se fossem colegas. Quando reclamavam, Mọtárá respondia sem nenhum traço de vergonha ou remorso, encolhendo um só ombro, o que significava que ela estava desinteressada demais para discutir sobre um assunto e pretendia continuar com o que quer que lhe dissessem para parar de fazer. Isso era visto como uma indicação clara de que Yèyé estava mimando a filha caçula. Quando Mọtárá começou a anteceder os nomes de seus irmãos com doutor, depois que Láyí começou a fazer rodízios clínicos na faculdade de Medicina, os parentes não aceitaram isso como uma melhora, era apenas prova de que ela era a filha que Yèyé deixava fazer o que bem entendesse.

— Como você sabe que Kúnlé não se importa? — perguntou Yèyé.

— Não se preocupe com isso, eu o chamo de Kúnlé desde pequeno, ele não liga.

— Ele não era noivo da sua irmã quando vocês eram pequenos, Mọtárá. As coisas devem ser diferentes agora que eles vão se casar.

Mọtárá deu de ombros.

— Está bem. Terminei o seu *gèlè*. Gostou?

— Está perfeito.

— De nada. — Mọtárá começou a seguir para a porta.

— Volta, volta aqui — disse Yèyé. — Venha me ajudar a levantar.

— Como está seu joelho?

Yèyé segurou a mão de Mọtárá. Seus joelhos estavam bem. Ela poderia ter se levantado sozinha, mas queria ficar perto de Mọtárá e passar um tempo olhando naqueles olhos que nunca encontravam os dela. O da esquerda a encarava diretamente, enquanto o da direita parecia voltado para a penteadeira. Quando o médico de família sugeriu óculos bifocais corretivos anos atrás, Yèyé ficara satisfeita porque Mótárá se recusou a usá-los.

Mótárá apertou a mão de Yèyé.

— *Óyá*, vamos.

Yèyé conseguiu ouvir o dedilhar assim que elas entraram no corredor. Ela reconheceu o primeiro riff de "Congratulations", de King Sunny Adé, e começou a dançar. Alguém havia colocado *Seven Degrees North*. Quando Yèyé chegou à sala da família, tia Bíólá estava dançando ao lado da mesa de centro.

— Venha, minha querida, venha! — Tia Bíólá abriu os braços.

Yèyé soltou a mão da filha e começou a dançar também. Balançando ao som da música conforme ela seguia, se aproximou de tia Bíólá, enquanto, ao seu redor, as outras irmãs batiam palmas, cantavam e gritavam. Todas elas estavam de pé quando Yèyé abraçou a irmã mais velha.

Tia Bíólá se inclinou para trás e deu uma boa olhada em Yèyé. Satisfeita com o que viu, abrindo um largo sorriso, ela cantou junto de KSA: *Parabéns pelo seu aniversário hoje, aniversariante, desejamos-lhe feliz aniversário!*

— Cinquenta! — A voz de tia Bíólá vacilou quando ela segurou os ombros de Yèyé e a puxou para perto. — A bebê da casa está com cinquenta anos.

— *Hin şé, tia mi. Hin şé gbogbo ùgbà, gbogbo ojó* — sussurrou Yèyé.

Ela poderia passar o dia inteiro repetindo *hin şé, hin şé, hin şé*, e não seria suficiente. Ela devia à irmã mais gratidão do que as palavras podiam expressar. Cerca de três décadas e meia atrás, tia Bíólá apertava seu antebraço ao dizer a Yèyé que sim, a mãe delas havia morrido no acidente de carro ao qual Yèyé sobrevivera. E enquanto Yèyé — com as pernas engessadas e erguidas na enfermaria do hospital — tentava se lembrar de como respirar, tia Bíólá se inclinava sobre a cama e sussurrava uma promessa de que sacrificaria tudo o que sempre quis por ela: "Vou cuidar de você, não se preocupe, vou cuidar de você".

— Eu disse para você parar de me agradecer por cumprir meu dever. — Tia Bíólá se afastou e bateu palmas. — As fotos que você precisa tirar. *Kà rí* o fotógrafo, *hin pè*? Onde ele está? Ah, cavalheiro, é você? *Ṣe kíá àwé*, comece a fazer o seu trabalho.

O fotógrafo, um homem cujo lábio superior desaparecia debaixo de um bigode basto, apontou para uma poltrona.

— Podemos começar com algumas fotos dela sentada ali.

— Não, não — disse tia Bíọ́lá. — Não pode usar esse fundo, não, a parede é muito lisa. Láyí? Venha aqui e se junte a esse homem. Ajude a carregar aquela cadeira. Vocês deveriam posicioná-la na frente de uma cortina. Vamos ver como fica.

Enquanto tia Bíọ́lá dava ordens a Láyí e ao fotógrafo, Yèyé atravessou a sala lotada, inclinando-se para cumprimentar os cunhados, que haviam chegado naquela manhã. Ela começou com o segundo marido de tia Bíọ́lá e foi avançando de sofá em sofá, até agradecer ao marido de tia Jùmọ̀kẹ́ pelos porta-chaves de lembrancinhas que levara para a festa. A poltrona já estava posicionada de acordo com o desejo de tia Bíọ́lá quando Yèyé terminou de agradecer todos os presentes e lembranças. Ela foi para a cadeira, sabendo pela expressão preocupada no rosto de tia Bíọ́lá que estava mancando mais do que o normal. Apenas um pouco de dança e ela já sentia aquela dor fraca no joelho esquerdo.

— Onde está seu pai? — perguntou Yèyé a Wúràọlá, se afundando na poltrona com um suspiro.

— No escritório — disse Wúràọlá sem tirar os olhos do celular. — Ele está falando com Kúnlé, com o professor Coker e o honorável Fèṣọ̀jaiyé.

— O honorável está aqui?

Fèṣọ̀jaiyé, que Yèyé conhecia, mas ainda não havia visto pessoalmente, era o representante do eleitorado deles no parlamento nacional.

— Ele tinha ido ver o pai de Kúnlé em casa, mas ele já estava aqui. Então Kúnlé o trouxe.

Tia Sùnḿbọ̀ acenou com a cabeça em direção a Wúràọlá.

— Esse Kúnlé é um rapaz maravilhoso, e dá para ver que ele também é de uma família adequada. Parabéns, minha querida, você trouxe um dos bons para casa.

— Muito adequado — disse tia Bíọ́lá. — Muito bem, Wúràọlá.

Wúràolá apertou os olhos para alguma coisa que estava no seu celular.

— Tudo bem... Obrigada, queridas.

Yèyé sorriu para a câmera. Deus a livrasse de dizer isso em voz alta, mas Kúnlé era um partido muito melhor do que ela esperava para Wúràolá. Quanto mais Wúràolá continuava solteira, pulando de um namorado nada sério para outro, mais Yèyé temia que, quando ela decidisse se comprometer com um deles, mais perto dos trinta do que dos vinte, só teria uma piscina de solteiros moribundos, porque ninguém os quisera. Em seus piores dias, ela imaginou Wúràolá terminando com algum bêbado mal-educado cujos pais viviam em uma casa sem encanamento. E como isso teria melhorado a sorte de sua filha nesta vida?

Graças a Deus. Veja Lákúnlé Coker. Qualquer mulher, com vinte e um ou vinte e oito anos, teria sorte de se casar com ele. Sim, houve aquele fiasco com suas notas quando ele estava saindo do Ensino Médio. A sra. Àjàdí, da União das Mães, disse uma vez que seu primeiro resultado do WAEC, West African Examinations Council, deixou sua mãe aos prantos. Cinco F9s em nove matérias. De fato, terrível. Ele tinha se aplicado mais desde que os pais pararam de insistir que ele estudasse Medicina, e se formou em algum outro curso que exigia menos. Gestão Pública ou Administração de Empresas. Poderia ter sido Relações Públicas. Fosse o que fosse, ele tinha se saído bem. Compartilhando seu testemunho em uma reunião de oração da União das Mães após sua cerimônia de formatura, a mãe de Kúnlé contou a todas que ele não tinha tido resultado suficiente para entrar em Medicina, mas apenas por alguns pontos.

De qualquer forma, a família era bem relacionada. Yèyé soube através da mãe de Kúnlé que ele teve várias ofertas de emprego do melhor tipo, dos tipos que ele não precisaria nem se candidatar para conseguir. Um tio em Abuja queria que Kúnlé chefiasse o departamento de marketing de sua empresa. Uma tia da Nigerian National Petroleum Corporation tinha uma vaga que ela queria oferecer a ele. E agora Wúràolá disse que ele havia parado de tentar conseguir uma transferência para Lagos ou Abuja, porque seu pai o queria por perto para a campanha. Um rapaz tão sensato e bom filho. Qual era a chance de continuar sendo âncora do jornal das nove, exibido para o país inteiro, se pudesse ajudar o pai a se tornar governador do estado? Sim, ele teria sido perfeito se fosse médico. Imagine só, Wúràọlá como a outra metade da unidade dr. & dra. Perfeição. Mas o que quer que Kúnlé tivesse perdido por não estudar Medicina, ele compensava com as conexões familiares que o alavancariam em qualquer escada que escolhesse subir e amorteceriam qualquer queda, antes de o alavancar de novo e de novo. Yèyé vivera o suficiente para perceber que tia Bíọlá sempre estivera certa: a verdadeira riqueza era intergeracional e, do jeito que a Nigéria fora estabelecida, a linhagem muitas vezes importava mais do que as qualificações.

O fotógrafo pediu a Yèyé que ficasse em frente a uma parede branca, com os filhos ao redor.

— Eu deveria ficar do seu lado — disse Mọtárá a Yèyé.

— Essa não é a ordem — repreendeu Láyí. — Eu fico à direita dela, Wúràọlá fica à esquerda dela e você fica ao lado de Wúràọlá.

— Por quê? A dra. Wúrà é a mais baixinha. Ela não deveria ficar aqui no canto?

Yèyé sentiu o corpo de Wúràọlá enrijecer ao lado dela. Mesmo de salto alto, Wúràọlá era mais baixa que a irmã. Quando Wúràọlá era adolescente, Yèyé esperava que ela ainda crescesse alguns centímetros. Que bom que Kúnlé era bem mais alto. Seus genes pelo menos dariam aos filhos deles uma chance de lutar. Yèyé ajustou seu *bùbá*. Sim, Kúnlé era quase perfeito.

— Mọtárá, não precisa insultar sua irmã por causa de uma foto. — Yèyé apertou o ombro de Wúràọlá.

— Mas eu não estava…

— Fique aí onde seu irmão disse para você ficar. — Yèyé arrumou o colar. — *Óyá*, sorria. Todos estão sorrindo?

O fotógrafo assentiu. Um clique. Um flash. Outra posição, Yèyé sentada, com os filhos atrás da cadeira.

— Tudo bem, agora os parentes. — Tia Sùnmbọ se levantou e fez um gesto para o marido.

Tia Bíọlá acenou para que voltassem para seus lugares.

— Láyí, onde está sua esposa? Sua esposa deveria se juntar à foto.

— Talvez Kúnlé devesse se juntar a eles também? — perguntou tia Jùmọ̀kẹ́, virando-se na cadeira para olhar para o corredor.

Tia Bíọ́lá balançou a cabeça.

— Mais tarde. Ele ainda está no escritório e precisamos terminar de tirar as fotos logo. Quero ver se esses decoradores acabaram de ajustar aquele pódio. Láyí, onde está Ọdúnayọ̀? Ela não estava aqui agorinha?

— Não sei — disse Láyí. — Eu a vi descer as escadas.

Embora ele estivesse parado atrás dela, Yèyé percebeu que estava coçando a nuca e olhando ao redor da sala, já entediado com a sessão de fotos, pronto para tirar logo a próxima.

Wúràọlá desabou em uma poltrona.

— O honorável que veio ver o pai do Kúnlé trouxe alguns jovens com ele. Então, pedi que ela descesse para nos ajudar a garantir que mandassem alguma coisa para eles comerem. Arroz frito está bom, certo?

Tia Sùnḿbọ̀ levantou-se.

— Tia Bíọ́lá, vamos logo tirar as fotos com os nossos maridos.

— Sim. Sim. — Láyí abraçou Yèyé por trás e se foi, arrumando seu *agbádá* enquanto descia as escadas correndo. Desde que ele aprendera a andar, estava sempre apressado para chegar a algum lugar, e às vezes Yèyé se perguntava se ele chegaria mesmo.

Yèyé recostou-se na poltrona.

— Vamos esperar uns minutos, talvez meu marido possa se juntar logo a nós.

Tia Sùnḿbọ̀ pigarreou.

— Meu marido não pode esperar muito mais. Ele tem uma reunião.

É claro que aquele inútil tinha que ir embora. Que nova esposa ele ia ver hoje? Quem é que se casa hoje em dia com seis esposas com essa idade? Especialmente quando tia Sùnḿbọ̀ nunca o impediu de ter todas as namoradas que queria. Não, ele teve que se casar com todas elas. Até o general da brigada tinha parado na quarta esposa.

Yèyé sorriu para o marido de tia Sùnḿbọ̀.

— Tudo bem, engenheiro, por favor, venha. *Ọ̀gá* fotógrafo, você ouviu o que ela disse, vamos ser rápidos.

Enquanto as irmãs de Yèyé discutiam qual seria o melhor fundo para a foto, Wúràọlá e Mọ́tárá desceram as escadas, jogando as bolsas que combinavam nos ombros e segurando a bainha dos vestidos esvoaçantes. As irmãs de Yèyé resolveram posar em frente à porta de correr que dava para a sacada, e então começou outra discussão sobre fechar ou não as pesadas cortinas sobre a porta de vidro.

— Vamos tirar dos dois jeitos, pelo amor de Deus. — A voz tensa de tia Sùnmbọ́ rompeu a briga.

Os homens partiram para debaixo do gazebo depois que algumas fotos foram tiradas. O marido de tia Sùnmbọ́ estava indo para sua suposta reunião, mas ela não o acompanhou até o carro e eles não se despediram. Tia Àbẹ́ní deu instruções aos outros maridos sobre como localizar as mesas que lhes tinham sido atribuídas sob o gazebo.

— Eles podem apenas procurar Wúràọlá ou Ọdúnayọ̀ quando descerem — disse Yèyé.

— Bem, não tem como eles se perderem. — Tia Bíọ́lá remexeu em uma bolsa grande.

Yèyé deu as costas para as irmãs, puxou um pouco a cortina e olhou pela porta de vidro. Já havia carros alinhados nos dois lados da rua do lado de fora do portão. Os convidados chegavam em grupos de dois e três, parando para abraçar as pessoas que reconheciam antes de desaparecer sob o grande gazebo branco.

A banda começaria a tocar em breve.

A mãe de Yèyé queria uma festa para seu aniversário de cinquenta anos. Mesmo antes, não havia como ela ter organizado uma tão grande quanto a de Yèyé naquele dia. De qualquer modo, Yèyé tinha certeza de que a mãe teria tido uma banda ao vivo, pois ela adorava dançar. As discussões sobre essa festa dos sonhos aconteceram alguns anos antes. Antes que o pai de Yèyé adoecesse. Antes que todos os seus negócios e bens fossem vendidos para pagar as contas do hospital. Antes que a mãe de Yèyé vendesse seu ouro. Antes de tia Bíọ́lá e tia Àbẹ́ní abandonarem a universidade. Antes de a única coisa valiosa que restasse à família fosse a casa que o pai construíra. Ele foi enterrado no quintal daquela casa três anos depois que o primeiro tumor foi retirado de seu cérebro. Antes do fim de tudo o que poderia ter sido.

O pai de Yèyé foi o primeiro de sua família a ir à escola, o único dos irmãos a obter um diploma universitário, o primeiro e único a construir a própria casa. Embora tivesse acabado de sair da pobreza, seu pai estava convencido de que já era um homem rico. Metade do seu dinheiro tinha ido para primos, sobrinhas e sobrinhos. Aquele fluxo interminável de parentes que procuravam seus pais em busca de dinheiro e favores, até que o pai adoeceu. As mesmas pessoas que fingiram não estar quando Yèyé e a mãe foram bater na porta de suas casas alugadas. O que eles poderiam ter feito se tivessem atendido a porta? Vendido uma casa que não era deles para pagar mais uma operação? Um homem rico em meio a dez homens miseráveis não era realmente rico; só não havia descoberto ainda que era pobre.

— *Àlàkẹ́? Àlàkẹ́?*

Yèyé afastou-se da varanda, pensando por um momento que seu pai estava atrás dela, dizendo seu nome. Mas era só tia Bíọ́lá chamando-a de Àlàkẹ́ depois de dizer Yèyé por um tempo. Ninguém mais a chamava de Àlàkẹ́, não desde que ela e seu marido receberam seus títulos de chefia no ano em que Wúràọlá nasceu.

— *Ṣéèsí?* — perguntou tia Bíọ́lá.

— Estou bem.

— *Kóìtiírí kí o mí wò sìì.*

— Tia Bíọ́lá, não se preocupe. *Àní*, estou bem. *Óyá*, vamos tirar a foto.

Yèyé se afastou da porta de vidro e se acomodou em uma cadeira.

Tia Bíọ́lá entregou a ela uma fotografia emoldurada e Yèyé a colocou sobre o joelho sem olhar para ela. Era uma foto da mãe delas. De antes. Ela tinha tirado alguma foto depois do diagnóstico? Yèyé e suas irmãs usavam a mesma foto em todos os casamentos e aniversários importantes. A mãe delas. Sentada em uma cadeira na pose *yà mí tùkatùka*. Mãos nos joelhos, uma segurando uma bolsa, a outra aberta para mostrar os anéis de ouro em cada um dos dedos, os pulsos enfeitados com pulseiras de contas. Seu *ìró* amarrado acima da cintura. Duas camadas de contas de coral aninhadas em seu *bùbá*.

O *aṣọ-òkè ìró* e o *gèlè* provavelmente eram vermelhos, mas não havia como ter certeza, já que a foto era em preto e branco. Ela estava sorrindo. Um olho voltado diretamente para a câmera e o outro, o direito, para algo fora do enquadramento. Yèyé pensava neles com frequência, aqueles olhos que nunca de fato encontravam os dela.

— *Óyá*, sorriam! — falava tia Bíọ́lá como se estivesse esperando para agarrar a fotografia emoldurada caso ela escorregasse das mãos de Yèyé. — E erga a foto um pouco mais, um pouco mais. Isso, bom.

— Você sorri como ela — disse tia Jùmọ̀ké.

— Não — rebateu tia Àbẹ̀ní. — É Mọ́tárá que sorri como ela.

Elas haviam feito isso pela primeira vez na manhã do casamento de tia Bíọ́lá. O casamento dela foi o único que elas realizaram no jardim da frente da casa do pai, como se ele estivesse vivo para receber os novos parentes. Muita coisa havia mudado naquela casa, mas as paredes amarelo-gema da sala ainda estavam decoradas com várias fotos de seus pais. Tia Bíọ́lá apontou para aquela foto da mãe quando o fotógrafo chegou. Foi Yèyé quem subiu em um banquinho para tirá-la da parede. Quando Yèyé também pegou a fotografia do pai, tia Bíọ́lá pediu que ela parasse. A princípio, Yèyé confundiu o olhar aflito no rosto da irmã com uma espécie de pesar revigorado. Então tia Bíọ́lá falou, com a voz estridente de raiva: "Não quero esse homem nas minhas fotos de casamento, que o seu precioso filho tire fotos com ele". Mais tarde naquele dia, depois que as irmãs se reuniram em torno de tia Bíọ́lá enquanto ela segurava a foto da mãe no colo, o precioso filho se sentaria no lugar de seu pai na cerimônia de casamento. Ele não seria convidado para nenhum dos outros casamentos. Neles, todos realizados na casa do brigadeiro em Ìbàdàn, tia Bíọ́lá sentou-se no lugar da mãe e deixou as cadeiras destinadas ao pai vazias.

Tia Bíọ́lá alegou que não queria se relacionar com o filho precioso porque, embora fosse irmão delas, não era filho da mesma mãe, e nunca se poderia confiar de fato em um irmão que não tivesse sido amamentado no mesmo seio. Nas costas dela, porém, tia Àbẹ̀ní e tia Sùnmbọ̀ contavam outra história. Tia Bíọ́lá e o tal filho precioso, que se chamava Festus, por causa do pai, nasceram no mesmo mês. Ele nasceu da amante do pai, ela nasceu da mãe com quem o pai dela era casado havia dois anos naquela época. Tia Bíọlá e Festus Jr. foram colegas de classe desde o primeiro dia de escola, mas o pai sempre pagou primeiro as mensalidades do filho. Quando chegou a hora de ambos irem para a universidade, o pai havia acabado de abrir sua segunda loja de eletrônicos e não tinha dinheiro suficiente para bancar os dois no primeiro ano. Tia Bíọlá teve que passar dois anos em casa, trabalhando sem remuneração como caixa na novíssima filial da Festus Akínyẹmí and Sons Electronics. Antes de ela retomar seu primeiro ano ao lado de tia Àbẹ̀ní, Festus Jr. já estava no terceiro ano. Segundo tia Àbẹ̀ní e tia Sùnmbọ́, era por isso que tia Bíọlá agia como se o pai nunca tivesse existido. Talvez todas tenham permitido que ela o apagasse de suas vidas porque, em seu leito de morte, ele havia deixado tudo o que lhe restava, que àquela altura se resumia a alguns relógios de pulso e a casa que ele havia construído, para Festus Jr. As irmãs nunca discutiram sobre como se tornaram visitantes indesejadas em sua própria casa depois que Festus Jr. tomou posse dela. Refazer tudo era desnecessário, porque elas haviam sobrevivido. O casamento de tia Bíọlá com o brigadeiro as livrou de serem sem-teto. Elas tinham sobrevivido. Todas elas.

Agora, Yèyé segurava a mão de tia Bíọlá enquanto suas irmãs se reuniam para uma foto em grupo com a foto da mãe. Era assim que elas sempre faziam. Primeiro, a aniversariante com a mãe — que, presa no tempo, agora era a mais nova nas fotos —, depois todas junto com ela. E tia Bíọlá sempre falava o nome de cada irmã baixinho, para se certificar de que todas estavam lá.

— Você não vem, Yèyé? — perguntou tia Sùnmbọ́.

Todas as irmãs de Yèyé pegaram suas bolsas e seguiam para o patamar.

— Eu não tirei nenhuma foto com meu marido.

Tia Bíọlá olhou para a porta que dava para o corredor.

— Não pode tirar as fotos depois?

— É melhor eu esperar por ele.

Yèyé queria o marido ao seu lado quando ela chegasse na festa. Sim, era ela que às vezes ia para o banheiro dançando, mas Adémọ́lá era um dançarino muito melhor. Ele segurava as mãos dela sempre que dançavam juntos. Puxando-a para junto de si, para que ela se apoiasse nele e colocasse menos peso sobre os joelhos.

— Me chama quando for descer para que possamos esperar na entrada e dançar na sua frente. Ṣebí é assim que vamos fazer?

— Tia Bíọ́lá, muito obrigada por tudo.

— Eu disse que você deveria parar de me agradecer. Quando você vai ouvir?

Tia Bíọ́lá começou a descer as escadas. As outras irmãs a seguiram, os saltos batendo nos ladrilhos de mármore.

Yèyé recostou-se na poltrona e fixou o olhar na mesa de centro. Ela encarou um ponto até desligar todos os sons que reclamavam sua atenção. A percussão implacável acompanhando Yinka Ayefele enquanto ele cantava "Beru Ba Monuro" sob o gazebo, conversas subindo do térreo, tinidos e baques enquanto o fotógrafo procurava algo na mochila. Yèyé aprendeu a fazer isso quando Wúràọlá começou a andar e a seguia pela casa tagarelando sem parar até que ela temesse ser capaz de costurar a boca da filha só para ter um pouco de paz. Às vezes ela desejava ter prestado mais atenção na menina. Talvez houvesse algum segredo naqueles murmúrios que pudesse desvendar a adolescente calada que Wúràọlá se tornara. Ela nunca deixou esses pensamentos criarem raiz, afastando-os com memórias de uma Wúràọlá adolescente, pernas junto do peito e queixo no joelho, conversando noite adentro com Adémọ́lá naquela mesma sala da família. Adémọ́lá, que se trancou em seu escritório quando as crianças começaram a andar, a salvo de todo o balbucio.

Ninguém esperava que a festa de aniversário começasse ao meio-dia de qualquer modo, mas do que aqueles homens estavam falando? Yèyé olhou para o relógio. Ela poderia esperar mais trinta minutos por Adémọ́lá. Fazer sua entrada quarenta minutos atrasada não seria tão ruim. Além disso, ele ficaria magoado se ela fosse sem ele, e ela teria que passar o mês seguinte provando que se importava com o marido. Só com ele. Não com os cheques que assinara para fazer a festa ou todos os dignitários e chefes, nem mesmo com Léjọ̀kà, que compareceria só por ela ser mulher de Adémọ́lá. A necessidade dele de segurança muitas vezes a deixava irritada. E daí se ela o escolhera pelo nome, a riqueza e a família em que não havia miséria? Como ela poderia não se importar com ele sendo tão grata? Quando ela sempre supervisionava a refeição dele e a servia ela mesma, quando entrava no quarto dele uma vez por semana para fazerem amor e nunca o recusava se ele entrasse no dela e puxasse o cordão da sua camisola durante a noite. Mas ele sempre quis mais dela, descartando as coisas que ela listava como seu dever. Como se o dever não pudesse ser uma forma de devoção, de amor. Ela não ficava de mau humor por dias esperando que ele provasse que se importava. Depois de mais de três décadas de casamento? Por que ela precisaria disso? Ele deixava ela se amparar nele para que seus joelhos não sofressem. Isso provava o suficiente para ela.

Uma porta bateu no corredor e Yèyé sentiu que havia problemas. Adémọ́lá nunca batia portas. Nem quando estava com pressa ou atrasado. Nem mesmo quando estava com tanta raiva que o branco de seus olhos ficava vermelho, como se fosse chorar de raiva. Seus movimentos eram sempre medidos. Xícaras de chá colocadas em pires sem tilintar, as costas voltadas para ela em um movimento fluido que mal fazia o colchão se mexer, as portas fechadas na sua cara com um clique firme. Se Adémọ́lá tinha batido uma porta, algo devia ter dado errado naquele escritório. Tinha que ser ele; nenhum dos homens com quem ele estava seria tão rude. Yèyé esticou o pescoço.

Os homens estavam saindo do escritório para o corredor. O honorável Fẹ̀sọ̀jaiyé ia na frente, a barriga apertada em seu *bùbá* verde. Havia dois homens que, ao se aproximarem, revelaram-se rapazes. Os dois garotos tinham no máximo dezessete anos. Eram altos e musculosos, com barbas desalinhadas que lembraram Yèyé de quando Láyí tentava deixar crescer a sua, esfregando álcool metilado no queixo todas as noites. Alguns passos atrás deles, Kúnlé e o pai caminhavam lado a lado. E então veio o marido dela, Ọ̀túnba Adémọ́lá Mákinwá. Elevando-se sobre todos, arrumando seu *agbádá* enquanto avançava com a confiança de um homem que sempre soube que outros esperariam por ele. A carranca em seu rosto confirmou o que ela achara quando ouviu a porta bater, que aquele não tinha sido um encontro agradável.

— Bem. — O honorável olhou para o relógio. — Boa tarde, Yèyé. Yèyé levantou-se.

— Boa tarde, senhor.

— Nunca fomos apresentados, mas já vi você em outras festas. Feliz aniversário, senhora.

— Muito obrigada.

— E parabéns pelo noivado de sua filha. — Ele olhou para o corredor. Lá, Kúnlé e o pai pararam para conversar com Adémólá aos sussurros. — O próprio sortudo me contou no caminho para cá.

— Estamos muito felizes. Talvez o senhor venha comemorar o casamento conosco? — Yèyé sorriu.

— Que Deus preserve todas as nossas vidas até lá, então, e além. Se for convidado, estarei presente. Falei com esses homens, e eles estão sendo um pouco teimosos. Yèyé querida, me deixe conversar com você para que você possa me ajudar a falar com eles. — O honorável agarrou os ombros de Yèyé e apertou. — Diga a seu marido para avisar o amigo dele para não ser um infeliz. Yèyé, eu sou o próximo governador deste estado. O professor não deve deixar ninguém enganá-lo. Quando estávamos lá dentro, implorei para que ele fosse meu secretário de saúde quando me tornasse governador, mas ele recusou. Essa oferta agora está fora de questão. É hora de ele ser avisado. O que acontece se ele não me escutar? Yèyé, nenhum de nós chorará sobre o cadáver de um filho.

O honorável se foi antes que o punho de Adémólá pudesse acertar a parte de trás de sua cabeça. Seus rapazes o seguiram, andando de costas até chegarem ao patamar.

— O descaramento! — gritou o professor Coker, correndo para a sala da família logo atrás de Adémólá. — O descaramento daquele homem. Eu tenho cara de alguém que pode ser ameaçado?

Adémólá colocou o braço em volta de Yèyé, e ela segurou sua cintura, enfiando os dedos nas dobras de seu *agbádá* para que não tremessem.

— São ameaças vazias — comentou Kúnlé. — É assim que eles fazem, intimidação e ameaças, não se preocupem.

— Lamento muito que você tenha que ter passado por esse constrangimento — disse o professor Coker. — Yèyé, eu realmente sinto muito.

— *Kó sì* problema. — Yèyé engoliu em seco. — Poderia se juntar à festa agora e nos dar um momento?

— É claro, é claro. Mais uma vez, sinto muito.

O professor Coker e o filho saíram da sala.

— Você também — disse Yèyé ao fotógrafo.

— E as fotos com o seu marido?

— Tire durante a festa.

Ela esperou até não ouvir mais passos e começou a andar de um lado para o outro.

— Você está bem? — perguntou ele.

— Não. — Yèyé suspirou. — O que aquele homem disse...

— Não ligue para ele.

— Nossa filha vai se casar com Kúnlé.

— E?

— E se algo acontecer?

— Como o quê?

— Assassinato.

Adémọlá riu.

— Não se preocupe. Assassinato *lọ́hùún lọ́hùún*, isso não pode acontecer. Fẹ̀sọ̀jaiyé não ousaria. Coker tem o apoio do presidente do partido. Esse pequeno rato vai ficar contra o presidente? Ele não é estúpido.

Yèyé parou na frente do marido.

— Por que você está rindo? O que aconteceu com o Williams não tem nem cinco anos.

— Williams?

— Fúnṣọ Williams, eles não o mataram na própria casa por causa do posto de governador?

— Aqui não é Lagos, minha querida. Ìwọ, não se preocupe. Nada vai dar errado, é só política.

— Por que você fez a reunião em seu escritório?

— Por que não?

— Já que você sabia que haveria problemas, deveria ter dito para o professor encontrar com eles em um carro ou algo assim.

— Coker e eu estamos nisso juntos agora. Vou financiar metade da campanha dele.

— Você o quê, Adémọ́lá? Por que não me contou? Isso não é arriscado?

Ele arrumou as dobras do *agbádá*.

— Não se preocupe com isso, é um bom investimento.

Ela estudou seu rosto... As sobrancelhas bastas que ele se recusava a deixá-la aparar, as linhas de quando ele ria, que se ramificavam de suas narinas até as bordas de seus lábios carnudos, o queixo que poderia ter sido esculpido em pedra. Ela procurava um sinal de que ele também estivesse preocupado e que apenas estivesse tentando tranquilizá-la. Não encontrou nenhum. Ele a encarou de volta, despreocupado. Ela sempre se admirava com sua calma, sua segurança de que tudo de bom em suas vidas permaneceria intocável ou até melhoraria. Ele dava como garantida a boa sorte da família. Como se fosse impossível que ela acabasse, nem que fosse por pouco tempo. Já ela nunca conseguiu se livrar da sensação de que a vida era uma guerra constante, uma série de batalhas com um ocasional período de coisas boas.

— Você está pronta? — perguntou ele, estendendo a mão para ela.

Yèyé lhe deu a mão e deixou que ele a conduzisse ao andar de baixo.

11

À tarde, Ẹniọlá sentiu-se preso em casa. Embora fosse sábado, ele não pôde ir à loja de tia Caro, porque ela tinha tirado o dia de folga para ir à festa de aniversário de uma cliente. Todos na loja ficaram surpresos e emocionados quando o convite chegou pelo motorista de Yèyé. Tia Caro fez Ẹniọlá ler o convite para ela, como se ainda não tivesse certeza de que realmente havia sido convidada. No dia seguinte, ela levou todos os seus vestidos de renda para os aprendizes verem, perguntando repetidamente: "Esse parece algo que uma madame rica usaria?". Ẹniọlá apontou para um vestido dourado com acabamentos de chiffon prateado depois que Ṣèyí e Maria também o escolheram. Embora ele tivesse certeza, pelas horas que passava debruçado sobre as *Ovation*, que o vestido não parecia algo que qualquer madame rica usaria, Ẹniọlá gostou da segurança de concordar com Ṣèyí e Maria. Mais tarde, se tia Caro ficasse insatisfeita com a decisão de usar o vestido, a culpa seria dividida por três e a parte dele seria de um tamanho administrável.

Assobios, gritos e os baques altos de uma bola sendo chutada para lá e para cá iam do jardim para a casa, torturando Ẹniọlá, deitado no colchão. Ele poderia estar lá fora agora, brincando com os outros meninos. Mas ali estava ele, preso dentro de casa porque o proprietário costumava se sentar na varanda para assistir quando os meninos da vizinhança jogavam futebol na frente da casa. Ẹniọlá temia que, se saísse para aproveitar o jogo daquela tarde, o proprietário perguntaria por que seu pai não havia subido para se encontrar com ele. Talvez até perguntasse a ele sobre o aluguel, gritando para todos os outros meninos ouvirem. Paul poderia estar lá, com sua boca grande e pernas compridas, driblando e marcando gols, pronto para memorizar todas as coisas que o proprietário gritaria para Ẹniọlá. Na segunda-feira, Paul definitivamente encenaria o ato na frente dos colegas em meio a risos.

Ẹniọlá se virou e se deitou de costas. Sua mãe ainda não estava em casa e o pai era uma massa imóvel e contorcida na cama. Ele tinha se levantado uma vez desde que a mãe de Ẹniọlá saíra, para urinar. Pelo menos, foi o que Ẹniọlá presumiu quando ele voltou correndo alguns minutos depois de ter saído. Ẹniọlá esperava que ele tivesse planejado subir e conversar com o proprietário, mas não, o homem esperaria que a mãe de Ẹniọlá o lembrasse de sua responsabilidade. Ẹniọlá engoliu a raiva que queimava dentro dele, extinguindo-a com uma memória ainda tão vívida que ele quase podia sentir o cheiro de alho quando ela voltou.

Alguns meses depois de o governo estadual demitir centenas de professores em um dia, a família de Ẹniọlá foi visitar o sr. Ọlábọ̀dé, um dos amigos de seu pai que também havia sido demitido. A porta estava entreaberta quando eles chegaram em casa e, após duas batidas, o pai de Ẹniọlá a abriu. Quando eles entraram na sala de estar do sr. Ọlábọ̀dé, levaram alguns momentos para registrar o que viram: ele estava pendurado no ventilador de teto por uma corda grossa, vestido como se estivesse saindo para o trabalho, o cinto e os sapatos combinando com a gravata marrom. Todos eles olharam para o corpo em um silêncio atordoante por um tempo. Então Ẹniọlá olhou para o rosto do pai e viu que ele estava olhando para o sr. Ọlábọ̀dé com inveja e admiração. Ele ficou tão apavorado com o olhar no rosto do pai que engasgou, quebrando o momento de transe. A mãe de Ẹniọlá tapou seu rosto com as mãos, pressionando os dedos contra seus olhos e nariz para que o cheiro do alho que tinha picado antes de saírem de casa cobrisse o de morte.

O anúncio do funeral que foi impresso alguns dias depois dizia que o sr. Ọlábọ̀dé teria morrido por conta de alguma doença. Vários professores demitidos morreram de "alguma doença" nos anos seguintes e, sempre que Ẹniọlá ouvia sobre suas mortes, lembrava-se da expressão que vira no rosto do pai antes da mãe tapar seus olhos. Agora, anos depois, sempre que ele queria ficar perto do pai e gritar para ele se levantar e fazer alguma coisa, Ẹniọlá se lembrava de como o homem uma vez tinha desejado estar morto. Sua raiva costumava se dissipar e, às vezes, era substituída por medo.

O ar estava quente e viciado. Ẹniọlá já tinha tirado a camiseta. Ele desejou poder tirar os shorts, mas Bùsọ́lá estava deitada de bruços ao lado dele, lendo um livro.

— É sobre o quê? — perguntou Ẹniọlá, abanando o rosto.

Bùsọ́lá não falou por um tempo, e ele se perguntou se ela tinha ouvido. Então ela disse:

— É para a irmã do meu amigo, a mais velha. Eles tiveram que ler para prestar o WAEC. Quais você precisa ler?

Ele tinha visto seus colegas na aula de arte segurando exemplares de *Hamlet* e *As alegrias da maternidade*.

— Eu perguntei sobre o que é.

— Chichidodo.

— O quê?

— Chichidodo — disse Bùsọ́lá. — É um pássaro, mas não sei se é real.

— O livro é sobre pássaros?

— Não, não é. Mas o Chichidodo é... Você vai entender se ler o livro. Posso te emprestar quando terminar. Estou quase terminando.

Ele não estava interessado em ler. Queria estar do lado de fora, correndo solto na areia vermelha, sentindo a brisa nas costas enquanto fazia um gol. Não preso naquele quarto ouvindo sobre um pássaro qualquer com o lençol grudado em suas costas suadas.

A porta se abriu quando ele rolou para o lado.

A mãe entrou, tirando o lenço.

— O calor de hoje pode fritar um ovo do começo ao fim.

— Oi, mãe — disse Ẹniọlá, sentando-se.

Bùsọ́lá fechou o livro que estava lendo.

— Você pagou as mensalidades da escola?

A mãe de Ẹniọlá sentou-se ao lado do marido na cama e colocou a mão em seu ombro.

— Você conseguiu o dinheiro? — perguntou Bùsọ́lá.

— Você perdeu todas as suas maneiras? Me oferecer um copo de água? Não! Cumprimentar, como seu irmão acabou de fazer, não. Em vez disso, você está me perguntando sobre as mensalidades como alguém que não recebeu educação em casa.

Bùṣọ́lá respirou fundo, algo que costumava anteceder uma de suas reclamações, mas alguém bateu à porta, salvando Ẹniọlá de ouvir suas queixas.

— Quem é agora? — perguntou Ẹniọlá.

— O dono da porta. — A voz estrondosa era inconfundível: o proprietário.

De bruços durante a maior parte do dia até então, o pai de Ẹniọlá sentou-se e olhou ao redor da sala como se esperasse que uma parede pudesse se abrir para ele entrar nela.

— É com você que ele quer falar, Bàbá Ẹniọlá — disse a mãe de Ẹniọlá.

O pai se levantou.

— Por favor — disse ele à esposa, esfregando as palmas das mãos em súplica antes de deslizar para debaixo da cama em um movimento rápido.

— Preciso arrombar esta porta? — gritou o proprietário.

— Está aberta, senhor, mas deixa eu… — A mãe de Ẹniọlá correu em direção à porta e caiu de joelhos quando o proprietário invadiu o lugar.

— Boa tarde, senhor.

— Não me suborne com cumprimentos vazios, Ìyá Ẹniọlá — gritou, batendo no chão com sua bengala esculpida. — Estou aqui para ver seu marido. Onde ele está?

— Ele saiu — disse a mãe de Ẹniọlá. — É, ele viajou… A trabalho. Teve que ir algumas horas atrás. O tio do irmão dele ligou e disse que havia uma emergência que ele precisava atender em…

O proprietário examinou o quarto.

— Eu ouvi a voz de um homem quando estava do outro lado da porta.

— Sim, sim, era meu filho. — Ela apontou para Ẹniọlá. — Sua voz está ficando de homem e agora parece com a do pai. *Óyá*, Ẹniọlá, fale, cumprimente Bàbá Proprietário.

— Boa tarde, senhor — disse Ẹniọlá.

O proprietário atravessou o cômodo, passou pelo armário de madeira que guardava roupas, panelas e livros escolares, passou pela janela fechada e pela cortina esfarrapada que a cobria. Quando Bàbá

Proprietário parou ao pé da cama, Ẹniọlá prendeu a respiração enquanto o homem permanecia parado com a cabeça tombada de lado, ouvindo alguma coisa.

— Ìyá Ẹniọlá, diga ao seu marido, onde quer que ele esteja, que quero meu dinheiro na próxima semana. Se não me pagar até o final da próxima semana, vocês vão sair da minha casa.

A mãe de Ẹniọlá assentiu.

— Tudo bem, senhor, sim, senhor, sim, senhor. Eu direi a ele.

O proprietário se virou e seguiu para a porta.

— Eu só tenho pena de vocês por causa de seus filhos, mas não dá mais. Lembra quando eu disse para não pagarem a conta de luz por dois meses?

— Sim, senhor, eu me lembro, obrigada, senhor. — A mãe se curvou, quase encostando a cabeça no chão. — Nós somos gratos.

— Você não pode dizer que não fui gentil. Desta vez, quer seu marido esteja aqui ou não, eu vou expulsá-los. — O proprietário bateu com a bengala na porta. — Entendeu o que eu disse?

— Muito bem, senhor — respondeu a mãe de Ẹniọlá. — Obrigada, senhor.

O lugar ficou silencioso depois que o proprietário saiu.

A mãe de Ẹniọlá se levantou, fechou a porta e ficou com a mão na maçaneta.

— Vamos mendigar amanhã de manhã.

— O que você disse? — perguntou Bùsọlá.

Sem se virar, a mãe repetiu:

— Amanhã de manhã vamos mendigar.

12

— Como é ser noiva? Me diga, é muito diferente? — perguntou Grace.

Wúràọlá estava supervisionando as mesas de um a doze e parou na sexta para garantir que suas amigas tivessem sido servidas de peixe grelhado.

Tifẹ́ espetava um pedaço de bagre e revirava os olhos.

— Quem te disse que existe um sentimento especial? Ela não ganhou um dedo novo. Está só usando um anel em um dos dedos que já tinha.

Wúràọlá não esperava que fosse tão diferente. Não a princípio. Não tanto depois do pedido ou mesmo naquela manhã. Mas agora, cerca de três horas depois do início da festa, ela sentia que o noivado era algo real e tangível. Era uma categoria distinta daquela a que ela pertencia nesse mesmo horário no dia anterior. Quando ela parava para verificar uma mesa, as mulheres davam tapinhas em suas costas, ou largavam a comida e se levantavam para abraçá-la. Os homens apertavam sua mão com tanta força que ela temia que fossem deslocar seu ombro. As tias sorriam para ela sempre que chamavam sua atenção. Até tia Bíọ́lá sorria, de quem Wúràọlá esperava rancor pelo desacordo sobre supervisionar os cozinheiros durante a noite.

A diferença estava na maneira como seus pais haviam chegado dançando quando finalmente decidiram aparecer, com mais animação do que uma festa de cinquenta anos pedia, comemorando de antemão todas as cerimônias que levariam ao casamento de Wúràọlá. Foi assim que ela ouviu Yèyé sussurrando sobre o noivado para todos que cumprimentava: "Obrigada, obrigada. Você sabe que logo voltará para comemorar conosco novamente, nossa filha mais velha vai se casar". Era seu pai apresentando Wúràọlá e Kúnlé a seus amigos como *os futuros pombinhos*. Como se ambos tivessem renascido e precisassem ser reapresentados aos amigos da família que os conheciam desde pequenos.

Wúràolá ficou surpresa ao ver como ela estava satisfeita com essa atenção. Ela havia presumido que seria apenas um tipo diferente de pressão, o outro lado de perguntarem quando ela se casaria em reuniões anteriores. Em vez disso, seu pai estava sorrindo como na primeira entrega de prêmios nos anos finais do Ensino Fundamental, quando ela ganhou todos os oferecidos para sua turma. Juntando os prêmios Mais Pontual e Melhor Comportamento aos prêmios de Matemática e Ciência Integrada. Ela nunca mais repetira o feito, mesmo continuando a ganhar prêmios todos os anos. E nunca esqueceria o prazer que sentiu com o orgulho dos pais, como se emanasse luz, irradiando de sua pele e banhando a todos com alegria. O que ela sentia agora na festa de cinquenta anos da mãe era ainda mais intenso. Os sorrisos que a saudavam eram mais abertos do que para qualquer outra coisa que ela já havia conquistado. Os abraços duravam mais, os tapinhas nas costas transformavam-se em afagos, como se ninguém quisesse largá-la. "Toda a família Mákinwá está orgulhosa de você", o irmão de seu pai, o coronel reformado, disse a ela quando chegou. "Você não deixou que sua inteligência a impedisse de formar uma família, estamos muito orgulhosos."

Qual era a sensação de estar noiva? Nessa festa, era como ser uma celebridade. Todos queriam tocá-la ou falar com ela. Wúràolá não teve tempo de explicar tudo isso para Grace e Tifé. Ela teria que gritar por sobre a música, e já estava ficando rouca. Decidiu contar aos sussurros ou por meio dos post-its que carregaria na bolsa pelo resto do dia. Seria uma tolice chegar ao hospital na segunda-feira sem conseguir se comunicar com seus pacientes. Ela sorriu e seguiu para outra mesa. Aquela era ocupada por três dos irmãos de seu pai. Antes que ela terminasse de rabiscar a pergunta em um post-it, o coronel pediu que trouxesse mais uma rodada de bebida para a mesa. Ela ziguezagueou em direção à saída, esquivando-se dos garçons que levavam bandejas cheias de pratos de comida para os convidados.

Quando Wúràolá levantou as abas do gazebo e passou para um compartimento muito menor, sem ar-condicionado ou cobertura nas laterais, quase esbarrou em tia Jùmòké. A tia não percebeu. Ela estava ocupada gritando com uma fornecedora sobre a rapidez com que o peru apimentado acabara. Wúràolá desviou das mulheres e manteve seu olhar distante. Ela não podia se dar ao luxo de ser arrastada para uma rixa. Ou pior, ser persuadida pela tia a confessar onde Yèyé e tia Bíọ́lá tinham escondido cinquenta peças de todos os tipos de carne. Naquelas festas, "acabou a carne" significava apenas que você não era um dos poucos eleitos para quem se podia abrir o cofre secreto de carne. Tia Jùmọ̀ké também sabia disso, e esse era o motivo de ela não gritar, "De jeito nenhum, eu não quero frango, meus convidados não vão comer frango. Você sabe quem eu sou?". Imperturbável com o discurso de tia Jùmọ̀ké sobre como ela havia trocado muitas vezes a fralda da aniversariante, a fornecedora ficou de braços cruzados enquanto a mulher gritava de volta: "Senhora, o peru acabou e não posso me transformar em um peru apimentado!".

Wúràọlá acelerou o passo, diminuindo a velocidade apenas quando estava segura, fora da área de alimentação. Os garçons que trabalhavam na seção de bebidas usavam camisas pretas com o logotipo da empresa. A maioria estava ocupada, arrumando vinhos em uma geladeira, pegando garrafas de água em tambores cheios de gelo, enchendo coolers com refrigerantes. Wúràọlá agarrou um garçom pelo cotovelo.

— Leve duas garrafas de Dom Pérignon para a mesa cinco — sussurrou para ele. — Não pare em lugar nenhum. Venha cá, deixe eu te dizer uma coisa. Se eles pedirem outra, diga que vai levar imediatamente, mas não leve nada para aquela mesa por mais duas horas. Entendeu? Você me entendeu, certo? Ei, está tudo bem. Nada de bebidas para a mesa cinco depois dessas. Por duas horas. Só água, água pode mandar, está bem? Agora me dê uma Coca.

Enquanto ele buscava a Coca, ela examinou o espaço em busca de uma cadeira desocupada. Quem sabe quantos quilômetros ela percorreu sob aquele gazebo, correndo entre as mesas para garantir que todos estivessem satisfeitos com o que tinham recebido. Ajudou ela ter trocado os saltos pontudos por um par de sapatos baixos, mas, *kai*, ela estaria tão mais confortável de shorts agora. Wúràọlá riu enquanto o garçom lhe entregava a Coca. Yèyé desmaiaria de vergonha se a visse voltar para a festa de shorts. Wúràọlá tomou um gole e fechou os olhos. Talvez ela devesse voltar para a área da comida e beliscar alguma coisa. O dia todo, a única coisa que comera foi o rolinho primavera que pegou do prato de Kúnlé quando parou na mesa da família dele. Não, ela ainda não tinha tempo de comer. Eles precisariam compartilhar as lembrancinhas em breve, e nenhum dos seus irmãos tinha levado os cadernos personalizados que eles mandaram estampar com os dizeres: CORTESIA DOS FILHOS AMADOS DA ANIVERSARIANTE.

Wúràọlá enfiou a mão na bolsa atrás do celular e mandou uma mensagem para os irmãos. *Me encontrem no balcão de bebidas. Precisamos buscar as lembrancinhas.*

Ela sentiu um toque firme em seu ombro, seguido por um "Ei, gata dourada".

Apenas uma pessoa a chamava assim: Kingsley. Ela estava sorrindo quando se levantou. Era Kingsley, Kingsley desdentado e de óculos. O primeiro de uma série de colegas com quem ela tinha saído depois do encontro desastroso de Nonso com sua mãe. Pelos cálculos de Tifé, ela tinha saído com uma pessoa por mês durante o quarto ano da faculdade de Medicina. Wúràọlá nunca se preocupou em contar.

— Você se lembrou? Ah, Kingsley, isso é muito gentil da sua parte.

Wúràọlá havia mencionado a festa apenas de passagem na última vez que o viu. Isso devia ter sido há alguns meses.

Kingsley deu de ombros, como se não fosse nenhum problema abrir mão de um sábado livre.

— Você está incrível.

— Obrigada. Você acabou de chegar?

— Não, estou aqui há mais ou menos uma hora. Eu estava te chamando quando você estava debaixo do gazebo, mas aquele barulho, nossa.

— Você viu Grace e Tifé? Não? Elas vão ficar muito felizes em te ver. — Wúràọlá apontou para o gazebo maior. — Vem, deixa eu te levar até a mesa delas.

Kingsley não se mexeu. Ele só olhou para o dedo esquerdo dela, estreitando os olhos para o anel de noivado. Tirou os óculos e voltou a colocá-los.

— Isso é…?

— Sim, foi ontem.

— Uau, parabéns, gata dourada. — Ele enfiou as mãos no bolso.
— Não se preocupe, tenho certeza de que você tem um zilhão de coisas para fazer agora. Vou encontrar Grace e Tifę sozinho.

Ele passou por Wúràolá antes que ela pudesse dizer qualquer outra coisa.

Ela olhou em volta; nenhum de seus irmãos apareceu, então ela mandou uma mensagem para Kúnlé. Ele estaria ali em poucos minutos.

Os dois caminharam em direção à casa, parando para cumprimentar os convidados que tinham saído para fumar ou conversar no gramado.

— Eu sou filha única por acaso? Os dois sempre me deixam resolver essas coisas sozinha. Escolhi a estampa e busquei na gráfica, agora tenho que carregar quinhentos cadernos sozinha? Eles sabem que Yèyé liga para essas coisas, mas não levantam um dedo, especialmente Mótárá.

Kúnlé pigarreou.

— Você convidou Kingsley? Acho que o vi quando fui te encontrar.

— Sim, eu nem esperava que ele viesse, sabe. Eu sei como ele é ocupado, e ele abriu mão de um sábado para vir. Mas esse é o Kingsley, sempre atencioso.

Um homem de verde era o centro das atenções com outros três homens, que formavam um semicírculo ao seu redor. Ele acenou para Kúnlé quando passaram por ele, mas Kúnlé desviou o olhar. Wúràolá sorriu e fez uma breve reverência; o homem sorriu de volta.

— Não é um daqueles políticos? Ele é senador ou algo assim, certo?

— Honorável Fèsòjaiyé. Ele está na Câmara dos Representantes da Nigéria.

— Por que você o esnobou?

— Não se preocupe.

Claro, Mótárá estava vadiando na sala de estar. Ela estava cercada por seis garotas, que riam enquanto ela contava uma história. Wúràolá reconheceu apenas duas delas, as gêmeas de tia Jùmòkę.

Wúràọlá queria ignorar Mótárá e se concentrar no que tinha ido fazer, mas seus olhos se encontraram quando ela começou a subir as escadas, então a chamou com um gesto.

— Você não viu minha mensagem? — perguntou Wúràọlá.

— O quê? — Mótárá suspirou. — Oi, Kúnlé.

Wúràọlá se inclinou sobre a balaustrada.

— Você recebeu minha mensagem? É melhor você vir comigo.

— Por que você está falando assim? Minhas amigas estão aqui, não posso simplesmente abandoná-las. — Mótárá levantou a bainha do vestido e mexeu os dedos dos pés. — De qualquer forma, não consigo encontrar meus sapatos.

— Arranje uma mesa para suas amigas no gazebo, por que elas têm que ficar aqui dentro?

— Você não me ouviu? Tirei os sapatos depois que dançamos com Yèyé e não consigo achar.

— E? Você não está ajudando de forma alguma, Mótárá. Vem, vamos levar as lembranças comigo.

— Hum, por que eu preciso fazer isso? Kúnlé vai te ajudar agora. E você sempre pode pedir a um dos encarregados para pegar. Minhas mãos estão doendo, não consigo carregar nada. Todo mundo só está me estressando. Tia Bíọ́lá, elas todas estão me estressando. E agora você também. Por favor, preciso descansar primeiro antes de carregar qualquer coisa.

Mótárá voltou para as amigas sem esperar por uma resposta.

Wúràọlá balançou a cabeça e continuou subindo as escadas; ela não teve tempo de repreender a irmã. Isso poderia ficar para mais tarde.

— Seus pais realmente mimaram essa garota — disse Kúnlé quando chegaram ao patamar. — Veja como ela falou comigo.

— Ela não estava falando com você.

— Por que você está sempre defendendo ela? Ela foi rude com você também.

— Só estou dizendo, não sei por que você está fazendo isso. Ela não estava falando com você.

— Ela falou sobre mim. Não gosto de como ela me chama, como se fôssemos amiguinhos.

— Bem, ela também não chama nosso irmão mais velho de irmão Láyí e também não me chama de tia ou irmã. Você já notou isso, certo?

— Por que você está do lado dela?

Eles estavam parados em frente ao quarto de Wúràọlá, mas a porta estava trancada. A outra coisa sobre estar noiva? Kúnlé agora tinha permissão — melhor dizendo, era bem-vindo — além da sala da família. Não tinha sido tia Bíọlá quem o encorajara a parar no quarto de Mọtárá e cumprimentar Wúràọlá quando ele chegara esta manhã? A mesma tia Bíọlá do conselho "Entretenham qualquer garoto no andar de baixo até que ele a peça em casamento, senão por que ele deveria ser convidado para a sala de estar?". Wúràọlá vasculhou a bolsa em busca das chaves, tentando se lembrar se uma das tias que havia ficado no quarto na noite anterior as tinha pegado no início da festa.

Kúnlé olhou para ela.

— Por que você está do lado de Mọtárá?

— Só quero ter certeza de que você entendeu o contexto.

— Ela não te chama só de Wúràọlá. — Ele franziu a testa. — Ela te chama de dra. Wúrà.

— Bem, é quem eu sou. — Wúràọlá fechou o zíper da bolsa. — Você deveria ter se formado em Medicina se queria que alguém o chamasse de dr. Kúnlé.

Ele deu um tapa na bochecha dela com a palma da mão bem aberta, de modo que seu indicador entrou no olho dela. Depois, voltou a golpeá-la com as costas da mão, trazendo o braço de volta para junto do corpo.

Wúràọlá cambaleou para trás. Ele ficou com os braços cruzados sobre o peito, os lábios franzidos em uma linha raivosa, observando-a pressionar um dedo sobre o olho que ele tinha machucado. Ela não conseguia nem abri-lo, porque doía demais.

A princípio, Wúràọlá pensou que era ela quem não parava de ganir, mas assim que conseguiu abrir os dois olhos, viu que era Mọtárá, parada no final do corredor, segurando o queixo como se tentasse manter a mandíbula no lugar.

PARTE III
À ESPERA DE UM ANJO

Quando me virei e examinei o portão e as cercas ao lado, vi as cercas se transformarem de repente em muros espessos, altos, com arame farpado e garrafas quebradas no alto, braços estendidos para conter, travar e limitar. Eu não queria mais limites; apenas aqueles que estabeleci para mim mesmo.

Waiting for an Angel [À espera de um anjo], Helon Habila

13

Ẹniọlá não queria fazer isso, mas, segundo sua mãe, não havia alternativas. Ela implorou aos parentes ao alcance para ajudar com o que tinham. Agora, enquanto a mãe contava o dinheiro que conseguira juntar, Ẹniọlá desejou que aquela quantia de alguma forma fosse suficiente. Para as mensalidades, para a comida da semana, para o que faltava do aluguel. Ele até se contentaria só com o aluguel e as mensalidades. Já havia passado dias sem comer antes e ficaria feliz em fazê-lo nesta semana para não precisar mendigar nas ruas novamente.

— Três mil duzentos e noventa — disse a mãe de Ẹniọlá. — Conseguimos três mil duzentos e noventa nairas ontem.

Eram quase nove da noite quando todos chegaram em casa no dia anterior, a mãe de Ẹniọlá se recusou a contar o dinheiro no escuro. Desde que ela sugerira, já tinham ido duas vezes para a rua. Domingo passado e ontem. Aquele seria o terceiro dia.

— Hoje vai ser melhor do que ontem — disse a mãe, dobrando as notas que acabara de contar. — As pessoas são mais generosas aos domingos. Lembra do domingo passado? Seis mil, quase seis mil no total.

Sua mãe também acreditava que as pessoas eram mais generosas às sextas-feiras. Que, recém-saídas das orações do Jummah, a maioria das pessoas estaria ansiosa para fazer boas ações. Depois de sua primeira saída no domingo, ela sugeriu que todos fossem mendigar em frente à mesquita central na sexta-feira, mas o pai de Ẹniọlá encontrou sua voz perdida e insistiu que as crianças deveriam estar na escola. Quando a mãe não discutiu, Ẹniọlá se perguntou se ela estava simplesmente muito surpresa com o pai soando como se ele se importasse com alguma coisa pela primeira vez em algum tempo. Ẹniọlá presumiu que ela estava na mesquita enquanto ele estava na escola, mas preferiu não perguntar nada. Ele notou lagostins na sopa daquela noite e tentou apreciá-los, sem pensar em como era esbanjador eles comerem tão bem, já que o aluguel não fora todo pago e nem uma naira de suas mensalidades ou de Bùsọ́lá.

— Então, dez mil nairas de depósito para nos manter na escola e vinte cinco mil que faltam para o proprietário. São trinta cinco mil nairas. Menos esses três mil duzentos e noventa, dá trinta e um mil setecentos e dez nairas. Faltam trinta e um mil setecentas e dez nairas — disse Bùsọ́lá, virando uma página e rabiscando em seu caderno. Ela estava decidida a terminar todo o dever de casa antes de sair de casa naquela manhã.

— Não é tanto assim. — A mãe de Ẹniọlá deu o dinheiro que acabara de contar para o marido. — Pagamos cinco mil nairas para o proprietário na sexta-feira.

Embora o pai de Ẹniọlá nunca fosse mendigar com o resto da família, todo o dinheiro que conseguiam era sempre entregue a ele. O homem levou as notas para o proprietário no andar de cima, pagando em prestações e implorando uma prorrogação do ultimato que o proprietário havia lhes dado. Ele ainda não havia concordado com nenhum deles, mas como hoje fazia pouco mais de uma semana desde a visita furiosa, a família presumiu que os pagamentos parciais o haviam apaziguado um pouco. No dia anterior, Bùsọ́lá tinha reclamado que nada estava sendo reservado para as mensalidades escolares.

— Então, vinte e seis mil setecentas e dez nairas — disse Bùsọ́lá.

— Sim. — A mãe de Ẹniọlá estendeu um lenço na cama e alisou os amassados com a palma da mão.

Bùsọ́lá mastigou sua caneta.

— Ou trinta e seis mil setecentas e dez nairas nairas.

— O quê? — disse a mãe.

— Trinta e seis mil setecentas e dez nairas se você quiser pagar nossas mensalidades integralmente. — Bùsọ́lá fechou o caderno. — Se for para sermos generosos.

— Não vamos pagar as mensalidades integralmente. Quem é que paga mensalidades de uma vez?

— Muita gente. Os pais de Nonye, os pais de Tinúọlá, o pai de Rẹ̀mí…

— Eu perguntei alguma coisa? — A mãe de Ẹniọlá pegou o lenço e sacudiu com mais força do que o necessário.

Bùsọlá se levantou do colchão e enfiou o caderno na mochila:

— Mas você disse...

— Já chega!

— Está tudo bem — disse o pai, enfiando o dinheiro no bolso da camisa. — Por favor, não grite com Bùsọlá.

— Vamos fazer isso aos poucos. Pagar os cinquenta por cento que eles pediram primeiro e depois... — A mãe de Ẹniọlá pendurou o lenço no ombro.

— *Óyá*, Ẹniọlá, venha aqui.

Ẹniọlá sentou-se junto do pai na cama e deixou seus braços descansarem ao seu lado. Cada vez que saíam para mendigar, a mãe insistia em prepará-lo para desempenhar seu papel. As placas que usavam tinham sido preparadas por seu pai, que escrevia por que deveriam ter pena deles e seguia com detalhes que Ẹniọlá considerava desnecessários. Não bastava as pessoas pensarem que Ẹniọlá era surdo? Elas precisavam pensar que ele também havia perdido os pais em um incêndio? Ẹniọlá nunca reclamou das placas. Além das cartas de apresentação enviadas para escolas e empresas que nunca responderam, as placas foram as únicas coisas que seu pai escrevera em pelo menos um ano. E embora a mãe de Ẹniọlá tenha dito que eles poderiam continuar usando as do domingo passado, o pai insistiu em escrever novas anteontem. Agora ele espalhava goma líquida no outro lado das que ele se levantara para fazer cedo naquela manhã e as entregava para a mãe de Ẹniọlá. Ela as colou na camiseta de Ẹniọlá. Uma na frente, outra atrás.

Ẹniọlá queria dizer algo para a mãe enquanto ela o preparava. Qualquer coisa que pudesse fazê-la parar de respirar como se estivesse se afogando, ofegante. Ele tentou, mas não conseguiu encontrar as palavras certas. Ela sujou as calças dele de terra e esfregou um pouco de cinzas em seus antebraços até que sua pele parecesse seca e escamosa.

— Tem certeza de que está pronto? — perguntou ela.

— Sim, mãe, eu tô — disse ele, embora soubesse que a pergunta não tinha nada a ver com seus sentimentos. Era mais sobre como ela precisava se sentir sobre obrigá-los a fazer isso. Então ele disse o que ela precisava ouvir. Bùṣọ́lá falaria a verdade com franqueza suficiente para ambos.

— Por favor. Eu te imploro em nome do Senhor. Não fale de jeito nenhum. Está me ouvindo?

— Sim, mãe.

Ele ficou sentado imóvel enquanto ela cobria seu torso com o lenço que pendurara no ombro. Ela o torceu ao redor de seu corpo duas vezes e deu um nó com as pontas sob seu queixo.

— O que eu te falei?

— Eu sei. — Ele se levantou. — Não vou falar nada. — Ele sorriu para ela, porque pensou que isso a faria desfranzir a testa. — Sou surdo e mudo, não consigo dizer nada.

Ela não desfranziu a testa.

— Não faça piada. Olhe como você é alto, se as pessoas te pegarem, não vão ter piedade de você. Pode ser acusado de ladrão ou ritualista. Qualquer coisa pode acontecer.

Ele sabia que deveria ir assim que suas placas fossem cobertas com o lenço, mas depois que pegou uma tigela de plástico branco na cama, parou na porta e observou sua mãe e Bùṣọ́lá se prepararem para começar o dia como uma mulher cega e sua filha.

— Você, menino — disse a mãe de Ẹ̀nìọlá, espalhando amido líquido sobre todo o olho esquerdo fechado. — Vai esperar o sol se pôr para sair?

Ele caminhou rapidamente morro acima, batendo a tigela de plástico na coxa. Seus passos ficaram mais lentos quando ele chegou à primeira esquina da rua.

Nesse cruzamento, havia uma barraca de madeira à sua esquerda, onde uma mulher de cabelos grisalhos fritava *àkàrà*. Ele foi até a barraca, atraído pelo cheiro de cebola fritando em azeite de dendê quente. Ele percebeu que era a primeira leva da mulher naquele dia porque sua grande peneira de metal ainda estava vazia. Ele a observou colocar com uma longa colher de ferro a mistura de uma tigela de plástico no óleo quente. Ẹ̀nìọlá segurou um dos pilares da barraca, deslizou os dedos pela madeira áspera e respirou de boca aberta. Ele quase conseguia sentir o gosto do produto final, a mistura molhadinha de feijão, pimenta e cebola.

— Ei? — disse a mulher. — Você está aqui para comprar?

Ele ergueu os olhos das bolinhas crepitantes. Os olhos da mulher eram duros, como se já soubesse pela forma como sua boca estava aberta que ele não tinha dinheiro no bolso.

— *Óyá* — disse ela, balançando a longa colher em sua direção. — Suma daqui. Está muito cedo para vender fiado. Suma agora mesmo. Não quero azar pro meu lado.

Ẹniọlá fechou a boca e respirou fundo. Ele encheu os pulmões com o cheiro doce que emanava da frigideira antes de seguir em frente. Depois do festim de *ẹ̀bà* e da sopa de *okro* com lagostim na sexta-feira, não houvera comida na noite anterior, apenas duas bananas verdes e água. Pela manhã, as bananas tinham acabado. Ele tentava manter a mente focada em algo diferente enquanto virava em outra rua. Começou a contar os carros e ônibus que passavam por ele, mas perdia a conta porque seu estômago não parava de roncar. Quando chegou a Ijofi, um acidente de moto tinha paralisado o trânsito em frente ao hospital. Por alguns instantes, ele esqueceu a fome ao ver uma mulher, com um turbante amarelo na cabeça de cerca de meio metro de altura, descer do jipe para gritar com o guarda de trânsito, que estava em sua pequena guarita de metal bebendo água.

Ẹniọlá segurou sua tigela de plástico sobre a barriga e serpenteou pelo espaço deixado entre os carros imóveis. Ele teve o cuidado de evitar as motos que passavam zunindo, levando homens de terno e mulheres que seguravam com as duas mãos os enormes turbantes que esvoaçavam ao vento como pássaros ansiosos para voar para longe. Mais adiante na rua, uma mulher abanava a lenha debaixo de uma grande panela de milho. Ao lado da farmácia Jostade, uma grávida sentada ao lado de uma bandeja de frutas descascava laranjas com uma lâmina. Em sua bandeja, fatias de abacaxi e mamão embrulhadas em papel celofane tinham sido dispostas em várias pirâmides. Na esquina seguinte, uma garota colocava arroz em uma folha dobrada em cone e o cobria com ensopado de pimenta frita. Ao passar por ela, ele viu os pedaços de peixe e carne na panela de ensopado. Quando chegou a Ìfòfín, sentia como se houvesse comida esperando em cada esquina para provocá-lo.

Mais de uma vez, ele quis tirar o lenço e tentar a sorte com as mulheres, mas lembrou-se da instrução da mãe; ele não deveria deixar as placas à vista até que chegasse à igreja. E mesmo que seu estômago roncasse e ele começasse a sentir como se houvesse formigas tentando escapar, ele continuou andando. Passou por um prédio do governo local recém-pintado e pelo outdoor do qual o presidente do governo local, no alto de uma estrutura de dois andares, sorria para ele.

Quando virou para Ìlórò, o chão tinha passado de morno para quente, e era como se estivesse andando descalço sobre lenha em brasa. A rua era diferente de todas as outras por onde passara. Já não havia casas de barro aninhadas ao lado de complexos comerciais; já não havia valas e buracos no meio da rua. Até onde sua vista alcançava, a rua era totalmente asfaltada. A maioria das construções pelas quais passava era cercada; algumas das cercas eram tão altas que ele só conseguia ver os telhados das casas atrás delas.

A Catedral de St. Paul ficava no meio da rua. Cinza com janelas verdes e encimada por dois campanários. Sua cerca era mais baixa do que a maioria que ele tinha visto antes, e dava para contar três níveis da catedral erguendo-se acima dela.

Os acordes da música de órgão ficaram mais altos conforme ele se aproximava da catedral. Embora a melodia soasse familiar, ele não conseguiu reconhecê-la. Talvez fosse protestante. Quando estava a cerca de três prédios da igreja, tentou desatar o nó que a mãe dera sob seu queixo, mas ela o apertara tanto que era impossível desamarrá-lo com uma mão. Ele colocou a tigela de plástico entre os joelhos para usar as duas.

Ao se aproximar da igreja, Ẹniọlá viu uma mulher onde ele queria ficar. Ela estava sentada em um banquinho baixo, de costas para ele, o cabelo trançado descendo até o meio das costas. No último domingo, ele tinha ido para a Holy Trinity porque sua mãe disse que gente importante gostava de rezar em catedrais grandes. Ele era o mais novo de três mendigos na entrada naquele dia. Os outros dois eram homens adultos. E agora havia essa mulher. Suas chances piorariam por causa dela? Ele esperava que não houvesse um bebê de colo.

Quando ficou do lado dela, notou a grande tigela de metal aos pés da mulher, estampada com flores e frutas; o tecido combinando que a cobria, no colo da mulher, funcionava também como uma espécie de bandeja. Ela pegou umas nozes torradas da tigela e colocou no tecido, esfregou as nozes para tirar a casca, depois jogou nozes para cima de modo que a casca escura saía voando enquanto as nozes voltavam a cair na bandeja. Ẹniọlá suspirou. Ela não era sua concorrente, mas agora ele tinha que se sentar perto dela enquanto a mulher descascava e embrulhava amendoins em jornais velhos. Diante da cena, as formigas que roíam seu estômago se multiplicaram.

Ẹniọlá se posicionou em frente à vendedora de nozes e estendeu sua tigela para ela. Ele fez sons no fundo de sua garganta até que a mulher ergueu o olhar e sorriu para ele. Encorajado, ele estendeu a tigela para ela, esperando que jogasse um pouco de nozes na tigela em vez de lhe dar dinheiro.

— Acabei de chegar. — Ela balançou a cabeça. — Ainda não ganhei dinheiro.

Ele colocou a tigela de esmola entre o joelho, depois esfregou a barriga com uma das mãos e apontou para a boca com a outra.

A mulher inclinou a cabeça para o lado e estudou seus movimentos. Quando ela falou novamente, suas sobrancelhas estavam franzidas.

— Então você está aqui para zombar das pessoas que Deus criou mesmo dessa maneira? Que tipo de maldade é essa?

Ẹniọlá fez todos os gestos que conseguiu pensar, desesperado para convencê-la de que não estava fingindo.

— Você não me engana, criança. De todas as pessoas? Não, eu não. — Ela o varreu com o olhar e sibilou. — É melhor esperar pelas pessoas da igreja. Eu conheço o seu tipo. Melhor parar de me pedir qualquer coisa, se não quiser problemas. *Rádaràda òṣì*, como se eu não tivesse meus próprios filhos para alimentar.

Embora estivesse envergonhado, Ẹniọlá não parou com seus movimentos agitados de imediato; ele esperou até que ela voltasse ao trabalho e não prestasse mais atenção nele. Então, foi o mais perto que pôde dos portões da igreja. Lá, ele dobrou o lenço da mãe em um quadrado, colocou-o no chão e sentou-se sobre ele.

Enquanto esperava que o culto terminasse, esfregou as mãos no chão repetidamente e as passou no rosto com o que quer que tivesse saído de lá. Sua mãe lhe dissera que quanto mais sujo parecesse, mais pena dele as pessoas sentiriam. Pena significava dinheiro. Ele tentou não pensar no que a vendedora de amendoim havia dito. Aquilo era errado?

Era uma solução temporária. Sua mãe havia dito isso no começo. Assim que tivessem dinheiro suficiente para o aluguel e pudessem relaxar sem se preocupar em dormir na rua, eles parariam.

Ele observou a vendedora preparar outra leva de nozes. De vez em quando, umas voavam e caíam no chão. Será que ela achava que alguém faria isso se tivesse outras opções? Como sabia que ela mesma não estaria fazendo isso daqui a um ano? A mãe dele já tinha vendido nozes. Sua mãe vendeu tudo o que pôde até ficar sem opções. Ẹniọlá examinou o chão, tomando cuidado para desviar do olhar da mulher. Ele não queria problemas. Contou catorze nozes, talvez dez. As últimas quatro poderiam ser apenas pedrinhas.

Ẹniọlá aproximou-se, arrastando o lenço da mãe no chão enquanto avançava. Quando pegou a primeira quis jogá-la na boca na mesma hora, mas decidiu que um bocado poderia aliviar sua fome melhor do que uma noz de cada vez. Ele poderia mastigar por mais tempo antes que perdessem todo o sabor e descessem por sua garganta ou se misturassem com sua saliva. Ele se sentou em sua nova posição, mais longe do portão e mais perto da vendedora. Pegou uma noz depois da outra, parando entre cada uma que apanhava para garantir que a mulher não notava seus movimentos.

A última noz — era seu dia de sorte, eram catorze — estava perto dos pés da mulher. Ele considerou deixá-la para lá e esperar que mais uma caísse no chão, mais perto de onde ele estava sentado. Mas estava com tontura, precisava de alguma coisa no estômago, qualquer coisa, o máximo de nozes possível. Ele se aproximou da mulher, pegando a última com a mesma mão que segurava o que havia apanhado até então.

— Ei, moleque — disse a mulher. — O que você está fazendo?

Ele fez sons sem sentido e escondeu a mão cheia de nozes atrás das costas.

— Não se atreva a tocar na minha mercadoria, menino. Não se atreva!

Ele se levantou e voltou para sua posição anterior. Desta vez, se sentou no chão e colocou o lenço no colo. Escondeu as nozes no lenço e as esfregou para limpar a areia. Quando achou que já estava bom e que estavam limpas, ele as juntou na palma da mão e jogou na boca. Ele girou as nozes pela boca, encharcou-as de saliva, pressionou a língua sobre elas e as chupou. Quando não conseguia pensar em mais nada que pudesse fazer para prolongar o prazer de ter comida na boca, começou a mastigar, orgulhoso de si mesmo porque seus dentes não encontravam um único grão de areia.

Quando os fiéis começaram a sair pelo portão menor da catedral, Ẹniọlá foi ficar no ponto onde imaginou que os carros parariam antes de entrar na rua. O primeiro carro a sair da igreja foi uma limusine branca com três janelas de cada lado. Todas escuras. Ele se aproximou da janela da frente e segurou sua tigela junto dela por um momento antes de passar para a segunda. Quando chegou à terceira, apontou para a placa em seu peito e bateu no vidro com a tigela. Ele tinha aprendido na semana anterior que isso enfurecia a maioria dos donos dos carros, levando-os a desacelerar para gritar insultos. "Seu pai já teve algo assim? Esta janela poderia comprar toda a sua família." Ele também aprendeu que a raiva deles podia se transformar em vergonha se fossem convencidos pela placa em seu peito. E essa vergonha muitas vezes fazia com que abrissem as carteiras. A janela não baixou e, embora ele olhasse fixamente para ela, não conseguia ver o interior do carro. Sem contato visual com os ocupantes, não havia como saber se os havia comovido. O carro branco foi para a rua e acelerou. Ele ficou lá, vendo-o ir. E se todos os homens importantes que rezavam ali fossem à igreja em carros com vidros fumê?

O próximo carro a sair da igreja era idêntico ao primeiro, mas o vidro do motorista estava totalmente abaixado. Quando ele diminuiu a velocidade até parar, Ẹniọlá enfiou sua tigela dentro da janela e apontou para a placa em seu peito. O motorista, que usava uma camiseta branca lisa, zombou antes de se curvar sobre o volante para olhar à esquerda de Ẹniọlá, para a pista. Ẹniọlá se curvou para aproximar o rosto da janela. O motorista olhou para a direita e para a esquerda novamente antes de buzinar para os pedestres que saíam do complexo da igreja para a rua.

— Samson — chamou uma voz feminina de algum lugar no carro.

— Sim, senhora. — O motorista sentou-se ereto.

— Leia a placa daquele menino para mim.

— Senhora, este que estou olhando não é um menino, ele é mais alto do que eu. Já, já está barbudo.

— Samson!

— Tudo bem, senhora. — O motorista olhou para Ẹniọlá antes de apertar os olhos para a placa: "Por favor, me ajude. Sou um órfão surdo e mudo".

Ẹniọlá grunhiu e aproximou seu rosto do de Samson, esperando que quem estivesse no banco de trás o visse.

— Dê a ele o troco desta manhã — disse a voz de trás.

— Sim, senhora. — Samson enfiou a mão no bolso da calça e deixou cair uma nota amassada de duzentas nairas na tigela de Ẹniọlá.

Ẹniọlá abaixou a cabeça em agradecimento e acenou para o carro enquanto ele partia. A rua estava livre quando os próximos carros saíram. A boca de Ẹniọlá ficou seca enquanto os observava se afastarem, deixando-o com uma tigela quase vazia.

Com as mensalidades pagas ou não, Ẹniọlá sabia que os pais insistiriam para que ele fosse à escola no dia seguinte. Só para garantir, diria sua mãe, caso a escola decidisse abrir mão de algumas mensalidades, caso o diretor esquecesse os devedores, caso ele tivesse permissão de concluir algumas aulas antes de ser mandado para casa. Tudo isso lhe parecia possível até o momento em que o sr. Bísádé gritaria seu nome. Poderia ser durante a reunião matinal ou antes do final da primeira aula, mas sempre, sempre, era na frente dos colegas.

Embora uma leve brisa soprasse em seu rosto, o suor escorria pelas costas de Ẹniọlá enquanto os carros passavam zunindo por ele. Se todos os frequentadores da igreja que tivessem carros saíssem antes de ele conseguir dinheiro suficiente, ele só teria como opção pessoas que nem carro tinham pra ir à igreja. Quanto essas pessoas colocariam na sua tigela? Provavelmente simples notas de cinco nairas, sujas, rasgadas, remendadas com fita adesiva. Aquelas moedas que acabaram de ser reintroduzidas, mas que não serviam, porque não dava nem mais para comprar um *bàbá dúdú* por cinquenta kobo ou uma naira. Uma naira era realmente dinheiro se não dava nem para comprar doces? Doze moedas de uma naira foram jogadas em sua tigela no dia anterior, mas nenhum comerciante as aceitou de sua mãe quando ela tentou comprar sal com dez delas. Ẹniọlá agarrou a tigela de esmola. Ele tinha um espaço curto para ganhar dinheiro ali, ou acabaria vagando pelas ruas como no dia anterior. E veja só o que isso tinha dado, moedas inúteis e notas rasgadas.

Ẹniọlá foi até o canto da vendedora de nozes para ficar na sombra projetada pelo portão da igreja. Depois de observá-la por um tempo, ele percebeu que os pedestres não eram os únicos a comprar da mulher; alguns carros também pararam ao lado dela. De vez em quando, os motoristas desciam para pechinchar, mas na maioria das vezes a mulher se levantava e ia até os carros com uma bandeja. Ẹniọlá notou que, quando ela não atendia os clientes rapidamente, uma pequena fila de dois a três carros se formava na esquina.

Esse miniengarrafamento foi uma resposta às orações silenciosas de Ẹniọlá. Ele se aproximou da vendedora de nozes e, sempre que um carro parava, avaliava a situação para uma abertura para abordar seus passageiros. Se o motorista saísse, Ẹniọlá corria para o veículo, grunhindo e apontando para sua placa até que uma janela abrisse e alguém lançasse uma nota em sua tigela. Se quem estava dirigindo ficava no carro, geralmente ele tinha mais tempo para cumprir sua rotina enquanto a vendedora de nozes se esforçava para dar atenção aos pedestres e aos clientes dos carros. Em uma ocasião, ele teve tempo suficiente para toda a encenação: apontar para a placa, grunhir, até chegar à parte em que agia como se estivesse prestes a desmaiar.

Ẹniọlá nunca deixava sua tigela ficar cheia. Assim que tinha cinco notas, enfiava três no bolso. Sua mãe lhe dissera que tigelas mais vazias atraem notas maiores e, embora suspeitasse que ela estivesse errada, continuou a obedecer às suas instruções.

Um Mercedes vermelho estacionou. Enquanto seu motorista seguia em direção à vendedora de nozes, Ẹniọlá estudava o casal no banco de trás do carro. A mulher estava atrás do banco do motorista. Sua cabeça estava abaixada e a maior parte de seu rosto escondido por um chapéu roxo de abas largas. O homem, que Ẹniọlá presumiu ser seu marido, inclinava a cabeça para um lado e para o outro, puxando uma gravata-borboleta que combinava com o chapéu da mulher. Ẹniọlá decidiu se concentrar em chamar a atenção do homem, já que a mulher parecia muito focada no que quer que estivesse olhando no celular. Ele correu para a janela do homem e quase sorriu quando foi aberta depois de apenas duas batidas.

— ...e é assim que você sabe que não pode comprar linhagem. Com todo o dinheiro que ele roubou em Abuja, acha que é apropriado trazer isso à tona de novo na igreja? Na igreja?! — O homem enfiou a mão no bolso e tirou a carteira. — Que besteira.

— Me deixe terminar... — murmurou a mulher. — Vou só enviar essa mensagem.

O homem abriu a carteira.

— Eu acho que ele está bem atrás de nós. Honorável? Honorável é o caralho.

— Ainda estamos na igreja. — A mulher olhou para o marido por um momento. Sua voz era clara e cortante.

— Você tem trocado? — perguntou o homem.

— Rá-rá, acho que não. — Ela voltou a olhar para o celular, deslizou o polegar pela tela e apertou a boca em um círculo.

Observando uma cicatriz vertical que cortava a sobrancelha esquerda grisalha do homem até chegar à sua pálpebra, Ẹniọlá tentou em vão chamar sua atenção. O homem fechou a carteira e colocou-a ao seu lado. Quando ele apertou o botão, Ẹniọlá se inclinou para o carro e colocou a palma da mão em cima do vidro que subia. Ele grunhiu e apontou para o peito. Mas o homem apenas deu de ombros e manteve o dedo no botão até que Ẹniọlá deitou a cabeça em direção ao ombro.

O homem cutucou a esposa.

— Tem certeza de que não tem trocado?

A mulher ergueu o rosto e Ẹniọlá achou que fosse desmaiar enquanto ela piscava para ele. Quando seus olhares se encontraram, ele viu a centelha de reconhecimento nos dela. Engoliu em seco e apertou a tigela contra o peito. Era Yèyé.

— Vamos perguntar... — Ela apontou para o motorista, que agora estava voltando para seu assento.

O homem no banco de trás esfregou a testa com a cicatriz.

— Não entendo por que você não pode comer nozes embaladas como uma pessoa normal.

— *Ògá*, assim é melhor — disse o motorista, empilhando os papelotes de nozes no banco ao lado.

— Você tem algum trocado? — perguntou Yèyé ao motorista sem desviar o olhar do rosto de Ẹniọlá.

Ẹniọlá podia sentir as entranhas tremendo. Ele estava acabado. Morto. Ele queria correr. Por que suas pernas não estavam funcionando?

O motorista esticou o pescoço para olhar para Ẹniọlá e começou a rir.

— É pra este menino que você quer dar dinheiro? Este aqui? Este tá fingindo.

O suor escorria pelas costas de Ẹniọlá. O motorista logo gritaria seu nome e diria a todos que ele era um farsante. Ou Yèyé o faria primeiro. De qualquer modo, não fazia sentido correr agora. Eles iriam pegá-lo, se não ali no meio da rua, na loja da tia Caro.

— E como você sabe? — perguntou o marido de Yèyé.

— Eu o conheço muito bem. Yèyé, você não se lembra do...

— Eu perguntei se você tem trocado. — Yèyé estalou os dedos. — Pedi para você contar alguma história?

— Desculpe, senhora, tenho, sim.

O motorista passou duas notas de cinquenta nairas para o banco de trás.

Yèyé pegou as notas, inclinou-se sobre o marido e jogou-as na tigela de Ẹniọlá. Então tirou o chapéu e olhou para Ẹniọlá até que a janela voltasse a subir e o carro arrancasse.

14

Àrò meta. Ouro, incenso e mirra. Os três desejos da Cinderela... Bùsọlá poderia continuar. E daí se Tèmi revirava os olhos? Bùsọlá sabia o que ela sabia. O número três sempre significou alguma coisa. Sempre. Ela tinha certeza.

Quando Bùsọlá estava no início do Ensino Fundamental, sua mãe e Ẹniọlá riram dela porque se recusou a sair do quarto por um dia inteiro depois de encontrar três pintinhos no corredor. "Quem te disse essa bobagem?", perguntara seu pai, lábios curvados para cima em um sorriso tão raro quanto o divertimento em sua voz. Após esse incidente, Bùsọlá começou a fingir que não prestava mais atenção ao número três.

— Mas por quê? Você vai ser a terceira. Sunday vai ler depois de você — disse Tèmi, arrumando um botão no avental.

Bùsọlá balançou a cabeça e olhou para Sunday, que estava ao lado dela e tamborilava com os dedos na carteira de Tèmi.

Tèmi inclinou-se para a frente na cadeira.

— Mas você chegou antes de Sunday.

— Deixa ele ler primeiro.

Dois era só coincidência. Mas três? Três vezes? Embora Bùsọlá nunca tivesse certeza se era bom ou ruim, ela sabia que era sempre um presságio.

Tèmi deu de ombros e deitou a cabeça na carteira.

— Quero dormir antes do intervalo.

Bùsọlá foi até o fundo da sala, onde sua carteira ficava do lado da de Zainab.

— A Tèmi nem guardou o livro para mim. — Bùsọlá virou-se para Zainab enquanto se sentava em sua cadeira. — Ela deu para Kànmí. Você acredita? Não sou eu que sou amiga dela, hein?

— Talvez Kànmí tenha pedido antes — disse Zainab.

— Não pediu. Mas mesmo se tivesse, e daí? Eu sou amiga de Tèmi, então não deveria ser a primeira a ler o livro? Ela sabe que sou rápida. Eu não sou sempre a primeira a terminar os livros? Tèmi está dizendo que se eu não estiver por perto por um minuto ela não pode guardar um livro pra mim, é isso?

Zainab passou o braço em volta de Bùsọ́lá e apertou seu ombro.

— Por que você não diz a ela como se sente?

— Só porque eu estava... Porque eu não estava... Porque... — Bùsọ́lá fechou os olhos para segurar as lágrimas que a ameaçavam toda a manhã e respirou fundo. Ela não podia chorar na aula, especialmente durante o intervalo, quando alguém poderia chamá-la de bebê chorão e o apelido ficaria para sempre. Ela iria desenhar. Isso sempre a acalmava. Ela se desvencilhou da mão de Zainab e pegou seu bloco da pilha de cadernos na carteira.

Hian. A farsa. Quarta da fila. Não a primeira como de costume, ou mesmo segunda. Quarta. *Hian*. Ela folheou o bloco até chegar à seção em que escrevia algumas novas palavras com que tinha se deparado recentemente. Ela passou o dedo pela página e parou em "farsa". Havia dois-pontos após a palavra, mas ainda não estava seguido por um significado. Ela precisava de um dicionário. O *Oxford Advanced Learner's* ou o *Longman*. Era o primeiro item da lista de livros que dera para seu pai depois de passar no exame de admissão, mas os pais não tinham comprado nem um dicionário de bolso comum, e ela estava quase na metade do Ensino Médio. Ela virou uma página do bloco. Mesmo que não conseguisse se lembrar exatamente o que a palavra significava, ainda era uma farsa *Hian* ser a quarta a ler *Death Is a Woman*. Depois de Kànmí, Mojeed e agora Sunday. E tudo porque ela não tinha pagado as mensalidades e decidiu se esconder na floresta para que o sr. Bísádé não a encontrasse.

Bùsọ́lá e Tèmi eram suas colegas de classe desde o Ensino Fundamental e tinham até se sentado juntas do terceiro ao quinto ano. Elas já deviam ser melhores amigas a essa altura, mas quando Zainab perguntou a Tèmi quem era sua melhor amiga quando iam para a aula da reunião matinal na semana passada, Tèmi olhou para Bùsọ́lá antes de dizer: *Jesus*. Tèmi era uma mentirosa e trapaceira que às vezes dava cotoveladas em Bùsọ́lá sem motivo algum, mas nada disso importava, porque o pai de Tèmi vendia livros de segunda mão para estudantes da faculdade de Pedagogia e ela tinha muitos livros legais de histórias e romances por conta disso. Bastava escolher: tinha livros de Ladybird, de Enid Blyton, a série dos Pacesetter, Dickens para crianças, uma série de escritores africanos. Tèmi até afirmou que havia um estoque de Mills & Boon que ela havia lido, e só começaria a levar para a escola quando estivessem nos últimos anos, mas era provavelmente mentira. Bùsọ́lá sabia que Tèmi não gostava de livros. Foi ela quem leu *Ladybird Tales* em voz alta para Tèmi, para que ela pudesse contar as histórias para os pais e provar que estava de fato lendo os livros que o pai lhe dava.

Desde o Ensino Fundamental, Tèmi aparecia com um novo livro de segunda mão toda segunda-feira. Logo após a reunião matinal, ela o balançava no ar enquanto os colegas interessados corriam para sua carteira. Congregados respondendo a um chamado para a adoração. Bùsọ́lá era sempre a primeira a escolher uma leitura. Ela costumava voltar caminhando da reunião matinal com Tèmi e esperava na carteira da amiga enquanto ela abria a mochila para pegar o livro.

Uma boa amiga teria reservado a leitura de Bùsọ́lá, embora ela não tivesse comparecido à reunião matinal. Uma boa amiga teria guardado *Death Is a Woman* até Bùsọ́lá voltar escondida para a aula. Especialmente porque era um livro Pacesetter, que todos iam querer ler. Ninguém estivera tão interessado em *The Beautyful Ones Are Not Yet Born* duas semanas atrás, ou em *Grandes esperanças* no semestre anterior. Mas traga um Pacesetter e de repente todos são grandes leitores. Agora aquela estúpida da Kànmí, que às vezes ria de Tèmi por causa de suas pernas arqueadas, estava aproveitando o livro, enquanto Bùsọ́lá não tinha nada para ler nos próximos dias, a não ser o próprio bloco. Era isso ou *Sugar Girl*, o único livro que ela tinha que não era didático.

Bùsọ́lá havia lido *Sugar Girl* tantas vezes que tinha certeza de que poderia reconhecer Ralia, a própria garota doce, em uma multidão, se ela saísse das páginas. Ela sabia, por exemplo, que Ralia seria uma boa amiga se estivessem na mesma classe. Ralia, com todas as suas angústias teria entendido que hoje, de todos os dias possíveis, depois de se esconder por horas para não ser mandada de volta para casa como os outros devedores, Bùsọ́lá não queria apenas ler alguma coisa, ela *precisava* ter um livro em mãos.

Angústia. Bùsọlá procurou em seu bloco até encontrar a palavra. Ela havia escrito um significado duas semanas atrás. Sim, como Ralia, ela também estava angustiando ou tinha angústia. Qual era a forma correta? Ela deveria perguntar a Hakeem se o visse quando estivesse voltando para casa. Às vezes, ele voltava a pé com Bùsọlá e Ẹniọlá. Hakeem sempre ficava feliz em emprestar seu dicionário para ela procurar palavras. Ele nunca reclamou do tempo que esperava na frente da casa de Bùsọlá, enquanto ela copiava os significados. Ele entenderia por que ela estava tão chateada por causa do livro. Seu próprio irmão só dizia para ela esperar sua vez como uma pessoa normal, como se querer algo para ler imediatamente fosse estranho. Mas Hakeem? Hakeem a entendia e geralmente sabia todas as palavras que ela estava aprendendo. De vez em quando, ela lhe mostrava seu bloco para ele confirmar se os exemplos que ela inventava eram os usos corretos das novas palavras que aprendera. Mas, embora tivesse quase certeza de que ele não iria rir de seus desenhos, ela mostrava a ele apenas a seção de palavras de seu bloco. Ela nunca mostrou a ninguém as seções de plantas ou animais.

A mãe de Bùsọlá havia dado a ela dois blocos de anotações no início do semestre. Ela usava o primeiro conforme a instrução da mãe, para fazer anotações sempre que estava estudando, mas guardava o outro para uso pessoal. Ela desenhou uma caveira na capa e escreveu abaixo APENAS PARA BÙSỌLÁ - NÃO ABRIR. A primeira seção era dedicada aos arbustos, árvores e frutas que ela encontrava na floresta ao lado da escola. Bùsọlá sabia que seus pais achavam que ir para uma escola cercada por mata fechada a assustaria, mas ela não se importava. Se ao menos eles a ouvissem e parassem de dizer a Ẹniọlá para segui-la até lá e só depois seguir para o seu prédio. Ele nunca dizia nada, mas ela percebia pelo modo como ele avançava, tão rápido que seus pés mal tocavam o chão, que Ẹniọlá tinha medo de passar por aquele pequeno matagal que separava a escola antiga da nova. Alguns de seus colegas também tinham medo, mas muitos deles, como Tèmi e Zainab, gostavam de explorar a mata atrás de frutas. Até então, haviam achado uma laranjeira, várias mangueiras, uma goiabeira e mais recentemente dois pés de *àgbálùmọ̀*. Bùsọlá escreveu sobre todos eles em seu bloco. Descreveu a altura das árvores, depois o formato de suas folhas, antes de se deliciar com o sabor das primeiras frutas que colheu delas. Ela visitava as árvores até quando não tinham frutos e as estudava, anotando suas observações pela luz que se filtrava pelos galhos. Enquanto suas amigas sempre tivessem cuidado de prestar atenção nos pontos de referência — árvores com depressões estranhas nas laterais, trechos de terra cobertos com frutas podres e moscas zumbindo — antes de se afastarem demais da clareira que marcava o início da escola, Bùsọ́lá queria vagar sem parar na floresta. Suas profundezas desconhecidas não a aterrorizavam; chamavam por ela. Tudo o que ela já tinha visto, o constante chilrear e farfalhar, a mistura de umidade, amadurecimento, podridão e verdor que ela respirava quando estava cercada por árvores, prometia ainda mais maravilhas a serem descobertas.

Naquela manhã, quando sua mãe insistiu para que ela fosse para a escola, embora nenhuma naira de suas mensalidades tivesse sido paga, Bùsọ́lá foi direto para o mato, depois de dizer a Tèmi e Zainab onde estaria. Pela primeira vez, ela não vagou. Sentou-se nas raízes expostas de uma árvore cujo nome não sabia e esperou as horas se arrastarem, cada uma parecendo uma década.

Talvez ela se sentisse melhor se a cobra manchada de amarelo passasse. Ela esperava que sim, embora soubesse que provavelmente nunca mais veria aquela em particular. A cobra manchada de amarelo era especial; ela a fizera decidir no semestre anterior que queria se tornar alguém que passaria a vida vagando pelas florestas e fazendo anotações sobre o que via.

Mais tarde, Hakeem disse que tudo o que ela precisava fazer era estudar silvicultura na universidade e o resto seria fácil. Ele a ajudou a dar um nome ao que ela queria quando lhe contou sobre isso, mas aquele desejo começou com a cobra. No dia em que Bùsọ́lá viu a cobra manchada de amarelo, Tèmi disse algo durante o intervalo que a fez querer chorar. Ela tinha fugido para a floresta. Longe do parquinho, onde Tèmi e outras garotas brincavam, depois do lugar onde os garotos faziam xixi no capim na beira da floresta, e depois ainda mais adiante até que a folhagem alta só permitisse que a luz do sol passasse em filetes finos. Bùsọ́lá estava se aproximando de uma mangueira quando viu a cobra enrolada em outra árvore.

Ela ficou parada e respirou o mais silenciosamente que pôde, observando a cobra subir pelo tronco e desaparecer pelos galhos. Ela contou as cores de sua pele brilhante. Verde, preto e aquele tom brilhante de amarelo que nunca tinha visto em nenhum outro lugar.

Depois da escola, ela perguntou a Hakeem como se chamava a pessoa que estudava florestas e, quando chegou em casa, disse ao pai que queria estudar silvicultura. Foi uma das poucas vezes que ela ouviu a voz de seu pai crescer e virar um grito. Ele ficou acima dela e gritou que ela seria médica ou engenheira, declarando que não desperdiçaria a vida como ele havia desperdiçado. Enquanto sua mãe implorava a ele para parar de gritar, Bùsọ́lá saiu da sala. Ela foi se sentar na frente da casa, desejando poder visitar Hakeem, mas certa de que não teria permissão porque ele era menino. Ela já tinha seios, embora estivesse prestes a fazer treze anos. Mínimos, mas ainda assim seios. Que apareciam através da blusa e ficavam doloridos se ela batesse em alguma coisa. Sua mãe havia iniciado a campanha "pare de brincar com os meninos" quando os notou. Hakeem teria sido capaz de responder à pergunta que seu pai havia gritado para ela. Ele teria dado a ela a resposta para "Quem vai te dar emprego"?

O pai estava errado. Ela não tinha certeza do que ele havia estudado, mas definitivamente não era silvicultura. Então, o que ele sabia sobre isso? Como alguém com olhos poderia pensar que estar na floresta seria um desperdício de vida? O próprio chão que ela pisava ali era diferente, em constante movimento. Vivo com vermes serpeantes, raízes retorcidas grossas como inhames e gavinhas empurrando a terra em direção à luz. Seu pai era um homem estranho e calado. Sua mãe e Ẹniọlá afirmavam que ele já tinha sido muito diferente, mas cada vez mais Bùsọ́lá achava difícil acreditar neles.

É claro que a cobra não apareceu naquela manhã enquanto Bùsọ́lá esperava a reunião matinal e o primeiro horário acabarem, mas ela viu um esquilo que a fez rir. Ela abriu o bloco no meio, onde seus desenhos eram espremidos para não ficar sem espaço muito rápido. Depois de mordiscar a tampa da caneta por um tempo, ela começou a desenhar o esquilo que tinha visto naquela manhã enquanto se escondia. Eles se olharam por apenas um momento antes de ele desaparecer atrás de um arbusto, mas Bùsọ́lá se lembrava de como um pedaço de capim estava grudado em seu queixo, descendo como um cavanhaque. Foi isso que a fez cair na gargalhada, anunciando sua presença e assustando o esquilo. Quando Zainab foi buscá-la depois das duas primeiras lições, ela encontrou Bùsọ́lá aninhada contra o tronco da árvore, com o bloco no joelho, tentando recriar a cauda do esquilo na página.

Zainab riu durante todo o caminho de volta para a sala de aula quando percebeu que Bùsọ́lá estava tentando desenhar o rabo de um esquilo. Os desenhos de Bùsọ́lá eram terríveis. Suas galinhas pareciam mosquitos, seus esquilos, ratos. Isso não a impedia de desenhar diariamente. Desenhar a acalmava e mantinha seus pensamentos longe de coisas que a perturbavam. E daí se Zainab ria sempre que vislumbrava aquela página do seu bloco? Agora, se ela pudesse se concentrar no esquilo que vira pela manhã e fazer traços no papel que a lembrassem seu cavanhaque de grama, ela estaria bem. Só que ela não conseguia se concentrar. Tèmi sempre foi um pouco má, mas estava agindo como se elas não fossem realmente amigas havia umas duas semanas. Zainab havia feito aquela pergunta de melhor amiga um dia depois da primeira vez que Bùsọ́lá guiou a mãe enquanto ela fingia ser cega. Elas tinham ido à rotatória e parado perto do Union Bank. Talvez Tèmi as tivesse visto de alguma forma? Talvez ela tivesse reconhecido Bùsọ́lá, apesar da cobertura de cabeça improvisada que sua mãe a forçara a usar?

Bùsọ́lá fechou o bloco com força e se levantou. Kànmí se sentava duas fileiras à frente dela, e porque ele era muito baixo e erguia os livros enquanto lia, ela conseguia ver, se esticasse o pescoço, onde ele já tinha chegado. Ele estava na página nove. Página nove! Bùsọ́lá afundou no seu assento. Desde cedo e ainda na página nove.

Tèmi disse que lhe dera o livro logo após a reunião matinal. Isso foi antes da primeira aula; agora eles estavam na metade do quarto horário, que às segundas-feiras era livre, e ele ainda não havia passado da página nove. Ela estaria na página vinte e cinco antes do fim da segunda aula. Há muito tinha aperfeiçoado a arte de ler romances durante as aulas sem ser pega. Se ao menos seus pais tivessem pagado suas mensalidades e ela não precisasse se esconder dos professores que tinham dado aula nos dois primeiros horários.

Bùsọ́lá sentiu alguém puxar sua blusa.

— Eu disse, aquela não é sua mãe? — Zainab apontava para a porta.

Bùsọ́lá olhou para a porta, certa de que Zainab estava enganado. Era sua mãe, parada na soleira, espiando a turma, ainda procurando Bùsọ́lá.

Por um momento, Bùsọ́lá pensou que seu pai havia morrido. O pai dela muitas vezes parecia um pouco surpreso e decepcionado por ter acordado. Mais de uma vez, ela se perguntou se ele passava tanto tempo na cama porque esperava dormir para sempre. Ela fechou os olhos e tentou ver como o quarto que sua família chamava de lar estivera naquela manhã. Onde o pai estava quando ela saíra para a escola? Estava acordado? Ela tentou, mas não conseguiu vê-lo no quarto, dormindo ou acordado. Uma imagem da cama vazia dos pais girava e girava em sua mente, até que ela se lembrou de que quando o pai de Mojeed morreu no ano anterior, sua irmã mais velha apareceu de repente na sala de aula e interrompeu a aula de matemática para contar a ele e levá-lo para casa. Bùsọ́lá escondeu seu bloco sob outros cadernos e foi em direção à porta.

A mãe de Bùsọ́lá estava com um pé na sala de aula e o outro fora. Ela não pisava ali desde que fora com Bùsọ́lá em seu primeiro dia de Ensino Médio. Nesse dia, ela também ficou na soleira, pairando enquanto estudava a sala de aula, sem dizer nada depois de perguntar a um professor quando as portas e janelas seriam instaladas. Em breve, dissera o professor, muito em breve.

— Eles não consertaram as portas e as janelas de vocês. — A mãe de Bùsọ́lá colocou um braço em volta dela e puxou-a para perto, levando-a para o corredor que ia de uma ponta à outra do bloco de salas de aula.

Bùsọ́lá deu de ombros.

— Está tudo bem em casa?

— Espero que você sempre dê uma olhada na carteira antes de se sentar de manhã.

— Sim, mãe. *Bàami ńkọ́*?

— Você olha depois de todos os intervalos?

— Sim, mãe. Eu olho o tempo todo. *Bàami ńkọ́*? Ele tá bem?

— Seu pai está bem. Está com dor nas costas hoje, então não pode sair, mas está bem. Por que você está perguntando isso?

— Por que você está aqui?

— Eu vim... — A mãe de Bùsọ́lá desceu a bolsa para o braço e remexeu nela. Ela pegou um papel dobrado e entregou para Bùsọ́lá.

— Eu vim acertar as suas contas.

Bùsọ́lá segurou o papel, esticando as dobras com o dedo indicador. Sete mil nairas pagas. Mais do que suficiente para ela ficar na escola agora. Ela lançou os braços em volta da mãe e a abraçou com força. Restavam apenas três mil nairas para que todas as taxas fossem quitadas.

— Obrigada, *Mọọmi*, muito obrigada.

— Não precisa chorar. Seque seus olhos.

Bùsọ́lá encostou nas bochechas e descobriu que elas estavam molhadas. Ela não sabia que estava chorando.

— *Óya*, onde fica a secretaria?

A sra. Rufai, que dava aula de Administração e também cuidava das mensalidades da escola, não ficava na secretaria. Ela dividia uma sala com dez outros professores do outro lado do bloco de salas de aula. A sala dos professores era o único espaço na nova escola que tinha portas e venezianas de madeira. Ambas estavam sempre abertas, a porta presa com um bloco de concreto quebrado para que não se fechasse.

A mãe de Bùsọ́lá disse *hin káàsán* a todos os professores pelos quais elas passaram para chegar até a mesa da sra. Rufai. Alguns responderam com palavras ou grunhidos, mas a maioria das respostas fora abafada pelo som de quase uma dúzia de leques de mão batendo, uma tentativa vã de aliviar o calor na sala estreita.

A sra. Rufai estava se abanando com a contracapa rasgada de um caderno quando Bùsọ́lá e a mãe pararam em frente à mesa dela.

— Boa tarde, senhora — disse Bùsọ́lá, estendendo o cheque à mulher.

Rufai pegou o papel e olhou para ele por um momento, antes de olhar para a mãe de Bùsọ́lá com um leve sorriso.

— Não é o pagamento total.

— Boa tarde, senhora. Então faltam só três mil para Bùsọ́lá?

— Isso. — A sra. Rufai pegou um caderno de Ensino Superior da ponta de sua mesa e o abriu em uma página tabulada.

— O pai dela disse que eu deveria perguntar quando precisamos pagar esse valor.

— Uhum. — A sra. Rufai escreveu o nome de Bùsọ́lá no caderno e anotou "7.000" ao lado, entre parênteses. Ela ergueu o olhar quando terminou e franziu as sobrancelhas como se estivesse surpresa ao ver que ainda estavam lá.

— A minha mãe disse...

— Ah, ok, sim. Que ela continue vindo até as provas começarem. Mas se vocês não tiverem concluído o pagamento até lá, ela não fará as provas.

— Tudo bem, obrigada, senhora — disse a mãe de Bùsọ́lá, e se virou para sair.

— Espera, espera. — A sra. Rufai bateu a caneta na mesa. — Não tem outro quase terminando o Ensino Médio?

A mãe de Bùsọ́lá não parou de andar.

— Não vai pagar nada do dele? Divido o valor entre os dois? — bradava a sra. Rufai.

A mãe de Bùsọ́lá apertou o passo e não parou de andar até ter duas salas de aula entre ela e a sala dos professores.

— Ela estava perguntando sobre as mensalidades de Ẹniọlá — disse Bùsọ́lá quando a mãe parou.

— Quero ir ao mercado, mas já devo ter voltado quando você chegar da escola. Se não tiver, veja se tem *gaàrí* no armário.

— Você vai lá para... — Bùsọ́lá não conseguiu dizer "mendigar" em voz alta. Mesmo quando a mãe levantou uma sobrancelha grisalha, Bùsọ́lá esperou em silêncio até que os olhos da mãe se iluminassem, por ter entendido.

— Ah, não, hoje, não.

— Você já deu o cheque pra Ẹniọlá, *àbí*? — perguntou Bùsọ́lá.

— Onde eu arranjaria tanto dinheiro? Eu paguei suas mensalidades por enquanto. Vou cuidar das do Ẹniọlá depois.

Bùsólá observou sua mãe tirar fiapos invisíveis do vestido e percebeu que algo estava errado. A mãe olhava as pessoas nos olhos enquanto falava; ela só desviava o olhar quando estava chateada ou mentindo.

— Mas por que você não divide o dinheiro entre nós dois? Você ainda pode dizer para a sra. Rufai, ela estava perguntando se você queria que ela fizesse isso quando...

— Se eu fizer isso, não vai ser suficiente para manter vocês dois na escola.

— Isso não faz sentido, a gente tinha...

— O quê? Sou eu que não estou fazendo sentido? Obrigada, Bùsólá. Sabe, essa sua sugestão não me ocorreu de jeito nenhum, de jeito nenhum. Tenho juntado dinheiro para poder pagar as suas mensalidades e as do Ẹniọlá. Mas não, não me ocorreu que o dinheiro pudesse ser dividido entre vocês dois, hein? Eu estava esperando você me dizer isso. Muito obrigada. O que eu faria sem sua sabedoria?

Bùsólá coçou a cabeça.

— Desculpa, mãe. Eu só perguntei porque, como a gente tinha umas nove mil nairas ontem, talvez você pudesse ter esperado um pouco antes de pagar, então o dinheiro daria meio a meio. Achei que esse era o plano.

— Já demos dois mil ao proprietário.

— Não sobrou nada para o Ẹniọlá?

— Fale baixo. Onde teríamos dormido esta noite se não tivéssemos dado mais dinheiro ao proprietário hoje de manhã? — Ela apontou para a sala de aula de Bùsólá. — No chão deste prédio inacabado?

— Mas não é justo pagar só as minhas mensalidades.

A mãe de Bùsólá suspirou.

— *Wo*, nós tivemos que dar algo ao proprietário. Não se preocupe, logo vamos cuidar das mensalidades do Ẹniọlá.

— Você está dizendo que vou ficar na escola e ele vai ser mandado para casa?

— Volte para sua aula e pare de me questionar. — Ela acenou para Bùsólá em direção à sala de aula. — Como se você tivesse dinheiro para me dar para a mensalidade do seu irmão.

Bùṣọ́lá cruzou os braços e ficou no caminho da mãe. Se ela dissesse isso em voz alta, seria acusada de desrespeito, mas a verdade é que todos eles mendigaram e juntaram dinheiro. Todos não deveriam ter uma palavra sobre como seria gasto? Ẹniọlá tinha ido sozinho enquanto elas iam mendigar juntas. Sozinho, ele voltou com quase duas mil nairas naquele domingo. Agora seus pais não iam direcionar dinheiro algum para as suas mensalidades? Ẹniọlá, que tinha sugerido que ela se escondesse de manhã para poder ir a algumas aulas à tarde antes de sair da escola. Seu irmão alto e pesado, que quase ninguém chamava de Ẹniọlá na escola. Ele era o Federal em um dia bom ou *agùnmáníyè* quando seus colegas queriam dar risadas extras. Ela pensou muito sobre o segundo apelido depois de ouvi-lo. Ẹniọlá não podia fazer nada sobre ser o menino mais alto de sua classe. E por que, por que ele não pareceria estúpido para os colegas, quando costumava passar de duas semanas a um mês em casa durante um período letivo porque os pais não podiam pagar suas mensalidades até depois do meio do semestre?

— Não é justo.

— Eu disse que logo vamos pagar.

— Logo é nunca, me diz quando. Semana que vem? Amanhã? Este fim de semana? Vocês vão esperar até depois do meio do semestre de novo? A gente já vai ter feito a primeira prova.

— Não sei, Olubùṣọ́lá, me deixe passar, tenho outras coisas para fazer hoje.

— Você sabe que eles batem mais nele do que em mim por causa da mensalidade? Os alunos do último ano recebem mais açoitadas. Foi o próprio sr. Bísádé que disse. Eles devem ter batido nele de novo hoje de manhã, sabia? Ele não tem lugar nenhum para se esconder lá, e vocês o fizeram ir para a escola hoje.

— Logo vamos pagar.

— Quando? Quando você vai pagar? O sr. Bísádé só me açoitou assim em dois semestres e eu já não aguento mais. O Ẹniọlá passa por isso há anos. Anos, e você não quer fazer nada a respeito. — Bùṣọ́lá apontou o dedo para o rosto da mãe. — Você viu as costas dele na semana passada? Você quer que eles façam isso com ele de novo, *àbí*? Vocês vão fazer ele vir aqui amanhã outra vez...

— Tudo bem, ele não vem mais para esta escola, ouviu? Ninguém vai obrigar ele a vir. Ele vai para outro lugar. As escolas públicas são gratuitas, não precisamos nos preocupar com mensalidade. Está feliz agora?

Com isso, a mãe de Bùsọ́lá passou rápido por ela e foi embora.

15

Ẹniọlá ouviu gritos agudos da turma ao lado da dele e pensou em ir embora. Apesar do que sua mãe havia dito, não havia razão para ele ficar na cadeira como um idiota, esperando que o sr. Bísádé entrasse em sua classe e batesse nele também. Ele suportara os castigos nas semanas anteriores sabendo que ainda teria permissão para continuar nas aulas. Hoje, o açoitamento seria seguido por uma ordem para ir embora da escola. Se ele não fosse rápido o suficiente para o diretor, o homem o perseguiria pela sala, batendo nele sempre que estivesse ao alcance de sua bengala ou de seu chicote. Eles dariam voltas e mais voltas até que Ẹniọlá finalmente conseguisse juntar suas coisas e encontrasse a saída. Fazer qualquer uma dessas coisas era sempre complicado, pois suas mãos estariam ocupadas esfregando a pele machucada, ensanguentada. Além disso, sua incapacidade de prever onde o próximo golpe acertaria tornava ainda mais difícil segurar o choro. Até as paredes pareciam portas quando sua visão ficava embaçada pelas lágrimas. Ele já chegara a perder a mochila duas vezes enquanto ziguezagueava do chicote do sr. Bísádé antes de sair correndo sem ela.

No meio de seu primeiro semestre na Glorious Destiny, Ẹniọlá se recusou a ir à escola na segunda-feira que o sr. Bísádé ameaçou começar a açoitar as pessoas. Seu pai estava em Ìbàdàn para uma entrevista de emprego naquela manhã, mas quando voltou dias depois, se ajoelhou diante de Ẹniọlá e implorou para que ele voltasse para a escola e ficasse na aula até o minuto em que fosse convidado a sair. "Cada gota de conhecimento conta", dissera ele, pressionando a testa contra a de Ẹniọlá ao falar. "As cicatrizes vão desaparecer, mas o que você aprende é seu para a vida toda. Ninguém pode tirar os diplomas de você."

Nesta manhã, o pai não levantara da cama quando Ẹniọlá saiu para a escola com Bùsọ́lá. Ele ainda acreditava no que havia dito naquela época, quando ainda falava por meio de frases em vez de grunhidos e monossílabas? E se ele não acreditasse e o sofrimento de Ẹniọlá não significasse nada para o homem que ele esperava agradar e fazer feliz? Ẹniọlá tampou a caneta, fechou o caderno de geografia e guardou os dois na bolsa. Sua sala tinha apenas uma saída e ficava ao lado do quadro. Não havia como sair sem chamar a atenção da sra. Isong, que copiava um aviso.

Durante todas as primeiras aulas do dia dos últimos anos, ele repetiu silenciosamente as palavras do pai enquanto o sempre perverso sr. Bísádé o golpeava com o chicote, a bengala ou o cinto até ele deixar a propriedade da escola. Em seu primeiro semestre no Ensino Médio, ele já tinha substituído o som da voz do pai por uma cena de seu futuro. Neste futuro, ele é um engenheiro, médico ou político que pode se dar ao luxo de dirigir um Mercedes-Benz novo. Não novo de segunda mão, novinho em folha, do ano. Mais importante, ele é casado com uma mulher que poderia ser gêmea de Fúnkẹ Akíndélé. Um dia, com a esposa ao lado e os dois filhos no banco de trás, enquanto chovia tanto que as pessoas se perguntariam se o céu desabaria com o peso da água, ele passaria pelo sr. Bísádé sem parar para lhe oferecer uma carona. Ele passaria por ele acelerando, embora seus olhos se encontrassem e o sr. Bísádé estivesse acenando para ele, implorando por ajuda. Em dias como esse, ele costumava manter em mente aquela imagem do sr. Bísádé implorando enquanto esperava que ele entrasse na sala, a esperança de vingança tornando o terror da expectativa do que estava prestes a acontecer mais suportável. Mas não estava funcionando agora. Não com os grunhidos da sala ao lado se transformando em berros. Provavelmente também não funcionaria quando ele estivesse sendo açoitado pelo diretor. Uma sósia de Fúnkẹ Akíndélé? Que mulher tão bonita quanto Fúnkẹ iria querer ficar com alguém que já mendigara nas ruas? Ẹniọlá pegou sua bolsa e seguiu para a porta. A sra. Isong chamou seu nome quando ele saiu da sala, mas ele a ignorou e começou a correr assim que chegou ao corredor.

Ele tinha duas opções. Ir para casa ou para a oficina de costura da tia Caro. A noite toda ele se perguntara como explicaria seu encontro com Yèyé para tia Caro se a mulher decidisse denunciá-lo. Yèyé o reconhecera. Ele estava certo disso. O motorista dela também, e quem sabe se iriam denunciá-lo a tia Caro para que ela soubesse que ele era um impostor? Provavelmente contariam tudo quando Ṣèyí estivesse lá. Ṣèyí contaria a Ahmed que ele era um mendigo. Se Ahmed soubesse, toda a classe saberia, toda a escola. Se tia Caro o confrontasse esta tarde, ele não sabia o que ia dizer para se salvar. Foi para casa.

O pai de Ẹniọlá estava deitado na cama quando ele chegou. Ẹniọlá tirou as sandálias da escola e sentou-se na cama. Ele pigarreou, esperando que seu pai se virasse da parede em que ele estava concentrado e falasse com ele.

— Não esperei o diretor chegar na minha sala pra sair — disse Ẹniọlá.

Ẹniọlá esperava que isso provocasse alguma reação, até um "ok" teria sido suficiente, mas tudo o que seu pai fez foi gemer. O som atingiu Ẹniọlá como um tapa na cara, e ele achou que fosse explodir de raiva. Lá estava ele, em casa muito antes do meio-dia, e seu pai não havia dito uma única palavra. Nenhum pedido de desculpas pelo fato de as mensalidades não terem sido pagas. Não havia dúvidas de quantas aulas ele conseguiria assistir antes de sair da escola. Nenhuma reação à sua decisão de sair antes de ser mandado embora.

Se a mãe estivesse em casa, teria passado os últimos minutos conversando com ele sobre como as coisas logo melhorariam. Ẹniọlá queria que seu pai se sentasse ao seu lado e prometesse que tudo ficaria bem, que as mensalidades seriam pagas e ele voltaria à escola em breve. Bùṣọlá ia se esconder na mata a maior parte da manhã. Sua mãe provavelmente estaria fazendo de tudo para conseguir algum dinheiro para as mensalidades dele. Enquanto isso, o pai ficava na cama e todos ao seu redor sofriam e se debatiam. Ẹniọlá pressionou o punho cerrado no colchão e pensou no sr. Ọlábọ̀dé, pendurado naquele teto, vestido como se estivesse saindo para o trabalho, cinto e sapatos combinando com a gravata marrom. Depois de alguns minutos, ele sentiu sua raiva afundar sob o medo de perder o pai.

— Vou sair, senhor — disse Ẹniọlá.

Outro suspiro, seguido por algo que soou como "tudo bem".

Ẹniọlá tirou a camisa da escola e duas das camisetas que usava por baixo para amortecer os golpes do sr. Bísádé. Sua mãe teria perguntado aonde ele estava indo. Ela nunca o deixaria sair de casa sem uma noção clara de seu destino. Ẹniọlá não se incomodou em se despedir ao sair, mas fechou a porta com força. A caminho da oficina, ele ensaiou e dispensou respostas a perguntas sobre seu encontro com Yèyé, mas nenhuma das mentiras que inventou soou bem quando do as sussurrou para si mesmo.

Tia Caro estava ensinando Ṣèyí a fazer uma saia plissada quando Ẹniọlá entrou na loja. Maria estava curvada sobre outra máquina de costura.

— Ei, olha quem chegou, eu estava esperando você — disse tia Caro quando ergueu o olhar e viu Ẹniọlá.

— Boa tarde, senhora — cumprimentou Ẹniọlá.

Tia Caro assentiu.

— Você se lembra daquela madame que vem aqui, Yèyé?

Ẹniọlá passou pela máquina de costura de Maria até uma mesa cheia de roupas prontas que precisavam ser passadas.

Tia Caro enfiou um alfinete no tecido xadrez.

— Ela disse que viu você ontem.

Ẹniọlá agarrou a mesa com as duas mãos. Ele olhou diretamente para tia Caro e balançou a cabeça; sua pergunta revelou a única resposta que poderia tirá-lo daquela confusão. Se ele agisse como se nem soubesse quem era Yèyé, poderia alegar que o que quer que ela dissesse sobre ele não era verdade, isso sem dizer que uma das clientes favoritas da tia Caro estava mentindo. Ele diria que ela devia ter se enganado.

— É claro que você a conhece — disse Ṣèyí, colocando uma das mãos na cintura.

— Como você sabe? Está dentro da minha cabeça? — Ẹniọlá pegou uma blusa e começou a dobrar.

— Você precisa passar essa blusa primeiro — disse Maria sem tirar os olhos do *bùbá* que estava fazendo.

— E não faz muito tempo que ela foi embora — contou tia Caro.

— De qualquer forma, você deve encontrar uma maneira de agradecê-la. Talvez na próxima vez que ela estiver aqui. Ela simplesmente veio de manhã e disse que queria pagar sua mensalidade de aprendiz.

Ẹniọlá se encostou à mesa.

— O quê?

— Pois é — disse Maria, batendo as costas de uma mão na palma da outra. — Foi como se ela tivesse sonhado com você, mal tínhamos acabado de varrer a loja e ela chegou falando sobre isso.

— Ela me perguntou sobre seus pais, e eu expliquei que eles não estavam conseguindo pagar suas mensalidades aqui e ela me deu o dinheiro.

— Dinheiro, assim. — Maria sorriu para Ẹniọlá. — Você tem sorte.

Ṣèyí zombou.

— Essa mulher é só uma madame com grana. Ẹniọlá não tem sorte alguma. Quando a gente era colega…

— Ṣèyí, se eu ouvir sua voz de novo, você vai voltar para casa, pois já sabe costurar uma saia plissada — disse tia Caro. — Quanto a você, Ẹniọlá. Você terá sua própria máquina a partir de hoje. Vamos decidir qual delas quando eu terminar isto aqui.

Ẹniọlá colocou no rosto o que ele esperava parecer com um sorriso. Então Yèyé não havia mencionado nada sobre o dia anterior. Talvez não tivesse ficado chateada, apenas com pena. Ele deu as costas para as mulheres e vasculhou a pilha de roupas em busca do ferro antigo de tia Caro. Ele o apanhou e ligou.

Sabia que todos esperavam que ele estivesse feliz e grato. Isto era uma coisa boa. Ele agora tinha a oportunidade de aprender a costurar de verdade, em vez de ser um menino de recados na loja. Quem sabe, antes do final do ano, ele pudesse costurar vestidos, jaquetas e *agbádás* do zero. Ele tocou o ferro com um dedo; ainda estava frio. A coisa demorou uma eternidade para esquentar. Um sorriso, ou algo parecido com um, permaneceu em seu rosto, mas ele não sentia alegria alguma. Tinha que continuar sorrindo. Por tia Caro, que parecia tão satisfeita por ele, e por Maria, que estava radiante. Mas era como se ainda estivesse na sala de aula, assustado com cada som enquanto esperava o sr. Bísádé aparecer. Tudo o que realmente importava, mesmo agora, era quanto tempo levaria para seus pais pagarem suas mensalidades para que ele pudesse voltar para a escola. Ele gostava bastante de tia Caro e sabia que as habilidades que aprenderia ali seriam úteis, mas o que ele queria era a chance de estudar em uma universidade ou pelo menos em um politécnico. Definitivamente não queria fazer uma licenciatura como o pai. Preferia passar o resto da vida mendigando a ser professor. Deus me livre, Deus me livre de coisa ruim. Ele pensou nos restos de tecido que vinha guardando havia meses. Talvez logo pudesse fazer uma blusa com retalhos para Bùṣọ́lá. Isso a deixaria feliz.

— Venha, venha — disse tia Caro —, pegue este *bùbá* da Maria e comece a engomar.

— Sim, senhora. — Ẹniọlá foi até a máquina de costura de Maria. Tia Caro ergueu o olhar e franziu a testa.

— Espera, onde ela te viu?

— Quem? — Ẹniọlá agarrou o *bùbá* e correu para a tábua de passar.

— Yéyé. Ela não me contou, e tenho me perguntado onde vocês dois se encontrariam.

Ẹniọlá empurrou a pilha de roupas para o lado e abriu o *bùbá* com cuidado, para que seus dedos não enroscassem o tecido de renda.

— Ẹniọlá?

— Foi na igreja, senhora.

— Ah — disse tia Caro —, eu não sabia que vocês frequentavam a mesma igreja.

Ẹniọlá não disse nada.

— Rápido, rápido. Engoma esse *bùbá*.

— Sim, senhora.

Ele encostou um dedo no ferro para testar e uivou quando queimou sua pele.

Bùṣọ́lá estava andando pelo corredor quando ele voltou para casa depois que anoiteceu. Ela correu na direção dele, enquanto ele ainda estava parado na porta.

— Você viu algo com três no meio do caminho? — perguntou Bùṣọ́lá. — Você contou?

— Do que você está falando? — Ele não conseguia ver seu rosto claramente. Havia energia, mas a corrente era tão baixa que a única lâmpada no corredor não era melhor do que uma vela.

— Eu vi três ovos na mata, atrás da escola...

— Isso de novo não, Bùṣọ́lá.

Ela agarrou o braço dele.

— Espera, espera, não entra. *Mọ̀ọmi* foi à escola para pagar minhas mensalidades atrasadas, aí fui lá no intervalo depois que ela foi embora, porque ela me disse que não tinha pagado as suas e eu não estava nada contente. Foi aí que...

— Ela pagou as suas, mas não as minhas?

— E ela disse que você não vai mais para a Glorious Destiny.

— Você não sabe o que está dizendo.

— Olha, ela me disse...

Ele se desvencilhou da mão dela.

— Você está errada.

Ẹniọlá soube que ela não estava errada quando seus pais sorriram para ele ao entrar na sala. Estavam sentados lado a lado na cama e, enquanto sua mãe segurava o joelho de seu pai, ele se deu conta de que não conseguia se lembrar da última vez que vira o pai sorrir.

— Bem-vindo, Ẹniọlá — disse seu pai. — Como você está?

Ẹniọlá deu um passo para trás e esbarrou em Bùṣọ́lá. Sua mãe se levantou.

— Você está pronto para comer?

— O que está acontecendo? — perguntou Ẹniọlá. — Por que vocês estão agindo de forma estranha?

A mãe foi até o armário de comida e abriu uma panela, liberando o aroma maravilhoso da pimenta moída na pedra e do lagostim que dava vida aos seus pratos de arroz cozido. A última vez que ela fez essa mistura foi durante um Natal tão distante que ele não conseguia se lembrar qual. Agora ela estava oferecendo a ele um prato fumegante de sua refeição favorita antes mesmo de tirar os sapatos. Do jeito que ele gostava, com um grande *ọ̀fọ́ọ̀rọ̀* em cima. *Ọ̀fọ́ọ̀rọ̀*? Quando foi a última vez que eles comeram qualquer tipo de peixe? E por que ele estaria recebendo aquele *ọ̀fọ́ọ̀rọ̀* inteiro?

Ẹniọlá passou da mãe para seu pai.

— Bùṣọ́lá disse que eu não vou mais para a Glorious Destiny.

— Ẹniọlá, fui eu quem disse isso a Bùṣọ́lá. Não grite, deixe seu pai...

— Eu não estou falando com você. É para ele que estou perguntando.

— Por favor, apenas mantenha a voz baixa. Você sabe como temos tido dificuldades com tudo. Mensalidades, aluguel, tudo. Só achamos que devemos diminuir a pressão sobre todos. Olhe para mim, Ẹniọlá, por favor, olhe aqui. Eles não param de bater em você lá, você nem tem tempo de assistir a todas as aulas. Até conseguirmos pagar as mensalidades atrasadas, pode passar outro mês e seus colegas já terão feito as provas.

Ele havia levantado a voz duas vezes, mas sua mãe não mandou ele se calar. Ela ainda estava estendendo o prato para ele, falando como se não tivesse intenção de dizer a ele para não gritar com o pai novamente. Sua calma o alarmou.

— O que você está dizendo?

— Seu pai tem um amigo na United, um de seus ex-colegas. Foi falar com ele esta manhã, e disseram que você pode começar na semana que vem.

Ẹniọlá aproximou-se do pai.

— Começar o quê? Onde?

— A escola, United Grammar School — disse a mãe.

— Pare de falar por ele. Deixe ele falar, deixe ele abrir a boca e dizer alguma coisa. Ele perdeu o emprego, não a língua.

— Por favor, pegue leve com seu pai.

— Qual pai? Isso é um pai? — Ẹniọlá sentiu o aperto da mãe no ombro, mas não se virou para ela. Ele encostou o rosto no do pai e gritou o mais alto que pôde: — Vai, fala, fala!

— Você nem precisa fazer exame de admissão — disse o pai.

Ẹniọlá agarrou o pai pelo colarinho. Seu dedo indicador começou a latejar, bem onde ele o encostara no ferro da tia Caro. A princípio, ele sentiu apenas dor, como se tivesse acabado de encostar no ferro novamente. Como se a decepção por todas as promessas que seu pai havia quebrado — sobre o Instituto Federal, a Glorious Destiny — estivesse calcando a pele daquele dedo antes de irradiar por seu corpo. Então ele sentiu raiva, pulsando sob a pele, latejando na cabeça. A United era a escola pública mais próxima deles, a palavra era uma abreviação de um nome maior que não lhe importava lembrar. Seu pai não pareceu chocado com a mão segurando seu colarinho; seus lábios estavam ligeiramente curvados para baixo, mas ele parecia quase aliviado. Ele esperava que esse dia chegasse?

— Ẹniọlá, por favor, pare, solte ele — disse Bùsọ́lá.

Ẹniọlá convocou a imagem do suicídio do sr. Ọlábọ̀dé, mas não sentiu nenhuma pena do pai, nem medo de que ele pudesse voltar amanhã e encontrar seu corpo pendurado no teto. Não havia mais ventilador de teto naquela sala miserável. Se seu pai quisesse deixar este mundo, teria que usar veneno ou outra coisa. E isso não seria melhor para todos? A mãe ficaria livre de uma boca que tinha que alimentar sozinha. Talvez ela até se casasse com outro homem. Um homem melhor. Alguém que não ficasse em casa enquanto a família tinha que mendigar na rua para sobreviver.

— Ẹniọlá, por favor, por favor — gritou Bùsọ́lá. — *Mọ̀ọmi*, diga alguma coisa.

Ele soltou, apavorado com a rapidez com que os pensamentos se desenrolavam em sua mente. Ele deu um soco na palma da mão e se afastou do pai. A mãe estava parada no caminho, ainda estendendo o prato de arroz. Ele o apanhou e jogou pela sala, espalhando arroz em tudo e em todos. O prato bateu na parede e caiu ao lado de Bùsọ́lá, que estava sentada no colchão, com a cabeça entre as mãos, soluçando.

Sua mãe saiu do caminho e ele sentiu uma explosão de medo, que desapareceu quando olhou para ela. O que ela poderia fazer, realmente? Ele era mais alto e mais forte do que ela e já era havia anos. Por que ele sequer ainda a deixava lhe dizer o que fazer? Ele sempre a ouvira. Desde que percebeu como o pai havia se tornado inútil, fez tudo o que pôde para tornar a vida dela mais fácil e, agora, ela escolhera Bùsọ́lá em vez dele. Ẹniọlá ficou sem fôlego, como se tivesse levado um soco no pescoço.

— Ẹniọlá, sente. Vamos conversar — disse a mãe.

Ẹniọlá balançou a cabeça. Ele queria falar, mas temia que saíssem soluços se ele abrisse a boca. As duas lâmpadas na sala começaram a piscar como se uma corrente plena estivesse prestes a ser restaurada.

— Não estou com nem um pouco de raiva, apenas se sente. Vamos conversar.

Que direito ela tinha de ficar com raiva dele quando tinha usado o dinheiro pelo qual ele trabalhara para cuidar apenas de sua irmã? Ẹniọlá foi até a porta. Ela não diria a ele o que fazer. De novo, não. As luzes se apagaram quando ele entrou no corredor.

— Onde você colocou a lanterna ontem à noite? Ẹniọlá?

Ele fechou a porta ao sair e ficou parado por um momento, para que seus olhos pudessem se ajustar à escuridão. Um longo banco havia sido pregado no chão na frente da casa antes de sua família se mudar. Ele tateou o caminho até lá e se sentou. Logo ouviu passos no corredor, mas não ergueu os olhos nem quando sentiu a mãe se acomodar ao seu lado no banco.

Ela colocou a mão na nuca dele e começou a fazer um cafuné. Ẹniọlá olhou para o rosto dela, esperando que estivesse enrugado de raiva, mas suas bochechas estavam molhadas. Bem, que chore. Ele não sentiria pena. Ela havia tomado essa decisão. Embora gostasse de dizer que "eu e seu pai" fizemos isso ou aquilo, fingindo para todos que ainda tinha um marido interessado na família, Ẹniọlá sabia que ela tomava a maior parte das decisões sozinha agora. E ela escolhera Bùsọ́lá em vez dele. Mesmo que Bùsọ́lá ainda tivesse um tempo pela frente para terminar o Ensino Médio e ele tivesse acabando.

— Por quê? — disse Ẹniọlá. — Por quê?

Sua mãe suspirou.

— Ẹniọlá, você sabe.

Mas ele não sabia, não com certeza. Era porque Bùsọ́lá sempre fora mais inteligente? Foi a primeira da sala na prova do primeiro trimestre, enquanto ele passara como pôde no Ensino Fundamental, nunca indo além da trigésima primeira posição em uma classe de cinquenta e cinco? Era porque seus pais achavam que ele era estúpido e o dinheiro que tinham gastado até agora fora um desperdício? Era porque eles amavam mais Bùsọ́lá ou não o amavam de jeito nenhum? Ele não sabia por quê. Tudo de que tinha certeza era que seus pais haviam decidido que ele não valia o esforço que seria necessário para lhe dar qualquer chance que pudesse ter de fazer suas provas finais na escola particular mais barata que puderam encontrar. Em vez disso, porque era gratuito, o jogaram na escola pública que ele tinha ouvido ambos descreverem como inútil ao longo dos anos.

— Estou tão cansada — disse a mãe. — Por que algo de bom não pode acontecer para nós? Apenas por um dia. Mesmo por pouco tempo. Aceito qualquer coisa, só por um tempo.

Ẹniọlá desviou o olhar da mãe para observar um homem passar de bicicleta, o farol iluminando trechos da rua enquanto ele costurava para desviar das ravinas. Ele não podia deixar de sentir pena dela. Pelo menos ela tinha tentado, certo?

Ele começou a dizer a ela que alguém pagara suas mensalidades de aprendiz, mas a eletricidade voltou e sua voz foi abafada por várias crianças gritando as palavras que ele aprendera a ecoar desde pequeno, comemorando a restauração da energia na rua. *Up nepa, up nepa, wọ́n ti mú iná dé o.*

16

A dra. Fidelis, uma médica neurologista, administrava um ambulatório todas as quintas-feiras, do meio-dia às três da tarde. Vários médicos residentes avisaram Wúràọlá para estar bem preparada antes de aparecer para auxiliar na clínica da dra. Fidelis e, no entanto, ela se esquecera de reabastecer seu estoque de luvas com antecedência. Wúràọlá e o dr. Ali, o único especialista sênior em Neurologia, estavam sentados ao lado da médica. Ela pensara em enviar uma mensagem de texto para ele sobre as luvas, mas desistira; tinha ouvido falar que era proibido usar celulares no ambulatório da dra. Fidelis.

Wúràọlá respirou fundo e apontou para o pacote de luvas na frente do dr. Ali.

— Posso pegar algumas luvas, senhor?

A dra. Fidelis olhou para Wúràọlá.

— Você está começando a residência hoje?

— É... — Wúràọlá engoliu em seco. — Não, senhora.

— Foi uma pergunta retórica. — A dra. Fidelis falava devagar, como se estivesse conversando com uma criança do jardim de infância. — Você entendeu?

— Sinto muito. Esqueci que tinha acabado meu estoque. — Wúràọlá se levantou. — Por favor, vou até a enfermaria e pergunto para a enfermeira-chefe se eles têm.

A dra. Fidelis já havia se afastado dela.

A enfermeira-chefe não estava em seu posto e a enfermeira que estava em seu assento revirou os olhos quando Wúràọlá pediu luvas.

— Por que você não trouxe as suas?

— Normalmente o hospital deve fornecer essas coisas.

— Doutora, eu pareço o diretor? Por favor, vá ao escritório dele pedir luvas, ou melhor ainda, vá a Abuja e peça pra Yar'Adua.

Ela estava correndo em direção à farmácia quando esbarrou em Kingsley. Ele segurou seus braços para que ela não caísse.

— Calma, gata dourada. — Kingsley ajeitou os óculos fundo de garrafa no rosto.

— Ei, Kingsley. Obrigada por ter ido à festa da minha mãe, desculpe não ter retornado sua ligação no outro dia.

Embora tivessem começado a residência juntos, a agenda de ambos era tão corrida que eles nunca estavam ao mesmo tempo no mesmo departamento. Só trabalhavam juntos quando coincidiam na lista de plantões para o pronto-socorro, mas Kingsley ligava para ela a cada duas semanas para dar um alô ou lhe oferecer uma coisa ou outra. Uma ida até a cidade para tomar uma sopa de pimenta, um quadro motivacional que ele achava que ela gostaria, uma lata de Altoids. Ela parou de atender suas ligações depois de umas três latas de Altoids.

— É, eu só queria te oferecer uma carona para a festa de aniversário de Tifę neste fim de semana. Eu sei que você realmente não gosta de dirigir tanto tempo.

Kingsley deu de ombros.

— Ah, pode ser, obrigada. Eu tenho que correr, estou no ambulatório da dra. Fidelis e eu...

— E você está aqui? — Kingsley olhou o relógio. — Você está atrasada agora, aquela mulher não aceita nenhuma bobeira. Ela me deu uma dura quando eu estava na neuro, minha vida era um inferno, sério. Ouvi dizer que ela se recusa a assinar os livros de registro das pessoas no final do trabalho de residência, ela só assina se estiver satisfeita com a forma como se comportaram no ambulatório.

— Fiquei sem luvas, então estou...

— Eu estava de plantão ontem à noite, minha mochila ainda deve estar na sala de atendimento. Vai voltando para lá, me espera do lado de fora que eu levo as luvas.

Ele estava sem fôlego quando levou as luvas para ela. Ela tentou tirar algumas da caixinha, mas ele balançou a cabeça, disse a ela para ficar com tudo e saiu correndo antes que ela pudesse agradecer.

Wúràọlá ergueu uma das luvas enquanto voltava para seu assento.

— Consegui, senhora.

— Você deixou os pacientes esperando, dra. Mákinwá. — A dra. Fidelis olhou para Wúràọlá como se ela fosse uma barata que apareceu em sua comida. — Aconselho que comece a trabalhar e prove que realmente tem educação.

— Sim, senhora.

Outra coisa que ninguém contou a Wúràọlá sobre seu primeiro ano como médica: como muitos de seus superiores seriam bravos e irritadiços. Ela supunha que eles também estavam cansados. Talvez até mais do que ela. Para uma mulher como a dra. Fidelis, uma das duas únicas neurologistas em um sistema de atendimento terciário com quatro unidades hospitalares, Wúràọlá podia imaginar como o cansaço havia se transformado em uma exaustão que ia dos músculos até a medula. Quem não ficaria irritado depois de décadas dormindo pouco e recebendo mal, trabalhando com equipamentos obsoletos, comprando suas próprias luvas e máscaras porque todos os pacientes estariam mortos e enterrados antes que o hospital pudesse fornecer EPI para eles?

O primeiro paciente de Wúràọlá foi um homem que não havia notado nenhuma melhora significativa após a prescrição de um tratamento de corticosteroides para sua espondilose. E embora o dr. Ali a supervisionasse enquanto ela trabalhava, Wúràọlá se perguntou o que poderia ter deixado passar quando a dra. Fidelis acenou para o homem assim que ele se levantou de sua mesa. Quatro pacientes depois, ficou claro que a dra. Fidelis pretendia oferecer uma segunda consulta a todas as pessoas que Wúràọlá atendera naquele dia.

— Você parece ser do tipo esquecida — disse a dra. Fidelis depois de pedir ao sexto paciente de Wúràọlá que fosse até sua mesa.

— Na verdade, ela é bastante eficiente — retrucou o dr. Ali, puxando sua gravata verde.

A dra. Fidelis rabiscou algo no prontuário diante dela.

— Deve ser por isso que ela esqueceu as luvas.

Três horas depois, Wúràọlá questionava tudo o que dizia a seus pacientes. Ela baixou a voz, temendo que a dra. Fidelis encontrasse ainda mais defeitos nela. A doutora, tão brilhante e sempre elegante em seus terninhos pastel e saltos altos, era o tipo de mulher que ela gostaria de impressionar. Era irritante que ela parecesse ter decidido que Wúràọlá era desorganizada.

O mostrador de seu relógio de pulso marcou três da tarde e seguiu. Ela estava com fome, mas como nem o dr. Ali nem a dra. Fidelis pararam para comer, ela bebeu mais água e continuou, segurando firme a caneta para que os dedos não tremessem. Finalmente, por volta das cinco, duas horas depois que o ambulatório deveria ter acabado, a dra. Fidelis fechou a caneta e se voltou para o dr. Ali.

— Quem ainda está lá fora deve ter chegado muito tarde. Que voltem na próxima semana. Eu não aguento mais por hoje, Ali.

— Tudo bem, senhora — respondeu o dr. Ali.

A dra. Fidelis colocou a bolsa no ombro e se levantou.

— Tenha uma boa noite, senhora — disse Wúràọlá.

A dra. Fidelis franziu os lábios e saiu da sala.

— Não se preocupe com ela — comentou o dr. Ali depois que os passos da dra. Fidelis não eram mais ouvidos.

— Não acredito que esqueci as luvas.

— Não é você, é outra coisa que a está preocupando hoje. Dois de seus residentes em Ifẹ̀ passaram nos exames e ela estava pressionando para que fossem contratados como médicos. Mas isso não vai acontecer, porque não há alocação para isso em Abuja ou algo assim. O absurdo de sempre. Ela está muito brava com isso. — O dr. Ali abriu a bolsa do notebook e tirou um pacote de biscoitos Beloxxi. — Quer? Comeu bem de manhã? Então pega, belisca alguma coisa para não desmaiar.

— Obrigada.

— E sabe o que vai acontecer? Os dois residentes são meus conhecidos. Um deles tem ofertas em uns quatro hospitais particulares de Lagos. Na próxima semana, ele deve decidir qual delas vai aceitar.

— Bom para ele.

Eles começaram a caminhar em direção ao corredor, no mesmo ritmo.

— Sim, mas terrível para nós aqui. Sabe quantos médicos neurologistas temos neste país?

Wúràọlá balançou a cabeça e mordeu outro biscoito.

— Não chega a cem em toda a porra do país. Somos bem mais de cem milhões de pessoas agora, isso dá um neurologista para mais de um milhão de pessoas. — O dr. Ali abriu um sorriso. — E não estamos nem mantendo os que estão em formação. Sabe o outro cara que acabou de passar nos exames? Ele já se inscreveu para a residência médica nos Estados Unidos. Daqui a pouco, vai deixar este país. Se não tomarmos cuidado, você vai ver, todos esses hospitais públicos vão virar hospícios glorificados. Espere uns dez, quinze anos.

Wúràọlá abriu o zíper da bolsa e tirou seu celular.

— E há pessoas como seu irmão que simplesmente dizem foda-se para a coisa toda.

— Ah, você conhece Láyí? Você terminou em Ifẹ também? — Ela checou suas notificações: quatro mensagens de Mọ́tárá, duas ligações não atendidas de Kúnlé, cinco de sua mãe. Ela mudou as configurações do modo silencioso para apenas vibrar.

— Fomos colegas de classe.

— Eu nunca vou deixar a Medicina.

— Apenas deixe a Nigéria, é isso que você precisa fazer.

O celular dela começou a vibrar quando eles entraram no corredor. Kúnlé.

— Vejo você amanhã, querida, se cuida. — O dr. Ali acenou, se dirigindo para o estacionamento.

— Até! — Wúràọlá ergueu o pacote de biscoitos antes de continuar pelo corredor.

Ela terminou outro biscoito antes de discar o número de Kúnlé. Ele atendeu imediatamente.

— Desculpa, estava atendendo desde o meio-dia. Meu dia tá que tá.

— Eu sei. Estou atrás de você.

Ela parou de andar e se virou. Lá estava ele, de jeans e camisa polo, encostado em um poste de ferro com as pernas cruzadas na altura dos tornozelos. Ela enfiou o pacote de biscoitos na bolsa quando ele começou a caminhar em sua direção. Ele a vinha surpreendendo todos os dias desde o aniversário de sua mãe. Aparecia na porta dela à noite, ou nos corredores ao meio do dia, sem ligar antes. Ela virava a cabeça e de repente estava atrás dela. Às vezes, aparecia com lanches. Pacotes de digestivos, Pringles, sorvete meio derretido. Ele dormiu uma vez com ela na segunda-feira, depois de esbofeteá-la na frente de Mọ́tárá, mas nas outras noites, ia embora pouco antes da meia-noite. Ele não suportava a imundície de seu vaso sem tampa e todos os ladrilhos quebrados no banheiro que estavam encrustados de sabão e sujeira. Ela sentia o mesmo no início, mas agora mal notava. Seus banhos eram cada vez mais curtos, exceto quando ia para casa passar o fim de semana e podia se deliciar em uma banheira.

— Há quanto tempo você está esperando?

Kúnlé ficou atrás dela e começou a massagear seus ombros.

— Talvez uma hora.

— Não toque no meu jaleco, por favor. — Wúràọlá se afastou para que ele não a alcançasse. — Atendi pacientes o dia todo. Quem sabe que germes eu peguei.

— O que foi? Eu só estava tentando ajudar. Você parecia tensa.

— Está bem. — Ela olhou para o estacionamento — Onde você estacionou? Estou tão cansada.

— Estacionei perto do seu albergue, então temos que caminhar. Deixa eu te ajudar com a bolsa.

— Obrigada. — Ela lhe entregou a bolsa e eles seguiram. — Não é um albergue. É um alojamento, alojamento dos funcionários do hospital.

— É pior do que alguns albergues. — Ele pegou a mão dela. — Venha morar comigo. Vamos fazer isso logo.

— Sua casa é muito longe do hospital.

— Eu te deixo e te busco a qualquer hora.

Wúràọlá riu.

— Ou você fica aqui sempre que eu estiver de plantão para poder se trocar ou algo assim.

— E o que sua mãe diria?

— Ela diz que está tudo bem, sendo depois da festa de noivado.

— Você já falou com ela sobre isso?

— Falei com a sua mãe também. Ela diz que não tem problema, desde que façamos a festa de noivado primeiro. — Ele tirou o elástico do cabelo dela e passou a mão pelas tranças. — Olha, eu realmente quero que você venha morar comigo.

— Minha mãe disse isso?

— Só pense a respeito e conversamos depois da festa de noivado.

— Tudo bem.

Ela tinha seis semanas até a festa de noivado. Era o primeiro passo antes das cerimônias de casamento de fato, e eles chegaram a um acordo sobre isso um dia após a festa de aniversário de Yèyé.

Kúnlé queria a festa o mais rápido possível e que o casamento ocorresse em seis meses. Já Wúràolá queria pelo menos um ano entre o noivado e o casamento. Kúnlé concordou em esperar um ano antes do casamento se eles pudessem antecipar a festa de noivado, como ele queria. Seus pais ficaram em êxtase. Os pais dele ficaram satisfeitos pois a festa aconteceria um mês antes das primárias do partido. Os dela estavam contentes por ela se casar antes de completar trinta anos. Yèyé falava com ela todos os dias para contar o que estava planejando para a festa. Ficou claro nas duas semanas seguintes que as datas tinham sido decididas e que a vontade de Wúràolá seria limitada ao que ela vestiria para a cerimônia; a mãe estava se encarregando de todo o resto.

Mótárá era a única parente que não estava animada com a cerimônia que se aproximava. Pessoalmente, por telefone e por mais mensagens de texto, Wúràolá disse a Mótárá que Kúnlé nunca havia lhe dado um tapa antes. *Nunca. Nunquinha. Nem uma vez.* Ela sussurrou as palavras logo após o incidente, enquanto Mótárá balançava sua bolsa de contas para Kúnlé, que saía correndo. Ela gritou com Mótárá quando ela tocou no assunto naquela noite, quando Wúràolá estava quase dormindo, com as pernas doendo e quase dormentes de dar um milhão de circuitos no gazebo para se certificar de que todos estavam satisfeitos. E então, repetidas vezes por telefone e por mensagem nas semanas que se passaram desde então, ela manteve sua história, não importava o que Mótárá dissesse. *Nunca. Nunquinha. Nem uma vez. Foi a primeira vez que isso aconteceu, ele prometeu que nunca mais vai acontecer e eu acredito nele.*

Ela parou de atender as ligações de Mótárá depois de uma semana, mas ocasionalmente respondia às suas mensagens. Sua persistência não era mais fofa ou comovente. Era insultante que uma adolescente, observando segundos de interação, pudesse ter tanta certeza de entender o seu relacionamento. O teor das mensagens de Mótárá — *você está mentindo para proteger o cara, ele está abusando de você, você simplesmente não vê, não se case com um agressor de mulheres* — irritava Wúràọlá. Ela não era uma vítima indefesa que precisava ser salva por Mọ́tárá. Ela sabia o que estava fazendo.

É claro, não era a primeira vez que Kúnlé bateria nela, era a terceira. Três vezes em dois anos e tanta coisa no meio disso que Mọ́tárá não perceberia. Vinte e quatro meses. Setecentos e trinta dias. Quantos minutos e segundos? Três tapas que mal duraram um minuto, e era nisso que Mọ́tárá queria que ela baseasse seu julgamento sobre todo o relacionamento? Foi emocionante e dramático, assim como Mọ́tárá, que a incitou a ir para o gazebo, pegar o microfone da mão de quem estava falando e acusar o noivo na frente de todo mundo. Ela riu da sugestão, porque achou que era uma piada. Então viu que sua irmã a estava encarando com o rosto sério.

Láyí estava certo sobre Mọ́tárá. Seus pais haviam mimado muito a menina e agora ela era incapaz de considerar o impacto de suas ações em outras pessoas. Como ela poderia achar que era justificável atrapalhar o aniversário da mãe fazendo uma cena daquelas? Estragar uma festa de aniversário que para Yèyé representava como ela tinha ido longe, tudo o que havia conquistado e a que tinha sobrevivido nessa vida. Como Mọ́tárá não percebia que aquele era provavelmente o momento mais importante da vida de sua mãe? Aquela criança órfã dizendo a seu mundo: "Olhe só para mim agora". Mọ́tárá vivia em uma bolha onde ela fazia o que queria sem consequências. É claro que ela não conseguia sequer imaginar o que significaria para todos se Wúràọlá deixasse Kúnlé.

Caminhando juntos pelos corredores do hospital, Wúràọlá e Kúnlé encontraram várias pessoas que conheciam um de seus pais ou todos os quatro. Apenas um homem, um professor recém-chegado de um ano sabático na Arábia Saudita, ainda não sabia do noivado. Kúnlé logo a apresentou ao homem como sua futura esposa.

— Por que você não diz simplesmente noiva? — Wúràọlá colocou a chave na fechadura.

Kúnlé deu de ombros quando entraram no minúsculo apartamento.

— Estou tão animado.

Ela foi direto para o quarto. A exaustão que vinha evitando desde o meio-dia começava a se instalar. Wúràọlá desejou cair na cama assim que entrou, mas se forçou a tirar a roupa. Ela estava de calcinha quando Kúnlé lhe trouxe um copo d'água.

— Obrigada. — Ela lhe entregou o copo vazio e se jogou na cama. — Pode ligar o ventilador?

— É claro.

Sim. É claro. Sem problemas. Kúnlé tinha se tornado tão complacente e solícito desde o aniversário de sua mãe. Depois de ligar o ventilador, ele se deitou ao lado dela e colocou a mão na sua barriga. Ele também tinha ficado pegajoso. Sua mão procurava o corpo dela em cada oportunidade. Ele a acariciou e passou os dedos por sua pele, o toque tão leve que era quase imperceptível. Eles não transavam desde aquele dia. Embora seus olhos transbordassem de desejo, ele se conteve, punindo-se. Ela sentiu que ele estava esperando que ela lhe desse permissão para iniciar o ato sexual, mas Wúràolá não sentia desejo algum. Não havia sentido desde que ele a esbofeteara. Era assim sempre que ele batia nela. Qualquer anseio por ele desaparecia por dias, antes de retornar com uma força que a surpreendia. Ela traçou seu bigode com um dedo. Era tão fino que parecia desenhado a lápis.

— Quer uma massagem nos ombros? — perguntou ele.

Ela rolou de bruços e fechou os olhos.

Ele começou a pressionar sua carne.

— Tem um pouco de ensopado?

— Não. Por quê?

— Eu posso ferver arroz ou fazer *èbà*.

Ele não queria perdê-la. O amor deles dava sentido à sua vida. O que eles tinham era especial. Nenhum deles poderia recriá-lo com mais ninguém. Ele dizia isso todos os dias após o incidente, até que ela o fazia parar, porque ouvi-lo rastejar a deixava enjoada. Agora ele havia substituído essas palavras por ofertas para cozinhar ou trazer comida.

— Vamos ao capitão Cook comer o *asaro* deles de novo — disse Kúnlé.

— Eu não vou a lugar nenhum, *abeg*.

Ela queria paralisar este momento. Animada pelo sussurro da respiração dele em sua pele, enquanto ele se curvava para pressionar os lábios em sua omoplata, imaculado pelo que tinha acontecido antes ou tudo o que poderia vir depois. Nenhum homem jamais a fizera se sentir assim, nem Nonso. Acolhida na atenção dele, ela era o sol esplendoroso em torno do qual girava sua vida.

— Você já falou com sua mãe hoje?

— Eu preciso ligar de volta para ela. — Wúràolá bocejou. — Ainda não tenho energia.

— Eu a vi pouco antes de vir para cá.

— Onde?

— Fui à loja dela. — Ele esfregou o antebraço de Wúràolá. — Parece que sua mãe está planejando essa festa de noivado desde que você nasceu.

Wúràolá riu.

— Vocês são melhores amigos agora, hein?

— Ela está combinando as cores, organizando o cardápio, fazendo a lista de convidados. Você não vai ter que fazer nada, só comparecer.

— Acho que podemos até acabar brigando se eu tentar fazer alguma coisa além de escolher minha roupa.

— E falei com ela sobre Mótárá.

— Pelo amor de Deus, Kúnlé.

— Somos praticamente família, Wúrà, devo poder falar diretamente com sua mãe sobre essas coisas. Apenas expliquei que queria que Mótárá parasse de me chamar pelo nome e ela concordou imediatamente. Está tudo bem, querida. Ela até já estava pensando que seria melhor Mótárá me chamar de irmão Kúnlé. Eu resolvi tudo já. — Kúnlé soltou um suspiro lento. — Era isso que eu deveria ter feito em vez de confrontar você com esse assunto. Eu deveria ter falado diretamente com seus pais o tempo todo. Essa é a maneira madura de lidar com as coisas.

Ele já tinha ido embora quando Wúràolá acordou por volta da meia-noite. Ela foi tropeçando para a sala verificar a porta e descobriu que ele havia trancado a porta por fora e enfiado a chave por baixo. Kúnlé também tinha deixado uma bolsa de náilon em uma das poltronas surradas que acompanhavam o apartamento. Continha uma tigela de *asaro* e uma sobrecoxa de frango embrulhado em papel-alumínio. Sentou-se em uma das cadeiras e comeu a refeição, mastigando os ossos da galinha para sugar o tutano.

*

Kingsley buscou Wúràọlá antes do meio-dia no sábado. Seu carro cheirava como se os assentos tivessem sido embebidos em perfume durante a noite. Demorou um pouco até que Wúràọlá se acostumasse com o cheiro almiscarado e percebesse que Kingsley estava cantarolando.

— Dá para só colocar uma música?

— Me deixa cantar para você. — Kingsley moveu seus ombros em algum ritmo estranho. — *Óyá*, um pedido especial. Você sabe que quer.

Wúràọlá riu e começou a mexer no rádio. Quando Kingsley começou a cantar "Call My Name", do Styl Plus, ela se lembrou das semanas calmas que eles passaram trocando bilhetes escritos à mão e dando livros um ao outro de presente. Eles gostavam do mesmo tipo de romance e passavam horas conversando sobre reviravoltas nas histórias. Ele cantava para ela quando estavam sozinhos e às vezes a embalava para dormir, murmurando uma canção de ninar. Ele era exatamente o que ela precisava depois que a possibilidade de algo permanente com Nonso deu errado. A única coisa que a irritou durante aquele mês com Kingsley era como ele sempre assinava seus bilhetes para ela com "amor, Kingsley".

Ele mudou de "Call My Name" para "Imagine That".

Wúràọlá pigarreou.

Kingsley riu.

— Relaxa, gata dourada, é só uma música.

Quando Kingsley a levou para Banwill para dizer que não tinha certeza se eles poderiam se apaixonar algum dia, ela ficou tão aliviada que cuspiu arroz por toda a toalha de mesa na pressa de concordar com ele. Tifẹ́ foi quem, meses depois, apontou que a conversa que Wúràọlá entendia como uma separação havia sido planejada para arrancar dela um compromisso maior.

— Eu sei que você está noiva e estou feliz por você. — A voz de Kingsley era fina e fraca. — Muito feliz.

Wúràọlá olhou pela janela e viu um caminhão-tanque ultrapassá-los. Eles estavam na via expressa, acelerando e parando abruptamente para não caírem nos buracos. Em seu último ano, Tifẹ e Grace rotularam Kingsley de seu namorado-assistente, por estar tão disposto a fazer as coisas por ela. Grace achou divertido, mas Tifẹ pediu a Wúràọlá que parasse de enrolá-lo em nome da amizade.

Wúràọlá passou seus anos de graduação tentando ser como Tifẹ. Astuta e muitas vezes prudente, Tifẹ parecia livre das expectativas de todos e, talvez como resultado, possuía uma capacidade ilimitada de se divertir. Ao longo da faculdade de Medicina, Tifẹ fazia pausas todos os meses para escalar uma montanha, ir à praia ou passear sozinha por um jardim. Às vezes, ela viajava para fora da cidade, mas se contentava também com os parques e jardins da universidade. Ela comemorava todos os aniversários com festa. Até no terceiro ano, quando seu aniversário caiu na véspera das provas de anatomia, Tifẹ festejou com suas colegas de quarto até meia-noite.

O ano de residência foi o máximo de tempo que Wúràọlá e Tifẹ estiveram separadas desde que tinham se conhecido. Wúràọlá sentia falta de ver as amigas e ficou surpresa por elas não falarem ou enviarem mensagens com a frequência que imaginava. Muitas vezes, semanas se passavam antes que Tifẹ respondesse uma mensagem ou um telefonema.

— Estou com *Expressions* no porta-luvas — disse Kingsley. — Se quiser colocar para tocar.

— O quê?

— O álbum do Styl Plus.

— Ah, tudo bem.

— Você está bem?

— Estou bem.

— Está parecendo meio pra baixo.

— Não, estou bem. Eu só estou com umas coisas na cabeça. — Wúràọlá tinha quase certeza de que Tifẹ lhe diria para terminar o noivado imediatamente se soubesse que Kúnlé lhe batera nem que fosse uma vez. — Você já deu um tapa em uma mulher? Qualquer mulher?

Kingsley franziu a testa.

— Talvez minha irmã mais nova quando a gente era criança.

— Uma namorada?

— Nunca. Por quê?

— Nada.

— Espere... Ele está batendo em você?

— Não tire os olhos na estrada, por favor.

— Wúràolá.

Ele sempre pronunciava o nome dela errado, acertando o "ouro" na primeira parte, mas trocando "riqueza" na segunda por "amanhã". Ela não conseguia se lembrar da última vez que ele a chamou de Wúràolá; havia se contentado com "gata dourada" havia muito tempo.

— Você não está dizendo nada.

— Sobre o quê? — Ela abriu o porta-luvas e procurou o CD do Styl Plus.

— Ele está...

— Ah, não. — Wúràolá riu. — Por que eu estaria com alguém assim?

Kingsley olhou para ela.

— Não nos mate, Kingsley, *abeg*, olhe para a frente. — Wúràolá tirou o CD da caixa. — Até queria te perguntar, já decidiu uma especialidade?

— Não é nada fácil. O problema é que parece uma decisão tão grande, sabe?

Kingsley tinha se formado em Bioquímica antes de se inscrever para estudar Medicina. Ele já havia prestado o serviço nacional depois da primeira graduação e, ao contrário de Wúràolá, poderia começar a residência logo após o emprego doméstico. Aliviada por Kingsley não estar perguntando mais sobre Kúnlé, ela assentiu enquanto ele continuava avaliando suas opções. Dermatologia, saúde comunitária ou psiquiatria. Ele continuou falando até que chegarem no hospital universitário.

A festa de Tifé estava acontecendo em Springhill, um espaço no New Buka da universidade que era usado para tudo, desde *raves* de aniversário a reuniões de oração. Kingsley pegou na mão de Wúràolá depois que estacionou o carro. Ela se encolheu com o toque inesperado.

— Wúràolá.

— Não é nada. Eu não sabia que você... A gente não dá a mão.

— A questão é que não sei se você está me dizendo a verdade. Uma parte de mim espera que você esteja porque, pois é... por que você estaria com alguém assim? — Kingsley pegou um elástico que havia escorregado de seu coque solto. — Mas, para ser honesto comigo mesmo, uma parte de mim também gostaria que você estivesse mentindo. Que ele esteja te batendo e que não te merece. Porque assim, talvez, eu ainda pudesse ter uma chance mínima com você.

— Kingsley, você é um bom amigo, mas eu nunca...

— Você não precisa dizer isso. Eu sei. — Kingsley suspirou. — O problema é que você precisa deixar esse cara se ele estiver batendo em você. Você sabe disso, não sabe?

— Para ser clara, ele não está.

Wúràọlá não queria terminar com Kúnlé. Não era só uma questão de vergonha de um noivado rompido ou de como seus pais ficariam decepcionados e envergonhados. Na semana após o aniversário da mãe, ela ficou surpresa com como se sentia desolada sempre que pensava em terminar tudo. Ficou claro então que ela queria se casar com Kúnlé e realmente só queria que ele parasse de bater nela quando estivesse chateado. Não houve escalada além do tapa. Ele estava trabalhando essa questão. Ela sabia o que estava fazendo. Não havia nada com que se preocupar ainda, nenhuma razão para dar detalhes sobre isso para Tifẹ́ e observar seu olhar virar julgamento. "Por que você não terminou com ele da primeira vez?"

Lágbájá estava tocando no som quando chegaram a Springhill. A festa ainda não havia começado, mas Tifẹ́ estava dançando *konko* enquanto cerca de uma dúzia de pessoas na sala a aplaudiam.

Kingsley juntou-se a elas.

— Vai, vai, vai, Tifẹ́!

Tifẹ́ virou-se para eles e abriu os braços.

— Kingsley! Wúrà!

— Onde está Grace? — perguntou Wúràọlá enquanto elas se abraçavam.

— Você emagreceu? — Tifẹ́ a empurrou para trás e cutucou as clavículas de Wúràọlá. — É, você emagreceu. Espero que não esteja morrendo de fome para caber em um vestido estúpido!

— Você é a única que ganha peso durante a residência, Tifę. Não sei como.

Grace entrou trazendo um bolo de aniversário. Ela foi seguida por outras pessoas que carregavam caixas térmicas de diferentes tamanhos e pratos cobertos.

— Estou morrendo de fome, por favor — disse Kingsley. Ele andava pela sala, apertando a mão de todos que reconhecia. — Grace, eu imploro, me dá um tira-gosto.

Grace abriu uma das caixas térmicas, embrulhou algo em um guardanapo e estendeu para Kingsley.

— Torta de carne?

— Deus te abençoe. — Kingsley mordeu a torta. — Vocês se lembram da Success?

Wúràọlá assentiu.

— Meu Deus, ninguém faz torta de carne como aquela que eles vendiam.

Antes de perderem tudo em um incêndio, uma série de lojas em frente ao centro esportivo da universidade era o destino dos estudantes de graduação. Wúràọlá ia com frequência. Para fazer um permanente de vez em quando na Megacall, para olhar os livros motivacionais na Bádéjòkó antes de comprar canetas e os cadernos de cinco matérias, cada uma de uma cor, que ela adorava. Seja o que for que a levava até lá, a Success era a primeira parada, por conta da variedade de doces.

Wúràọlá pediu a Grace uma torta de carne.

— Kúnlé não veio com você — disse Grace, arrumando todas as caixas térmicas e os pratos ao longo de uma parede.

— Ele está trabalhando na campanha do pai. — Wúràọlá engoliu. A massa da torta estava muito seca, o recheio com mais batatas do que necessário para uma torta de carne. — As primárias já são daqui a dois meses.

— Está bem perto.

— Eles estão bastante esperançosos com a vitória.

— Não é... Qual é o nome daquele cara da Câmara dos Deputados?

— Fẹ̀sòjaiyé?

— Isso. — Grace apontou um dedo no ar. — Acho que li em algum lugar que ele está se candidatando.

— Pois é... Está meio confuso porque o pai de Kúnlé já tinha uma promessa do partido...

— Não, não e não. — Tifẹ́ pressionou os lábios de Wúràọlá. — Esse é o meu dia. Vocês só podem falar sobre como eu sou maravilhosa ou perguntar sobre meu plano para dominar o mundo em dez anos.

— *Óyá*, conta desse plano. — Wúràọlá pegou um La Casera e se sentou em uma das cadeiras de plástico encostadas na parede.

Tifẹ́ contou de um plano que Wúràọlá já tinha ouvido antes. Residência nos Estados Unidos, seguida de retorno à Nigéria para abrir seu próprio hospital em Abuja. Nesse percurso, Tifẹ́ aprenderia a tocar cinco instrumentos, visitaria todos os continentes, exceto a Antártida, e abriria uma empresa imobiliária. As ambições de Wúràọlá sempre esmaeciam diante das de sua amiga. Ela queria terminar uma residência, conseguir um cargo em uma universidade e se tornar professora. Ao contrário de Tifẹ́, Wúràọlá não conseguia imaginar qualquer caminho para si fora da Medicina.

— Quando é que você vai se casar? — Bíódún, que havia sido o representante de classe na faculdade de Medicina, perguntou quando Tifẹ́ terminou.

— Você deveria estar me perguntando primeiro se eu pretendo me casar.

Houve um alvoroço. Risos e uma dúzia de *aaahhhs* polvilhados com risadinhas. Springhill estava se enchendo de convidados desde que Wúràọlá e Kingsley chegaram, e agora o lugar estava lotado.

Tifẹ́ ergueu os braços como se fosse parar o trânsito.

— Vocês precisam se acalmar. Só estou tentando decidir se casamento é mesmo o que eu quero ou se é o que devo querer. É tão fácil confundir os dois.

— Estamos começando esta festa com orações ou...? — perguntou Grace.

Tifẹ́ deu de ombros.

— Irmã Grace, ore por nós se quiser agora. Eu não me importo.

Grace tirou um lenço da bolsa e cobriu o cabelo.

— Vamos todos inclinar a cabeça, por favor. Bíódún, tire esse boné.

Wúràọlá fechou os olhos, mas não ouviu as palavras de Grace. Não adiantava discutir suas preocupações sobre Kúnlé com Tifẹ́. Não quando Tifẹ́ tinha tanta clareza sobre sua vida e sobre como podia se dividir perfeitamente entre seus desejos e o que lhe estava sendo imposto, e ia querer que Wúràọlá fizesse o mesmo. Ela não tinha palavras para explicar como tais distinções nunca foram uma consideração primordial para ela. Não sabia explicar o quanto ainda queria Kúnlé. Por que, embora temesse que ele nunca parasse de esbofeteá-la, ela não conseguia mais imaginar um futuro sem ele presente. Talvez fosse porque ela o amava de fato; não conseguia se lembrar de ter se apaixonado por ninguém desse jeito. Não conseguia mais imaginar a possibilidade de alguém assim em seu futuro. As opções não diminuem com o passar do tempo? Kúnlé a amava, precisava dela, até. E ouvi-lo reiterar o quanto precisava dela era sempre tão bom. Além disso, seria uma desgraça total para sua família voltar atrás agora, sua mãe não poderia aparecer na União das Mães por meses. Mas talvez não fosse só isso. Talvez ela quisesse mesmo se casar antes de completar trinta anos, ela não queria ser como a prima que se casou aos trinta cinco e, nos últimos cinco anos de sua vida de solteira, foi o assunto de fofocas da família inteira, alvo de rezas e especulações agressivas. Qualquer que fosse o rumo que sua mente tomava, Wúràọlá encontrava explicações das quais Tifẹ́ certamente desdenharia. Não, não havia como falar sobre o que estava acontecendo sem que Tifẹ́ ficasse decepcionada com ela.

Wúràọlá enfiou a chave na fechadura, mas sua porta se abriu antes que ela a girasse.

Kúnlé estava do outro lado da porta.

— Como você entrou?

— Com a minha chave.

— O que quer dizer?

Kúnlé fechou a porta atrás dela. Havia uma chave na fechadura. Ele a virou.

— Fiz cópia há um tempo. Um daqueles sábados que passei aqui enquanto você dormia.

— Mas eu não te dei minha chave.

— Por que você não ia querer que já tivesse uma? Você tem a minha e nós vamos nos casar.

Ele se virou e foi até a escrivaninha que servia também como mesa de jantar.

—Você deveria ter me perguntado, Kúnlé.

Ele colocou um prato de arroz na mesa.

— Como foi a festa de Tifệ?

— Ela está bem, gostou do presente e agradeceu.

— Sim, ela já me mandou uma mensagem.

— E como foi sua reunião?

Wúràọlá tirou os sapatos e se sentou na cadeira enquanto ele se movia pela cozinha.

— O tal do Fệsọ̀jaiyé não quer largar o osso. Meu pai deveria concorrer sem oposição. Isso é o que o presidente prometeu que aconteceria, mas agora tem esse idiota que acha que pode nos impedir.

— Sinto muito. — Ela entrou no quarto para se trocar e se juntou a ele à mesa.

Ela percebeu que ele estava chateado. Ele estava tão concentrado no sonho do pai que qualquer decepção nessa frente muitas vezes estragava o resto de seu dia. Pela manhã, ele estaria de melhor humor, cheio de novas ideias e mais otimista sobre suas chances. Wúràọlá tentou massagear seu ombro, mas ele se desvencilhou da mão dela.

— Qual é o problema?

— Como você foi para lá?

— O quê?

— Seu carro estava aqui o dia todo. Como você foi para Ifệ?

— Ah, Kingsley também estava indo, ele me deu uma carona.

— Kingsley.

— Isso.

Wúràọlá manteve seu olhar em Kúnlé, observando cada movimento que ele fazia.

— Você estava de vestido amarelo. — Kúnlé bebeu um pouco de água. — Não foi ele que disse que o amarelo foi feito para sua pele brilhar ou algo assim?

Wúràọlá segurou uma risada.

Ele agarrou o pulso dela.

— Está achando graça?

— Que você ainda se lembre disso, sim.

O aperto aumentou em torno de seu pulso. Ela fechou a mão e tentou se soltar.

— Você e Kingsley, sozinhos num carro por trinta minutos? Quarenta e cinco. Uma hora. Você já transou com ele naquele carro antes, *àbí*?

— Me solta, Lákúnlé.

— Só vocês dois indo de um lado para o outro para poderem relembrar, *àbí*?

— Me solta. — Ela estava ficando nervosa.

— Por que você não foi no seu carro? Por que você foi com o seu ex?

— Lákúnlé, para com essa bobagem.

O aperto aumentou. Ele pressionou o polegar contra a artéria radial dela, e de repente Wúràọlá percebeu sua força, a capacidade brutal do bíceps que ela admirava há tanto tempo. Seus dedos começaram a ficar dormentes.

— Por que você foi com o seu ex?

Wúràọlá respirou fundo e gritou o mais alto que pôde:

— Me solta!

Ela não o viu se mover até que sentiu as mãos dele se fechando em volta de sua garganta. Ele a empurrou para trás na cadeira, pressionando o rosto contra o dela. Seus olhos lacrimejaram. A cadeira estava apoiada nas pernas traseiras, pronta para tombar. Ela o encarou, arranhou seus braços, debateu-se junto de seu rosto até que ela não conseguia mais respirar e estava engasgando, cuspindo, lutando por ar. Ele finalmente a soltou e ela caiu sobre a mesa, babando e tossindo.

Kúnlé lhe deu um copo de água. Ela tomou um gole rápido demais e começou a engasgar. Ele deu um tapinha nas costas de Wúràọlá, pegou o copo e levou-o aos lábios dela. Ela empurrou a mão dele e cambaleou em direção à porta, incapaz de ver bem através da cortina de lágrimas. Ele estava bloqueando a porta quando ela finalmente chegou lá.

— Não vai embora. — Ele caiu de joelhos. — Eu mereço, mas por favor, não. Wúràọlá, *Àbẹ̀kẹ́*, por favor.

— Vai embora. — Wúràọlá se afastou dele. Ela queria gritar, mas sua voz saiu como um sussurro rouco. Sua língua era uma toalha abarrotada na garganta.

— Não, por favor, Wúràọlá. *Àbẹ̀kẹ́ mi*, me desculpe. Eu só queria que você não gritasse, só isso. Foi só isso, querida, foi só isso. Eu não queria machucar você. — Ele rastejou pela sala, seguindo Wúràọlá enquanto ela andava. — Juro pela minha vida. *Àbẹ̀kẹ́*. Pela vida da minha mãe. Juro. Eu sinto muito. Wúràọlá. Por favor.

Quando ele alcançou a perna dela, Wúràọlá correu para o banheiro e trancou a porta. Ela abriu a torneira para abafar o choro dele. Havia um pequeno espelho acima da pia. Ela se inclinou para a frente e estudou seu reflexo. Não havia hematomas visíveis no pescoço. Seus olhos estavam vermelhos, mas seu batom não estava borrado e o cabelo ainda estava preso em um coque solto. A única coisa fora do lugar era o elástico da trança em que Kingsley tinha tocado naquela tarde.

17

Yèyé entrou no quarto como sempre fazia, sem bater primeiro.

Mótárá sentou-se na cama.

— Você não bateu.

— E?

— Você deveria respeitar minha privacidade.

Yèyé pegou algumas embalagens de chocolate do chão e jogou em Mótárá.

— Olha ao seu redor, esta casa é a casa do meu marido. É a minha casa. Quando você estiver na casa do seu marido, ouviu, e eu for te visitar, aí você fala comigo sobre privacidade.

— Por que aqui não pode ser minha casa?

Quarenta e sete. Na manhã de domingo, quando o pai perguntou se ela planejava deixar o futuro marido esperando como fizera com ele antes de saírem juntos para a igreja, Mótárá decidira passar a semana contando quantas vezes alguém da sua família falaria sobre como ela planejava se comportar quando fosse casada. Ou morando na casa do marido. A casa do marido era o destino a que todos se referiam desde que ela tinha idade suficiente para entender o que queriam dizer. Se tudo o que ela tinha notado naquela semana fosse alguma indicação, a casa do marido era o destino final das boas meninas quando se tornavam mulheres, assim como o céu era o destino das pessoas boas quando morriam. Até então, entre os pais e as tias com quem falara ao telefone naquela semana, ela contara quarenta e sete referências a como ela se comportaria no casamento, na casa do marido, ou com os sogros.

Yèyé tirou o edredom de Mótárá.

— Anda, vai tirar as roupas do varal, acho que vai chover.

— Mas por que Rachel não pode fazer isso?

— O que você está fazendo desde manhã? Nem limpou seu próprio quarto. O que você está fazendo agora que não pode ir tirar as roupas? Hein? O quê?

Mótárá tinha passado a maior parte do dia na cama lendo e relendo mensagens de Wúràọlá, oscilando entre o medo e a raiva até sua cabeça doer. Desde o aniversário de Yèyé, ela sonhava com Wúràọlá. Em alguns dos sonhos, a irmã estava morta ou em perigo mortal. Atropelada por um carro, queimada em um incêndio, atacada por uma multidão. Os cenários mudavam, mas uma coisa permanecia a mesma: o algoz sempre era Kúnlé. Na noite anterior, ela acordou banhada em suor, a camisola grudada na pele. Uma vez, ela se esgueirou para a cama de Yèyé e sua mãe passou quase uma hora perguntando sobre o sonho que a fizera sair do quarto. Era sua chance de contar a Yèyé o que aquele idiota do Kúnlé havia feito. Mas ela fingiu cair no sono para que Yèyé não se preocupasse com ela.

— Não entendo por que você não consegue levantar da cama e jogar essas coisas no lixo. É melhor você ter bom senso e começar a limpar tudinho. É assim que você vai se comportar na casa do seu marido, hein?

Yèyé apontou para a caixa de suco que Mótárá havia deixado no chão na noite anterior.

— E quarenta e oito — disse Mótárá, levantando-se.

— O que?

— Nada.

— O quarto da Wúràọlá nunca foi assim.

Desde que ela conseguia se lembrar, os pais de Mótárá pediam que ela fosse mais parecida com a irmã. Queriam que ela tirasse as mesmas notas que Wúràọlá no Ensino Médio, fosse tão tranquila e agradável quanto Wúràọlá, ajudasse nas tarefas domésticas, se tornasse médica. Ela os desapontara em todos os aspectos. Coroando tudo com uma reprovação logo em Biologia. Agora ela deveria estar estudando para refazer os trabalhos da escola, mas seus livros didáticos permaneciam fechados desde que ela voltara para casa do internato no ano anterior. Uma segunda reprovação significaria que eles teriam que desistir de seus sonhos e ouvir os dela. Pelo menos era o que ela esperava. Não podia perder mais um ano porque seus pais queriam que ela se tornasse a santa Wúràọlá, a impecável. Mótárá pegou a caixa de suco e jogou no lixo.

— Separe as roupas e dobre antes de guardar no quarto de cada um. Não jogue simplesmente as roupas na minha cama ou espere que Rachel venha e ajude você a dobrar.

— Mas...

— Nada de "mas", apenas faça o que estou dizendo e pronto.

Mótárá saiu do quarto. Não havia como discutir com Yèyé quando ela estava nervosa, e ela tinha voltado da rua de mau humor no dia anterior.

Dava para ouvir o baque do pilão contra a tigela do patamar lá em cima. Ficou mais alto quando Mótárá se aproximou da cozinha. Rachel parou de socar quando a viu.

— Você não devia socar as coisas desse jeito no meio da cozinha.

— Mótárá torceu o nariz. A cozinha cheirava a sangue. Algo devia ter sido estripado logo antes de ela entrar.

Rachel se agachou e apoiou o corpo contra o pilão de madeira, grunhindo ao empurrá-la pelo chão. Fez um som de raspagem até parar ao lado da porta dos fundos.

— Estou com fome, tem *chin-chin*?

— Yèyé comprou um pouco ontem — disse Rachel antes de continuar pilando.

As quatro bocas do fogão a gás estavam ligadas e a cozinha estava quente. De vez em quando, uma rajada de vento entrava pelas janelas abertas, prenunciando a possibilidade de chuva, aumentando um pouco o cheiro repugnante de sangue a cada vez.

Mótárá procurou a vasilha com *chin-chin* no balcão. Estava cheio de vários punhados de *ugu* e *gbúre*, cada um amarrado no caule com uma folha de capim-elefante. A maioria das folhas estavam frescas e verdes. Algumas estavam ficando amarelas, mas seu caminho rumo à decadência ainda estava em um estágio bonito e consumível; nenhuma folha estava marrom ou seca. Ela empurrou os legumes para o lado, mas não havia nenhuma vasilha de *chin-chin* à vista. Apenas pequenos potes de curry, pimenta e tomilho.

— Onde está o *chin-chin*?

Rachel continuou socando, seu peito arfando a cada movimento do pilão no ar. O barulho abafava a voz de Mótárá. Ela pegou uma faca entre as panelas e talheres sujos na pia. Suas lâminas serrilhadas estavam ensanguentadas e cheiravam a peixe. Algo oleoso, provavelmente sardinha. Ela bateu a faca no interior da pia até que o rangido de metal contra metal chamou a atenção de Rachel.

Rachel encostou o pilão na parede, fazendo um som de assobio enquanto respirava pela boca.

— Onde está o *chin-chin*?

Rachel coçou a cabeça e limpou as mãos no vestido marrom.

— Yèyé escondeu?

— Ela está guardando para amanhã. O marido da tia Wúrà vai vir para cá depois da igreja.

— Ele não é marido dela! Eles nem fizeram a festa de noivado ainda.

Rachel deu de ombros e começou a tirar o inhame amassado do pilão.

Mọ́tárá foi até o fogão a gás. Ela abriu todos as panelas até encontrar a que tinha peixe. Era sardinha. Ela espetou uma com um garfo antes de desligar o fogo. Yèyé devia ter esquecido que estava quase pronta. Mọ́tárá colocou um pouco em um pires, dividiu-o ao longo da espinha e cortou um pequeno pedaço.

Começou a chover lá fora enquanto provava. Ela se aproximou de uma janela aberta para assistir. Yèyé tinha mencionado que havia convidado Kúnlé para jantar, mas Mọ́tárá não conseguia se lembrar se Wúràọlá vinha com ele. Se isso acontecesse, elas poderiam conversar de novo e, com sorte, Wúràọlá voltaria a si antes da festa de noivado. Às vezes as famílias discutiam e escolhiam as datas do casamento durante essas festas. Assim que terminasse, Wúràọlá estaria praticamente casada. O restante, inhames e assinaturas, não seriam meras formalidades?

Mọ́tárá suspirou, enfiou a mão no bolso atrás do celular e leu de novo a última mensagem que recebera de Wúràọlá.

Você precisa deixar isso pra lá, Mọ́tárá, você só está sendo mal-educada. Não sei o que passa na sua cabeça, mas a última coisa que vou dizer sobre isso é que sua perspectiva estava e está totalmente errada.

Ao ler as mensagens anteriores, ela percebeu algo. Nada nas mensagens de Wúràọlá afirmava o que Mọ́tárá havia testemunhado. Ela não podia mostrá-las a ninguém como prova.

— Ọmọ́tárá, o que você tem? Você não arrumou as roupas. Está aqui só comendo e mexendo nesse celular. Que palhaçada é essa?

Mọ́tárá olhou para a mãe, que estava parada na soleira da cozinha.

— Desculpa, eu...

Yèyé sibilou e passou por Mọ́tárá em direção à porta dos fundos.

Mọ́tárá largou o pires na bancada e tocou o cabelo. Seu penteado tinha sido feito há menos de uma semana. Ela não podia tomar chuva sem uma touca de banho.

Quando Yèyé voltou para a cozinha, seu cabelo alisado estava grudado no crânio, grisalho e curto. Ela ficou diante de Mọ́tárá, deixando a água da chuva escorrer no chão.

— Todas as roupas estão encharcadas. Não consegui salvar nenhuma.

— Sinto muito, senhora.

— Sinta muito por você mesma, tenha pena de si. As pessoas que dizem que te mimei não estão erradas. — Yèyé voltou-se para Rachel. — Desligue todas as bocas e nos dê licença, por favor.

— Só queria comer alguma coisa antes de recolher as roupas, aí esqueci.

Quando Rachel saiu da cozinha, Yèyé continuou falando.

— Sabe, Kúnlé foi à minha loja ontem e disse a mesma coisa.

— Kúnlé disse que sou mimada?

— Ele é muito culto para dizer isso, mas eu entendi a mensagem dele.

— O que quer dizer com a mensagem dele? — Mọ́tárá respirou fundo para evitar que sua voz se elevasse ou vacilasse. — Kúnlé estava falando mal de mim para você, e você apenas ficou sentada lá e acreditou nele?

— Com quem você está gritando? Comigo? É para mim que você está levantando a voz, é? A culpa é sua? Não, não é sua culpa. Fui eu que permiti essa palhaçada. Isso é o que todo mundo tem me dito sobre você, mas, não, eu não ouvia. Agora preste bem atenção e me ouça, hoje é o dia em que você para de chamar Kúnlé pelo nome. Ele é o tio Kúnlé para você de agora em diante.

— O que você está dizendo? Ele não é meu irmão nem meu tio.

— Ele logo vai se casar com a sua irmã.

— Deus me livre de coisas ruins.

— O quê? Mọ́tárá, você pirou de vez? — Yèyé avançou sobre ela, braços cruzados, rosto contorcido de raiva. — Olha o que você está dizendo sobre o casamento de sua irmã.

Mọ́tárá cruzou os braços e olhou para os pés. Ela sentiu muito por ter esquecido as roupas, mas não conseguia entender como sua mãe havia passado disso para uma conversa sobre Kúnlé. Os dias se tornaram semanas enquanto ela pensava se, como e quando contar a alguém o que vira durante o aniversário de Yèyé. Nenhum momento parecia certo. Talvez não houvesse o momento perfeito para garantir que outra pessoa soubesse que Wúràọlá estava em perigo.

— Tem alguma coisa de errado com seus ouvidos? Explica. Por que diabos você diria isso?

Mọ́tárá respirou fundo e se aproximou da mãe.

— Kúnlé deu um tapa na Wúràọlá, eu vi.

Yèyé franziu a testa e caiu na gargalhada.

— Que tipo de mentira é essa?

— Não, não. Não estou mentindo desta vez, não estou mentindo. Eu vi, foi no seu aniversário. Ele deu um tapa nela. Eles não podem fazer a festa de noivado. Você tem que impedir. Então, sim, Deus me livre de coisas ruins.

— Cala a boca! Que bobagem você tá dizendo? Eu não vou ser envergonhada. Não sou eu que vou organizar a festa de noivado da minha filha e cancelar. Minha alegria nunca vai virar constrangimento.

— Kúnlé deu um tapa em Wúràọlá, você está ouvindo o que estou dizendo?

Yèyé apontou um dedo na cara de Mọ́tárá.

— Você está mentindo.

— E se eu não estiver?

— O Kúnlé que conheço desde pequenininho? — Yèyé balançou a cabeça. — Não. Eu conheço você, Mọ́tárá, você mente para se divertir.

— Desta vez não.

— Pare com essa bobagem agora. — Yèyé olhou o relógio de pulso. — São quase sete. Sirva a comida do seu pai. Eu preciso me trocar. Não quero ouvir nenhuma reclamação do seu pai. Estou avisando.

Mótárá se sentiu estúpida sobre como a conversa havia ocorrido. Por que ela não esperou até que Yèyé estivesse de bom humor? Ela deveria ter sido esperta o suficiente para perceber que falar disso logo depois de chatear a mãe era um momento péssimo. Dado que a segurança de Wúràọlá estava em jogo, ela deveria ter pensado mais sobre como trazer a questão à tona de maneira convincente.

Havia conjuntos de tigelas de porcelana em um dos muitos armários da cozinha. Todos os cinco eram para servir a comida do pai. Mótárá escolheu um conjunto de três e o colocou em uma bandeja. Não haveria abertura para retomar a conversa com Yèyé se ela não fizesse pelo menos isso direito.

Ela serviu o *egusi* em uma tigela média e selecionou quatro enroladinhos de inhame batido do *cooler* marrom em que Rachel os guardara e colocou na tigela maior. Antes de cobrir os pratos, ela dispôs uma variedade de caracóis, peixe e frango no outro prato de tamanho médio.

Mótárá caminhou lentamente até a mesa de jantar para que a sopa não derramasse da tigela e manchasse as laterais com óleo de palma. Seu pai não ia gostar disso. Depois de arrumar as tigelas na mesa, ela tirou a tampa para inspecionar a sopa. Ela viu que estava tudo certo e sentiu uma explosão de satisfação enquanto continuava arrumando a mesa.

Seu pai usava chinelos de pano em casa e se movia como um caçador, aparecendo de repente diante de Mótárá quando ela achava que estava sozinha. Ela nunca parava de tentar antecipar sua abordagem, porque preferia evitá-lo. Principalmente agora que voltara para casa da escola como a única filha que já fora reprovada em uma prova final; ela o evitava tanto quanto podia. Sua decepção com ela era implacável e não medida pelo tipo de afeto que Yèyé costumava expressar. Ele era um homem que se orgulhava das realizações dos filhos e esperava que eles recompensassem seus investimentos com notas espetaculares. As notas de Mọtárá sempre foram ligeiramente acima da média, e agora ela fora reprovada. Ele entrou na sala de estar pouco antes das sete, assustando Mọtárá, embora ela tivesse ouvido seus passos.

Ela ajoelhou quando ele se sentou, inclinou um pouco a cabeça enquanto ele tamborilava os dedos na mesa.

— Boa noite, senhor.

— Onde está sua mãe?

— Ela precisava se trocar.

— Hummmm. Tudo bem, levante-se.

Ela se levantou e destampou os pratos, colocando as tampas enfileiradas viradas para cima sobre a toalha de mesa branca.

Ela transferiu os enroladinhos de inhame batido para um prato raso.

— Coloque de volta — disse ele. — Dois são suficientes.

Ela serviu *egusi* da tigela de porcelana em uma tigela menor, com cuidado para não respingar ou pingar óleo na toalha de mesa. Ela espetou os caracóis com um garfo e transferiu quatro para a tigela de sopa antes que ele levantasse a mão para indicar que era o suficiente por enquanto.

Mọtárá ficou com as mãos cruzadas atrás das costas enquanto ele começava a comer. Ele tossiu e tomou um gole da água que ela tinha colocado no copo. Quando ele estudou o copo antes de colocá-lo no descanso, ela sabia que algo estava errado. Ela confundira alguma coisa.

— Você quer me matar? — Ele apontou para o copo. — Água fria em dia de chuva?

Mọtárá estendeu a mão para o jarro.

— Desculpe, senhor.

— Você deveria prestar mais atenção no que faz — disse ele.

— Vou pegar um pouco de água morna.

— Não é sobre isso que estou falando. Sente-se, deixe-me falar com você.

Mọtárá sentou-se na cadeira de jantar ao lado do pai.

Ele se recostou.

— Você deveria aprender com sua irmã.

— Sim, senhor.

Claro, santa Wúràọlá, Nossa Senhora da Perpétua Perfeição.

— Ela é uma jovem focada. Até quando tinha a sua idade, focada. E veja onde ela está agora. Você entende o que eu estou dizendo?

Mọtárá assentiu.

— Você é tão distraída, desconcentrada. Vejo essa atitude na maneira como faz as coisas em casa e, claro, isso se reflete nos seus resultados. Você precisa superar isso, Mọtárá. Quero que você supere isso, ou então essa atitude a seguirá em seu futuro. Imagine que você está casada e seus sogros estão visitando em um dia chuvoso e, sem pensar, você serve água fria para eles. Como isso seria?

— E quarenta e nove.

Quando começou a contar, Mọtárá não esperava chegar a cinquenta em uma semana, mas ali estava ela, a apenas uma menção de distância.

— O que disse?

— Obrigada, senhor.

Em um dia bom, ela poderia contar a Yèyé sobre sua contagem e usá-la como base para desafiar suas constantes referências ao casamento como motivação primordial para qualquer autoaperfeiçoamento, mas com o pai não havia espaço para esse tipo de conversa. Talvez houvesse para pessoas como Wúràọlá, que tinha feito tudo o que ele esperava que ela fizesse, já Mọtárá sabia que poderia não se sentir confiante o suficiente para ter esse tipo de conversa com ele até que obtivesse pelo menos um diploma.

Wúràọlá chegou em casa com Kúnlé no dia seguinte, usando um cachecol azul em volta do pescoço. Mọtárá ficou na sala enquanto eles conversavam com seus pais sobre a festa de noivado, esperando ter uma abertura a sós com a irmã. Mas Wúràọlá nunca saiu do lado de Kúnlé, nem para pegar algo que precisava levar para o hospital, nem mesmo para usar o banheiro.

Mọtárá não tirou os olhos do cachecol a tarde toda, notando como era grande, como escondia cada centímetro do pescoço de Wúràọlá, que não o tirou nem afrouxou na hora de sentar-se à mesa para almoçar. Mótárá desenvolveu uma teoria antes de partir para seu arroz de domingo. Wúràolá devia estar escondendo um hematoma gigante sob o tecido macio. De alguma forma, ela não conseguia acreditar que o incidente que havia testemunhado nunca tivesse acontecido antes. O descaramento de dar um tapa em Wúràolá na casa de sua família, com todos tão perto? Não, ele devia estar fazendo coisa pior quando ficavam sozinhos em outro lugar.

À medida que a refeição avançava, Wúràolá parecia muito alegre e feliz, seu sorriso não desaparecia nem ao mastigar, como se tivesse sido pintado. Mas Mótárá tinha certeza de que a irmã vacilava cada vez que Kúnlé pegava algo que estava perto dela na mesa. Mótárá chegou a pedir que ele passasse o sal duas vezes, só para observar Wúràolá e ter certeza de que não estava imaginando os movimentos fugazes no rosto da irmã.

Mótárá sentiu seu rosto esquentar enquanto Yèyé falava sobre o *aso-ebí* para a festa. Ela queria gritar com a mãe ao ouvi-la falar sobre os méritos do *gèlè* marrom-café e da renda pêssego. Ela tinha ficado mais chateada do que esperava pela mãe não ter acreditado nela. É claro que às vezes ela mentia para se divertir, mas não esperava que Yèyé ficasse tão tranquila um dia depois de ouvir que Wúràolá poderia ser vítima de abuso. Ela era uma piada para todo mundo, a ponto de Yèyé nem sequer se perguntar se ela poderia estar dizendo a verdade?

Mótárá afastou o prato vazio e começou com os comentários pós-refeição que ela aprendera desde criança.

— Obrigada, senhor, obrigada, senhora.

Yèyé assentiu.

— Graças a Deus — murmurou o pai de volta.

— Dra. Wúrà, quero que conte a Òtúnba e Yèyé sobre o que Kúnlé… o tio Kúnlé… — Mótárá pressionou as mãos contra a toalha da mesa. — Diga a eles o que ele fez com você.

Wúràolá tocou seu lenço.

— Não estou entendendo.

— Mótárá, se você não calar a boca agora... — disse Yèyé, olhando para ela do outro lado da mesa.

Mọtárá manteve seu foco em Kúnlé, que continuou a levar o arroz à boca como um psicopata.

— Eu vi ele fazer. Você precisa falar agora.

Wúràọlá balançou a cabeça e desviou o olhar.

Ọtúnba bebeu um pouco de água.

— Do que se trata isso?

Mọtárá engoliu em seco.

— Kúnlé deu um tapa em Wúràọlá no aniversário de Yèyé.

— Ela é dra. Wúrà para você. Isso é parte do seu problema. Você não respeita os mais velhos. Por que está tão determinada a nos desgraçar, Mọtárá? — Yèyé estava gritando.

Ọtúnba pousou os talheres em um guardanapo.

— Kúnlé fez o quê?

— Ela está mentindo — falaram Yèyé e Wúràọlá ao mesmo tempo.

Mọtárá se levantou.

— Não estou mentindo. Wúrà... dra. Wúrà, você sabe que não estou. Por que você está mentindo por ele? Por que está protegendo esse, esse lixo? Ele deu um tapa em você nesta casa. Por que você está mentindo?

— Sente-se e pare de ser histérica — repreendeu Wúràọlá, servindo água no copo de Kúnlé.

— Jesus Cristo! O que você está fazendo? Está tão desesperada para se casar? Qual é o seu problema?

— Kúnlé. — Ọtúnba afastou seu prato. — O que está acontecendo?

— Sinto muito, senhor. Eu não... eu também não estou entendendo. É... Fui à loja de Yèyé na sexta-feira para conversar com ela sobre como Mọtárá era rude comigo e acho que ela pode estar chateada com isso. Essa é realmente a única explicação que tenho, senhor.

Ọtúnba olhou de soslaio para Yèyé, que acenou com a cabeça em apoio ao que Kúnlé havia dito.

— Ọmọtárá Mákinwá, sente-se agora e pare de fazer cena.

Mọtárá sentou-se na beirada da cadeira. Suas mãos tremiam. Lágrimas brotaram. Ela respirou fundo para se firmar.

— Papai, diga a ela para tirar o lenço.

Wúràọlá riu, um som áspero de latido.

— Eu sei que ela está escondendo algo com ele, diga para ela tirar, por favor. Se ela tiver hematomas, então você tem que acreditar em mim.

Òtúnba apoiou o queixo no punho.

— Por favor.

Òtúnba assentiu.

— Tudo bem, Wúràọlá, tire o lenço.

— Isso é ridículo — respondeu Wúràọlá. — Não estou escondendo nada, é apenas um lenço.

— Bem, então apenas tire-o — disse Òtúnba.

— Eu acredito em você, minha querida. — Yèyé estendeu a mão por cima da mesa para segurar a de Wúràọlá. — Eu confio em você, mas apenas tire para fazer nossa vontade.

Mọ́tárá mordeu o lábio inferior enquanto a irmã desamarrava o nó abaixo do queixo e removia o lenço.

Todos se inclinaram para examinar o pescoço de Wúràọlá. Depois de olhar para a pele por alguns momentos, Mọ́tárá parou de lutar contra as lágrimas e as deixou cair.

— Gostaria de verificar com uma lanterna? — perguntou Kúnlé.

Mọ́tárá voltou a olhar para o pescoço da irmã; a pele estava lisa e sem cicatrizes.

— Mọ́tárá! — Yèyé suspirou. — Você não deveria estar se desculpando com sua irmã e Kúnlé?

Mọ́tárá mordeu o lábio. Ela não se desculparia com o homem que ela tinha visto esbofetear sua irmã. Sem chance. Deus me livre de coisa ruim.

— Yèyé, por favor, deixe Mọ́tárá, não há necessidade de tudo isso. Não é nada. — Kúnlé sorriu. — Vamos aproveitar a refeição.

18

Depois do almoço, Yèyé pediu para falar com Wúràolá em particular. Ela já estava começando a tirar a louça, esperando retardar a conversa com a mãe. Suas mãos tremiam e as tigelas que havia empilhado estavam prestes a cair.

— Deixe isso para Rachel e Mótárá. Não, só Mótárá deve limpar esta tarde — decidiu Yèyé. — Venha, vamos subir.

Wúràolá deixou a louça para Mótárá. Ela se sentou novamente e apanhou o lenço, o último presente de aniversário que Nonso lhe dera, do chão. Ele era grande e acetinado, e ela o tirara do guarda-roupa assim que percebeu o pescoço dolorido a um simples toque. A pele estava sensível, prestes a ficar marcada quando Kúnlé a soltara na noite anterior. Ela temia retrair-se de dor quando seus pais a abraçaram. Até então, o lenço funcionara como uma barreira contra a dor que o afeto deles poderia infligir.

— Wúrà. — O sussurro de Kúnlé era ao mesmo tempo um apelo e um aviso. A mão dele estava no joelho dela, massageando e apertando até que ela balançou a perna para fazê-lo parar.

Quando ele finalmente deixou o apartamento dela após o incidente da noite anterior, Wúràolá saiu do banheiro, foi para a cama e caiu no sono imediatamente. Ele estava de volta ao amanhecer. Embora tivesse sua cópia da chave, ele telefonou para ela abrir a porta. Ela o fez sem pensar, com o corpo lento e pesado de sono. Kúnlé disse a ela que havia passado a noite no carro, muito perturbado para dirigir; desta vez, ele não estava apenas arrependido, disse ter percebido que tinha um problema e que precisava da ajuda dela. Ele precisava dela. Wúràolá lutou para ficar acordada enquanto ele gaguejava, a voz trêmula de exaustão e medo.

— *Óyà*, Wúràolá, *óyà*, vamos agora. — Yèyé estava saindo da sala de jantar.

Wúràolá enrolou o lenço no pescoço. Se a mãe quisesse conversar sobre a acusação de Mótárá, ela não tinha certeza se poderia mentir ou não dar uma resposta direta. Até a noite anterior, ela estava determinada a não admitir a verdade para a mãe se Mótárá continuasse com as ameaças. Mas agora, apesar de tudo o que Kúnlé havia dito naquela manhã, enquanto estava prostrado diante dela e agarrado ao seu tornozelo, implorando até cochilar, Wúràọlá estava certa de que o que havia acontecido entre eles era uma mudança significativa, uma escalada que deveria ter alguma resposta diferente.

— Sabe, desde que vocês ficaram noivos, a mãe de Kúnlé me liga todo fim de semana para dizer olá — disse Yèyé ao destrancar a porta do quarto.

— Nós vamos jantar com ela esta noite.

— E com o professor?

— Não, ele foi a Abuja para uma reunião com o presidente do partido.

— Feche a porta.

Entrar no quarto de Yèyé sempre foi como entrar em seu amável abraço. Acolhida em todas as camadas de cheiro que associava à mãe — notas florais de Anaïs Anaïs, o aroma almiscarado de pó Jōvan, o toque mentolado do pote de Robb que vivia em sua mesa de cabeceira —, Wúràọlá sentiu-se reconfortada.

Ela se sentou na cama, esperando que a mãe se sentasse ao lado dela e colocasse um braço em volta de seu ombro. Era a posição que Yèyé usava quando queria extrair um segredo.

— O mundo inteiro tem me dito que mimei demais a Mótárá, mas eu dei ouvidos a alguém? — Yèyé foi até seu cofre à prova de incêndio e digitou uma combinação. — Você também, você disse isso muitas vezes e eu não dei ouvidos. Veja minha vida agora. Minha própria filha está me envergonhando na frente do meu genro.

Wúràọlá franziu os lábios para não corrigi-la. Dizer "possível genro" não teria sentido para a mãe. Ela não tinha certeza se Yèyé agia como se os votos já tivessem sido proferidos e as formalidades terminadas porque temia demais que Wúràọlá não se casasse antes dos trinta anos. Ela supôs também que poderia ser porque Kúnlé era de uma família que eles conheciam havia muito tempo.

— Kúnlé disse que você acha que está tudo bem se eu for morar com ele depois da festa.

— Eu acho que é uma boa ideia.

— Nossa, Yèyé, nossa.

— O que foi? — A fechadura do cofre se abriu e Yèyé apanhou um porta-joias de tamanho médio.

— Você é a mesma mulher que ameaçou testar minha virgindade com um ovo?

— Oi? Eu fiz isso? — Yèyé deu de ombros. — Bem, você não é mais criança. Assim que fizermos a festa de noivado, significa que seus pais aprovaram a união. Você está livre. Não é como se ele não estivesse pronto para se casar amanhã se você quisesse. Você está livre, então se mude. Acho até melhor.

— Eu realmente não acho que seja uma boa ideia — disse Wúràọlá, esperando que a mãe perguntasse por que ela tinha reservas em morar com Kúnlé. Mas Yèyé sentou-se na cama, colocou o porta-joias entre elas e continuou como se não tivesse sido interrompida.

— E tenho certeza de que a mãe dele também não vai se importar. Desde que seja após a festa. Veja como tudo funcionou tão bem para você, Wúràọlá. Não é maravilhoso? Eu não vou mentir, pensei que Kúnlé ia fazer o pedido na época da sua aprovação. Quando não pediu, tive medo de que ele estivesse esperando outra coisa, talvez uma garota mais nova, alguém de vinte e poucos anos, você sabe como esses homens são. Mas olha só, alguns outros homens teriam ido embora quando Mọ́tárá começou a falar besteira. Viu como ele estava calmo o tempo todo? As coisas se encaixam tão bem, você sabe. Sua origem, família, temperamento. É como um milagre, *àbí*?

O milagre estava em como Yèyé, que calculava momentos de alegria com uma sobriedade que Wúràọlá sempre atribuiu à perda de ambos os pais em uma sucessão tão rápida, parecia tão despreocupada em sua felicidade. Ela parecia mais feliz do que quando Mọ́tárá nasceu ou Láyí estava se casando.

— O que foi? — Yèyé franziu a testa. — Você acha que ele está muito chateado com as mentiras de Mọ́tárá?

Esta era sua chance de dizer que Mọ́tárá não estava mentindo. E como sua mãe se sentiria? Yèyé e suas irmãs gostavam de se gabar de como tinham se reerguido depois que os pais morreram, sem perder tempo com o pesar. Mas Wúràọlá sabia que Yèyé carregava o peso do luto dentro dela. Ficava evidente em como ela às vezes esfregava a perna ferida distraída, encarando um passado que ninguém ao seu redor podia ver. Estava lá em como ela começou a chorar no dia em que Láyí, ainda adolescente, pediu novas histórias, reclamando que estava cansado de ouvir as antigas que Yèyé atualizara para eles sobre a própria mãe. Estava na forma como ela lidava com a felicidade sempre com nervosismo, como se as coisas boas só durassem por um tempo. Wúràọlá ajustou o lenço. Como ela poderia arrancar da mãe esse raro momento de alegria irrestrita?

— Wúràọlá?

— Não. Não, ele não está chateado.

Tudo o que ela queria era uma forma de ajudar Kúnlé a parar de bater nela. Ela podia resolver isso sozinha; não havia razão para transformar o milagre de sua mãe em algo menos maravilhoso do que ela imaginava. Além do mais, embora a noite passada tivesse parecido uma escalada grotesca, esta manhã fora um avanço. Kúnlé percebeu que tinha um problema. Ele não estava mais dizendo que um tapa era um erro, agora era um problema que eles tinham que resolver. Talvez o fato de ter ido longe demais fosse tudo o que precisasse para chocá-lo e levá-lo a uma mudança real.

— Qual é o problema da Mọ́tárá, *gan*? Só porque ela é grande demais para chamar os mais velhos de irmão ou irmã, *àbí*? Já contei a todas na União das Mães sobre a festa de noivado. Agora devo voltar e dizer a elas que o quê? Sem chance. Esse nunca será o meu destino. *Orí mi kọ̀ọ́*. Quando eu der uma lição nela, Mọ́tárá nunca mais vai tentar esse tipo de bobagem.

— Não a castigue, por favor. Acho que ela aprendeu a lição.

— Esqueça isso por enquanto. — Yèyé empurrou o porta-joias na direção de Wúràọlá até tocar em sua coxa. — Eu queria te dar isso depois que Kúnlé te pediu em casamento, mas esqueci por causa do aniversário e tudo mais. Abra.

Wúràọlá abriu o fecho.

— Quero que você fique com isso agora que vai se casar.

Todos os itens da caixa tinham sido embrulhados em tecido lavanda.

— Nós rezamos, o que eu desejo e espero é que você e Kúnlé vivam juntos com saúde e riqueza por muito, muito tempo. Mas nunca se sabe o que pode acontecer. Seu pai acha que sou paranoica, mas eu sempre soube o que estou dizendo. Hoje está tudo bem e aí... — Yèyé estalou os dedos. — Assim, tudo pode mudar. Minha querida, nesta vida, uma mulher sempre deve ter opções. Este ouro é parte da sua herança. Há outras coisas de que você ficará sabendo mais tarde, mas vamos começar com isso. Se tudo der errado, espero que você tenha pelo menos isso. Cuide muito bem disso e continue aumentando a coleção ao longo dos anos.

Wúràọlá se ajoelhou diante da mãe.

— Sou grata.

Yèyé passou a mão pelas tranças de Wúràọlá.

— Quero que cuidem de você nesta vida, Wúràọlá. É uma das razões pelas quais estou feliz com esta família que você passará a integrar pelo casamento. Tenho certeza de que você será bem aceita lá. Você nunca deve sofrer como eu sofri, Wúràọlá. Meus filhos nunca devem sofrer daquele jeito.

A sala de emergência vibrava com os gritos e gemidos dos pacientes. Os freios de um ônibus de dezoito lugares falharam na via expressa; em seguida, ele colidiu com dois carros sedã antes de conseguir parar. Pelo menos vinte e cinco pacientes tinham sido levados no colo ou de cadeira de rodas para a emergência em uma hora.

Foi uma semana depois da festa de aniversário de Tifẹ́. Wúràọlá estava de plantão na emergência com Kingsley e o dr. Hassan, um oficial médico sênior. Nenhum deles estava de jaleco ou roupa cirúrgica. As enfermeiras que trabalhavam também não estavam uniformizadas. As coisas podiam ficar intensas rápido demais na emergência, e os parentes costumavam atacar um médico ou uma enfermeira por não atender seus entes queridos a tempo. Era importante poder sair da ala como se você não fosse da equipe médica.

Kingsley foi quem notou que os passageiros do ônibus estavam todos vestidos com tecidos *ankara* idênticos, facilitando a priorização, já que seus ferimentos provavelmente eram mais graves. Não havia médicos ou enfermeiras suficientes no local para lidar com o fluxo de pacientes, então algum tipo de sistema teve que ser criado para garantir que eles atendessem as pessoas que mais precisavam. Wúràọlá pediu aos agentes de segurança rodoviária que colocassem os dez pacientes que pareciam mais feridos nos leitos disponíveis. Ela não precisou dizer a eles o que fazer com os outros antes de começarem a organizá-los no chão da sala de emergência. Em dias como aquele, alguns pacientes acabavam indo parar nos corredores.

Meses atrás, quase chegando na metade de seu primeiro plantão na ala de emergência, Wúràọlá saiu correndo de lá. Ela disse a uma enfermeira que precisava usar o banheiro, mas foi para o fundo da ala e vomitou até ficar tonta. Houve várias urgências naquela noite, mas o sangue não a incomodava, ela não era de entrar em pânico ao ver uma fratura externa ou um olho deslocado. Foi o coro de vozes suplicantes que fez seu estômago revirar, todos aqueles sussurros e gritos urgentes, os gritos cheios de dor. *Doutora, nítorí Ọlọ́run, doutora, por favor, doutora, me ajude, doutora.* O que a deixava nauseada e fazia suas mãos tremerem era a percepção de que algumas daquelas vozes desapareceriam em um silêncio final antes que qualquer um dos médicos de plantão pudesse atendê-las. Se todos na equipe médica tivessem dez mãos e olhos, talvez pudessem salvar os pacientes que ainda tinham uma chance de lutar. Depois de despejar o jantar na sarjeta atrás da ala, Wúràọlá enxaguou a boca, jogou água no rosto e voltou ao trabalho.

Hoje em dia, ela conseguia ignorar os gritos. Na maior parte do tempo, tentava seguir alguma sequência com os pacientes. Era sempre tentador passar de um paciente para outro que gritava por um médico. Mas Wúràọlá fazia o possível para se concentrar em terminar um procedimento sem se perguntar se alguém que ela poderia ajudar estava morrendo porque não conseguiria atendê-lo a tempo.

Kingsley deu um tapinha no seu ombro enquanto ela erguia a pálpebra de um paciente que não respondia.

— Por favor, pode me ajudar a suturar esse cara?

— Enfermeira?

— Estão todas ocupadas. — Ele ergueu a lanterna. — Deixa eu fazer isso. ECG, certo?

Wúràọlá assentiu e recuou. Kingsley era conhecido por como suas mãos tremiam quando ele estava tentando dar pontos. E piorava quando ele estava sob pressão.

O paciente tinha um corte que ia do ombro ao pulso. Ele olhou para o teto enquanto Wúràọlá pegava a sutura.

Wúràọlá era boa com suturas. Sua mãe acreditava que toda boa esposa deveria saber cozinhar, costurar e assar. Quando Wúràọlá tinha dez anos, Yèyé a ensinou a cerzir meias e assar bolos, mas as aulas de culinária foram adiadas até que ela voltasse para casa do internato no final do Ensino Médio. De todas as três habilidades que Yèyé insistia que ela devia dominar em preparação para o casamento, a costura era a única de que Wúràọlá gostava. Na faculdade de Medicina, longe de casa e da mãe, ela se recusou a remendar qualquer roupa e passou a usar almofadas de sutura, examinando vários pacotes a cada mês e às vezes se acalmando suturando bananas verdes e peitos de frango. Nos últimos meses, ela conseguira costurar uma pele humana sem nenhum dos tremores que deixavam Kingsley tão ansioso sobre machucar seus pacientes.

Wúràọlá notou que Kingsley já havia puxado o xale da mulher sobre seu rosto, mas ainda estava de pé ao lado da cama como se estivesse preso no lugar. Em uma noite mais lenta, ela teria deixado que ele tivesse o minuto de que obviamente precisava depois de perder um paciente. Agora ela percorreu a fila mental que havia feito antes e parou em um paciente que tinha certeza de que não precisaria ser suturado.

— Kingsley, cuida do cara que está segurando a barriga.

— Como?

— Aquele com aquela camisa do Chelsea. Ele estava aqui antes de trazerem os acidentados.

— Tudo bem.

Terminada a sutura, Wúràọlá examinou o paciente em busca de outros ferimentos e pediu-lhe que se levantasse.

— E vou para onde?

— Por favor, sente-se no chão, senhor. Assim podemos passar alguém que ainda precisa ser tratado pra esse leito.

— Com quem você acha que está falando? No chão? Você sabe quem eu sou?

Wúràolá tirou as luvas.

— Por favor, desocupe o leito antes que eu volte aqui.

— Menina estúpida! Bobagem falar comigo como se eu não tivesse idade para ser seu pai.

Wúràolá balançou a cabeça e foi embora. Menina estúpida, boba, idiota — homens raivosos adoravam chamá-la de "menina", como se o tempo todo estivessem esperando por um motivo para diminuí-la. Ela estava passando por Kingsley quando o homem com a camisa do Chelsea começou a vomitar. Ela desviou do jato bem a tempo. Kingsley não foi tão rápido.

— Ah, Deus.

Wúràolá olhou ao redor. Não havia ninguém que eles pudessem mandar chamar uma faxineira.

— Merda. — A camisa de Kingsley estava coberta de pedaços de vômito e manchas de sangue.

— *Eish Pèlé*. — Wúràolá se afastou ainda mais.

— Acho que estou com um pouco desse vômito na boca.

— Se troca e toma um banho antes de voltar. — O dr. Hassan acenou para que Kingsley saísse da enfermaria. — Quando sair, chama uma faxineira.

Quatro dias depois do plantão com Wúràolá, Kingsley apresentou mal-estar e alguns vômitos. Ele teve a tarde livre para descansar. Quando apareceu no pronto-socorro com tosse e dor no peito mais tarde naquela noite, o médico de plantão suspeitou de Febre de Lassa e mandou que ele fosse transferido para Ifè para isolamento.

— Você sabe quando vai receber os resultados do teste de Lassa? — perguntou Wúràolá quando ligou para saber como ele estava.

— Eles tiraram minha amostra, mas o teste só pode ser feito em Lagos. Portanto, pelo menos uma semana depois de chegar a Lagos esta noite ou amanhã.

— Quer dizer que eles não podem fazer isso nem em Ìbàdàn? — Ela olhou o relógio de parede. Se não saísse do apartamento em dez minutos, se atrasaria para o seu turno.

— Alguém disse que em breve vai ter um novo laboratório que fará isso em Àkúrẹ́, mas, por enquanto, apenas três laboratórios no país fazem, e o mais próximo fica em Lagos.

— Sinto muito. — Wúràọlá enfiou os pés nas sapatilhas verdes de balé. — Como você está se sentindo?

— Minha febre baixou, isso é bom.

— Temperatura?

— A última checagem deu trinta e seis.

— Não está tão ruim. — Ela pegou sua bolsa. — Tenho que ir agora, desculpa, não posso...

— Eu sei como é. Não se preocupe, vou ficar bem.

— Ligo para você de novo no final do dia.

— Promessa é dívida, gata dourada.

Ela não se lembrou de sua promessa até bem tarde da noite, quando Kúnlé checou seu registro de chamadas enquanto estavam de conchinha na cama. Desde o aniversário de Tifẹ́, Kúnlé ia passar as noites com ela. Ele cozinhava ou levava o jantar, limpava tudo e uma vez até lavou sua pilha de roupas íntimas sujas à mão enquanto ela dormia.

— Por que você ligou para Kingsley?

— Ele é meu amigo.

— Eu perguntei: por que você ligou para ele?

Wúràọlá sentiu uma vontade repentina de correr para o banheiro e fechar a porta. O coração de alguém estava batendo forte; ela não tinha certeza se era o dele ou o dela. Sua língua não se movia quando queria falar, e embora uma das mãos dele estivesse estendida sobre sua barriga, ela sentiu como se as duas estivessem na sua garganta novamente.

— Wúrà?

— Ele está doente.

— Por que você está sussurrando?

Wúràọlá pigarreou. Até então, ele não parecia irritado.

— Kingsley está doente já há alguns dias.

— Por que você não me disse isso antes? — Kúnlé envolveu com mais força o corpo em torno do dela. — Espero que ele esteja se sentindo melhor agora.

Wúràọlá assentiu. Ela fechou os olhos; ele batucava no umbigo dela. Parecia claro que ele não iria explodir, mas ela não conseguia relaxar. Nem quando ele começou a cantar "Òló Mi" para ela. Durante suas provas finais, ele ligava e colocava o celular na caixa de som enquanto a música tocava por exatamente um minuto. Um minuto de amor, ele chamava. Tinha sido sua maneira de ajudá-la a manter a calma durante uma época tao intensa. Ele também conseguiu fazer com que o Kay's Chippy entregasse café da manhã para ela todos os dias. Uma entrega do campus para o alojamento dos estudantes de Medicina em Glory Land provavelmente custava mais do que as próprias refeições, mas Kúnlé garantiu que ela tomasse o café da manhã de qualquer maneira. Todo santo dia.

— Você ainda gosta da música? — perguntou Kúnlé.

Wúràọlá colocou sua mão sobre a dele.

— Sim, sim. Continue cantando.

E daí se ele não fosse perfeito? Ninguém era. Pelo menos estava fazendo o seu melhor para mostrar o quanto estava arrependido de machucá-la. Isso contava, tinha que contar. Na noite anterior, ele dormira enquanto ela estava de plantão e, pouco antes das três da manhã, levara café feito na hora e um pacote de digestivos.

Ela sempre soube que ele ficava impressionado com o fato de ela ser médica. Ele destacava isso sempre que a apresentava às pessoas. "Conheça minha adorável namorada, ela é estudante de Medicina." "Esta é a dra. Wúrà, minha namorada incrível." "Esta é minha brilhante futura esposa, dra. Wúràọlá." Na noite anterior, ela o encontrara no corredor quando ele levou o café e, quando pegou a caneca para viagem, percebeu como ele olhava para além dela, para a enfermaria, os olhos brilhando ansiosos. Kúnlé a admirava, sim, mas essa admiração se misturava com suas decepções e inseguranças. Ele ainda desejava ter sido o filho médico que seus pais queriam.

Enquanto Kúnlé cantava "Òló Mi" sem parar, ela pensou em como seus pais, especialmente o pai, evitavam falar sobre isso com Láyí, agora que ele estava atrás dos seus próprios sonhos. Se os pais dela, que tinham outros dois filhos, um dos quais já médico, ficaram tão magoados com a decisão de Láyí, como eram os Coker quando estavam a sós com Kúnlé? Ser o único repositório das expectativas dos pais devia ser difícil.

Wúràǫlá virou-se para Kúnlé.

— Eu não deveria ter sido sarcástica sobre você ser médico.

Kúnlé ergueu uma sobrancelha.

— O que eu disse no aniversário da minha mãe. Eu sei como esse assunto é sensível para você.

— Ah, Wúrà. — Ele beijou sua testa. — Eu só queria que você não fizesse coisas que me deixassem com tanta raiva. Sabe o quanto eu te amo, certo?

Ela concordou e deixou que ele a puxasse para mais perto.

— Vamos só ser felizes, por favor. Fomos felizes na semana passada. Tudo tem sido tão bom entre nós, não é?

— É, você está certo.

Ele encostou o queixo na cabeça dela e a envolveu em um abraço que era um retorno a um conforto primordial. A escuridão segura de um útero, o calor do abraço de uma mãe, o alívio de ser levantada do berço na primeira vez que ela gritou querendo companhia.

19

A nova escola de Ẹniọlá, a United Apostolic Missionary Grammar School, foi uma das que o governo assumiu das igrejas havia muitos anos. E de acordo com a sra. Okon, a amiga que seu pai implorou para colocá-lo na escola tão tarde no semestre, esse controle arruinou a maioria das escolas. Quando a sra. Okon não estava reclamando de tudo que havia dado errado com a educação no país, ela lecionava inglês para as turmas de Ensino Médio da United. Ela era uma das poucas professoras que sempre aparecia durante o semestre. Nas duas primeiras semanas de Ẹniọlá na United, o professor de química não apareceu em sua sala nem uma vez.

Naquela tarde de segunda-feira, a sra. Okon reclamou sobre como a cerca da escola havia sido danificada no fim de semana. Embora ainda faltasse quase um ano para a eleição para governador, a cerca estava coberta de cartazes de campanha de dois homens que disputavam a indicação do partido governista. A sra. Okon odiava os dois homens, mas parecia mais chateada com o honorável Fẹ̀sọ̀jaiyé, um ex-aluno da escola que nunca havia doado nada, nem uma única cadeira.

— Nem mesmo uma carteira, hein, nem um prego, mas falta um mês para as primárias e ele sabe o endereço deste lugar.

Os alunos se mexeram em suas cadeiras, esperando que ela terminasse com as reclamações. Ẹniọlá percebeu que estava perto do fim quando ela pegou a bengala fina que empunhava ao verificar o dever de casa deles. Durante a reunião matinal, o diretor costumava se gabar de que o chefe do laboratório da United era agora o ministro da Saúde. A última vez que a turma de Ẹniọlá foi ao laboratório de Biologia, em ruínas, foram perseguidos por uma cobra negra que deslizou por um dos buracos no telhado enquanto o professor dissecava um sapo. O professor não se deu ao trabalho de levá-los ao laboratório desde então.

— Todos são idiotas, estou dizendo, pessoas perversas — resmungou a sra. Okon, examinando o trabalho deles. Ela foi de mesa em mesa, parando para olhar o caderno de cada aluno.

Ẹniọlá abriu seu caderno e se preparou ao vê-la se aproximar.

— Ẹniọlá, diga-me. — A sra. Okon apontou a bengala para o caderno dele. — Por que você não tocou na sua tarefa? Você teve o fim de semana inteiro e não respondeu a uma única pergunta. Por quê? Jovem, por quê?

— Sem tempo, senhora. Não tive tempo. — Ẹniọlá olhou para a página em branco onde deveriam estar suas respostas. A tarefa era um exercício resumido que ele poderia ter feito naquela manhã se ele se importasse com o que a sra. Okon achava.

— Levanta! Levanta agora — bradou a sra. Okon, agitando a bengala no ar.

Ẹniọlá se levantou e enfiou as mãos nos bolsos.

— Explique-se, jovem.

— Eu esqueci.

Ele cruzou os braços sobre o peito.

— E você abre a boca para me dizer que esqueceu? Você esqueceu sua tarefa, Ẹniọlá? Você esqueceu de comer durante o fim de semana? — Ela empurrou os óculos grandes para cima do nariz com o polegar direito. — Você esqueceu de dormir ou beber água?

Ele a encarou.

— Ẹniọlá? Ẹniọlá? É para mim que você está olhando assim? Tudo bem, eu sei o que fazer com você. Carregue sua cadeira, pega ela, agora.

Os colegas de classe de Ẹniọlá riram da cara dele; o menino que estava sentado na frente lhe mostrou a língua.

Ele agarrou as costas granulosas da cadeira de madeira e começou a levantá-la.

— Não, largue a cadeira. — A sra. Okon sorriu. Ela bateu na mesa dele com os nós dos dedos. — Carregue a carteira no lugar. E já vou avisando: vou contar para o seu pai se você continuar assim, ouviu?

Em algum outro dia, Ẹniọlá poderia ter obedecido a sra. Okon e passado o resto da aula erguendo sua carteira. Ele teria cerrado os dentes enquanto seus braços tremiam. Mas então ela mencionou seu pai, e ele teve vontade de despedaçar a cadeira que já havia levantado.

Ele a largou e saiu correndo da sala de aula. A sra. Okon o seguiu.

— Ẹniọlá — gritou ela —, volte aqui. Você está com problemas hoje, jovem. Você vai ver só quando eu te pegar. Garoto bobo, volte aqui agora mesmo!

Ele ouvia a voz dela atrás dele ao correr pelo corredor, entrando no campo da escola, mas não parou.

Ẹniọlá sabia que ela não viria atrás dele, apenas o diretor da escola perseguia os alunos até os pegar. Mesmo que a sra. Okon tentasse persegui-lo, ele tinha certeza de que poderia escapar. Pelo menos por ora. Ele sabia que ela tentaria pegá-lo em outra aula. Ele tinha visto ela fazer isso antes. Ela costumava entrar pela porta dos fundos da sala e dar um tapa repentino nas costas do culpado.

Ele não se importava em ser punido mais tarde, se não envolvesse ficar segurando móveis no alto. Havia mais de sessenta alunos em uma classe projetada para trinta, e a camisa do uniforme de Ẹniọlá costumava ficar manchada e pegajosa de suor ao meio-dia. Qualquer forma de esforço só pioraria as coisas. Em casa, Bùsọ́lá começou a chamar as suas marcas de suor de mapa da Nigéria. Que a sra. Okon o denunciasse ao pai dele, se quisesse. Aconteça o que acontecer, não ergueria nenhuma cadeira ou carteira. A única coisa boa sobre o United era que ele ainda não tinha um apelido zombeteiro; ele não ia deixá-la estragar isso.

Ẹniọlá parou de correr quando a voz da sra. Okon desapareceu. Ele estava indo em direção a um bloco de salas de aula que havia sido abandonado porque o telhado fora arrancado durante uma tempestade. Os garotos mais problemáticos da United, os tipos que sua mãe o advertiu para não fazer amizade, reivindicaram o espaço como seu. Frequentemente, eles passavam os intervalos lá. Alguns até ficavam o dia todo, mas ninguém ousava pedir que voltassem para a aula, porque uma vez bateram em um professor que tinha feito isso. Ẹniọlá vagou em direção às salas de aula abandonadas, ansioso para se abrigar fora do alcance da sra. Okon.

O bloco estava silencioso quando ele se aproximou. Não havia ninguém na primeira sala em que entrou e a única cadeira que havia não tinha pernas. Ele foi para a sala ao lado para procurar outra cadeira. Havia dois meninos. Estavam sentados ao lado de uma carteira, comendo arroz de uma grande tigela de plástico. Ẹniọlá reconheceu um dos meninos. Rashidi era um estudante SS1 que morava na sua rua e eles já tinham jogado futebol juntos várias vezes, embora não se falassem muito depois das partidas.

— Ei, o que está querendo aqui? — perguntou Rashidi, deixando cair a colher na mesa.

— Cadeira — disse Ẹniọlá, aproximando-se dos meninos e de sua tigela de arroz —, estou procurando uma cadeira.

O outro garoto deu um tapa no joelho de Rashidi e riu.

— Veja como esse moleque está olhando pro nosso arroz com cara de faminto.

— Tá com fome? — perguntou Rashidi, apontando sua colher para Ẹniọlá.

Ẹniọlá assentiu, imaginando se Rashidi iria provocá-lo com a comida.

— Por que você tá perguntando isso pra ele? — disse o outro garoto. — E é da nossa conta se ele tá com fome?

— Sàámú, ele é meu conhecido, mora na minha rua. Seu nome não é Ẹniọlá?

— E é da minha conta se o nome dele é Ẹniọlá? — disse Sàámú.

— Sàámú, eu falei que ele é meu conhecido. Vem cá, Ẹniọlá. Vem comer.

Ele assentiu com a cabeça sem pensar que seria convidado para comer com os meninos, e agora que o tinham recebido, ele temeu a possibilidade de ficarem zangados se ele dissesse que não queria. Ele estava com fome; a única coisa que o segurava eram os avisos da mãe sobre comer a comida que outras crianças levavam para a escola. Quando era muito mais novo, ele acreditava em suas histórias sobre crianças gananciosas sem questioná-las. O menino que virou um tubérculo depois de comer o mingau de inhame do colega de classe e a menina que enfiou a mão no bolso para pegar os biscoitos que um amigo lhe dera e encontrou dois polegares ali. Essas histórias eram reais para ele e Bùsọ́lá. Mesmo quando ficou claro que elas tinham sido inventadas, ele ainda hesitava em comer fora de casa. Só porque sua mãe disse que era uma coisa perigosa de se fazer. Sua mãe, que escolhera pagar apenas as mensalidades escolares de

Bùsọ́lá. Ẹniọlá arrastou uma cadeira pelo chão, colocou-a ao lado de Rashidi e se sentou.

Rashidi vasculhou um saco plástico preto que estava no chão e tirou uma colher. Ẹniọlá pegou e enfiou no arroz.

— Essa sua fome é algo sério, veja como você está devorando o arroz. — Rashidi riu. — Calma, rapaz. A comida não está fugindo.

Quando a tigela estava vazia, Rashidi deu um tapa nas costas de Ẹniọlá.

— Sério, garoto, quando foi a última vez que você comeu?

— Ontem à noite — disse Ẹniọlá.

— Antes disso.

— Na noite anterior.

— Então você come uma vez por dia? — Rashidi sorriu e assentiu. — Lembro de quando comia uma vez por dia também. Sàámú, você se lembra de quando você comia uma vez por dia?

— Graças a Deus pelo honorável — disse Sàámú, limpando os dentes com a unha. — Ele nos livrou da classe de pessoas que comem uma vez por dia. Que ele viva para sempre.

— Ah, sim — disse Rashidi —, nosso honorável nunca morrerá. O deus do trovão atingirá qualquer um que queira matar o honorável.

Rashidi enfiou a mão no short escolar e tirou um cigarro.

— Você fuma?

Ẹniọlá balançou a cabeça e apertou o nariz enquanto Rashidi acendia o cigarro.

— Então, onde você vai tomar café da manhã e almoçar amanhã? — perguntou Rashidi.

Ẹniọlá deu de ombros; ele estava grato pela comida que acabara de comer. A quantidade de comida disponível para o jantar variava de dia para dia, porque seus pais ainda tentavam pagar o proprietário. Apesar dos apelos da mãe, Ẹniọlá agora se recusava a voltar a mendigar, pois nenhum dinheiro iria para as suas mensalidades escolares. A traição que sentiu ao perceber que seus pais haviam escolhido Bùsọ́lá em vez dele só se intensificou com o tempo. Nada que sua mãe dissesse o faria ceder.

— Você não sabe como vai conseguir o seu café de amanhã? — Rashidi balançou a cabeça. — Isso é porque você nunca ouviu falar sobre o que o honorável está fazendo. Tem café da manhã, almoço e jantar na casa dele todos os dias. Você só precisa aparecer.

Ẹniọlá franziu a testa, ele nunca tinha ouvido falar sobre o que Rashidi estava dizendo. Comida de graça todos os dias? Não parecia possível.

— Comida de graça? O honorável dá comida de graça para as pessoas?

— Não para as pessoas. Ah, nem para todo mundo — disse Sàámú.

— Só para jovens como nós. Não todo mundo. — Rashidi deu uma tragada no cigarro. — Mas você está nos dizendo que nunca ninguém o convidou para ir comer na casa do honorável?

Ẹniọlá balançou a cabeça. Ele notou que Sàámú e Rashidi trocaram um olhar, mas não deu muita importância.

Rashidi se recostou e soprou anéis de fumaça no ar.

— Veja esta vida agora. Há comida de graça nesta cidade e você está passando fome em uma cidade onde pode conseguir café da manhã, almoço e jantar de graça.

— E você não paga nada? — perguntou Ẹniọlá.

— Nadinha. Essa comida que acabamos de comer veio da casa dele e não pagamos uma naira por ela.

Sàámú se levantou e se espreguiçou.

— O honorável está fazendo só o que Deus o enviou para fazer. Ele faz coisas boas para os jovens da comunidade.

Rashidi deu um tapinha no braço de Ẹniọlá.

— Sabe, se você quiser almoçar, pode ir com a gente até a casa do honorável. Sàámú, o que a cozinheira disse que vamos comer hoje à tarde?

Sàámú coçou a cabeça.

— Inhame amassado, acho que é inhame amassado.

— Tem certeza de que não paga pela comida? — perguntou Ẹniọlá.

Sàámú e Rashidi riram.

— *Àní*, o honorável Fẹ̀sọ̀jaiyé nunca morrerá. A comida é grátis, mas se você não quiser ir com a gente, não tem problema. Sàámú, vamos indo.

Rashidi esmagou o cigarro com a sandália enquanto Sàámú jogava a tigela e os talheres no saco plástico preto.

— Espera — disse Ẹniọlá quando os meninos chegaram à porta —, me espera.

Ẹniọlá ainda não acreditava em tudo o que Rashidi havia dito. Ele os seguiu só porque estava curioso.

Os meninos foram por trás do bloco de salas de aula e caminharam uma curta distância até a cerca da escola. Rashidi e Sàámú escalaram a cerca com movimentos rápidos.

— Vem ou não vem? — perguntou Rashidi.

Ẹniọlá desceu mais ao longo da cerca até chegar a um local onde ela estava quebrada e, em seguida, passou por cima dos escombros, para o outro lado.

O honorável Kọ́lápọ̀ Timothy Fẹ̀sọ̀jaiyé era conhecido por muitos nomes. Para a namorada da universidade que se tornou sua primeira esposa, ele era Kọ́lá. Antes de todos morrerem no dia em que seu pai seria enterrado, o irmão e onze meios-irmãos o chamavam de Timo ou irmão Timo, dependendo se eram mais velhos ou mais novos que ele.

Antes das cerimônias fúnebres de seu pai, durante uma das muitas reuniões familiares, o filho mais velho sugeriu que todos viajassem juntos em um ônibus alugado durante as comemorações. Embora Fẹ̀sọ̀jaiyé explicasse mais tarde aos repórteres que ele se opôs à ideia, aceitou ir. Como todos os outros presentes na viagem já estavam mortos quando deu essas entrevistas, era impossível saber se realmente havia se manifestado contra a ideia do ônibus. Alguns repórteres também apontavam que ninguém poderia verificar se tinha sido o filho mais velho quem sugerira isso. Alguns até alegaram que a ideia tinha sido do honorável Fẹ̀sọ̀jaiyé. De todas as crianças, o honorável Fẹ̀sọ̀jaiyé foi a único que não estava dentro do ônibus quando ele colidiu com um caminhão-tanque e pegou fogo. Sua primeira esposa, então no último ano como única esposa, também não estava a bordo. O fogo se espalhou levando todos embora, de modo que Fẹ̀sọ̀jaiyé também perdeu vários tios, tias e primos naquele mesmo dia. Fẹ̀sọ̀jaiyé e sua esposa alegariam mais tarde que não estavam no ônibus porque precisavam usar o banheiro, enquanto os outros irmãos, ansiosos para chegar ao túmulo do pai, decidiram seguir em frente.

Os únicos parentes próximos do pai do honorável Fèṣòjaiyé que sobreviveram ao inferno foram as suas cinco esposas. Elas deixaram a igreja com o carro funerário, muito antes de seus filhos terminarem de cumprimentar os convidados, que atrasavam sua partida. Mas quatro dessas cinco morreram um ano após o incidente. A única que permaneceu viva por mais uma década foi a mãe do honorável Fèṣòjaiyé.

Sempre houve suspeitas de que a mãe de Fèṣòjaiyé fosse capaz de mudar de forma no meio da noite, voar entre árvores e invadir casas para beber o sangue de bebês recém-nascidos. As coesposas do pai de Fèṣòjaiyé alegavam que ela dormia com as pernas para cima, encostadas na parede, e espalharam essa anedota entre a família toda como prova de que ela estava em outro lugar enquanto seu corpo estava deitado na cama. A maioria das pessoas pensava que essas coesposas estavam mentindo. Não era difícil perceber os ciúmes delas em relação à mãe de Fèṣòjaiyé, que continuava sendo a favorita do marido, embora tivesse apenas dois filhos. No entanto, quando Fèṣòjaiyé emergiu como o único filho sobrevivente do pai e único herdeiro da propriedade depois que todos os seus meios-irmãos morreram em uma única tarde, era difícil até mesmo para os mais fortes defensores de sua mãe negar o que as coesposas vinham dizendo havia décadas. E, embora ela também tivesse perdido seu segundo filho no acidente, o consenso era que a mãe de Fèṣòjaiyé não era uma mera bruxa, mas a chefe de uma poderosa seita. Certamente, ela havia sacrificado aquelas pessoas para que o filho sobrevivente pudesse se tornar um grande homem.

Após a tragédia familiar, os sucessos de Fèṣòjaiyé foram atribuídos aos poderes de sua mãe. Quando ele abriu uma fábrica de processamento de cacau dois anos após a morte do pai, ninguém da família apareceu para a cerimônia de inauguração, porque acreditavam que sua mãe sacrificaria os participantes de alguma forma misteriosa para expandir a crescente riqueza de seu filho. Os membros sobreviventes da família pararam de aparecer nas luxuosas festas de aniversário que ele e a esposa davam todos os anos. Ele fazia aniversário no mesmo dia da sua primeira esposa, Àdùkẹ́, e eles comemoraram o aniversário juntos todos os anos desde que se conheceram, ainda alunos de graduação da Universidade de Ìbàdàn.

Alguns meses após o funeral de seu pai, Fẹ̀sọ̀jaiyé e Àdùkẹ́ receberam títulos de chefia na cidade natal da mulher. E assim, no ano em que todos os seus meios-irmãos morreram, Fẹ̀sọ̀jaiyé tornou-se Olóyè ou Babá Olóyè para os amigos e associados. Em poucos anos, ele conquistou uma cadeira na Câmara dos Deputados e se intitulou honorável KTF nos cartazes de campanha para sua reeleição. A essa altura, Àdùkẹ́, que havia se tornado Erelú Àdùkẹ́, era a única que ainda chamava o marido de Kọ́lá.

Rashidi e Sàámú contaram a Ẹniọlá tudo sobre o honorável Fẹ̀sọ̀jaiyé enquanto iam a pé para a casa dele almoçar.

— Mas como vocês sabem essas coisas? — perguntou Ẹniọlá.

Rashidi deu de ombros.

— Erelú conversa muito com a gente.

— Não acredite nas bobagens que as pessoas dizem sobre o honorável, ele é um bom homem — disse Sàámú. — As pessoas estão com inveja.

— A esposa dele fala com vocês? — Ẹniọlá estudou seus companheiros. Eram quase tão altos quanto ele, mas nada mais neles parecia especial o suficiente para merecer a confiança de uma mulher como Erelú Àdùkẹ́.

— Erelú não mora com o honorável em Abuja, ela fica aqui para cuidar do eleitorado. — Rashidi sorriu. — Erelú é a mãe de todos, de todos nós.

— Erelú é única, uma boa mulher. — Sàámú ergueu um dedo. — Até hoje, ela ainda é grata por termos ajudado o honorável na eleição.

Ẹniọlá queria fazer mais perguntas, mas eles estavam se aproximando do complexo do honorável Fẹ̀sọ̀jaiyé. Uma pequena multidão estava reunida em frente ao portão e um policial revistava as pessoas antes de deixá-las entrar. Sàámú abriu caminho até o portão. Ẹniọlá o seguiu, a princípio temendo que o policial os mandasse de volta, mas o homem apenas acenou com a cabeça para Rashidi quando eles passaram a seu lado. Uma faixa declarando o honorável KTF a melhor escolha para governador fora pendurada no portão de pedestres e raspou na cabeça de Ẹniọlá quando eles seguiram.

A casa em si ficava afastada do portão. No gramado do tamanho de um campo de futebol, várias pessoas se aglomeravam em torno de tigelas de comida que haviam sido colocadas diante delas nos tatames espalhados pelo terreno.

Ao menos cem pessoas já estavam comendo quando Ẹniọlá e seus colegas chegaram.

Erelú Àdùkẹ́ supervisionava os funcionários que serviam a comida. Ẹniọlá a reconheceu sem saber quem ela era: tinha três marcas verticais em cada bochecha, como Sàámú havia descrito. Seu cabelo estava preso com contas de coral e sua pele brilhava através dos buracos na renda marrom que ela combinava com chinelos dourados brilhantes.

— *Àwọn tèmi* — disse Erelú quando viu Rashidi e Sàámú.

Os meninos se prostraram diante dela; então ela conduziu os três para um canto do gramado. Conversou com eles à sombra de uma mangueira, enquanto uma das criadas fora pegar cadeiras de plástico na casa.

— Nunca vi esse rosto. — Erelú apontou para Ẹniọlá.

Rashidi colocou a mão no ombro de Ẹniọlá.

— Ele é da nossa escola.

— Entendi. — Erelú sorriu. — E seu nome?

— É Ẹniọlá, senhora.

— O que você disse? — A testa de Erelú se franziu.

— É Ẹniọlá, senhora.

— Hummmm. — Erelú voltou-se para Rashidi. — E ele é seu amigo?

Rashidi assentiu.

— Ẹniọlá, certo?

Ẹniọlá assentiu, preocupada que ele a tivesse ofendido de alguma forma ao dizer seu nome.

Erelú deu um passo para o lado para que a criada dispusesse as cadeiras de plástico.

— Quero que Kọ́lá conheça você.

Sàámú engasgou.

— O honorável — disse Rashidi a Ẹniọlá, como se não entendesse o que Erelú queria dizer. — Ela quer que o honorável conheça você. Você tem sorte.

Um garçom chegou com uma bandeja de comida.

— Esse nome… — Erelú ajeitou o tecido enrolado no corpo e começou a se afastar. — Não deixe de trazê-lo de volta, ouviram?

— Nós trazemos muitas pessoas aqui que ela nunca deixa que conheçam o honorável — disse Sàámú quando se sentaram. — E com a maioria das pessoas, leva semanas até que ela diga qualquer coisa sobre o honorável na frente delas.

— Meses até — acrescentou Rashidi.

Ẹniọlá observou Erelú Àdùkẹ́ atravessar o gramado. Ela parava nos lugares onde havia um grupo de homens ou mulheres idosos e ajoelhava-se para cumprimentá-los. Até onde pôde ver, o rosto dela nunca relaxava: constantemente sorrindo. E embora estivesse vestida como prestes a entrar em um carro e ser levada a uma festa chique, ela não hesitava em recolher pratos e bandejas dos garçons quando achava que estavam sobrecarregados. Ẹniọlá levaria mais ou menos uma semana para perceber que servir as pessoas que se reuniam duas vezes ao dia em seu gramado não era uma interrupção no dia de Erelú, uma parada antes de ela ir aos lugares que realmente precisava estar. Seu dia se constituía em auxiliar as pessoas que se aglomeravam em seu portão para comer, e todas as manhãs ela vestia sua renda, *aṣọ-òkè* e chinelos de salto alto para distribuir pratos de àmàlà a estranhos.

Naquela primeira tarde, depois de terminar seu àmàlà, Ẹniọlá estudou a carne por um instante, segurando e virando, apertando a carne tenra para que o guisado de pimenta escorresse por seus dedos, quente e perfumado. Sua mãe teria dividido aquele único pedaço em pelo menos cinco antes de cozinhá-lo. Por um momento, pensou em embrulhar a carne em papel celofane para levar para Bùsọ́lá. Ele decidiu não fazer isso e ficou surpreso por não sentir culpa enquanto mastigava a sua suculenta última garfada.

*

Rashidi tinha um smartphone. Não um daqueles celulares com lanterna sem nenhum outro recurso além de mensagens de texto. O dele tinha câmera e até tocava música. Se estivesse totalmente carregado, Rashidi colocava o álbum *C.E.O.*, do Dagrin, sem parar enquanto os meninos jogavam jackpot no bloco de salas de aula abandonadas. Sempre que "Pon Pon Pon" tocava, Rashidi cantava junto de Dagrin, segurando suas cartas até que elas se dobrassem, gritando na hora do refrão. *Pon pon pon pon pon*. Tiros que se repetem, a buzina infindável de um carro, um canto sobre o lugar deles neste mundo. Se Ẹniọlá reclamasse que o som o distraía para perceber os sinais de Sàámú, Rashidi dava de ombros e dizia que a música o deixava feliz. O maior sonho de Rashidi era conhecer Dagrin pessoalmente um dia.

No jackpot, Ẹniọlá gostava de fazer dupla com Sàámú. Ele conseguia juntar as cartas rapidamente e poderia vencer sem a ajuda de Ẹniọlá. Tudo o que Ẹniọlá precisava fazer era observar seu rosto em busca de algum sinal. Rashidi não tinha uma dupla constante para o jogo. A qualquer momento, pelo menos meia dúzia de meninos percorriam o bloco de salas de aula abandonadas, e Rashidi ficava feliz em chamar qualquer um que estivesse interessado em fazer dupla com ele.

Ẹniọlá começou a matar aula após sua primeira visita à casa do honorável Fẹ̀sòjaiyé e, com o passar da semana, matou mais e mais aulas, até que tudo o que fazia era se encontrar com os novos amigos; nada mais importava, nem as reuniões matinais. Eles jogavam whot e jackpot, chutavam uma bola meio murcha e cochilavam com a cabeça encostada na parede.

Todas as tardes, pulavam a cerca e iam almoçar no honorável Fẹ̀sòjaiyé. Ẹniọlá nunca se juntou a eles para jantar. Embora sua mãe tivesse sido indulgente com ele desde que precisou mudar de escola, ele sabia que ela não toleraria se ele aparecesse em casa muito mais tarde do que o normal.

Ẹniọlá pensou em contar aos pais sobre o honorável Fẹ̀sòjaiyé, mas decidiu que não queria que sua família fosse lá fazer as refeições. A casa do honorável era o único lugar em sua vida que não estava manchado pela traição. Até a loja da tia Caro agora parecia parte de um plano que eles tinham o tempo todo, de empurrá-lo para a alfaiataria em vez da universidade. E ele não tinha mais ilusões sobre isso. Talvez dez de todos os alunos da sua turma na United entrassem na universidade na primeira tentativa. Ele sabia que não estava entre eles. Qualquer chance mínima que a Glorious Destiny pudesse ter lhe dado tinha acabado agora.

Na sexta-feira, Erelú disse a eles que o honorável chegaria naquela noite para passar o fim de semana na cidade e estaria disposto a se encontrar com Ẹniọlá no domingo à tarde. Ela não esperou que Ẹniọlá confirmasse, falou e foi conversar com outro grupo de pessoas. Era evidente que, se o honorável o convocasse, ele estaria disponível.

— Se ele gostar de você — disse Sàámú —, te arruma trabalho.

— E muito dinheiro. — Rashidi ergueu o celular.

— Que tipo de trabalho?

Sàámú e Rashidi riram.

— Primeiro você tem que conhecer o honorável. — Sàámú parou para morder seu frango. — Se ele for com a sua cara, então vai te dizer qual é o trabalho.

— Eu, por exemplo, às vezes o sigo em festas quando ele está na cidade. Fico andando atrás dele assim. — Rashidi se levantou, estufou o peito e deu uma volta. — Como escolta policial. Às vezes, o honorável mandava a escolta policial ficar no carro, então Sàámú e eu o seguíamos para algum lugar. Você conhece aquele professor bobão? Aquele de que tem cartaz na frente da escola.

Ẹniọlá assentiu.

— Fomos a uma festa dessas para mandá-lo parar de falar besteira, mas quando fomos pra uma reunião dentro da casa do cara, o honorável disse pra gente esperar no gazebo.

Sàámú sibilou:

— Professor Lixo. O honorável é o próximo governador deste estado, nada pode impedir, *lai lai*.

Quando Ẹniọlá partiu no domingo, sua mãe e Bùsọ́lá não tinham voltado da igreja onde foram mendigar. Apesar dos repetidos pedidos da mãe para que ele se desculpasse por ter agarrado o pai pelo colarinho, Ẹniọlá se recusava a lhe dizer qualquer coisa além do "*hin káàárọ̀, Bàami*" que era obrigado a dizer todas as manhãs. Ele não viu razão para mudar esse padrão enquanto se dirigia à casa do honorável Fèṣòjaiyé. Provavelmente presumindo que tia Caro tinha alguns pedidos para terminar naquela tarde, o pai de Ẹniọlá murmurou uma despedida ao fechar a porta. Ẹniọlá não respondeu.

De acordo com seus novos amigos, qualquer um de que o honorável gostasse o suficiente para colocar em sua lista de meninos recebia uma mesada todos os domingos. Rashidi e Sàámú garantiram que mesmo que honorável não fosse com sua cara, Ẹniọlá ainda sairia da reunião com cinco mil nairas em dinheiro vivo. Dinheiro de agradecimento por ter vindo, eles diziam. Ẹniọlá arrumou sua camiseta ao se aproximar do portão do honorável. Com cinco mil nairas, ele poderia voltar para a Glorious Destiny e pagar sozinho as mensalidades. Mas, se o honorável não gostasse dele, como ele conseguiria o dinheiro de que precisaria para pagar o saldo? Ele balançou a cabeça para dissipar o pensamento. Erelú Àdùkẹ́ tinha sido afetuosa a semana inteira, isso devia ter algum impacto no que o marido decidiria. Talvez ela até tivesse falado sobre como ele parecia um bom trabalhador. Ele não pensou muito no que seria exigido dele em troca do dinheiro. O que quer que fosse, não poderia ser terrível. Afinal, o homem alimentava dezenas de pessoas todos os dias sem pedir nada em troca.

Erelú Àdùkẹ́ estava distribuindo envelopes de papel pardo para um grupo de meninos quando Ẹniọlá chegou ao local. Ele se aproximou da fila de cerca de uma dúzia de rapazes e ficou atrás, perto de Rashidi e Sàámú. Todos na fila eram pelo menos tão altos quanto Ẹniọlá. Alguns fortes, com músculos protuberantes que estufavam as costuras das camisas. Juntos, eles eram uma multidão intimidadora.

Assim que terminou com o grupo, Erelú acenou para Ẹniọlá e o conduziu até a escada de caracol ao lado da casa. Ela ergueu o tecido que usava até os joelhos e subiu os degraus de dois em dois. Estava sem fôlego quando chegaram ao patamar, mas depois que abriu a porta, continuou a avançar no corredor escuro, seus passos estalando, olhos se ajustando à escuridão.

Erelú abriu uma porta e a luz inundou o corredor. Ele a seguiu até a asla. As paredes eram forradas de prateleiras e todas estavam cheia de livros. Ẹniọlá nunca tinha visto tantos livros em um só lugar.

O honorável estava sentado atrás de uma grande mesa, lendo um livro, a cabeça baixa, de modo que sua careca brilhava para Ẹniọlá.

— Kọ́lá. — Erelú bateu palmas duas vezes.

O honorável ergueu o rosto e esfregou os olhos com as costas da mão.

— Ele está aqui?

— Sim, chegou.

— Obrigado, querida. — O honorável acenou com a cabeça.

Erelú deu um tapinha no ombro de Ẹniọlá.

— Espere aqui, ele vai terminar logo.

Ẹniọlá assentiu.

O honorável virou uma página quando a porta se fechou atrás de Erelú.

Quatro poltronas estavam dispostas em círculo ao redor de um tapete laranja numa extremidade da sala, enquanto a mesa dominava a outra. Ẹniọlá olhou de soslaio para as lombadas dos livros na prateleira atrás do honorável. *Lei de terras na Nigéria*, *Uma história da lei de terras consuetudinárias no sudoeste da Nigéria*, *Dez orações para destruir inimigos obstinados*, *A identidade Bourne*, *Vinte orações contra flechas satânicas*...

— Você gosta de ler?

— Senhor? — Ẹniọlá despertou. — Sim, sim, senhor.

O honorável fechou o livro que estava lendo e estudou Ẹniọlá. Ẹniọlá coçou a coxa, temendo que pudesse haver uma pergunta complementar. Se fosse para ele citar títulos, o que diria? Mencionaria os exemplares de *Corações* e *Melhores amantes* que Sàámú vinha lhe emprestando? E se o honorável lhe pedisse para falar sobre o que tinha lido? Ele não podia discutir "Dez maneiras de foder uma mulher ocupada" ou as escapadas de Peter Stringfellow, que de acordo com *Melhores amantes* tinha ido para a cama com quatro mil mulheres. Talvez ele pudesse falar sobre a Bíblia. Ele se lembrava de histórias o suficiente para dar a impressão de que ele mesmo as havia lido.

— É melhor se sentar. — O honorável apontou para uma das poltronas.

— Sim, senhor. — Ẹniọlá tirou os sapatos antes de se dirigir para a área de estar. — Obrigado, senhor.

O honorável levantou-se, esperou até que Ẹniọlá se sentasse e então se acomodou na poltrona em frente à dele.

— Obrigado, senhor — disse Ẹniọlá depois de vários instantes de silêncio.

O honorável torceu o nariz.

— Você está fedendo.

Ẹniọlá cerrou a mandíbula e não disse nada. Ele olhou para seus pés sujos enquanto mastigava todas as coisas que desejava dizer em resposta. *Então eu estou fedendo? E você que é careca e a sua barriga é maior do que a de uma grávida de nove meses? Seus olhos parecem os de um sapo.*

Suas respostas imaginárias não atenuaram as palavras do honorável. Ele tomava banho duas vezes ao dia, com sabonete quando tinha. Sua mãe sempre se certificava de que suas roupas, embora puídas, estivessem limpas antes de cada uso. Aos sábados, ela lavava as roupas de todos com água sanitária e barras amarelas redondas. Ela não permitia que seus filhos lavassem suas próprias roupas por causa da agressividade daquelas barras. Suas mãos, ela costumava dizer, já estavam arruinadas. Ẹniọlá e Bùsọ́lá deviam manter as suas intactas o máximo que pudessem.

— Vou dizer à minha esposa para lhe dar um desodorante antes de sair — disse o honorável. — Vai ser bom. Eu suo muito também, então entendo o que está acontecendo com você.

Ẹniọlá ergueu o olhar. O honorável parecia sincero. Ele não estava zombando dele.

O honorável recostou-se na cadeira e tombou a cabeça de lado.

— Levanta, deixa eu te ver.

Ẹniọlá se levantou, pressionando os pés descalços com firmeza no tapete felpudo porque temia perder o equilíbrio. Ele sentiu sua garganta secar quando o olhar do homem mais velho varreu seu corpo. O rosto do honorável estava inexpressivo, como se estivesse olhando não para um ser humano, mas para uma parede de concreto sem pintura.

— Quantos anos você tem? — perguntou o honorável.

— Dezesseis.

— Você tem dezoito anos, entendeu?

— Sim, senhor. — Ẹniọlá assentiu. Talvez o honorável pedisse a ele que se registrasse para votar nas eleições do próximo ano. Ele tinha que ter dezoito anos para obter um título de eleitor.

— Conte-me a pior coisa que você já fez.

— Senhor?

— Vamos lá. Aos dezoito anos, qual foi a pior coisa que você já fez? Esfaqueou alguém? Ei, não minta. Seus amigos devem ter lhe dito que essa é a regra número um aqui, todos os mentirosos acabam queimados. Eles te disseram isso, certo?

Ẹniọlá assentiu. Eles não tinham lhe contado aquilo, mas ele não queria colocá-los em apuros.

Ele pigarreou.

— No mês passado, roubei o celular de uma mulher que estava sentada na minha frente na igreja.

— Hummm, havia pessoas ao seu lado?

— Sim.

— Como é que elas não viram você pegar o celular?

— Todos estavam rezando, senhor, então estavam de olhos fechados.

— Faz sentido. Onde estava esse celular?

— O celular?

— Quando você pegou, onde estava? Estava na bolsa dela?

— Não, senhor. Ela colocou ao lado dela no banco, eu só tive que estender a mão um pouco.

— Então ela foi descuidada. — O honorável se levantou, ergueu as dobras de seu *agbádá* e ajeitou o tecido azul-escuro sobre os ombros. — Veja, se ela realmente valorizasse o celular, ele estaria na bolsa dela. Ela o teria protegido. É como dizem: as oportunidades são como o pôr do sol. Se você esperar demais, acaba perdendo. Você aproveitou sua chance, eu gosto disso. É preciso aproveitar tudo o que a vida oferece. Devore todas as chances e oportunidades. E então, o que aconteceu depois que você pegou esse celular? Me conta. — A voz do honorável estava eufórica, seu rosto enrugado no que poderia ser o começo de um sorriso.

— Desliguei o aparelho e saí da igreja na mesma hora. Eu sabia que ela tentaria ligar assim que percebesse que ele tinha sumido, então não queria que tocasse antes de voltar para casa.

— E ela poderia notar assim que as orações terminaram, então é bom que você tenha saído logo. Venha comigo. — O honorável dirigiu-se à sua mesa. — E o que você fez com o celular?

— Tirei o chip assim que saí da igreja e o quebrei.

Caminhando atrás do honorável lentamente para evitar esbarrar nele, Ẹniọlá ficou satisfeito com o fato de o homem mais velho estar concordando com a decisão de quebrar o chip em vez de simplesmente jogá-lo fora.

— Fui a uma loja de celulares e troquei a capa, depois o usei por cerca de uma semana para ter certeza de que estava funcionando bem...

— Isso é bom. — O honorável se sentou atrás de sua mesa. — Senta, senta ali, na cadeira preta, sim. Dessa forma, você poderia vender o celular pelo que valesse a pena, certo? Já que você o usou e sabia que todos os recursos funcionavam.

— Sim, senhor.

— Hummm, quando você o vendeu?

— Demorou um mês para encontrar alguém que o comprasse. — A mesa ficava logo abaixo de um ar-condicionado e Ẹniọlá estava começando a sentir frio. Ele juntou as mãos e flexionou as palmas, temendo que esfregá-las incomodasse o honorável de alguma forma.

O honorável abriu uma gaveta e tirou uma foto.

— Seu nome é Ẹniọlá, certo? Esse era o nome do meu irmão mais novo. Ẹniọlá Theophilus Fẹ̀sọ̀jaiyé. Um garoto tão esperto. Mas então ele morreu, você provavelmente já ouviu a história.

— Sinto muito por isso, senhor.

O honorável suspirou.

— Então, por quê?

— Senhor?

— Por que você demorou tanto para encontrar um comprador para o celular?

— Eu não queria baixar o preço. — As palmas das suas mãos estavam quentes, mas o calor não parecia irradiar além dos pulsos.

— Quanto foi?

— Eu queria vendê-lo por quinze mil nairas. — Ele falou com cuidado para que seus dentes não batessem; se forçou a ficar parado, para conter os arrepios.

— Por quanto você o vendeu no fim das contas?

— Catorze mil e quinhentos.

O honorável riu, um som surpreendentemente estridente.

— Isso é bom.

Encorajado pelo riso do honorável, Ẹniọlá acrescentou:

— Eu disse ao homem que o comprou que estava a fim de vender por vinte mil nairas, então ele ficou muito feliz quando concordei em vender por catorze.

— Gostei de você. — O honorável acariciou a foto que estava segurando. — Gostei muito de você.

Ẹniọlá sorriu.

— Por enquanto, você vai principalmente me seguir em festas. Em cerca de duas semanas, vamos distribuir arroz para as feirantes. Eu quero você lá comigo. Não há perigo em nada disso. Na coisa do mercado, haverá principalmente mulheres que querem receber os sacos de sal e arroz gratuitos. Você só precisa parecer formidável. Comece a fazer flexões agora, desenvolva um pouco os músculos. Posso precisar de você para algo mais. — O honorável deixou cair a foto que estava segurando sobre a mesa. — Algo mais, digamos, mais complicado. As primárias estão chegando e pode haver alguma luta. Rashidi vai treiná-lo e, hum, vou garantir que você tenha todo o equipamento necessário para qualquer tarefa que eu lhe der. Quando você descer, Àdùkẹ́ lhe dará uma sacola. Haverá algumas guloseimas para sua família nessa bolsa. Eu cuido dos meus garotos, Ẹniọlá. Chega perto, olhe para esta foto que estou segurando. Olhe muito bem. Você tem irmão?

— Não, senhor, mas tenho uma irmã mais nova. — Ẹniọlá inclinou-se para a frente. A foto era velha e manchada, uma foto em preto e branco de um garotinho vestido com *aṣọ-òkè*.

— Qual o nome da sua irmã?

— Bùsọ́lá, senhor.

— Bùsọ́lá, certo? Imagine se algo acontecesse com ela.

O honorável balançou a cabeça.

— Esqueça que eu disse isso. Esse é meu irmão na foto, meu sangue. Mas ele está morto agora. Ẹniọlá Theophilus Fẹ̀sọ̀jaiyé. Vocês compartilham o mesmo nome, então você já é especial para mim.

Não se preocupe com nada durante suas tarefas. Nem com a polícia. Ninguém pode fazer nada contra você.

— Obrigado, senhor.

Ẹniọlá prostrou-se.

— Ẹniọlá. — O honorável colocou os cotovelos sobre a mesa. — Eu não digo o nome do meu irmão pra qualquer um. Que esse detalhe fique entre nós, ouviu?

— Sim, senhor.

— Tudo bem, agora você pode ir. Basta procurar Àdùkẹ́ quando descer. Ela estará esperando com a sua bolsa.

A bolsa era maior e mais pesada do que ele esperava. Tinha saquinhos de arroz, feijão e *gaàrí*, um pote de óleo vegetal e vários frascos do desodorante que lhe fora prometido. Havia um envelope pardo embaixo do pote de óleo e, assim que saiu do campo de visão de Erelú, contou as notas dentro dele. Dez notas de quinhentas nairas. Ele decidiu ficar com o dinheiro para si. Quanto aos alimentos, não se importava em dividi-los com os pais que o traíram. Ele teria que encontrar uma maneira de fazer sua mãe aceitar a generosidade sem lhe contar toda a verdade. Ao se aproximar de casa, sentiu-se confiante de que poderia lhe contar uma mentira convincente. Afinal, a história que tanto encantou o honorável tinha sido inventada. Sua família não ia à missa havia anos e ele nunca tinha tentado roubar na vida.

20

Faz anos que não mantenho um diário e, desde ontem, desejo ter um de verdade. Este caderno de tarefas vai ter que ser suficiente por enquanto.

Kingsley morreu.

Eu escrevi isso esperando que ler minhas próprias palavras me ajudaria a acreditar nelas, porque isso deve ser um erro. Mas Grace diz que é verdade, ela confirmou.

Kingsley morreu.

Faz um dia que Grace ligou para me contar que isso aconteceu.

Kingsley morreu. Seus órgãos pararam de funcionar. Não há batimentos cardíacos. Ele não está respirando. Ele está morto. Colapso circulatório. Parada respiratória. Morte cerebral. Pensar nisso dessa maneira não ajuda. Não há nenhuma iteração deste fato que seja aceitável.

Kingsley morreu.

Achei que escrever tornaria o fato compreensível, mas até essas palavras não parecem reais. Não consigo imaginá-lo morto.

O telefone dele está desligado. Ele logo vai ligá-lo e atender a minha ligação. A qualquer momento, ele vai estar sussurrando "gata dourada" na linha. Vai perguntar como estão meus planos de casamento e, embora eu não deva, vou fazer uma pausa por alguns segundos antes de dizer que estão indo muito bem. Vou fazer uma pausa porque mesmo sem amor, o desejo é sedutor. E então, com aquela voz radiante demais que ele tem quando está mentindo, vai dizer como está empolgado por mim. A qualquer momento.

Morto? Desde ontem de manhã, não consigo desenterrar nenhuma lembrança dele, mesmo dormindo ou sem fazer nada. Na minha mente, Kingsley está vivo, ativo, em constante movimento. Kingsley se apresentando a mim, ao meu lado, enquanto assistimos a uma daquelas intermináveis palestras de orientação no anfiteatro. Meu nome é Kingsley, diz ele, mas pode me chamar de King.

Tifé mudou seu status do BlackBerry para uma foto de Kingsley. Quando liguei para ela mais cedo, ela estava chorando tanto que não consegui entender o que falava.

Kingsley está lendo com os pés em uma bacia de água fria. Na sua cama, cochilo e acordo com um livro didático no meu peito. Nós dois temos um fim de residência chegando, mas sempre que abro os olhos, não olho para o meu livro. Meus olhos são atraídos para o peito nu e hirsuto de Kingsley. Eu quero tanto pressionar meu rosto contra todo aquele pelo.

Grace acabou de enviar uma mensagem sobre um cortejo fúnebre amanhã. O código de vestimenta é todo preto. Ela está organizando esse cortejo, mas quer que eu divulgue porque era mais próxima do Kingsley.

É aniversário do Kingsley e ele está fazendo uma sessão de fotos no Klicks Studio com um grupo de amigos. Percebo que Tifé sussurra algo para Grace quando Kingsley e eu estamos sendo fotografados juntos. Ela acha que eu nunca deveria ter terminado com Kingsley. Ela quer que eu me apaixone por ele e, pelo sorriso dela, dá para ver que ela acha que isso aconteceu. Eu sorrio quando o flash dispara novamente e gostaria que Tifé soubesse como, por tanto tempo, eu quis estar apaixonada por Kingsley. Não foi por falta de desejo que os prazeres de seu abraço nunca floresceram em alguma forma mais transcendente de afeto.

No corredor do lado de fora do meu apartamento, alguns outros funcionários residentes se reuniram para falar de Kingsley. Alguém chora baixinho enquanto fala sobre como Kingsley era generoso com os pacientes. Então, uma voz se enfurece sobre quanto tempo demorou até obter um resultado de exame, como era terrível que Kingsley não pudesse nem mesmo ter ficado isolado em nossa unidade hospitalar porque não tínhamos as instalações, como era terrível que depois que a hematêmese se instalara e uma forte suspeita de Febre de Lassa fora estabelecida, o hospital não tinha ribavirina em estoque. Nada de ribavirina no hospital para Kingsley, que abastecera a enfermaria pediátrica com antibióticos depois de perder um paciente durante a noite porque não havia um único saco de antibióticos intravenosos disponível na enfermaria.

É o aniversário de Kingsley. Todos os nossos amigos se dispersaram, mas esperei com Kingsley para copiar as imagens em um pen drive. Estamos atrás do estúdio fotográfico quando digo a ele que estou apaixonada por Kúnlé. E embora eu suspeite que ele ache que nossa amizade significa que seremos um casal novamente algum dia, ainda estou surpresa com o olhar aflito em seu rosto. Ele desvia o olhar, fixando nas balaustradas amarelas ao longo da passarela para o complexo esportivo. Quando ele se vira para mim novamente, aquele olhar de dor está escondido atrás de um sorriso largo. Estou tão empolgado por você, ele diz.

O grupo no meu corredor seguiu mais adiante e não consigo mais entender o que dizem. Estou com dor de cabeça. Kúnlé deve estar aqui em breve, mas não quero falar com ele sobre Kingsley. Hoje não.

Kingsley está parado na sala de emergência coberto de vômito de um paciente que pedi para ele priorizar. Ah, meu Deus. Como ele pode estar morto? Sempre pensei que teríamos mais tempo.

PARTE IV

TODO DIA É DO LADRÃO

E se tudo o que está para acontecer já tiver acontecido e apenas as consequências estiverem visíveis?

Every Day Is for the Thief [Todo dia é do ladrão], Teju Cole

21

A preocupação de Ẹniọlá com o que a mãe diria sobre a comida que ele levara da casa do honorável tinha sido em vão. Ele chegou em casa muito antes dela e passou a noite pensando em explicações que poderiam ajudá-lo a fugir de uma verdade que incomodaria seus pais. Ele não se deu ao trabalho de dar explicações ao pai; só se preocupava com o que sua mãe poderia pensar. Afinal, se o homem tivesse feito o que deveria nos últimos anos, a família não precisaria das coisas que o honorável havia dado. Já a mãe sempre tentara. Mesmo que seus esforços não rendessem dinheiro suficiente para pagar suas mensalidades e as de Bùsọlá, ela tentava. Quando a mãe voltou para casa, já era tarde da noite. Ela assentiu fracamente e sorriu quando ele lhe mostrou a comida. Enquanto ela contava sete xícaras de arroz, dez xícaras de *gaàrí* e cinco de feijão, ele esperou que ela insistisse que não comeria nenhum dos itens até que explicasse sua origem. Nada. Em vez disso, ela o abraçou até seus braços ficarem dormentes.

No dia seguinte, Ẹniọlá levantou-se do colchão enquanto os pais roncavam e Bùsọlá babava durante o sono. Foi cantando para o pátio, se sentindo mais leve do que uma pena de pintinho, certo de que algum peso que carregava havia muito tempo tinha se desfeito durante a noite. Ele cantarolava e batia um pé no ritmo, escovando os dentes, não com sal salpicado numa escova cujas cerdas havia muito se achataram contra seus dentes, mas com pasta de dente de verdade e uma escova nova. O que o fez dançar ao voltar para o corredor foi a ideia de que a mãe e a irmã também sentiriam o frescor da menta quando escovassem os dentes mais tarde naquela manhã.

A primeira coisa que fez depois de deixar a casa do honorável Fẹ̀sọ̀jaiyé no dia anterior foi comprar um tubo de pasta de dente e escovas de dente novas para todos. Enquanto escolhia, azul para si, creme para a mãe e verde para Bùsọlá, sua mão apertava tanto a quarta escova que o vendedor perguntou se ele queria três em vez de quatro. No final, ele escolheu uma preta, não se importando em escolher uma na cor favorita do pai, como fizera com sua mãe e sua irmã.

Bùsọ́lá estava se espreguiçando e bocejando quando ele voltou para a sala.

— Olha! É uma escova de dentes nova? — perguntou ela.

— Por que eles ainda estão dormindo? — Ele apontou o queixo na direção dos pais.

— Talvez seja porque ela chegou em casa tarde ontem à noite e ele...

Bùsọ́lá deu de ombros como se as ações do pai estivessem além de qualquer explicação ou razão.

Ẹniọlá tomou banho e se arrumou para a escola às pressas. Quando enfiou o envelope que o honorável lhe dera no bolso da camisa e saiu correndo de casa, seus pais ainda estavam dormindo. O sol ainda não tinha nascido, mas metade do céu acima dele estava salpicado de nuvens alaranjadas que anunciavam sua ascensão. Ele andava devagar e parava em quase qualquer oportunidade. Parou para chutar uma bola murcha de volta para um garotinho que a havia jogado de um jardim para a rua, depois parou para coçar atrás da orelha até ficar satisfeito e passou alguns minutos colhendo flores do arbusto de hibisco em frente à sua escola. Ele não tinha nada antes de conhecer o honorável, mas agora? Até o tempo pertencia a ele. O mundo ao seu redor parecia mais claro e brilhante, como se uma camada de poeira que ele desconhecia tivesse sido varrida durante a noite. Ele cantarolava enquanto avançava e de tempos em tempos sentia-se dominado pelo desejo de começar a dançar. Não só bater os pés, mas dançar de verdade. Durante toda a manhã, ele esperou que esse sentimento se dissipasse, mas persistiu na caminhada até a Glorious Destiny por volta do meio-dia, separando-se enquanto Rashidi e Sàámú se dirigiam à casa do honorável para almoçar.

Quando os outros meninos perguntaram sobre seu destino, Ẹniọlá mentiu que precisava fazer algo na loja da tia Caro. Ele não quis revelar que estava indo à sua antiga escola perguntar se eles o aceitariam de volta. Ele não suportaria a zombaria se sua tentativa não desse certo. Não era difícil para ele imaginar ser apelidado de Glorious Destiny. Passar de um apelido estúpido a outro não era um risco que ele queria correr. Antes de conhecer seus novos amigos, a única coisa boa sobre mudar de escola era que ninguém da sua turma sabia que ele havia sido apelidado de Federal.

Ẹniọlá pensou em passar em casa para vestir seu uniforme da Glorious Destiny, mas desistiu. O calção marrom e a camisa amarela da United serviriam para o encontro com o sr. Bísádé.

Rashidi havia garantido a ele que haveria outro envelope no final daquela semana, apenas três mil nairas desta vez, porque era isso que o honorável dava a seus garotos todas as sextas-feiras. Ẹniọlá calculou que em um mês pagaria as mensalidades escolares. Depois disso, ele planejava continuar economizando para as mensalidades do semestre seguinte. Não, ele não compraria um celular ainda. Não importava quantas vezes ele se perguntasse como Maria reagiria se ele aparecesse na loja da tia Caro com um XpressMusic azul na mão.

As aulas estavam para começar na Glorious Destiny, então ele poderia ir direto ao sr. Bísádé sem interagir com ninguém. O sr. Bísádé contou o dinheiro duas vezes e avisou-o de que não poderia fazer as provas se não efetuasse o pagamento completo até lá.

Pela primeira vez desde que começou o Ensino Médio, Ẹniọlá não se preocupou se seria capaz de fazer essas provas. A sensação que antes considerava estranha instalou-se, e ele finalmente a reconheceu como a leveza que vinha com a liberdade. Liberdade da preocupação e do medo que o perseguiam, porque ele nunca sabia se seus pais teriam condições de comprar algo de que precisava.

Ẹniọlá não tinha intenção de assistir às aulas na Glorious Destiny naquele dia ou no resto da semana. Ele planejava voltar no meio da semana seguinte, depois de receber do honorável outro envelope recheado de nairas. Com esse dinheiro, ele costuraria alguns uniformes escolares sem furos no seu tempo livre na tia Caro. Ela o deixaria usar as máquinas pelo tempo que quisesse, uma vez que terminasse as tarefas que lhe passava. Sobraria dinheiro para comprar um novo par de sandálias. Mas as sandálias teriam que ser de borracha, não o par de Kitos que ele realmente queria.

Assim que voltou à United, Ẹniọlá disse a Rashidi e Sàámú que voltaria para a Glorious Destiny em algum momento da semana seguinte. Houve um silêncio antes que os dois garotos dessem de ombros como se estivessem esperando por isso o tempo todo e não se importassem se ele ficaria ou sairia. Ẹniọlá mordeu a língua para não dizer que sentiria falta deles.

Enquanto Rashidi mexia no XpressMusic, Sàámú informou a Ẹniọlá que o honorável tinha adiantado sua visita ao mercado. Ele agora precisaria dos garotos naquela quinta-feira.

— Ei, os alunos da Glorious Destiny são muito importantes? — perguntou Rashidi sem tirar os olhos do celular.

— O quê? — disse Ẹniọlá.

— Você é muito importante para ser um de nós agora.

— O Rashidi começou de novo. — Sàámú bateu na escrivaninha à sua frente. — Para de colocar palavras na boca de Ẹniọlá. Ele só está voltando para se preparar melhor, ele ainda é um de nós. *Àbí?*

Ẹniọlá assentiu.

— Só quero me preparar melhor, é isso. Não se preocupa, ainda vou para a casa do honorável de tarde. A escola não é cercada nem nada do tipo. Posso sair com muita facilidade.

Rashidi trocou um olhar com Sàámú antes de fixar no rosto de Ẹniọlá. Sentado em frente aos outros dois, Ẹniọlá sentiu como se estivesse sendo examinado em busca de alguma falha escondida — um fio solto enfiado na bainha de um vestido acabado, ameaçando desfazer a costura.

— É sério, Rashidi, você vai me ver lá quase todos os dias. Onde vou conseguir dinheiro para as mensalidades ou para o exame se não continuar indo?

— Está bem. — Rashidi virou-se para Sàámú e acenou com a cabeça.

— Holy Michael disse que deveríamos dar isso para você. — Sàámú enfiou a mão na mochila e colocou uma bolsa preta de náilon em cima da escrivaninha.

Ẹniọlá sorriu antes que pudesse se conter. Holy Michael era um homem imponente que às vezes seguia Erelú como um guarda-costas. Ele só falava com os garotos quando queria passar algum recado de Erelú ou do próprio honorável. Ẹniọlá pegou a bolsa e olhou dentro.

Rashidi riu.

— Veja como ele está arreganhando os dentes. Tá pensando que é dinheiro.

— É uma faca — disse Sàámú.

Era a menor faca que Ẹniọlá já havia segurado. O cabo era marrom com dois pontos prateados e a lâmina desaparecia em uma bainha preta. Quando ele colocou na palma da mão, a ponta não se estendeu além do dedo médio.

— Pra que serve? — perguntou ele.

— Nadar — disse Sàámú. — Para que mais serviria? É para o seu treinamento, você precisa aprender a se proteger.

— De quê?

Rashidi riu.

— Sua voz está tremendo, Ẹniọlá. Não se preocupe, é só para assustar qualquer um que queira tentar fazer uma besteira.

No dia seguinte, Holy Michael reuniu todos os garotos antes mesmo de almoçarem. Ele os levou para trás da casa e os fez se aproximarem até ter certeza de que nenhum deles seria visto pela multidão que se espalhava no gramado da frente do honorável. Ẹniọlá tentou contar quantos garotos o esmagavam de todos os lados, mas se distraiu em algum ponto entre trinta e trinta e cinco. A maioria deles era muito mais velha. Alguns pareciam homens, tinham barbas que cobriam boa parte do rosto. Rashidi e Sàámú estavam longe dele, mas ele via que sorriam e cumprimentavam os garotos ao seu redor.

Em torno de Ẹniọlá, houve tapinhas nas costas e olás, discussões e perguntas preocupadas sobre pais idosos, apresentações e reencontros. Todas as conversas cessaram assim que Holy Michael começou a falar. Ele disse em uma voz baixa e rouca que exigia atenção total, contando nos dedos da mão esquerda as coisas em que queria que eles prestassem atenção. O honorável começaria a distribuição às dez, mas esperava que todos chegassem às nove e meia. Cinco pessoas se juntariam à polícia no palanque com o honorável. Quatro ficariam nas extremidades do palanque, enquanto os outros se espalhariam pela multidão. O trabalho deles era permanecer invisível durante a distribuição. Eles só deveriam se aproximar do palanque se vissem alguém tentando atacar o honorável.

Com a quinta-feira se aproximando, Sàámú ensinou Ẹniọlá a parecer ainda mais alto, mostrou-lhe como arquear as costas para que seus ombros parecessem mais largos. Abra o peito, abra o peito, ele bradava, exigindo saber se Ẹniọlá estava realmente fazendo flexões pela manhã, conforme havia sido instruído.

Rashidi mostrou-lhe como andar com a faca embainhada, com uma mão no bolso direito, sempre segurando o cabo para poder sacá-la assim que fosse necessário. Ele garantiu a Ẹniọlá que tudo o que precisaria fazer com a faca que recebera era bradá-la ou esfaquear o ar diante dele. Afinal, eles só iriam distribuir comida e presentes para as comerciantes do mercado, e era improvável que algo desse errado. Ele começou a andar com a faca no bolso como Sàámú havia sugerido, para se acostumar e se preparar para quinta-feira. O cabo pressionava o osso do quadril, forçando-o a andar de lado se quisesse evitar choques repentinos de dor.

Na manhã de quinta-feira, ele encontrou Rashidi e Sàámú diante da United. Eles passaram algum tempo discutindo se deveriam participar da reunião matinal, mas Sàámú era o único que defendia isso. Ẹniọlá observou como Sàámú estava interessado nos rituais de escolarização. Seu uniforme estava sempre limpo e passado, as mangas da camisa, engomadas. Embora faltasse às poucas aulas em que os professores apareciam, Sàámú tinha livros didáticos e ocasionalmente os folheava quando achava que Ẹniọlá não estava prestando atenção.

Rashidi começou a sinalizar para os táxis assim que eles convenceram Sàámú a abandonar seu desejo de fazer fila e cantar hinos.

— Táxi, kẹ? Não estou pronto para desperdiçar dinheiro assim, hein? — disse Sàámú.

Sàámú estava economizando para arranjar o próprio apartamento, para que todos os seus irmãos e irmãs mais novos pudessem morar com ele. Ele morava com um tio que o acolhera depois que seus pais morreram em um acidente quando tinha dez anos. Agora, com mais de dezoito, ele tinha visto seus irmãos apenas uma vez desde que os quatro foram divididos por todo o país entre parentes. No ano passado, uma tia em Abuja queimou o pescoço de sua irmã com um ferro só porque ela quebrou um jogo de porcelana.

— Rashidi, para, vamos andando, *jàre*. Tenho que ter o dinheiro do meu aluguel este ano.

Rashidi deu um tapa na nuca de Sàámú.

— Eu cuido de você e de você também, Ẹniọlá. Vou pagar pra gente.

Ẹniọlá esperava que ele pagasse a passagem de três das seis pessoas que embarcariam no táxi. Quatro atrás e dois na frente, ombros, braços ou mangas vazando das janelas. Mas Rashidi insistiu que esperassem até que passasse um vazio e todos pudessem se sentar confortavelmente, da maneira como os veículos haviam sido projetados. Rashidi ao lado do motorista, Ẹniọlá e Sàámú atrás. Quando o motorista tentou pegar outro passageiro, Rashidi deu a ele dinheiro suficiente para pagar a passagem de seis pessoas.

O táxi avançava chacoalhando. O motorista teve que dar a partida várias vezes durante a viagem. Não havia chave ou ignição, apenas dois fios que o motorista se esfregava até que o motor engasgasse e o carro desse uma guinada para a frente.

Eles conseguiram chegar na parada mais próxima do mercado bem a tempo. Ojúdẹ Ọwá ficava em frente ao ponto, parte de um complexo que incluía a prefeitura e fazia divisa com o Palácio de Ọwá e o mercado. Quando saíram do táxi, o coração de Ẹniọlá batia tão rápido que ele ficou surpreso por não conseguir ouvi-lo batendo contra sua caixa torácica. Ele não estava com medo. O que ele sentia era emoção. Tremendo de expectativa enquanto caminhavam em direção a Ojúdẹ Ọwá, ele enfiou a mão no bolso e segurou a faca. Em apenas alguns dias, ele passara de andar de lado a se sentir calmo quando tocava a bainha de couro da faca.

Uma plataforma havia sido montada em Ojúdẹ Ọwá, junto ao muro que margeava o mercado. Os alto-falantes gritavam Salawa Abeni. Um caminhão estava estacionado perto do pequeno portão que dava para o mercado. Holy Michael estava ao lado do caminhão, gritando com o motorista que tentava abri-lo. Quando viu os garotos, olhou para eles.

— É essa a hora que vocês deviam chegar? — gritou Holy Michael. — Vieram arrastando a bunda?

— Não, senhor — disse Ẹniọlá. — Pegamos um táxi.

O golpe que levou na costela, de Rashidi ou Sàámú, não sabia dizer de quem, significava que Ẹniọlá cometera um erro.

— Vocês pegaram um táxi, *àbí*? Um táxi? Responda. Você, bocudo, você é surdo?

— S-sim, senhor. — Embora não ousasse desviar o olhar do homem que avançava sobre ele, podia sentir que Rashidi e Sàámú não estavam mais ao seu lado.

— Então por que só chegaram agora? Por quê?

— Não estamos atrasados, senhor, estamos aqui bem na hora...

Ele moveu a cabeça bem no momento em que o punho de Holy Michael investiu contra seu rosto, e não sentiu nada do golpe pretendido, a não ser as juntas dos dedos do homem roçando sua orelha. Ele se esquivou quando outro soco voou na sua direção, desviou também de um chute, então saiu correndo quando Holy Michael tentou agarrá-lo pelo ombro. Ele parou de correr quando ouviu aplausos.

Holy Michael continuou batendo palmas enquanto Ẹniọlá tentava recuperar o fôlego.

— Venha, venha. — Holy Michael abriu os braços como se fosse dar um abraço em Ẹniọlá. — Não tenha medo, se aproxime, qual é mesmo o seu nome, garoto novo?

— Ẹniọlá, senhor.

— Eu gosto do jeito que você se esquiva e corre, hein. É de pessoas como você que precisamos aqui. Você tem um dom, hein. Sabe do que mais eu gosto? — Holy Michael agarrou o ombro de Ẹniọlá. — Sua mão nunca saiu do bolso, você estava pronto para sacar a faca. Muito bom, muito, muito bom.

Holy Michael apertou o ombro de Ẹniọlá antes de se afastar, gritando instruções para todos ao alcance da sua voz enquanto seguia. Os garotos do honorável continuaram marchando pelo portão principal que dava em Ojúde Ọwá. Alguns entraram pelo portão de pedestres que levava ao mercado. Holy Michael chamava os garotos pelo nome, a voz se avolumando enquanto os designava para diversas tarefas. Vários para guarnecer cada entrada do espaço, alguns para pendurar uma faixa atrás da plataforma e outros para entrar no mercado com megafones e panfletos.

Ẹniọlá e seus amigos se juntaram ao grupo que descarregaria o caminhão. Rashidi e Sàámú tinham de empilhar sacos de arroz em um canto, Ẹniọlá e outros garotos deveriam arrumar galões de óleo vegetal em outro local. Deveria ter tecido no caminhão, metros de *ankara* com o rosto do honorável estampado. Alguém se esquecera de colocar no veículo antes de sair de Ìbàdàn naquela manhã. Holy Michael gritou com o motorista quando percebeu que não haveria tecido para dar às mulheres que participariam do comício. Desta vez, a troca terminou com Holy Michael batendo a testa do homem contra a lateral do caminhão.

— Deus salvou você antes, teria sido a sua cabeça — sussurrou Rashidi no ouvido de Ẹniọlá, observando o motorista limpar o sangue do rosto.

— Vocês, garotos, nunca viram um ser humano antes? Nunca viram sangue antes? Por que todos pararam o que estavam fazendo? Vieram aqui para assistir televisão? — As veias do pescoço de Holy Michael reverberavam enquanto ele gritava.

Os meninos voltaram às suas tarefas com fervor induzido pelo medo.

Uma vez descarregado, o arroz tinha de ser repartido de grandes sacas em saquinhos pretos de náilon. Ẹniọlá e um outro garoto viraram os galões de óleo em grandes bacias enquanto outros dois transferiam o líquido para sacos transparentes. Um grupo de recém-chegados amarrou os sacos de arroz e óleo com nós duplos antes de colocar um de cada em um saco de pano. Os sacos de pano eram em várias cores vivas, todos com fotos do rosto do honorável.

Quando o honorável chegou por volta do meio-dia, ladeado por Erelú e quatro policiais, o descarregamento e organização estavam terminados. Uma pequena multidão se reunira em frente à plataforma e Ẹniọlá estava atrás, observando enquanto Rashidi e Sàámú dançavam ao som da música makossa que começara a tocar.

Holy Michael enfiou um par de óculos escuros na mão de Ẹniọlá e o empurrou em direção a Rashidi.

— *Óyà, óyà* — disse ele antes de correr em direção ao honorável.

Ẹniọlá ficou confuso no início, mas Rashidi sabia o que Holy Michael queria dizer. Ele agarrou a mão de Ẹniọlá e se enfiou no meio da multidão até que eles escalassem a plataforma. Eles foram os primeiros a ficar próximos do honorável e de sua comitiva, enquanto paravam para falar com uma velha no meio da multidão.

— Coloque os óculos! — gritou Rashidi por cima da música.

Com óculos escuros, Ẹniọlá enfiou a mão no bolso e encostou no cabo da faca. Ele não estava com medo. Sentia-se protegido pelo peso do cabo de madeira na mão, emocionado por saber que todos olhariam para o espaço que ele agora ocupava. Devia ser especial que, na primeira vez em que participava de um comício, Holy Michael o tivesse convidado para subir na plataforma com Rashidi e dois garotos que já faziam parte da campanha do honorável havia quase quatro anos. Ele era o único garoto novo a quem fora confiado um canto na plataforma do candidato. Era algo especial. Rashidi falou com orgulho toda a semana sobre como ele era um dos que costumavam ser convidados a ficar com o honorável, um espaço que só tivera permissão para ocupar no sexto comício. Sàámú nunca havia sido escolhido para esse papel, nem uma vez. Rashidi direcionou Ẹniọlá para um dos cantos da frente da plataforma e disse que ele deveria observar a multidão em busca de sinais de problemas quando o honorável estivesse falando.

O honorável estava suando quando subiu na plataforma com sua comitiva. Ele enxugou o rosto com um lenço e agitou-o acima da cabeça, provocando uma salva de palmas da multidão abaixo.

Os policiais se espalharam em semicírculo atrás do honorável e de Erelú. A música nos alto-falantes ficou silêncio. Ẹniọlá apertou ainda mais a faca em seu bolso. Enquanto alguém da festa verificava se o microfone estava funcionando, Erelú tirou um pó compacto da bolsa, deu as costas para a multidão e retocou a testa.

Assim que o honorável pegou o microfone, Ẹniọlá se aproximou da borda da plataforma e examinou os rostos voltados para o alto na multidão. Havia grupos de jovens conversando, várias garotas cujas bandejas carregadas de utensílios haviam sido pousadas ao lado, algumas crianças com uniformes esfarrapados. Embora Holy Michael deva ter dito para se espalharem na multidão, Ẹniọlá poderia facilmente identificar as cerca de cem mulheres que haviam sido levadas de ônibus de diferentes partes do estado. Quase todas estavam vestidas com a *ankara* rosa da campanha que trazia o rosto do honorável.

A maioria das mulheres do mercado, cujos votos o honorável queria garantir antes mesmo de ser candidato a governador pelo seu partido, não tinham aparecido. Poucas abandonariam suas lojas ou barracas para passar horas de pé debaixo do sol. Algumas mandavam aprendizes ou assistentes, e aquelas que tinham barracas junto dos muros de Ojúde Ọwá provavelmente escutavam tudo.

Erelú, Holy Michael e um grupo seleto de garotos iam de loja em loja, de barraca em barraca, perambulando pelo mercado após o fim do comício. Eles passaram o resto do dia distribuindo arroz e óleo vegetal. No fim da tarde, o honorável se reuniria com os chefes das associações do mercado na casa deles. Sàámú havia explicado tudo isso no início da semana. Ele estivera lá na última vez que o honorável fez campanha e se lembrava de como os planos se desenrolaram nos primeiros dias.

Por enquanto, o honorável discorria sobre a diferença que os projetos de seu distrito eleitoral — um poço que Ẹniọlá sabia ter parado de funcionar meses atrás, um bloco de salas de aula inacabado, o trecho de estrada recém-asfaltado que levava à casa do honorável — tinha feito na vida dessa pessoas que o ouviam.

O pessoal conversava entre si enquanto primeiro o honorável e depois Erelú agradeciam a todos pelos votos que o mandaram a Abuja como representante. Apenas algumas pessoas pareciam estar prestando atenção quando o honorável reclamou sobre os limites do que ele poderia realizar como legislador. Quando alguém do partido pegou o microfone para perguntar à multidão se achavam que o honorável poderia servi-los melhor como governador do estado, apenas as mulheres de *ankara* da campanha gritaram que sim. Ninguém mais parecia tão interessado no que Erelú ou os outros representantes do partido tinham a dizer. As pessoas ficavam olhando para o canto onde os sacos de arroz e óleo estavam empilhados.

Holy Michael subiu à plataforma bem quando o último orador, um homem que arrastava as palavras e cambaleava como se estivesse bêbado, encerrou sua história sobre como o honorável estava lutando para que uma universidade fosse fundada na cidade. O ponto de sua história parecia ser que o honorável era bom em obter alocações federais para o município. Ẹniọlá se perguntou se o homem cairia bêbado antes de terminar de falar.

Os policiais escoltaram o honorável e Erelú saindo da plataforma, abrindo caminho enquanto eles se dirigiam para a pilha de itens que seriam distribuídos.

Holy Michael chamou Ẹniọlá e Rashidi para perto.

— Domingo. Não este, o outro — disse Holy Michael —, temos uma missão especial de noite, ordem direta do honorável. Rashidi, você se lembra daquele professor idiota? Aquele que quer ser governador?

— Sim, lembro. Fomos à festa de aniversário da esposa do amigo dele, né?

— É por isso que gosto do Rashidi. Suas células cerebrais estão todas aí. Ele se lembra de coisas assim. — Holy Michael estalou um dedo na cara de Ẹniọlá. — O professor e aquele Ọ̀túnba, amigo dele. O honorável quer que os dois saibam que o leão é o pai mais velho do gato.

— Eu até queria te falar depois daquilo — disse Rashidi. — Ninguém deveria falar com o honorável do jeito que eles estavam falando naquele dia, ninguém.

— Sim! Suas células cerebrais realmente estão todas aí. O honorável quer que usemos o tal de Ọ̀túnba para dar um aviso ao professor imbecil. Temos informações de que Ọ̀túnba é um dos principais financiadores da campanha do professor. Então vamos atrás dele primeiro. Se o professor não ouvir depois disso, fechamos mais o cerco. É assim que o honorável gosta de fazer as coisas, avisamos as pessoas primeiro. Então vocês dois precisam estar lá na noite de domingo. Vamos sair da casa do honorável.

Ẹniọlá assentiu. Ele podia escapar para lá à noite se quisesse; tudo o que tinha que fazer era sair da loja da tia Caro em vez de ir para casa primeiro. Ele lidaria com os pais e sua raiva quando voltasse para casa.

— Beleza, Holy Michael. Vou falar com o Sàámú — disse Rashidi.

— Não, quero você e Ẹniọlá.

— Este aqui? Ah, Holy Michael, este aqui? Ele não está pronto. — Rashidi balançou a cabeça. — Não para uma missão especial.

— Eu gosto dele e quero ele lá.

— Ele é só um bebê, Holy Michael.

— O que é isso, Rashidi? Não sou criança — disse Ẹniọlá.

E daí se ele fosse a pessoa mais nova na conversa? Isso não significava que Rashidi deveria insultá-lo na frente do braço direito do honorável.

— Cala a boca — disse Rashidi.

Holy Michael segurou o ombro de Ẹniọlá.

— Você quer dez mil nairas?

— Senhor?

— Tem algum problema na sua vida que dez mil nairas resolveriam?

Ẹniọlá assentiu, muito animado para falar sem gaguejar. Era por isso que Rashidi não o queria envolvido? Para que fosse Sàámú quem conseguisse o dinheiro extra?

Holy Michael ergueu as mãos.

— Viu só? Ele está pronto.

— Sàámú não pode ir?

— Não, Rashidi. Não me irrite. Eu disse só você e Ẹniọlá. Entendeu?

— Sim, senhor.

Rashidi esperou até que Holy Michael estivesse fora do alcance da sua voz antes de se virar para Ẹniọlá.

— Você está louco?

— O que eu fiz? — Ẹniọlá recuou dos braços oscilantes de Rashidi.

— Você ficou louco? Quem te trouxe aqui? Não fui eu e o Sàámú? Você? Missão especial, *báwo*? Veja como fala, *não sou* criança. Se eu estou dizendo que você é um bebê, você é um bebê.

— Eu sei que o Sàámú é o seu melhor amigo, mas eu também preciso de dez mil nairas.

— Você acha que isso tem a ver com dinheiro? Sabe o que vai ter que fazer por esse dinheiro? Ah, Ẹniọlá, você acha que é essa brincadeira de criança que acabamos de fazer aqui? Você acha que vai ter que ficar como uma estátua?

— O que é? — perguntou Ẹniọlá. Ele percebia agora que Rashidi estava mais alarmado do que zangado, que a preocupação que marcava a testa do amigo o estava afetando.

— Eu nem pensei que Holy Michael ia gostar de você, imagina mandar para uma missão especial.

— E o que eu vou ter que fazer? — Ẹniọlá estava ciente de que sua mão havia deixado o bolso, enquanto a de Rashidi não. Mais uma prova de que ele não estava pronto e em um momento como aquele esqueceria que tinha que estar em guarda o tempo todo.

— Quando pedimos que você se juntasse a nós lá no honorável para almoçar, eu não sabia... Eu não sabia que Holy Michael ia escolher você tão rápido. Você não está pronto.

— Fala, Rashidi, só me fala.

— Vocês dois vão dormir aí? — Sàámú estava parado no último degrau da escada que levava à plataforma.

— Você não está com o pessoal que está distribuindo...

— Holy Michael disse que eu posso ir para casa — disse Sàámú.
— Ele liberou você e Ẹniọlá?

— Sàámú, temos um problema sério. — Rashidi foi em direção ao amigo. Ẹniọlá seguiu os dois quando eles deixaram a plataforma. Rashidi explicou a situação com Holy Michael para Sàámú, que parou de andar e se voltou para Ẹniọlá.

— Não pedi ao Holy Michael para me incluir nem nada. A decisão foi dele. Desculpa. — Ẹniọlá não resistiu ao impulso de se desculpar, Sàámú provavelmente precisava mais do dinheiro extra do que ele. Mesmo que seu pai fosse um inútil, ele ainda tinha a mãe. Sàámú tinha apenas a si próprio. Sàámú apontou para Ẹniọlá, semicerrando os olhos como se tentasse ver uma formiga claramente.

— Quer dizer que ele vai e eu não?

— Isso é o que Holy Michael quer — disse Rashidi.

— Você está falando sério?

— Por que eu ia brincar com isso? Não sei o que fazer, esse aqui vai ficar com medo. Ele é só um bebê. E vai ter confusão, eu sei.

Sàámú diminuiu a distância entre ele e Ẹniọlá com um passo longo.

— Você vai embolsar as dez mil nairas, hein?

— Tentei fazer Holy Michael mudar de ideia, mas você sabe como ele é. — Rashidi tossiu e sua voz virou um sussurro. — E se nos pedirem para fazer o que fizemos da última vez, Ẹniọlá vai dar conta? Não. Ele não está pronto, este não tem força para uma missão especial, ele não é como a gente.

— Mas ele tem força para embolsar dinheiro.

Ẹniọlá percebeu que Sàámú estava com ciúmes. Estava na maneira como ele cuspiu as palavras, no sorriso de escárnio que surgiu nos cantos de seus lábios, na força com que ele empurrou Ẹniọlá. Estava em como ele tentou fazer de novo quando Ẹniọlá cambaleou para trás, mas não caiu.

Rashidi agarrou os braços de Sàámú e o manteve imóvel.

— Vai para casa — disse Rashidi a Ẹniọlá. — Eu disse para ir! A gente se vê mais tarde.

Ẹniọlá podia ouvir vozes ao se aproximar do quarto da família. Graças a Deus, uma voz de mulher e não a do proprietário. Ele abriu a porta e ficou paralisado ao perceber que a voz que ouvira era da professora da United que tentava ficar mandando nele na escola só porque já havia sido colega de seu pai. Ẹniọlá entrou no quarto e se deparou com ela sentada na beira da cama, as mãos cruzadas sobre os joelhos como se não quisesse tocar em nada do quarto.

— Boa tarde — Ẹniọlá murmurou as palavras na direção da sra. Okon enquanto jogava a bolsa no colchão. Seu pai estava ao lado da sra. Okon, parecendo exaurido, como se estivesse exausto pelo esforço que fizera para se sentar na cama.

— É assim que você fala com suas professoras agora, Ẹniọlá? — Sua mãe estava perto do armário de comida, enchendo um copo de água.

— Boa tarde, senhora. — Ele olhou para a sra. Okon, já sabendo que ela tinha ido reclamar dele para seus pais.

A sra. Okon franziu os lábios e virou-se para seu pai.

— Estou tão decepcionada com ele. Ele não é nada parecido com você. Não, de jeito nenhum. Considerando o que eu o conhecia quando trabalhávamos juntos, não esperava que seu filho se associasse a valentões, mas foi o que aconteceu.

— Eniọlá? — A mãe entregou o copo d'água para a sra. Okon. — O que você tem a dizer?

Eniọlá se sentou no colchão ao lado de Bùsọ́lá, que estava lendo ou fingindo ler.

— Nem me lembro da última vez que o vi na minha classe — disse a sra. Okon.

— Alguém pregou suas orelhas? Eniọlá, eu disse...

— Meus amigos não são valentões. Eles são boas pessoas.

— Boas pessoas? — A sra. Okon riu. — Aqueles garotos são bandidos. Eu tenho observado você. Sàámú não é um dos garotos que você está seguindo pra cima e pra baixo? Ele está na escola há pelo menos oito anos. Oito belos anos ele repete aula após aula, é assim que você quer ser?

Eniọlá observou a mãe colocar as mãos entrelaçadas na cabeça, como alguém sobre quem se abateu uma grande tragédia.

— Sàámú não é um valentão, ele é um órfão, e o que você sabe sobre qualquer coisa? Por que eu deveria ficar sentado naquela turma? Quantos professores aparecem para dar aula? Você é uma das poucas que fazem isso.

Eniọlá soube que estava gritando quando Bùsọ́lá fechou o livro.

— Está vendo seu filho? Está vendo como ele está falando comigo? — A sra. Okon se levantou.

O pai de Eniọlá esfregou as palmas das mãos em sinal de desculpas, mas foi sua mãe quem falou.

— Sentimos muito, sra. Okon, sentimos muito.

— Fiz o melhor que pude por vocês — disse a sra. Okon. — Vou embora agora.

— Obrigada, senhora. — A mãe de Eniọlá estendeu as mãos. — Por favor, não fique ofendida, ele é só... Eu nem entendo o que está acontecendo com ele. Nós vamos conversar com ele.

O pai de Eniọlá se levantou quando a sra. Okon fez menção de partir e a seguiu até a porta. Quando a porta se fechou atrás deles, Eniọlá se levantou e foi em direção ao armário de comida.

— O que esse menino está fazendo? Tampe minha panela, *jàre*. Quem te disse para servir comida? É isso que você quer fazer depois de tudo que acabamos de ouvir?

— Tenho que comer antes de ir para a casa da tia Caro.

— Você não vai comer nada nesta casa até se explicar. Bùṣọ́lá, vai catar o feijão do jantar. *Óyá*, Ẹniọ́lá, comece a falar.

Ẹniọ́lá tirou a camisa da escola e vestiu uma camiseta. Precisava sair de casa, pensar um pouco mais na briga com Sàámú. Tinha sido mesmo uma briga?

— Eu? Eu não tenho nada a dizer.

— Por que você tem matado aula?

Ẹniọ́lá deu de ombros.

— Eu não volto para aquela escola idiota de novo.

Sua mãe suspirou.

— Você ainda está zangado com as mensalidades? Sinto muito, Ẹniọ́lá. Mas veja, você consegue... — Ela fez uma pausa enquanto o pai dele voltava para a sala, respirando como se tivesse corrido de onde quer que tivesse se separado da sra. Okon. — Seu pai e eu sentimos muito, mas não há nada que possamos fazer agora. Não podemos pagar...

— Sim, eu sei, vocês não podiam pagar as minhas mensalidades, só as de Bùṣọ́lá.

— Ẹniọ́lá, isso não é desculpa. Isso não é motivo para você se aproximar de valentões. Não é razão mesmo. A sra. Okon me disse que acha que eles trabalham para políticos, essas são as piores pessoas com quem você poderia se associar nesta terra.

Ẹniọ́lá encarou o pai, tentando entender o que parecia tão estranho nele naquele momento. O homem não estava apenas falando, ele estava gritando e acenando com as mãos no ar. Logo, ele começou a andar, combinando voz e movimento com um fervor que Ẹniọ́lá não associava a ele.

— Sabe o que pode acontecer com você com esse tipo de companhia? Você sabia que esses meninos podem ser criminosos? — gritou o pai. — Vamos esquecer isso por um momento, você está planejando repetir de ano na United?

— Eu vou sair da United — disse Ẹniọ́lá.

— Nenhum filho meu abandona a escola.

Isso era algo que o pai diria. Nos últimos anos, ele simplesmente se virava e olhava para a parede. Era isso então, a coisa estranha que Ẹniọlá estava tentando descobrir no pai. O homem estava se mexendo, falando e demonstrando emoção de uma só vez. Pela primeira vez em muito tempo, ele não parecia alguém se preparando para a morte; ele estava vivo novamente.

— Vou voltar para a Glorious Destiny — disse Ẹniọlá. — Eu mesmo paguei minhas mensalidades.

— Você o quê? — O pai colocou a mão em seu ombro.

Ẹniọlá se desvencilhou da mão e deu um passo para trás.

— Já paguei metade.

Seu pai olhou para todos os outros como se esperasse ouvir uma explicação. Quando se virou para Ẹniọlá, seu rosto estava enrugado com algo parecido com raiva.

— Onde você conseguiu o dinheiro?

— Honorável Fẹ̀sọ̀jaiyé. — Ẹniọlá tirou as meias e as sandálias escolares.

— O político? Meu Deus, a sra. Okon está certa.

Ẹniọlá enfiou os pés nos chinelos. Ele ia para a casa da tia Caro de bermuda escolar.

— Sàámú me apresentou a ele.

— O mesmo Sàámú que repete de ano há quase uma década te apresentou a um político? Fẹ̀sọ̀jaiyé? Por que um honorável está lhe dando dinheiro? Você é um dos capangas dele agora?

— Vou para a casa da tia Caro. Por favor, me deixe passar. — Ẹniọlá fixou seu olhar em um ponto ao lado da orelha de seu pai.

— Ah, agora você acha que pode falar com seu pai de qualquer maneira nesta casa, menino?

— O que foi que eu disse? — Ẹniọlá olhou para sua mãe. — Só pedi para ele me deixar passar. Isso é um crime?

— Você não respondeu à pergunta dele. Você é um bandido agora?

— Por que você não me perguntou isso quando eu te dei a comida, hein? Você não perguntou, mas deixa eu te dizer agora, a comida que eu trouxe para casa? É do honorável. O que você vai fazer agora? Vai vomitar a comida?

— Ìyá Ẹniọlá, também estou decepcionado com você. — O pai de Ẹniọlá voltou-se para a mãe. — Seu filho trouxe comida para esta casa e você não perguntou a ele como conseguiu? Quando isso começou? Você sabe que há uma maneira legítima de ele conseguir comida, e você a tirou dele.

— Você? Você está decepcionado comigo? Quando foi a última vez que você botou uma naira pra comprar comida nesta casa? — A voz da mãe de Ẹniọlá mal passava de um sussurro. — Quando, me diz?

O cômodo estava silencioso. Em todos os anos desde que o pai de Ẹniọlá perdeu o emprego, sua mãe nunca o acusou de falhar com a família. Pelo menos isso nunca havia acontecido quando Ẹniọlá estava presente. Houve momentos em que ele queria que a mãe dissesse algo assim, coisas piores, com certeza suas palavras cortantes poderiam arrancá-lo de onde quer que ele tivesse afundado depois da demissão. Agora que estava acontecendo, ele desejava poder estar em outro lugar. Por que os dois tinham levado tanto tempo para se tornar os pais de que ele precisava?

— Você está decepcionado? Responda agora. Quando foi a última vez que você me deu uma naira, não, um kobo, para esta casa?

— Abọ́ṣẹ̀dé — disse o pai de Ẹniọlá. — Abọ́ṣẹ̀dé, por favor.

Era estranho ouvir seu pai chamá-la de qualquer outra coisa que não fosse Ìyá Ẹniọlá, vê-los se encarando do outro lado da sala enquanto as lágrimas escorriam pelo rosto do pai. Ele sentiu como se os tivesse flagrado se despindo, testemunhado algo que não deveria ver. Ẹniọlá dirigiu-se para a porta. Desta vez, seu pai se afastou e o deixou ir.

Na loja da tia Caro, Ẹniọlá teve que pigarrear duas vezes antes de conseguir cumprimentar alguém. Seu dia havia corrido bem até a raiva de Sàámú. Desde então, tudo o que aconteceu lhe dava vontade de chorar.

Ele não conversou com ninguém depois de se sentar na sua estação de trabalho. Nem com Maria, que ficava tentando chamar sua atenção. Em vez disso, concentrou-se no vestido em que estivera trabalhando no dia anterior, temendo cair no choro se abrisse a boca. Terminado o vestido, pegou a blusa de retalhos que havia começado a fazer para Bùsọlá. Tia Caro havia lhe ensinado a colocar os retalhos uns sobre os outros, para que não houvesse lacunas. Assim que terminasse as tarefas do dia, estava livre para trabalhar na blusa.

Yèyé chegou depois que o sol se pôs. As garotas já haviam saído e Ẹniọlá era o único que ficara para ajudar tia Caro a guardar os tecidos meio costurados.

Ele se prostrou quando Yèyé entrou. Ela estava acompanhada por uma mulher mais jovem que carregava uma sacola de pano.

— Obrigado novamente pelo outro dia, senhora — disse Ẹniọlá a Yèyé.

Tia Caro gesticulou para Ẹniọlá enquanto trocava gentilezas com as mulheres. Ele seguiu suas instruções tácitas e liberou espaço no sofá forrado de tecido para as mulheres se sentarem.

— *Ìyàwó, yawò.* — Tia Caro cumprimentou a jovem. — E parabéns, dra. Wúrà.

— Obrigada, senhora.

Yèyé sorriu.

— *Ìyàwó nìyẹn.* Espero que as roupas estejam prontas.

— Sim, senhora. Ẹniọlá, pegue o saco creme que está naquela mesa, coloquei as coisas de Yèyé nele esta tarde.

— O meu é apenas *ìró* e *bùbá*, mas quero que Wúràọlá experimente o vestido dela agora, caso precise de ajustes.

Tia Caro levantou-se.

— Vamos para a minha sala de estar para que ela possa se trocar lá?

— É melhor. — Yèyé segurou o joelho com uma das mãos e estendeu a outra para a filha, que a segurou e a ergueu. — Tem sido um longo dia para mim, viu? Eu tenho ido de um lado pro outro para resolver as coisas da festa de noivado.

— Muito bem, senhora. — Tia Caro olhou para Ẹniọlá. — Traga a sacola para nós assim que a encontrar.

No corredor, as mulheres continuaram conversando sobre os arranjos que deveriam ser feitos antes da festa de noivado no sábado. Então suas vozes se transformaram em murmúrios quando entraram na sala de tia Caro, e Ẹniọlá não conseguia mais acompanhar a conversa.

Ele encontrou a bolsa debaixo da máquina de costura que Maria estava usando, mas não atravessou imediatamente o corredor. Ele continuou arrumando, tomando cuidado extra e varrendo os pedaços inúteis de tecido que costumava deixar para uma das meninas cuidar na manhã seguinte. Já estava escuro lá fora, mas ele não estava pronto para ir para casa. E depois de ter dado a bolsa a tia Caro, o que restava senão ir para lá?

— Ẹniọlá! Você ainda não encontrou a bolsa? — gritou tia Caro.

Yèyé falava quando ele entrou na sala de tia Caro.

— Me ajude com a Wúràọlá, diga a ela pra priorizar isso. Este vestido, estou pedindo a ela para vir buscar isso e experimentar logo desde segunda-feira.

— Só não tive tempo de vir aqui.

Yèyé zombou da filha.

— Sem tempo, sem tempo. Mas ela ainda teve tempo de viajar para Ifẹ̀ ontem.

A dra. Wúrà balançou a cabeça.

— Fui ao enterro do meu amigo.

— O quê? — perguntou Yèyé. — Que amigo?

— A bolsa, senhora — disse Ẹniọlá, sem saber se deveria entregá-la a tia Caro ou a uma das outras mulheres.

— Wúràọlá, que amigo? — Yèyé se deslocou para a ponta da cadeira.

Wúràọlá olhou para Ẹniọlá e estendeu a mão.

— Obrigada, pode me dar.

— Você não me contou nada sobre um de seus amigos ter morrido.

Wúràọlá pegou a bolsa de pano e colocou-a no colo. Ela levantou o brilhante *ìró* e *bùbá* de sua mãe para ver embaixo o vestido que usaria para a festa de noivado no sábado. Havia apenas uma sexta-feira entre ela e a cerimônia em que seus parentes e os de Kúnlé seriam formalmente apresentados. Tias, tios e uma série de primos e amigos testemunhando enquanto seus pais e os de Kúnlé davam bênçãos para colocá-los firmemente, quase irrevogavelmente, no caminho do matrimônio. Ela ergueu o vestido. Tecido pêssego e marrom-café, porque Yèyé achou que deixaria a pele de Wúràọlá linda, *tão linda*. O tecido tinha sido forrado do busto ao joelho com cetim marrom-café para que seus braços e pernas ficassem visíveis através da delicada renda.

— Você gostou? — perguntou tia Caro.

Wúràọlá assentiu sem considerar a pergunta. O dia todo, a preocupação esbaforida de sua mãe com o vestido parecia vulgar para ela. Kingsley estava morto. Como ela poderia se importar tanto com alguns metros de renda e cetim?

Durante o enterro de Kingsley, Tifẹ́ chocou a todos ao chorar tanto que Wúràọlá temeu que ela se jogasse sobre o caixão. Seus próprios olhos ficaram secos o tempo todo e até na hora de ir embora, mas durante dias ela teve que pedir às pessoas que repetissem o que estavam dizendo. Mesmo assim, uma única repetição nem sempre era suficiente para trazê-la de volta ao presente, longe da maneira como Kingsley jogava a gravata sobre o ombro enquanto caminhava em direção ao carro depois do trabalho, ou da cor exata da carteira que usava desde que se conheceram. Uma carteira laranja que lhe lembrava o logotipo de um banco. Ela sempre quis lhe perguntar se ele a ganhara como souvenir do banco, mas nunca teve coragem. Ela ficou obcecada com esse detalhe depois do funeral. Será que ele mesmo tinha escolhido aquele laranja chamativo? Tinha sido um presente de alguém que ele amava? Algo herdado de um tio que ele respeitava? Ela queria desesperadamente descobrir algo novo sobre Kingsley. Alguma nova descoberta que pudesse afastar a percepção de que a consciência dele agora estaria confinada a um passado distante.

— Wúràọlá, é com você que estou falando. — Yèyé inclinou-se para a frente. — Qual dos seus amigos?

— Kingsley. — Wúràọlá traçou um padrão no vestido. Na luz certa, podia parecer laranja. — Você não o conhece.

— Boa noite, tia Caro.

Wúràọlá olhou para cima. O menino que trouxera a sacola tinha voltado para se despedir.

— Não chegue tão tarde amanhã — disse tia Caro.

Wúràọlá começou a desabotoar a camisa dela assim que o menino fechou a porta depois de sair.

— Venha aqui. Deixa eu te ajudar com a saia.

Ela ficou de costas para a mãe.

— Não, passe pela cabeça — disse Yèyé, antes que Wúràọlá tirasse a saia.

Tia Caro e Yèyé a ajudaram a colocar o vestido. Agitando e ajustando, eles enfiaram os braços dela nas mangas e puxaram o vestido para baixo até que sua cauda curta varreu o chão.

— Você emagreceu — disse Yèyé, circulando o pulso de Wúràọlá com o polegar e o indicador. — Kúnlé gosta disso?

Wúràọlá ignorou a pergunta. Ela deu alguns passos segurando a bainha do vestido.

— Devo tirar um pouco na cintura? — perguntou tia Caro.

— Não, não se preocupe. Está bom.

— Wúràọlá, deixe ela ajustar agora, para que fique perfeito.

Wúràọlá sacudiu o vestido e notou como ele desceu solto até o chão. Era melhor se fosse justo? Ela não se importava. Era muito difícil e bizarra, essa tentativa de criar interesse em um vestido quando seu amigo estava morto.

— Não — disse ela, parando diante de tia Caro e apontando para o zíper. — Está ótimo, obrigada.

Quando estavam no banco de trás do carro de Yèyé, sua mãe estendeu a mão por cima da sacola de roupas entre elas para apertar o ombro de Wúràọlá.

— Sinto muito pelo seu amigo.

O aperto firme a levou à beira das lágrimas pela primeira vez desde o enterro. Talvez porque a ternura fosse tão inesperada. Em seu último ano na escola, sua professora era uma senhorinha que mantinha um pote de Eclairs em sua mesa e dava doces e abraços aos alunos que tiravam notas perfeitas nos trabalhos de classe. Antes de terminar o segundo período, ela sofreu um ataque cardíaco enquanto lecionava e morreu antes de chegar ao hospital.

Foi o mais perto que a morte tinha chegado de Wúràọlá. Por dias, ela chorou quando a chamavam para jantar. Sua mãe ficou impaciente com suas lágrimas depois de alguns dias e passou quase uma hora alertando Wúràọlá sobre ser muito sensível. Se ela estava chorando por alguém que via apenas na escola, o que faria quando alguém que amava morresse? A formulação dessa possibilidade como certeza só perturbara ainda mais Wúràọlá. Ela chorou até que seu pai, que já tinha terminado o jantar, voltou para a sala para ver o que havia de errado.

Foi seu pai quem a abraçou enquanto seus soluços iam diminuindo. Então ele contou a ela sobre *àkúdàáyà*. Como as pessoas que morreram em uma cidade podiam aparecer em outra para continuar seu tempo na terra. Nem todo mundo poderia se tornar um, mas e se a professora dela conseguisse? Ele a convidou a imaginar que sua professora ainda estava em algum lugar da Terra, iniciando uma nova vida, vivendo uma aventura. Ela havia adormecido enquanto seu pai ainda falava, exausta de tanto chorar.

— Wúràọlá, você deve limpar as lágrimas e pensar nas coisas que tem que fazer antes de sábado — disse Yèyé, quando o carro parou no estacionamento do hospital. — A vida não para porque você está triste.

— Obrigada pela carona — respondeu Wúràọlá, feliz por ter insistido em voltar ao alojamento para passar a noite. — Vejo você amanhã à noite.

A festa de noivado estava marcada para o meio-dia, para dar tempo aos familiares que vinham de outros estados. Depois de cumprimentar os pais ao amanhecer, Wúràọlá voltou para o quarto e cobriu a cabeça com o edredom. Ela tinha trocado mensagens com Kúnlé até bem depois da meia-noite e queria dormir mais antes de começar o dia.

— Levanta, levanta. — Mọtárá a sacudia para acordá-la com mais força do que o necessário.

— Por que você está aqui?

— Yèyé me pediu para ficar com você enquanto se prepara para o negócio. — Mọtárá puxou o edredom. — Já que suas amigas não estarão aqui.

Wúràọlá rolou de bruços. Nem Grace nem Tifẹ́ tinham conseguido sair dos seus plantões de fim de semana.

— Levanta, o fotógrafo e o maquiador estarão aqui em breve. Vamos, Yèyé vai me culpar se você não estiver pronta na hora que o negócio começar.

Wúràọlá sentou-se enquanto Mọ́tárá começou a acender todas as luzes da sala, até as duas lâmpadas fluorescentes que não estavam mais em uso. Mọ́tárá passou a chamar tanto a festa de noivado quanto o casamento que se seguiria de *o negócio* ou *esse negócio de louco*, como se nomear as cerimônias fosse uma capitulação.

— Mọ́tárá, você deveria conhecer melhor o Kúnlé. Ele é...

— Eu sei, ele é um cara legal, há mais nele do que eu já vi. Ele é doce, amoroso e gentil. Ele é um santo, só que não foi martirizado. Sim, eu sei. Kúnlé é a porra da Madre Teresa.

— Não diga palavrões.

— Não se case com um idiota.

— É só a festa de noivado.

— Noivado, e depois? — Mọ́tárá riu. — O que vem depois?

— Tenho certeza de que ele vai ser como um irmão para você. Se você o conhecer melhor, vai ver...

— Eu já tenho um irmão. Então... Estou bem.

— Láyí já chegou?

— Yèyé falou com ele antes de eu vir aqui, ele já está a caminho. Quer sair da cama, por favor?

Wúràọlá vestiu um robe de cetim personalizado depois de tomar banho. *Intromímọ̀* estava bordado nas costas, *dra. Wúràọlá* no bolso do peito. Foi um presente de Grace e Tifẹ́.

— Só tem mais uma coisa que tenho a dizer sobre esse negócio de louco.

— Tudo bem.

Wúràọlá sentou-se em frente ao espelho da penteadeira.

— Se você se casar com esse cara e se tornar Wúràọlá Coker, suas iniciais serão W.C. O que você acha disso?

— Mọ́tárá, você não está ajudando, você só está tentando me machucar agora. É isso que você quer fazer?

— Se isso te trouxer bom senso.

— Na verdade, eu seria Wúràọlá Elizabeth Àbẹ̀kẹ́ Coker.

Mótárá se recusou a falar com Wúràolá após essa conversa, mas fez o que lhe foi pedido sem comentar mais nada, indo buscar a maquiadora e o fotógrafo da sala, duas maçãs e uma laranja da cozinha, as joias do dia no quarto de Yèyé.

O fotógrafo tirou algumas fotos do rosto de Wúràolá. Em seguida, concentrou sua atenção na roupa que ela usaria, abrindo as cortinas para que pudesse fotografar o vestido, *gèlè*, o sapato de salto e joias, na melhor luz possível.

Wúràolá observou no espelho enquanto a maquiadora, que se apresentou como Praise, começou a raspar suas sobrancelhas espessas em um arco. Ela fechou os olhos enquanto tufos de pelo caíam em suas bochechas.

— Assim está bom? — perguntou Praise.

— Está — disse Wúràolá sem se olhar no espelho.

O celular de Wúràolá vibrou no bolso esquerdo de seu robe. Uma mensagem. Talvez uma mensagem de parabéns de um amigo ou de alguém da família. Provavelmente um *Bom dia, linda* de Kúnlé. A mensagem de hoje seria maior. Depois de uma tentativa de articular o quanto ele a amava — *mais do que a própria vida, até a lua, para sempre e além* —, haveria algo sobre o quão importante era este dia para o relacionamento deles. Só porque costumava repetir as mesmas frases, não quer dizer que seus sentimentos eram menos comoventes. Ele se preocupava e era consistente, era isso que importa. Ele até começou a incluir citações aleatórias para animá-la desde a morte de Kingsley. No dia anterior, ele havia acrescentado uma de alguém que afirmava que a gratidão pelo ar e pela água faria com que a luz inundasse nosso caminho. Wúràolá nem sequer entendia o que isso significava, mas estava grata por ele se importar com ela dessa maneira. Mótárá podia zombar o quanto quisesse, Wúràolá via mais em Kúnlé do que a irmã podia deduzir de um evento que não durou nem cinco minutos. Wúràolá apertou o celular, mas não o tirou do bolso. Melhor deixar a onda de prazer que viria da leitura da mensagem para mais tarde.

— Suas amigas conhecem Kúnlé?

Wúràolá conseguia ver Mótárá no espelho. Ela estava empoleirada na beirada da cama, o rosto fixo em uma careta.

— Já cansou?

— Quero dizer, elas sabem quem ele *realmente* é? Você contou a elas...

— Cala a boca, Mótárá, temos companhia.

Mótárá se levantou.

— Você tem meu número se precisar de alguma coisa. Eu vou é embora.

Quando Wúràọlá se virou para ver a irmã sair do quarto, sentiu uma dor aguda acima do olho. A lâmina cortou sua pele.

— Sinto muito — disse Praise, enxugando o sangue da testa de Wúràọlá com um lenço. — O problema foi quando você se mexeu e a lâmina... Eu não sabia que você ia se virar.

— Tá tudo bem — respondeu Wúràọlá. O corte era pequeno e o sangue só pingava pouco, logo estancaria. Ninguém além da irmã tinha visto Kúnlé bater nela. Por que ela daria informações sobre qualquer um desses incidentes a uma de suas amigas? Ela já sabia como reagiriam. O rosto de Tifẹ́ se contorceria de raiva enquanto ela amaldiçoava Kúnlé. Grace poderia estar mais calma, mas o desgosto e a decepção espreitariam por trás de sua expressão uniforme quando ficasse claro que Wúràọlá não queria deixar Kúnlé.

E como ela se explicaria a elas? Essas mulheres cuja opinião sobre ela importava tanto que se enchia de vergonha só de imaginar sua decepção. Tifẹ́ e Grace. A professora Ezenna, que havia supervisionado seu projeto de saúde comunitária e dissera que ela tinha um futuro brilhante em epidemiologia. A sra. Hamid, vice-diretora do Ensino Médio, cujo argumento de que as notas de Wúràọlá a qualificavam, e não o aluno mais velho, a fazer o discurso de despedida; isso a animou durante os primeiros anos da faculdade de Medicina. E, claro, Mótárá. Wúràọlá canalizou seus pensamentos para as razões que ela poderia dar a suas amigas. Ela fez isso para se preparar para algum futuro em que elas soubessem a verdade. Para afastar as preocupações que as perguntas de sua irmã despertaram; o medo latente de que ela pudesse estar cometendo o pior erro de sua vida.

Um: ela o amava. Não da maneira como amara Nonso, com uma ternura dolorosa que ela não entendeu até que ele não pudesse mais ser dela. A profundidade de sua afeição por Kúnlé ficou clara quando eles se tornaram amantes. Wúràọlá o amava total e possessivamente. Ela queria se casar porque então ele pertenceria a ela. Ela estava reivindicando o que queria. Aquele sorriso, aquele corpo, aquele charme, tudo dela.

— Olhe pra cima — disse Praise. Ela estava trabalhando nos olhos de Wúràọlá, traçando uma linha em direção ao canto lateral.

Wúràọlá piscou e olhou para Praise.

— Não. Para cima, para cima. Olhe pro teto.

Dois: Kúnlé a amava. Sim. Ela nunca duvidou de sua afeição, exceto quando... Mas mesmo naqueles momentos. E se fossem uma manifestação de seus sentimentos intensos? De como sua afeição beirava a obsessão? Tia Bíọ́lá certa vez disse a Wúràọlá que era melhor se casar com alguém que a amasse mais do que você amasse a pessoa. Agora, como determinar o quociente de amor? Se as expressões verbais ou físicas fossem uma unidade de medida, então Kúnlé a amava com todo o seu ser? Contando com as partes que ele tanto tentou suprimir.

— Pode dar uma olhada no espelho? — disse Praise. — Você gostou?

Até agora, ela tinha aplicado sombra e delineador. Os olhos pareciam mais claramente definidos, as pupilas maiores e mais amplas do que realmente eram. Praise era boa em seu trabalho. Os olhos de Wúràọlá eram bem bonitos, mas nunca foram notáveis; agora pareciam excepcionais.

— Gostei.

— Certo. — Praise sacou um pequeno tubo e pingou uma gota de líquido alaranjado.

— Você não terminou a base?

— Só preciso de um corretivo para o seu ombro, tem essa descoloração aqui. Seu vestido é rendado, não é? Pode aparecer. É uma marca de nascença?

A marca estava desaparecendo. Em uma ou duas semanas, ela se mesclara à sua pele, mas sob toda aquela luz, ela era clara para alguém que nem sequer a procurava. Kúnlé verificava seu corpo em busca de alguma marca. Ele fingia que estava apenas acariciando-a, mas ela sabia que ele estava estudando sua pele, esperando que seus hematomas tivessem desaparecido. Quando encontrava algum, pressionava o rosto bem em cima de sua carne. Às vezes, esse era o começo do ato de amor mais terno dos dois. Seus dedos dançando em sua pele, leves como se ela fosse feita de porcelana e ele não quisesse quebrá-la. E esse era o motivo número três. O sexo não era simplesmente bom, era polivalente, mudando constantemente de registro, sempre pulsando com a possibilidade de uma surpresa.

— Você pode, por favor, sorrir para a câmera? Quero que ele tire uma boa foto "antes e depois" para mim — disse Praise. — Pode sorrir mais, sorrisão mesmo? Isso, está ótimo.

Wúràọlá estudou seu rosto no espelho enquanto a maquiadora começava a guardar seus produtos.

— Ficou maravilhoso, Praise, obrigada.

— Estou feliz por termos terminado antes das dez. É melhor assim. Não gosto de fazer nada com pressa. — Praise colocou sua caixa de maquiagem no chão ao lado da penteadeira. — Vamos amarrar o *gèlè* agora ou esperar até mais perto do meio-dia, quando fizermos o retoque?

— Agora não, talvez umas onze e meia.

— Posso esperar na sala de estar? Aquela lá de cima.

— Sim, vocês dois podem ficar lá. Se alguém perguntar, diga que eu lhes dei permissão.

Wúràọlá pegou o celular depois que a maquiadora e o fotógrafo foram embora. Kúnlé havia mandado uma mensagem para ela. Outras pessoas também, e ela leu essas primeiro, deixando a dele para o final.

Grace havia enviado duas palavras: *Parabéns, Wúràọlá*. Tifẹ́ conseguiu dizer mais: *Parabéns, querida, tão feliz por você, té mais*. Cada uma de suas tias havia enviado longas mensagens, sobretudo orações pelas quais Wúràọlá passou rapidamente antes de ir para a seguinte. Seus sogros — ela já pensava nos pais de Kúnlé dessa maneira — enviaram uma mensagem cuidadosamente elaborada assinada como *B & C Coker*.

Razão número quatro: eles se encaixavam perfeitamente nas famílias um do outro. Ela compreendia a família dele. Era igual a dela, só que menor.

— Posso entrar? — Duas batidas suaves. — Wúràọlá.

— Sim, senhor.

Wúràọlá afastou-se da penteadeira. Seu pai entrou no quarto. Ele já estava vestido com o mesmo *àlàárì* que usara quando se casou com a mãe dela. Yèyé não se importava com tanto sentimentalismo; estava usando vinho para combinar com a roupa dele, mas com renda novinha em folha e um *gèlè* damasco.

— Ainda serve!

— E sua mãe disse que estou velho demais para usá-lo. — Ele abriu os braços e se virou. — Está apertado na barriga?

— Você está maravilhoso.

Ele mexeu as sobrancelhas.

— Lembre-se de dizer isso à sua mãe.

— Não se preocupe, ela vai perceber quando terminar de correr atrás dos fornecedores.

— Parei só para ganhar meu abraço antes de descer.

Ele manteve seus braços abertos.

— Minha maquiagem vai manchar seu...

— Vamos lá.

Ela deixou que ele a envolvesse nas dobras de seu *agbádá*. Ele começou a cantar uma música que havia lhe ensinado quando criança, que ele costumava retomar quando queria animá-la. *Tẹrù bá ń bà yín ẹ wí o*, cantou ele. *Ẹ̀rù ò b'ọmọ Mákinwá*, respondeu Wúràọlá.

Ele se afastou.

— Um drinque pra celebrar a vida na minha varanda depois que esse drama terminar?

— Sim, por favor!

— Vamos tomar uísque. — Ele piscou. — Vou até deixar você terminar o seu desta vez.

Wúràọlá sorriu. Com onze ou doze anos, ela tinha levado duas pulseiras de ouro da mãe para a escola sem sua permissão e perdeu ambas quando voltou para casa nas férias. Esperando que uma demonstração de afeto satisfizesse sua mãe, ela estupidamente ignorou o conselho de Láyí de mentir sobre pegar as joias para começo de conversa. Afinal, o que eram duas pulseiras das dezenas que Yèyé possuía? Como pôde ver, o irmão estava certo. Wúràọlá acabou de joelhos no quarto da mãe, braço estendido, enquanto Yèyé golpeava sua mão esquerda com uma palmatória. A punição que Yèyé havia decidido eram quatro golpes de bengala, mas no meio da punição, Wúràolá empurrou a mãe para a cama e correu.

Quando escapou, não tinha um rumo de fato. Continuou correndo pelo corredor até chegar ao escritório do pai. Ela entrou porque sabia que a mãe, furiosa, surgiria no corredor a qualquer momento, ainda brandindo a palmatória, pronta para dobrar o castigo. Seu pai estava examinando seus exemplares da *Tell Magazine* quando ela invadiu o escritório. Apavorada demais para fazer qualquer coisa além de balbuciar, ela correu pela sala até a varanda. Ficou na extremidade mais distante, mal respirando, quando Yèyé entrou no escritório e perguntou se o pai a tinha visto. Ele não apenas mentiu, mas também alegou que achava ter ouvido alguém descendo as escadas.

Quando Yèyé se foi, ela o encontrou na sacada, rindo sozinho e segurando dois copos de uísque. Um era pra ajudá-la a parar de tremer, mas ele permitiu apenas um gole. Ela contou ao pai sobre as pulseiras, certa de que ele também ficaria chateado com ela se soubesse que empurrara sua mãe. Apesar das garantias de seu pai, Wúràolá estava convencida de que Yèyé inventaria novos castigos naquele dia. Quando ela começou a choramingar que não estava pronta para morrer, ele riu por um tempo antes de ajudá-la a escapar do castigo de Yèyé. Ele a deixou se esconder no escritório até que a ira de Yèyé desse lugar à preocupação. Depois a esgueirou pela escada lateral para que ela pudesse entrar novamente na casa nos braços de uma mãe aliviada que nunca mais mencionou as pulseiras.

Naquela noite, quando ela foi ao escritório dele agradecer, seu pai fechou o arquivo que estava olhando e a levou até a varanda para mais uma rodada de drinques. Desta vez, ele deu a ela um copo de suco de laranja. "Está vendo, ela não te matou... Então um drinque para celebrar a vida", ele disse, enquanto tilintavam os copos. Continuaram a celebrar os momentos de triunfo subsequentes dessa maneira, mudando para o vinho depois que ela completou vinte anos.

— Não quero uísque — disse Wúràolá. — Eu mereço champanhe hoje.

Seu pai sorriu e essa era a razão número cinco. Ele estava sorrindo do jeito que tinha feito durante a matrícula dela na universidade e quando ela entrara na residência. Essas repetições de seu sorriso eram difíceis de serem capturadas, ela só lembrava de uma foto do seu primeiro aniversário. Nela, ela está indo da mesa do bolo em direção ao pai. Ele está no canto do enquadramento e ela está de costas para a câmera, seu rosto não está visível, mas o sorriso dele está. O mesmo sorriso orgulhoso. Como ela poderia cancelar o noivado e arruinar isso?

— Vejo você lá embaixo. — O pai a abraçou mais uma vez e saiu.

E lá estavam. Cinco razões por todas as mulheres que ela decepcionaria ao colocar seu vestido novo, calçar os sapatos que Yèyé comprara para ela, virar a cabeça para um lado e para o outro, enquanto Praise amarrava seu *gèlè*, seguindo em frente com aquele planejamento específico de vida. Negligentemente? Não, não, apenas independentemente. Esta foi sua decisão e ela identificou cinco coisas que importavam para ela. Era o suficiente. Tinha que ser por enquanto.

A dúvida ainda pairava dentro dela quando desceu para se juntar à cerimônia. Então ela estava sob o gazebo e o *alága* cantava para ela.

Tẹ́rù bá ń bà yín ẹ wí o, ẹ̀rù ò b'ọmọ Mákinwá.

Um homem estava diante dela, batendo sua baqueta curva em um tambor estridente. Sua família cantava junto, acelerando o ritmo até que o refrão se tornasse um cântico, um hino que dissipava a dúvida e o medo até ela ficar exultante. Sim, ela era uma Mákinwá. Não, ela não estava com medo.

Depois disso, a cerimônia transcorreu em um borrão de várias canções e orações intermináveis. Tia Bíọ́lá não largou o microfone por quase meia hora. Sua oração de abertura vagou pela história da família, reclamações sobre divórcios antes de partir para as bênçãos ao futuro casal.

Quando o *alága* chamou Wúràọlá para apresentar seu noivo à família, ela o escolheu no meio de uma multidão, sem nem fingir que não sabia onde ele estava sentado, junto de sua família sob o gazebo. Seus pés já doíam. Ela não podia representar a cena de procurar um homem que estava bem diante dela. De pé entre as duas famílias, ela encarou a sua e ergueu a mão de Kúnlé como se ele fosse um troféu que ganhara para seus parentes. Ela citou o nome de todos eles, incluindo os termos carinhosos que o *alága* insistia que ela acrescentasse na apresentação. Quando ela entregou o microfone, Kúnlé prostrou-se antes mesmo de ser instruído a fazê-lo. O sorriso de Yèyé era deslumbrante, ela acenou com aprovação para a filha.

Depois que sua família abençoou a proposta de união, Wúràọlá e Kúnlé foram conduzidos ao assento de amor que havia sido preparado para eles.

— Deus, isso é incrível. — Kúnlé continuou dizendo enquanto cada parente se levantava para se apresentar a eles.

Wúràọlá se inclinou para ele e deixou sua empolgação arder dentro dela, até que ela também estivesse eufórica.

22

Wúràolá foi morar com Kúnlé um dia após o noivado, mas eles chamaram isso de teste. Ela ficaria uma semana e depois voltaria ao hospital, o que casava bem com a agenda dele, pois planejava viajar com o pai para Abuja na semana seguinte.

No início, ela mal o viu, porque estava de plantão na segunda e na terça. Mas de quarta-feira até o fim de semana, ela trocou o plantão com um colega.

Kúnlé se ofereceu para deixá-la e buscá-la no trabalho durante aqueles dias, e ela concordou de bom grado. Isso também significaria que ela poderia tomar o café da manhã que ele preparava para ela durante o trajeto. Ele passou de fatias de pão com margarina para um pacote de *dundun* e ovo mexido com tomate e especiarias no final da semana.

Ele levava bebidas geladas à noite e baixava o assento dela antes que ela entrasse no carro. Ela passou a maior parte dos trajetos até a casa dele sonolenta, sorvendo seu La Casera pelo canudo enquanto ele contava a ela sobre seu dia. Às vezes, eles cantavam juntos as músicas do álbum de Styl Plus que tocava ao fundo, e ela ria de como ele era desafinado. Ele ria junto, o rosto enrugado de satisfação.

A alegria a renovava. A risada deles tornava tudo maravilhoso e luminoso, fazia com que sua afeição resplandecesse com um brilho que apagava qualquer lembrança de dor. Ela parou de estremecer ou se assustar quando ele estendia a mão para ela, e eles estavam chamando aquela semana de pré lua de mel.

Wúràolá foi à igreja com os pais de Kúnlé no domingo. Ele ficou em casa, aproveitando a manhã para fazer as malas para sua viagem a Abuja. Ele escolheu uma roupa de que gostava para ela, um bubu longo que ela combinou com um turbante, salto de quinze centímetros e uma bolsa de mão. Ela sentou-se com os pais dele durante o culto e, como estava ao lado da mãe, Wúràolá se certificou de ficar acordada durante todo o sermão.

Quando voltaram da igreja, Wúràọlá entrou na casa principal com os Coker. Kúnlé estava esperando. Ele a abraçou enquanto iam para a sala, segurando seu rosto por um momento antes de cumprimentar os pais.

No almoço de domingo com os Coker, havia arroz de coco com peru apimentado. Quando Wúràọlá começou a tossir depois de provar o peru, Kúnlé esfregou suas costas e levou um copo d'água até sua boca. Sua mãe trouxe peixe frito para ela depois que a segunda tentativa de Wúràọlá de comer o peru provou que ela não aguentava tanta pimenta.

Eles subiram para a sala da família depois do almoço para decidir a qual filme assistiriam juntos. Enquanto o pai de Kúnlé examinava os CDs, Wúràọlá notou a capa de *Owó Blow: The Revolt* e mencionou que nunca tinha visto.

— Só este ou os três? — perguntou a mãe de Kúnlé.

— Eu não vi nenhum deles.

— Como assim? — disse o pai de Kúnlé. — Vamos assistir, *àbí*? É muito bom!

— É um dos nossos filmes favoritos nesta casa. —A mãe de Kúnlé baixou a voz para um sussurro conspiratório: — Kúnlé tem uma queda por Bímbọ́ Akíntọ́lá desde que assistimos.

Kúnlé revirou os olhos e beijou a testa de Wúràọlá. Ela estudou seu perfil quando o filme começou. Eles nunca eram tão afetuosos na frente de seus pais, mas, durante toda a tarde, ele a tocou em todas as chances que teve. E agora um beijo? Ele levantou uma sobrancelha e sorriu quando a pegou olhando. Ela se voltou para a televisão. Bem, afinal de contas, eles eram noivos, talvez fosse hora de se sentir menos constrangidos em demonstrar afeto na frente de seus pais.

Wúràọlá e Kúnlé partiram para o quartinho dele após o anoitecer. Eles levaram uma pequena caixa térmica com espaguete e ensopado de carne enlatada por insistência da sogra. Ele estava segurando a mão dela quando saíram da casa principal, mas a soltou quando atravessavam o gramado até a casa dele.

Wúràọlá esquentava o ensopado de carne enlatada e ele parecia distraído, murmurando sozinho, quando ela perguntou se ele estava pronto para a viagem a Abuja.

— Você está bem? — perguntou ela quando se sentaram para comer.

— Por que eu não estaria?

— Você pode simplesmente dizer que está tudo bem — disse Wúràọlá.

Eles não falaram até a metade da refeição. Então ele começou a interrogá-la sobre Kingsley.

— Por que você está me fazendo essas perguntas? — perguntou ela, depois de explicar por que fora importante para ela comparecer ao funeral de Kingsley.

— Só quero saber se você ainda pensa nele.

— O tempo todo. Quando cantamos "Abide with Me" na igreja hoje, lembrei de como cantamos pouco antes de seu corpo ser enterrado.

— Você ainda pensa em transar com ele?

Wúràọlá deixou cair o garfo.

— Que tipo de pergunta é essa?

— Você não respondeu.

— Por que você está fazendo isso?

— Responda a pergunta.

Wúràọlá largou o prato e foi para o quarto. Mesmo que seus passos fossem silenciosos, porque ele estava usando meias, ela sabia que Kúnlé a seguia. Ela se sentou na cama e o viu andar de um lado para o outro.

— Você precisa se acalmar, Kúnlé. Você tem me apoiado tanto desde que ele morreu. O que é isso agora?

— Meus olhos são atraídos para o peito nu e hirsuto de Kingsley. Eu quero tanto encostar meu rosto contra todo aquele pelo.

— O quê?

— Não foi por falta de desejo que os prazeres de seu abraço nunca floresceram em alguma forma mais transcendente de afeto.

Wúràọlá parou de respirar quando reconheceu as palavras. Kúnlé estava citando o diário que ela escrevera logo após a morte de Kingsley. Ela tinha deixado a bolsa na cama antes de colocar a carteira e o celular na bolsa de mão antes da igreja.

— Você mexeu na minha bolsa?

Kúnlé fez um gesto imitando aspas.

— Sempre pensei que teríamos mais tempo.

Ele continuou falando, mas ela não conseguia ouvi-lo. Ela foi recuando na cama até suas costas encostarem na parede, imaginando se poderia sair correndo do quarto antes que ele a alcançasse. O banheiro não era uma opção, já que não tinha fechadura. Logo não haveria escapatória. Enquanto sua raiva aumentava, Kúnlé seguiu e ficou em frente à porta do quarto.

Ele estava gritando agora:

— Tempo para quê? Para quê?

Wúràọlá colou as costas na parede e retesou o corpo.

— Pensando bem, o sexo tem sido tão bom nos últimos dias. Você estava pensando nele o tempo todo?

— Olha, eu nunca amei o Kingsley. — Suas palavras saíram em um sussurro trêmulo e rouco.

— Vou dar um tempo, porque mesmo sem amor, o desejo é sedutor.

— Você decorou tudo? Olha, eu estava só lidando com toda a culpa e arrependimento que senti naquele momento. Não tinha nada a ver com você ou com a gente.

Ele se sentou ao lado dela na cama e por alguns momentos ela achou que eles poderiam acabar com aquela discussão. Então ele começou a falar.

— Você sabe como foi para mim ler isso enquanto você estava na igreja? Você sabe o quanto me machucou? — Ele passou a mão no cabelo dela e agarrou um punhado. — O que eu vou encontrar no seu celular, se for olhar?

— Kúnlé, você precisa se acalmar.

Ele se inclinou para ela, aproximou os lábios como se fosse beijá-la, então puxou seu cabelo com tanta força que ela não conseguiu respirar por um momento.

— Por favor — implorou ela —, eu sinto muito.

— Meu Deus, então é verdade, você nunca se desculpou por nada tão rápido. Estou certo sobre você e Kingsley.

— Não, não, não, não, não, por favor, não.

Ele soltou seu aperto. Ela olhou para ele, implorando com os olhos. Ela percebeu que ele não estava tão zangado quanto parecia. Isso a aterrorizou. Ele não estava apenas perdendo a paciência. O que estava acontecendo naquele momento não era acidental, e o que estava por vir fora premeditado. Ele tinha pensado naquilo o dia todo e decidiu que iria puni-la.

— Kúnlé. Por favor.

Ele a puxou da cama pelos cabelos, depois a arrastou pelo quarto uma, duas, três vezes — ela perdeu a conta quando ele começou a chutá-la. Ela tinha certeza de que ele a mataria. Não sabia se ele seria capaz disso, mas enquanto ela estava na igreja e ele examinava seus cadernos, Kúnlé traçara um plano que terminaria com a morte dela em algum momento durante a noite. Ela tentou chutá-lo, mas ele estava se movendo rápido demais. Então, ela fechou os olhos e gritou até sentir os próprios tímpanos formigando. A casa principal não era muito longe, os pais dele poderiam ouvi-la, alguém viria e o faria parar.

Wúràọlá gritou até que sua voz sumiu e ela não conseguia mais nem gemer. Ninguém apareceu.

23

Enquanto dirigia uma van HiAce de catorze lugares rumo à missão especial, Holy Michael cantava junto do álbum *Opelope Anointing*. Um homem taciturno estava sentado ao lado dele no banco da frente da van. Ẹniọlá viu que o homem era um dos policiais que estava fazendo a escolta do honorável, embora, como Holy Michael, ele estivesse vestindo uma camiseta preta e calça jeans. Em vez da arma de aparência enferrujada que às vezes pendurava no ombro quando estava de uniforme, o policial estava com um revólver no joelho.

Ẹniọlá estava sentado atrás deles com Lápàdé, um dos outros garotos que ele vira na casa do honorável. Lápàdé também tinha uma arma, que segurava com o cano para baixo entre as pernas. Ẹniọlá não tinha arma. Nem Silas, o quarto garoto da viagem. Silas e Ẹniọlá receberam facões. Rashidi, que também tinha uma arma, estava sentado na última fila com Silas.

Antes de deixarem o complexo do honorável naquela noite, Holy Michael havia explicado tudo o que aconteceria, aparentemente pela centésima vez. Assim que terminou, Rashidi perguntou a Ẹniọlá se ele estava com medo, mas antes que pudesse responder, Lápàdé os empurrava para entrar na van.

Agora, Rashidi sussurrou no ouvido de Ẹniọlá do banco de trás:

— Sem medo?

Ẹniọlá deu de ombros. Naquela tarde, sua irmã pediu dinheiro para arrumar o cabelo. Ele riu no começo, porque pensou que ela estava brincando. Bùṣọlá tinha o cabelo curto e nunca lhe ocorrera que ela estivesse interessada em tecer ou fiar. Ela parecia se importar apenas com os livros de histórias que sempre pegava emprestado das colegas. Mas quando desviou o olhar e ficou cabisbaixa, ele percebeu que sua risada a magoara. Ele lhe deu duas notas de cem nairas do envelope que recebera do honorável na sexta-feira anterior. Não o incomodava muito o fato de estar reduzindo a quantia que poderia acrescentar às mensalidades na Glorious Destiny na segunda-feira.

Ele estava simplesmente feliz por poder dar a sua irmã algo que ela obviamente desejava e não poderia ter de outra forma.

Sua mãe também começou a lhe pedir dinheiro. Quantias insignificantes. Cinco nairas para os fósforos, vinte nairas para o sal. Ela não voltou à questão de como ele conseguia o dinheiro. Enquanto isso, o pai parecia ter recuperado a voz que engolira anos atrás. Todos os dias, ele tinha algo a dizer a Ẹniọlá sobre o honorável Fẹ̀sọ̀jaiyé.

Ẹniọlá encostou a testa na janela. E daí que ele estivesse carregando um facão? Holy Michael não havia lhe pedido para machucar ninguém com ele, só ia assustar um pouco as pessoas. Se ele pudesse ajudar sua mãe e irmã, o que quer que tornasse isso possível poderia ser tão errado quanto seu pai afirmava?

O ônibus parou em frente a um portão preto e todos colocaram a balaclava de pano que haviam recebido mais cedo. Ẹniọlá ainda estava ajustando a dele para ter certeza de que poderia ver alguma coisa pelos buracos dos olhos quando Lápàdé bateu no portão. O primeiro passo ocorreu como Holy Michael os treinara durante a semana. Uma batida. Leve o suficiente para ser um vento batendo no portão. Depois outra, e mais outra, até que o segurança se cansasse de se perguntar se tinha alguém e abrisse o portão para tirar o que quer que estivesse fazendo aquele barulho irritante.

Quando o segurança abriu o portão dos pedestres, Lápàdé o agarrou e apontou a arma para sua cabeça. Holy Michael desligou os faróis antes de entrar na casa com a van. Esperou que o guarda fechasse o portão. Depois que Lápàdé e o segurança entraram na van, Holy Michael acelerou pelo gramado em direção ao duplex que ficava no meio do enorme complexo.

A van parou de novo, e desta vez, todos, exceto o policial, desceram do ônibus. Holy Michael pressionou sua arma entre as omoplatas do guarda e o empurrou à frente do grupo em direção à casa.

Holy Michael bateu na porta da frente. O guarda respondeu quando a voz de uma jovem perguntou quem estava lá. A mulher que abriu a porta caiu de joelhos assim que viu o grupo.

— Boa noite, senhor, boa noite, boa noite. Por favor, não tenho dinheiro, sou apenas a empregada. Por favor, Deus te abençoe, boa noite, Deus te abençoe.

— Cala a boca — disse Holy Michael.

A mulher parecia incapaz de parar de falar, mesmo depois de se arrastar para longe da porta e deixá-los entrar.

— Sou apenas a empregada. Por favor, Deus te abençoe, boa noite, Deus te abençoe.

— Eu disse para você ficar calada.

— Sim, senhor, concordo senhor, obrigada, senhor.

Holy Michael acenou com a cabeça para Rashidi.

— Cala a boca dela.

Rashidi se aproximou da mulher e apontou a arma em sua testa. Ele não atirou. Só encostou a arma na sua cabeça até ela parar de falar.

Ẹniọlá notou as fotos enquanto avançavam mais na sala de estar. Ele parou para estudá-las, olhando para a mulher de meia-idade que chamou sua atenção. Sim, era Yèyé, não havia dúvida. Ela estava em quase todas as fotos de família emolduradas que adornavam as paredes. Yèyé cercada pelo que ele imaginava ser sua família, Yèyé sozinha, Yèyé e o homem que deveria ser seu marido. O homem que o honorável usaria para dar uma lição a seu rival. Ẹniọlá ficou tonto. Ele não queria mais fazer parte daquilo. Aquelas não eram pessoas sem rosto com as quais ele não se importava, era Yèyé. Ela tinha sido gentil com ele. Que tipo de pessoa ele seria se cumprisse o que era exigido dele esta noite?

— Ẹniọlá?

Holy Michael estava tentando lhe dizer algo.

— Senhor.

— Você veio aqui ver fotos? Eu disse vamos.

Ele seguiu Holy Michael escada acima. A primeira sala que revistaram estava vazia. Quando abriram a segunda porta, Yèyé estava saindo do banheiro, com o vestido ainda erguido até a metade dos quadris. Ela terminou de ajustá-lo antes de se ajoelhar diante deles como Holy Michael mandou.

— Onde está seu marido?

— Não se preocupe, eu vou cooperar, não se preocupe.

Yèyé manteve a cabeça baixa. Holy Michael acenou com a cabeça para Ẹniọlá.

Ẹniọlá correu para o banheiro, rasgando o ar à sua frente com o facão.

— Está vazio — relatou a Holy Michael.

— Meus irmãos, somos todos filhos do mesmo Deus, então vocês são meus irmãos. — As palavras de Yèyé vieram rápidas e altas. — Fiquem com o ouro. Se abrir aquela gaveta, tem muito ouro ali, só peguem o ouro, por favor.

— Eu perguntei onde está seu marido.

— Ouro italiano...

Holy Michael fez Yèyé engolir a próxima palavra com um tapa.

— Levante-se, levante-se agora, ou eu vou estourar a sua cabeça.

Ẹniọlá estremeceu, afastando as lembranças da bondade de Yèyé. Pensar nisso agora só o colocaria em apuros com Holy Michael.

Yèyé agarrou seu joelho e balançou a cabeça.

— Você precisa me ajudar, minha perna, eu não consigo... Não sozinha.

Holy Michael acenou com a cabeça na direção de Ẹniọlá.

— Ajude ela.

Ẹniọlá estendeu as mãos para Yèyé. Os dedos de quem estavam tremendo? Os dela ou os dele?

Yèyé manteve a cabeça baixa e não ergueu o olhar. Começaram a empurrá-la pelos corredores.

— Onde ele está? — Holy Michael girou a maçaneta da porta seguinte que encontraram; não abriu.

— Não, ah, ele não está aí, ele não está aí, por favor. Essa sala está vazia. Vamos indo, vou levar vocês até ele, ele deve estar no escritório.

— Anda. — Holy Michael chutou a canela de Yèyé.

No final do corredor, Yèyé bateu em uma porta.

— Mọ́tárá?

— Não, sou eu.

— Ìyá Láyí?

— Sim.

Yèyé girou a maçaneta.

— Vou abrir, me dê um minuto.

Yèyé segurou a cabeça enquanto esperavam. Um homem mais velho abriu a porta.

— Ọ̀túnba Mákinwá? — Holy Michael deu dois tapas rápidos no homem. — O honorável me mandou para te dar um oi.

— Ele tem pressão alta, ele tem pressão alta — disse Yèyé. — Pare, por favor, ele tem pressão alta.

— Ele sabe que tem pressão alta. — Holy Michael chutou a rótula de Ọ̀túnba. — E ele vai precisar lidar com as suas escolhas de vida.

— Por favor, por favor. Tem ouro, eu tenho ouro, leve o ouro. — Yèyé olhou para o marido. — Você tem dinheiro em casa?

Ọ̀túnba se curvou, gemendo enquanto segurava seu joelho.

— O que está acontecendo?

Ẹniọlá olhou na direção de onde a voz veio e viu uma garota da sua idade.

— *Mo dáràn*! — gritou Yèyé. — Volte para o seu quarto e tranque a porta, Mọ́tárá.

Holy Michael atirou na direção da garota. Ẹniọlá congelou ao ver a bala passar zunindo por ela e se alojar em um pilar.

— Não se mexa a menos que queira morrer.

— *Mo gbé*! — Yèyé cruzou os braços sobre a cabeça. — Qualquer coisa que você quiser, por favor, não a toque... Por favor, qualquer coisa.

Holy Michael a silenciou com um tapa.

— Você disse que não havia ninguém naquele quarto. Por que você está mentindo? Você quer morrer? Você quer que sua filha morra?

Yèyé balançou a cabeça, os olhos esbugalhados, a palma da mão sobre os lábios.

— Tem mais alguém nesta casa? — perguntou Holy Michael. — Responde!

— Só a nossa empregada. Ninguém mais senhor, ninguém.

— Você está mentindo de novo.

— Juro pelo túmulo do meu pai, pelo túmulo da minha mãe.

— Anda — grunhiu Holy Michael.

Holy Michael empurrou Ọ̀túnba pelo corredor, enfiando a arma nas dobras do pescoço do homem mais velho. Ẹniọlá seguiu com

Yèyé. Ele pousou o facão no ombro dela e virou o gume em direção a seu maxilar.

A menina que Yèyé havia chamado de Mọ́tárá já estava soluçando quando chegaram até ela. Ainda assim, Holy Michael a esbofeteou antes de mandar que ela se movesse.

No andar de baixo, eles conduziram todos para fora e pediram que se ajoelhassem no gramado.

Lápàdé trouxe galões de gasolina da van. Rashidi pegou um e começou a jogar nos carros que estavam no quintal. Silas pegou dois e entrou na casa. Ele ensopou os móveis da sala.

Ẹniọlá deveria preparar Ọ̀túnba para a partida: vendar os olhos do homem, enfiar um pano em sua boca e amarrar seus pulsos.

— Você é idiota? — perguntou Holy Michael. — Quantos anos vai levar para amarrar uma venda?

— Vou terminar logo. — Ẹniọlá já havia buscado a venda no ônibus, mas tinha esquecido o trapo e as cordas. Agora ele não conseguia nem se mexer sem que seus joelhos tremessem, e a venda escorregava de suas mãos. Por que ele achou que era capaz de fazer isso? Ele queria estar em qualquer outro lugar, menos ali. Queria correr pelo gramado e sair da casa, indo para longe, para longe até chegar em casa. Isso era impossível, porque o portão estava trancado e Holy Michael estava com as chaves. Além disso, ele entendia as coisas um pouco melhor agora — Holy Michael atiraria nele se fugisse. Ele tinha certeza.

O policial saiu de trás do duplex. Ele conduziu a empregada doméstica que morava no quartinho em direção ao gramado da frente.

— Ei, ajuda a terminar o que esse idiota estúpido está fazendo — disse Holy Michael. — Idiota estúpido, pega o celular deles.

Feliz por ter uma tarefa que não envolvia amordaçar alguém, Ẹniọlá começou com o segurança da casa. Antes que ele terminasse de tirar o chip do celular do homem, os outros estavam jogando seus celulares na grama sem que fosse solicitado.

Holy Michael falou com Yèyé enquanto ela tirava o celular do bolso.

— Ouvimos dizer que sua filha fez uma festa de noivado.

— S-s-sim — disse Yèyé.

— O honorável Fẹ̀sọ̀jaiyé nos pediu para parabenizá-la.

O queixo de Yèyé caiu quando ela finalmente percebeu que não era um assalto à mão armada.

Depois que a casa e os carros estavam pegando fogo, o policial arrastou Ọ̀túnba para dentro do ônibus. Ẹniọlá ainda estava quebrando chips depois que todos os outros embarcaram. Suas mãos tremiam demais para ele fazer um trabalho eficaz. Seu peito e suas têmporas doíam; tudo por causa dos soluços abafados ao seu redor, do fogo crepitante, de como ele agora era um criminoso. Um sequestrador. A semana toda, Holy Michael não disse nada sobre levar Ọ̀túnba com eles. O plano não era apenas aterrorizar a família? Amarrar Ọ̀túnba e dar um recado do honorável?

Yèyé ergueu os olhos. Ela o encarava, estudando seu rosto como se tentasse confirmar algo para si. Talvez a balaclava não cobrisse nada direito. Yèyé ainda podia ver seus olhos, nariz e lábios. Yèyé arregalou os olhos. Ah, Deus, ela o reconheceu. Ela sabia que era ele. Por que mais ela estaria olhando para ele?

— Você vai dormir aí? — Holy Michael tinha ligado o ônibus. — Vem logo, *jàre*, você quebra o resto dos chips no caminho.

Ọ̀túnba foi empurrado para um assento ao lado de Lápàdé na segunda fila. Ẹniọlá entrou e sentou-se perto da porta. Ao lado dele, Ọ̀túnba gemia, ainda tentando falar, apesar de ter sido amordaçado.

— *Man yìí*, Mákinwá, *àbí*, qual é o seu nome? Cala a boca!

Os gemidos de Ọ̀túnba ficaram mais altos. Enquanto eles saíam da casa, Holy Michael voltou e, com um movimento rápido que fez Ẹniọlá pular, deu uma coronhada na cabeça de Ọ̀túnba.

A cabeça do homem pendeu para o lado e ele ficou quieto.

— Essas pessoas não nos escutam — disse Holy Michael, e começou a mexer no CD player do veículo. Logo ele estava cantando junto de Dunni Olanrewaju. *Yóò ṣago lọjà...*

Ẹniọlá temia que Ọ̀túnba tivesse desmaiado ou morrido, mas o homem estava apenas tonto. Quando Ọ̀túnba levantou a cabeça, Ẹniọlá viu que escorria sangue pelo seu rosto.

A dor na têmpora de Ẹniọlá começou a se espalhar. Ele sentiu vontade de vomitar e não sabia o que viria a seguir, para onde estavam indo, o que iria acontecer, o que poderia ser esperado dele. Ele havia encharcado a casa de alguém com gasolina. E não de qualquer um, a casa de uma mulher que um dia fora gentil com ele. Ele também participara do sequestro do marido dela.

Algo na maneira como Holy Michael havia apontado a arma para Ọ̀túnba antes aterrorizou Ẹniọlá. Era como se ele pudesse facilmente ter atirado no homem. Eles ainda iriam atirar em Ọ̀túnba? Atirariam para matar? A dor se espalhou de sua têmpora para cada centímetro do crânio. Ele tinha que fugir. Olhou pela janela e não reconheceu nada do que viu. Os prédios pelos quais passaram eram desconhecidos.

Ao lado dele, Ọ̀túnba começou a grunhir.

— Ei, ei — gritou o policial. — *Àní*, cala a boca!

— Talvez ele queira água — disse Ẹniọlá.

— Para se afogar, *àbí*? — ironizou Holy Michael. — Cala a boca também.

Ọ̀túnba ficou quieto por um tempo; então começou a grunhir novamente, e desta vez apontou os punhos cerrados para a boca. Ẹniọlá jogou os chips que estava segurando no chão e se aproximou de Ọ̀túnba. Era impossível entender o que o homem estava tentando dizer.

Na frente, Holy Michael deu uma olhada para o policial.

— Vai, resolve de vez com esse idiota. Já o avisamos o suficiente.

Ẹniọlá pegou sua faca. Ele apenas pretendia brandi-la. Dizer que não poderia fazer parte de um assassinato e talvez explicar que a esposa desse homem era uma mulher gentil, mas quando o policial apontou a arma para o rosto de homem, a voz de Ẹniọlá ficou presa na garganta. Sua mão continuou se movendo. Rapidamente, assim como Rashidi lhe ensinara, Ẹniọlá cortou o antebraço do policial.

O policial gritou em agonia e largou a arma.

— O que está acontecendo? Que isso? — gritou Holy Michael. — Por que você está gritando?

— Ẹniọlá cortou o policial! — disse Lápàdé.

— O quê? Ẹniọlá? — Holy Michael desligou a música e olhou para o policial. — Segura firme para estancar o sangue. Não posso parar agora, mas logo chegaremos lá. Seja homem, pare de chorar, aguente como homem.

Ẹniọlá olhou para fora. Ele não conseguia reconhecer a rua, mas quais eram suas opções? Abriu a porta e pulou da van. Ele caiu de bruços, levantou-se imediatamente e começou a correr. Alguém o estava chamando? Os passos atrás dele eram de Holy Michael ou de uma das pessoas por quem passou enquanto corria? Ele não ousou olhar para trás, o único caminho a seguir era adiante. Primeiro, saiu da estrada principal para uma rua secundária sem asfalto, ziguezagueando por toda a extensão porque ouvira em algum lugar que era a melhor maneira de evitar tiros, tropeçando na escuridão porque não havia postes de luz. Quando a estrada não asfaltada terminou, ele virou em uma trilha. Correu até seus flancos doerem e teve de parar para conseguir respirar. Se alguém o tivesse seguido, já o teria apanhado. Ele se encostou na lateral de um prédio. Suas bochechas estavam molhadas. De lágrimas ou suor, ele não sabia. Podia ser os dois.

A rua pela qual ele passou não estava movimentada, mas havia pessoas do lado de fora. Não devia ser meia-noite ainda. A maioria das ruas tinha regras sobre as pessoas circularem depois da meia-noite, algumas tinham guardas que faziam cumpri-las. Ele começou a andar o mais rápido que podia com a dor nos flancos. Se seguisse o caminho até uma rua que reconhecesse, poderia chegar em casa antes da meia-noite.

Bùsọ́lá estava esperando do lado de fora quando ele chegou em casa.

— Onde você estava? Todo mundo está preocupado com você. — Sem dar tempo para uma resposta, ela abaixou a cabeça para que ele pudesse ver que seu cabelo tinha sido trançado. — Ó, eu fiz isso. Só deu para fazer *àjànkólokòlo*, mas eu adorei. Obrigada, obrigada.

Ela o abraçou, então se afastou para lhe dar um sorriso antes de entrarem.

Sua mãe o encarou ao entrar.

— Por que você está tão sujo? Aonde você foi?

Seu pai estava andando de um lado para o outro e perguntou:

— Foram aqueles políticos que você estava seguindo, *àbí*?

— É tarde demais para começar com isso. — A voz de sua mãe era afiada. — Vamos falar sobre isso amanhã.

Ẹniọlá queria tomar um banho, mas antes precisava descansar alguns minutos. Ele iria à casa do honorável no dia seguinte e imploraria a Holy Michael. Ele imploraria e se prostraria, rolaria no chão se fosse necessário. Sàámú estava certo, ele não estava pronto para missões especiais. Ele se deitou no colchão e deixou seus olhos se fecharem. Ele manteve os pés no chão. Logo se levantaria para tomar banho, logo, logo.

Ele acordou com um barulho alto. A eletricidade tinha acabado em algum momento e levou um minuto para seus olhos se acostumarem com a escuridão. A batida estava na porta deles. Seus pais estavam se levantando, o barulho continuava.

— Quem? Quem é? — gritou sua mãe. — No meio da noite, quem é?

— Talvez seja o proprietário. — As palavras sussurradas eram de seu pai. Ao lado de Ẹniọlá, Bùsọ́lá murmurou para si mesma e se sentou.

Seu pai estava saindo da cama quando a frágil fechadura arrebentou e a porta se abriu.

Ẹniọlá ficou cego por um tempo pelas lanternas oscilantes. Seu pai estava ofegante, *Jésù, Jésù, Jésù*, sua mãe choramingava, e ele podia sentir Bùsọ́lá se aproximar da parede como se tentasse se fundir nela. Ele foi o último a registrar o que estava acontecendo, porque as lanternas apontavam para o seu rosto. Mas então ele reconheceu a voz de Sàámú.

— Eu disse que esta era a casa do covarde — disse Sàámú.

— Ẹniọlá. — A voz de Holy Michael era baixa e calma. — Se você não está louco, por que correria daquele jeito se não terminamos nossa tarefa. Você quer contar à polícia, é? Você quer denunciar? Falar com um repórter?

Ẹniọlá tentou falar — tudo o que conseguiu fazer foi engasgar.

— Você precisa de um aviso. Um aviso sério. — Holy Michael apontou a lanterna para a cama. — E vocês, pais dele, vocês precisam conversar com ele direitinho. Apenas para o caso de ele esquecer, este é seu primeiro aviso. O aviso número um é para ele. Até o dia em que ele for para a tumba, nunca deve contar a ninguém o que viu esta noite. Se o fizer, não vamos matá-lo, isso é muito fácil. Mas ele receberá outro aviso nosso se ousar contar alguma coisa.

344

— Você está ouvindo bem? — Sàámú agitou uma arma no ar.

— O aviso número dois é para todos que ficarão nesta casa depois que partirmos. O que estamos prestes a fazer nunca deve ser relatado a ninguém. Nem pensem em dizer que vão procurar a polícia. Estou avisando, vocês nunca mais verão sua filha se falarem algo.

Sàámú agarrou o braço de Bùsọ́lá e a puxou para fora do colchão.

— O que está acontecendo? Ẹniọlá? — A voz de Bùsọ́lá ainda estava pesada de sono. — O que está acontecendo? Ẹniọlá? Ẹniọlá?

Ẹniọlá tentou se levantar. Holy Michael o chutou de volta para o colchão.

— Olha para a minha cara. Se eu te vir na casa do honorável de novo, o que eu vou fazer com você, hein, vai ser pior do que ser enterrado vivo. Idiota. Agora todos me escutem muito bem. Vamos embora agora, e vocês não vão se mexer até deixarem de escutar os nossos passos. Entendido?

— Se vocês tentarem alguma gracinha… — Sàámú apontou a arma para a cabeça de Bùsọ́lá.

— Acene com a cabeça duas vezes se vocês entenderam. — Holy Michael sorriu. — Bom, muito bom.

Ninguém falou depois que os homens saíram com Bùsọ́lá. Os pais de Ẹniọlá rastejaram até a janela para ouvir o som de um veículo saindo. Ẹniọlá queria se levantar, mas não conseguiu. Ele estava tremendo tanto que seus dentes batiam.

De repente, seus pais saíram correndo de casa. De todas as palavras que gritavam noite adentro, Ẹniọlá conseguiu entender apenas o apelo do pai: *Me leva, me leva no lugar dela, por favor, me leva no lugar dela.*

24

Wúràǫlá não olhou ou disfarçou seus hematomas. Nem quando Kúnlé colocou Savlon e um pacote de algodão ao lado dela.

— Vou fazer chá — disse ele. — Preto ou de gengibre?

Depois que ele parou de bater nela, nenhum dos dois tinha dormido. Ele a ajudou a ir do chão para a cama, e ela ficara lá desde então, sem fazer nada além de piscar e respirar. Kúnlé estava sentado no chão com os joelhos dobrados junto ao peito.

— Chá de gengibre? Vou fazer chá de gengibre.

Ela segurou os seios quando ele saiu do quarto. Pois, durante o que pareceu uma hora, ele os arranhou, gritando: "Kingsley os chupou? Foi bom?".

Kúnlé voltou com duas canecas fumegantes.

— Meu pai quer que a gente saia às sete da manhã, então precisamos começar a nos arrumar logo.

— Nós?

— Sim, vamos deixar você no hospital antes de ir. Ele disse que tudo bem.

— Eu não pedi carona.

— Estou apenas cuidando de você. Não acho que você deveria dirigir no seu estado. Pode levar seu carro para o trabalho amanhã, mas hoje não. — Kúnlé sentou-se na cama. — Tem alguma coisa que você queira me dizer?

Wúràǫlá olhou para ele. Ela arranhara o rosto dele enquanto ele arranhava seus seios, mas sua pele parecia lisa, ilesa. Ela sentia as suas bochechas e testa em carne viva, mas ainda estava sem coragem para se olhar no espelho. Sentia uma dor lancinante abaixo dos seios sempre que respirava, mas aparentemente nenhuma costela estava quebrada.

— Quero dizer, sobre ontem à noite.

Wúràǫlá afastou-se dele.

— Diga, eu sei que há algo em sua mente. Vamos. Você vai me dar um gelo agora? — Kúnlé colocou as canecas na mesa de cabeceira. — Vamos ter que conversar quando eu voltar de Abuja. Você precisa ser mais madura. Esse tipo de comportamento deve parar. Você não pode me dar um gelo quando já estamos morando juntos. Isso é tão infantil, Wúràolá.

O que a incomodava era como, depois de usar o corpo dela para esfregar os ladrilhos do chão, ele ainda estava confiante de que ela não iria querer adiar a mudança com ele. Wúràolá sentiu uma tristeza que beirava o desespero. É isso que ela se tornara? Uma mulher que ele dava como certa mesmo quando se comportava de maneira abominável?

— Pode ficar quieta se quiser, mas eu vou dizer o que eu acho. — Kúnlé tirou a camiseta. — Quero dar uma olhada no seu celular quando eu voltar, não, não vou fazer isso agora. Mas a partir de hoje, quero poder olhá-lo a qualquer momento. É a única maneira de confiar em você de novo depois... Depois das coisas que li ontem. Estou lhe dando uma chance agora de limpar seu celular enquanto estou fora. Delete tudo o que quiser, mas saiba que não pode escrever esse tipo de lixo para ou sobre ninguém quando eu voltar na próxima semana, está bem? Você tem algo a dizer sobre isso?

Ela ia deixá-lo. Isso era o que ela tinha a dizer. Era fácil prever como ele reagiria se ela terminasse com ele agora. Ele imploraria e discutiria; depois esmagaria a cabeça dela contra a parede. Ele ainda não tinha ido tão longe, mas ela sabia agora que ele seria capaz. Ela ia terminar com ele antes de ele acabar com ela.

— Você não vai falar? — Kúnlé suspirou e caminhou até o banheiro. — Precisamos começar a nos aprontar.

Ela ia deixá-lo. Todas as complicações que poderiam surgir de sua decisão giravam em sua mente, mas ela se concentrou neste único pensamento. Ela ia deixá-lo. Não havia alegria nisso, nenhuma sensação de libertação; também não havia tristeza. Havia apenas um nada, pelo qual ela era grata, uma dormência que ela esperava não ter prazo de validade.

Ela terminaria com ele. Era isso, não precisava pensar nos motivos para justificar esse ato para ninguém. Faria isso porque podia: ela almoçaria uma torta de carne, usaria uma blusa roxa para trabalhar, prenderia o cabelo antes de entrar na enfermaria e terminaria com Kúnlé.

Oi, neste fim de semana informarei meus pais que não vou me casar com você. Sugiro que você repasse essa notícia para seus pais também.

Wúràọlá enviou a mensagem quando começou a trabalhar; depois, bloqueou o número de Kúnlé.

Durante sua ronda da manhã, seu celular vibrou até que ela enfiou a mão no bolso e o desligou. Quando voltou a ligá-lo, pouco antes do meio-dia, havia várias mensagens de um número que ela não conhecia. Todas diziam pra ela ligar de volta imediatamente.

— Kúnlé, eu não quero falar...

— Por que você desligou o telefone? — disse Yèyé do outro lado da linha.

Wúràọlá sorriu para um colega que passou por ela no corredor.

— Este não é o seu número.

— Você precisa voltar para casa agora mesmo.

— Estou no trabalho, mãe.

— Quero dizer agora, *agora*.

— Eu posso ir de noite.

— Wúràọlá.

— O que está acontecendo? — Ela estava impaciente para voltar a atender.

— Seu pai foi sequestrado ontem à noite.

— O que você disse?

— Estou tentando ligar para você desde que arranjamos novos celulares. Láyí já está aqui.

— Como foi... Quando... — Wúràọlá sentiu-se fraca. — O que você quer dizer?

— Isso não é algo para se falar por telefone. Venha pra casa.

Wúràọlá pegou um táxi e pagou ao motorista para levá-la diretamente para casa.

Sua mente disparou em todas as direções. Não podia ser brincadeira. Sua mãe não acreditava em pegadinhas. Yèyé estava muito consciente da possibilidade de uma tragédia para pensar em fazer piadas sobre desastres. Wúràọlá se perguntou se havia algum engano e seu pai havia apenas viajado e estava inacessível. Talvez ele já estivesse em casa quando ela chegasse. Ela tentou ligar para a mãe no meio do caminho, mas as ligações não foram atendidas. Enviou mensagens para o número do qual Yèyé ligara.

Você informou a polícia?
Tem novidades?
Tem um pedido de resgate?

Não houve resposta. Quando viraram na rua que levava até a casa, ela discou o número do pai e uma voz a informou que o número estava desligado.

Dois homens estranhos no portão fizeram Wúràọlá ligar para Yèyé antes de deixá-la entrar na casa. Ela começou a correr quando viu a casa, mas teve que diminuir a velocidade para caminhar, porque doía demais mover seu corpo machucado.

Era impossível reconhecer as paredes do térreo, enegrecidas. Apenas as barras de metal das janelas à prova de roubo permaneceram onde antes havia vidros e cortinas. Não havia necessidade de bater, porque não havia mais porta. Toda a madeira tinha virado cinzas. As paredes ainda estavam de pé, mas carbonizadas, e o chão estava coberto de vidro e móveis incinerados. Wúràọlá puxou a blusa sobre o nariz e abriu caminho entre os destroços até a escada. Todos, exceto seu pai, estavam na sala de estar no andar de cima. Láyí estava na sacada, gritando com alguém ao telefone. Mọ́tárá estava dormindo com a cabeça no colo da mãe, postura à qual resistia até quando era criança. Sim, o pai deles estava desaparecido. O que quer que tivesse feito Mọ́tárá se render para a mãe assim, tinha que ser terrível.

Wúràọlá sentou-se ao lado da mãe e colocou a mão na cabeça de Mọ́tárá.

— O que aconteceu?

— Como você está? — disse Yèyé, como se fosse um dia normal, e elas não estivessem sentadas em uma sala com as janelas quebradas. — Seu rosto está inchado? O que aconteceu com o seu rosto?

— Não é nada. — Ela usava uma blusa de gola alta para esconder os hematomas no pescoço e nos braços e calças para cobrir os cortes na perna. Havia pouco que ela pudesse fazer sobre o rosto.

— Nada, filha, com todos esses inchaços?

— Estou tendo uma reação a algo que comi ontem. — Ela contaria o verdadeiro motivo mais tarde, não agora.

— Está bem feio. — Yèyé olhou para o rosto de Wúràolá. — Espero que você tenha tomado algum remédio.

— Deixa meu rosto, por enquanto. O que aconteceu? Você disse que ele foi sequestrado?

Yèyé fungou e piscou.

— Acho que está ligado aos seus sogros, porque o único nome que eles nos deram foi Fèsòjaiyé, que quer disputar as primárias com o pai de Kúnlé. Eles disseram que foi ele quem os enviou.

Wúràolá assentiu. Não era a hora certa para mencionar que os Coker não seriam mais seus sogros.

— A primeira pessoa para quem liguei depois que compramos novos chips foi, hum, e... Foi seu sogro. Ele já estava a caminho para pegar o voo em Lagos. Ele vai, para, um...

— Abuja.

— Isso. Láyí tem um amigo que conhece a esposa do honorável, já entramos em contato com ele pra nos ajudar a entrar em contato com eles e... — Yèyé respirou, estremecendo. — O amigo do Láyí disse que a esposa de Fèsòjaiyé não está sabendo de nada, que os sequestradores deviam estar mentindo ou que eu não ouvi direito.

— Precisamos pensar em resgate. — Láyí tinha vindo da varanda. — Caso os sequestradores peçam alguma coisa, quanto dinheiro podemos levantar rapidamente? Digamos, em vinte e quatro horas.

— Vinte milhões — disse Yèyé.

— Quero dizer por conta própria, sem ele. Não podemos acessar a conta dele, certo? Ou você é cossignatária?

— Não estou falando do dinheiro do seu pai. — Yèyé apontou para a mesa de centro. — Wúràolá, pega meu celular, preciso falar com tia Bíolá. O terreno... O terreno em Èpè e o que vendemos no ano passado em... Hum. Traz o meu celular.

Depois de falar com tia Bíolá, Yèyé ficou mais calma. Ela atribuiu tarefas a todos. Láyí foi encaminhado à delegacia para fazer um boletim de ocorrência oficial. Yèyé já havia ligado para todo mundo que ela conhecia que tinha um amigo ou parente na polícia, alguém que pudesse garantir que haveria uma investigação de verdade. Agora ela tinha que informar parentes e amigos próximos da família sobre o que havia acontecido. Wúràolá e Mótárá deviam varrer o vidro da sala da família e verificar se havia danos nos outros quartos do andar de cima.

Mótárá ainda dormia, então Wúràolá começou a limpar sozinha. Ela começou pela sala de estar. Tudo cheirava a fumaça, as janelas e portas de correr estavam estilhaçadas, rachadas ou quebradas, mas nada na sala estava queimado. O fogo tinha sido apagado antes que as chamas aumentassem.

Ao telefone, Yèyé disse a parentes que tinha certeza de que o marido voltaria para casa em pouco tempo. As garantias de Yèyé soaram sábias, como uma visão extraída de suas experiências de vida. Talvez em algum lugar do passado que precedeu seus filhos ou mesmo seu casamento, Yèyé tivesse visto algo assim acontecer. Tivesse visto um homem ser sequestrado e voltar para casa praticamente ileso, cheio de histórias que encantariam os convidados das festas por décadas. Wúràolá sentiu-se firme com a calma convicção de sua mãe. Durante toda a tarde, a ajudou a sufocar o pânico que de vez em quando brotava em sua garganta ou a cegava com lágrimas.

Wúràolá juntou os vidros em um canto. Descer as escadas para jogar fora não era uma possibilidade agora. Ela não suportava olhar para os restos carbonizados novamente. Nas outras partes do último andar, apenas as janelas do banheiro pareciam ter sido afetadas. Ela estava varrendo cacos do chão do banheiro de Yèyé quando Mótárá se juntou a ela.

Wúràolá abriu a mensagem que havia enviado para Kúnlé e entregou o celular para sua irmã.

— Eu fiz esta manhã.

Contar para outra pessoa tornou a separação real. Estava acabado, ela não ia se casar com Kúnlé Coker, ele nunca mais a machucaria. O vazio que sentira pela manhã estava dando lugar ao alívio. Talvez contar a Mótárá também a ajudasse a acabar a tentação de ligar para Kúnlé e conversar sobre o sequestro. Ele era a primeira pessoa que ela procuraria em um dia como aquele, e era estranho que agora não pudesse.

O rosto de Mótárá se iluminou ao ler a mensagem.

— Jura? Sério?

As costas e a barriga de Wúràọlá doeram quando Mótárá a abraçou, mas ela suportou sem reclamar.

— Pelo menos temos alguma boa notícia hoje — disse Mótárá, afastando-se.

— Você me disse para fazer isso antes. Talvez nada disso tivesse acontecido com o papai se eu tivesse escutado você.

— Ele é amigo íntimo do professor Coker desde antes de eu nascer. Não, para com isso, não é sua culpa.

Wúràọlá começou a chorar quando Mótárá a abraçou novamente. Cada hematoma que Kúnlé deixara nela, visível e invisível, doía com uma intensidade que transformava o alívio em arrependimento. Não importava o que Mótárá dissesse, como ela poderia não considerar a possibilidade de que, se tivesse ouvido antes, isso não teria acontecido? Ela chorou no ombro da irmã até ficar tonta; então elas deitaram juntas na cama da mãe.

A mãe de Kúnlé foi visitá-la naquela noite, com caixas térmicas de comida e garrafas de água mineral.

Não havia qualquer constrangimento na maneira como ela abraçou Wúràọlá.

— Não se preocupe, minha querida. Kúnlé me disse que você vai precisar de uma semana de folga. Compreensível, muito compreensível. Então expliquei tudo para o seu chefe de departamento e você não precisa voltar até que tudo isso seja resolvido. E eu trouxe seu carro, nosso porteiro me ajudou.

— Obrigada, senhora. — Wúràọlá saiu do abraço da mulher e se acomodou em uma cadeira ao lado de Mótárá. Não era da conta dela se Kúnlé tinha mentido para seus pais.

A mãe de Kúnlé ofereceu repetidas desculpas a Yèyé e Láyí. Seu marido já estava falando com todos que conhecia em Abuja para garantir que o honorável pagaria pelo que havia acontecido.

— Enquanto isso, todos vocês deveriam ficar conosco. Temos espaço suficiente na casa para todos.

Yèyé balançou a cabeça.

— Isso não vai ser necessário, eu já paguei um hotel.

— Mas...

— Minha parente, minha parente maravilhosa. — Yèyé sorriu.

— Não se preocupe. É muito atencioso da sua parte, mas não é necessário.

— Reservei um hotel por uma semana — informou Láyí.

— Pessoas tão boas — disse Yèyé aos filhos depois que a mãe de Kúnlé foi embora. Ela não pareceu notar que apenas Láyí concordou com a cabeça.

— Precisamos começar a fazer as malas para o hotel. — Láyí olhou para o relógio de pulso. — Podemos tentar sair dentro de uma hora?

— Que hotel? — perguntou Yèyé. — Você estava falando sério agora há pouco?

— Não podemos dormir aqui — disse Láyí.

— Kílódé? Ninguém vai me expulsar de casa. — Yèyé franziu a testa para Láyí. — A pessoa que vai me expulsar deste lugar ainda não nasceu. Nem a mãe dela nasceu. Meu marido vai vir para cá, e quando ele voltar, quer que ele encontre uma casa vazia?

— Mas tudo cheira a fumaça — observou Wúràọlá, percebendo que uma camada quebradiça estava escondida sob todo o otimismo de sua mãe a respeito do sequestro.

— Enquanto houver um telhado sobre esta casa, é aqui que vamos ficar. Eu não quero ouvir outra palavra sobre dormir em outro lugar. Que absurdo.

Ninguém voltou a sugerir hotéis.

Na manhã de quarta-feira, Kúnlé estava mandando mensagens de desculpas para Wúràọlá de outro número. Ela estava distraída demais para bloqueá-lo ou responder. Policiais tinham ido interrogar Yèyé, Mọ́tárá e todos do quartinho. Láyí estava acompanhando o interrogatório, então Wúràọlá estava sozinha em seu quarto quando as mensagens começaram a chegar, uma a cada quinze minutos. Ela não se importava se ele não conseguia comer ou se concentrar por causa de como estava arrependido; sua mente estava preocupada com seu pai. Os sequestradores estavam certificando-se de que ele tomasse a medicação? Ele estava com medo? Estava dormindo o suficiente? Quando ela o veria novamente?

As desculpas de Kúnlé se transformaram em insultos ao meio-dia. Ela era uma covarde, uma idiota, uma maldita puta. Ela precisava encará-lo e dizer que acabou, já chega. Ela respondeu com uma frase: *Você sabe que meu pai está desaparecido, certo?* E bloqueou o número.

Depois de uma hora, ele começou a enviar xingamentos de outro número. Wúràọlá deixou o celular na cama e foi para a sala da família.

Os policiais tinham ido embora. Yèyé estava sozinha no quarto. Mọ́tárá e Láyí conversavam na sacada. Láyí a chamou para junto deles.

— Precisamos falar sobre o papai — disse Láyí, olhando para o quarto onde Yèyé estava ajeitando almofadas como se a vida na terra dependesse do arranjo correto.

Os adolescentes Wúràọlá e Láyí passaram a chamar seus pais de Ọ̀túnba e Yèyé. Mas desde segunda-feira, seu pai desaparecido tornara-se papai novamente.

— Acho que precisamos começar a olhar os necrotérios — disse Láyí.

Wúràọlá piscou para o irmão.

— O que você quer dizer?

— Eu acho que ele pode estar certo. — Os olhos de Mọ́tárá estavam vermelhos e inchados. Ela estava chorando.

— Não acredito que vocês estão dizendo isso.

— Temos que começar a considerar… — Láyí respirou fundo. — Você pode falar com alguém do hospital? Como trabalha lá, pode ser mais fácil.

Wúràọlá se afastou dos irmãos. Voltou para o quarto, na certeza de que seu pai estaria de volta antes do fim da semana.

*

Na manhã de sexta-feira, após uma noite discutindo com seus irmãos, Wúràọlá ligou para alguém da patologia, com os irmãos do lado, para garantir que ela fizesse o que haviam combinado.

Ela pediu para ser colocada em contato com alguém no necrotério que pudesse avisá-la se algum cadáver que se parecesse com seu pai surgisse. Mais tarde naquele dia, um auxiliar entrou em contato e pediu que ela enviasse uma foto do pai.

Chegou uma mensagem enquanto ela estava na igreja.

Eu tenho tentado ligar para você. Temos um corpo que lembra o da foto. Por favor, venha verificar.

Era domingo e Yèyé havia insistido para que todos fossem ao culto juntos naquela manhã. Ninguém teve coragem de discutir com ela.

Wúràọlá escapou pela porta dos fundos sem dizer para onde estava indo. O culto tinha acabado de começar. Ela provavelmente estaria de volta antes que terminasse. Olhar para um corpo e dizer que não era o do pai parecia algo que a deixaria menos preocupada e lhe asseguraria que ele ainda estava por aí, em algum lugar, prestes a voltar. Láyí tinha levado a família inteira à igreja em seu carro. Wúràọlá pegou um táxi em vez de pedir as chaves.

Ela chegou ao hospital sem nenhum sentimento de apreensão. O auxiliar do necrotério pareceu intrigado quando ela o cumprimentou com um sorriso. Ele perguntou se ela precisava de um momento antes de entrar, mas ela descartou a sugestão.

Havia cinco mesas de embalsamamento na sala. As duas primeiras estavam ocupadas. Ela seguiu o auxiliar, passando pelo corpo de uma garota que não devia ter mais de treze anos, até a última mesa da sala.

Era o pai dela. Ela estudou o corpo, desesperada atrás de sinais de que não era ele, mas não encontrou nenhum. Ele estava lá, no cabelo que tingira de preto para parecer mais jovem, na covinha que dividia seu queixo em duas metades, na cicatriz vertical que cortava a sobrancelha esquerda até roçar a pálpebra. Ela contou os dedos de seu pé direito. Havia seis. Era o pai dela.

— Não procure o que não está aí — disse o auxiliar. — Geralmente, quando é seu parente, você o reconhece na hora. As pessoas mudam na morte, mas assim que você olha para o rosto, já sabe. Não precisa olhar para a perna dele antes de reconhecê-lo, não é seu pai.

— Sério? — Wúràọlá se afastou do corpo do pai. Estava arrependida de não ter aproveitado o momento sugerido do lado de fora. Desejou ter aproveitado mais um minuto em um mundo onde seu pai não estava morto. Agora, ela tinha um mundo onde era a única pessoa que sabia disso; não estava pronta para abrir mão disso.

— É, você sabe quando olha para o rosto, a menos que esteja desfigurado. Mas este homem, eles não machucaram seu rosto — disse o auxiliar. — Bem, graças a Deus, não é? Ligaremos para você se houver outro cadáver, mas, pela misericórdia de Deus, seu pai será encontrado vivo muito em breve.

Wúràọlá parou ao lado do outro corpo ao sair do necrotério. Mesmo que ela não fosse reivindicá-lo ainda, queria ficar na mesma sala que o pai um pouco mais.

— Quem é a garota?

— Não sabemos, mas o cadáver dela e o daquele homem foram encontrados no mesmo matagal. Talvez fossem parentes.

O rosto da garota estava inchado, mas seu penteado permanecia intacto, os fios pretos brilhando no couro cabeludo. Espontaneamente, um refrão da infância de Wúràọlá veio até ela, aquela provocação para meninas que voltavam para a escola com este penteado: *Àjànkólokòlo eléṣinṣin lórí.*

— Você não está pronta para sair? — perguntou o auxiliar. — Ligaremos ou enviaremos uma mensagem se houver alguma novidade.

Wúràọlá percebeu que ela estava parada no mesmo lugar há algum tempo.

— Obrigada.

Do lado de fora, ela vagou pelo estacionamento, serpenteando pelos vãos entre os carros, batendo os joelhos nos para-choques e os dedos dos pés nos pneus porque seus olhos não paravam de embaçar.

Ela achou que seu pai estava parado no portão do hospital, acenando para ela. Ela soube imediatamente que estava enganada. Era só um segurança que tinha mais ou menos a altura dele. Mas ela deixou a possibilidade pairar e pensou sobre os *àkúdàáyàs* de que ele havia falado quando sua professora morrera. A ideia a tranquilizou por um tempo. Que seu pai, tendo morrido nesta vida, acordaria em outra onde era um segurança que manteve seu modo de andar, sua altura e sua idade. Mas então ela se lembrou de todas as ressalvas. Os *àkúdàáyàs* reaparecem em cidades distantes daquela em que tinham morado, pois em sua nova vida não deviam ter contato com ninguém que conheceram antes de morrer.

O telefone de Wúràọlá tocou.

— Onde você está? — Mọ́tárá parecia mais feliz do que durante toda a semana. — Estamos saindo da igreja.

O que foi que a mãe dela disse no outro dia? Este não era um assunto para ser discutido por telefone.

— Eu estou... Eu... Eu encontro vocês em casa.

— Como? Ah, está bem, temos notícias. O professor Coker voltou de Abuja, ele acabou de falar com a gente agora. Disse que seus caras têm uma pista sobre onde essas pessoas estão mantendo o papai. Eles estão planejando fazer o resgate até amanhã. Ele acha que papai vai estar em casa em alguns dias.

A voz de Mọ́tárá estava brilhante de esperança.

Wúràọlá desligou e começou a caminhar em direção ao portão do hospital. Era hora de ir para casa.

Ela fez sinal para um táxi vazio e entrou. Ele mal acelerou antes de parar novamente para pegar mais passageiros, mas ela não se importou. Se ela pagasse um táxi só para si, sua viagem para casa seria mais rápida. Mas ela não estava com pressa. Que Mọ́tárá e todos os outros ficassem cheios de esperança pelos dez ou quinze minutos seguintes.

Um garoto abriu a porta traseira do táxi e entrou. Suas pernas pressionavam as de Wúràọlá porque não havia espaço suficiente para acomodar seus longos membros. O menino foi seguido por um homem de meia-idade que provavelmente era seu pai. Quando ele

se aproximou de Wúràọlá para abrir espaço para o homem de meia-
-idade, o cotovelo do menino bateu em um hematoma no braço dela.
Wúràọlá gemeu.

— Desculpa — disse Ẹniọlá. Ele passou os braços ao redor do corpo, se encolhendo para evitar esbarrar na mulher ao seu lado novamente. A mulher disse algo em resposta, mas ele não olhou para ela.
Só conseguia ver sua irmã, só conseguia pensar nela.

Ẹniọlá passou horas se desculpando com os pais, tentando explicar
que não teria voltado para casa se soubesse que alguém de sua família
estaria em perigo. O pai o amaldiçoou todos os dias desde que Bùsọ́lá
tinha sido levada; mais de uma vez, ele levantou o punho para golpear
Ẹniọlá, mas nunca o acertara. Ẹniọlá aceitou essa violência como uma
punição merecida. Sua mãe ainda não havia respondido a nenhuma
de suas desculpas. Sempre que ele dizia a ela que sentia muito por
Bùsọ́lá, ela desviava o olhar. Para a porta do quarto, para a rua, para
o teto ou para o céu, as sobrancelhas arqueadas na expectativa quase
constante de que Bùsọ́lá voltaria, apareceria, ou até descenderia.

Quando era criança, Ọ̀túnba às vezes pedia a Wúràọlá que se sentasse ao lado dele quando percebia que a filha estava de mau humor.
Na maioria das vezes, ele nem perguntava com o que ela estava
chateada; apenas colocava a mão no ombro dela até que, por vontade
própria, ela deitasse a cabeça em seu colo. Então ele a embalava até
dormir. Wúràọlá sentiu seu celular vibrar. Láyí estava ligando. Ela
apertou o botão até desligar o aparelho. Ele estava certo ao insistir
que verificassem os necrotérios. Isso significava que estava mais preparado para lidar com as notícias? Ela deveria contar a ele primeiro?
Era melhor informar a todos ao mesmo tempo? Agora Mọ́tárá finalmente poderia verter as lágrimas que estivera perto de derramar nos
últimos dias. Wúràọlá olhou pela janela. O que ela tinha visto era
real, mas ainda não parecia verdadeiro. Só seria quando ela contasse
a Yèyé, ela tinha certeza.

*

Até esta tarde, Ẹniọlá e seus pais tinham obedecido aos avisos de Holy Michael. Eles não tinham contado a ninguém sobre o que acontecera. Nem mesmo ao proprietário ou aos vizinhos. Ẹniọlá não foi à casa do honorável. Ele não foi a lugar algum. Nem para a Glorious Destiny ou a United. Ele ficava sentado ao lado da mãe o dia todo e buscava coisas que ela não pedia: água, comida, um leque quando o quarto estava muito quente. Ele vigiava a porta com ela, enquanto seu pai rodava pela sala, fazendo perguntas a Ẹniọlá sobre Holy Michael e Sàámú. Mais alerta e envolvido do que há anos, ele surpreendeu Ẹniọlá ao pensar nas opções disponíveis e eliminar cursos de ação que pudessem colocar Bùsọ́lá em perigo. Enquanto isso, sua mãe era uma versão vazia de si mesma. Parecia que seus pais haviam trocado de lugar.

Ẹniọlá olhou para o pai. Algo em seus olhos fez Ẹniọlá se perguntar se ele poderia começar a xingá-lo novamente ali mesmo no táxi. Ele desviou o olhar de seu pai para a mulher ao lado. Ela estava olhando para ele, sem piscar. Ele a reconheceu depois de um minuto. Havia um hematoma desaparecendo em sua bochecha que não estava lá na última vez que a vira. Mas era ela. A filha de Yèyé, a médica. Ela não parava de olhar para ele. Yèyé deve tê-lo reconhecido de alguma forma naquela noite, era por isso que sua filha estava olhando para ele. A qualquer momento ela iria agarrá-lo e arrastá-lo para uma delegacia.

— Eu não sabia que era sua família, por favor — disse Ẹniọlá, soltando as palavras umas sobre as outras.

A mulher não disse nada.

Ẹniọlá juntou as mãos como se estivesse em oração.

— Eu sinto muito.

— O quê?

— Eles foram atrás da minha irmã também, por favor, me desculpe.

— Eu conheço você?

Ele então se deu conta de que ela estava apenas olhando na sua direção. Os olhos da médica estavam desfocados, voando agora para seu pai, antes de voltar para ele. Ela não o havia reconhecido. Ele virou o rosto para desviar do olhar dela, assim, ela só conseguiria ver a parte de trás de sua cabeça.

*

O corpo de Wúràọlá doía. Os ferimentos que Kúnlé havia perpetrado em sua pele pareciam novos. Ela desejou que alguém segurasse sua cabeça e a embalasse do jeito que Ọ̀túnba costumava fazer quando ela era criança. Ela deveria ter pagado o táxi só para si. Seus olhos se encheram de lágrimas. Ela precisava estar com sua família imediatamente. Queria deitar a cabeça nos joelhos do pai e ser embalada até dormir.

Esta tarde, seu pai pediu que fossem até a casa de Sàámú. Quando sua mãe se opôs, o pai de Ẹniọlá argumentou que Holy Michael apenas os advertiu para não ir à do honorável, ele não disse nada sobre ir à casa de Sàámú.

Ẹniọlá nunca tinha estado na casa de Sàámú, mas sabia como chegar lá. Eles só teriam que caminhar alguns minutos do ponto final do táxi. Passando por um banco e pela mesquita central, entrando na rua onde Sàámú morava com o tio.

Ẹniọlá faria seu apelo na presença do tio dele, para que qualquer resistência de Sàámú fosse ameaçada pela possível ira do tio. Ẹniọlá estava pronto para ficar prostrado pelo tempo necessário, até Sàámú ceder. Ele não poderia cobrir a distância entre aquele momento e seu reencontro com a irmã, mas ele sabia, apenas sabia, que uma vez que Sàámú aceitasse seu apelo, o reencontro aconteceria. Poderia levar alguns dias ou até uma semana, mas Holy Michael liberaria Bùsọ́lá. De volta para casa, Bùsọ́lá ficaria chateada com ele no começo. Não havia como escapar das semanas de insultos que ela lançaria com palavras que ela nem entendia. Por fim, ela iria sorrir para ele com malandrice nos olhos, e ele saberia que o perdão estava próximo.

O táxi parou, mas nenhum dos passageiros se mexeu. Ẹniọlá queria ficar sentado mais um pouco antes de seguirem viagem para a casa de Sàámú. À sua direita, seu pai murmurava baixinho o que ele supunha serem orações. À sua esquerda, a filha de Yèyé chorava. Ele lutou contra o desejo de se desculpar novamente, desviando o olhar.

Era melhor pensar no futuro que poderia estar ao seu alcance do que no presente. Bùsọ́lá insultando-o, sorrindo com malandrice e depois, em algum dia glorioso, abraçando-o, como da última vez. Ẹniọlá fechou os olhos e se concentrou nesta imagem: sua irmã olhando para ele, um sorriso cheio de gratidão, os olhos cheios de amor.

FOREMAN

Quando um búfalo caminha sobre um afloramento de rocha bruta,
Não vemos as suas pegadas.
Quando uma chuva torrencial cai sobre um afloramento de rocha bruta,
Não vemos as pegadas da chuva.

Kinsman and Foreman, T. M. Aluko

Caro olhou para o relógio de parede. Se saísse cedo, poderia chegar na casa de Yèyé e voltar a tempo de terminar alguns dos vestidos em que estava trabalhando. Algumas semanas antes, ela ouvira uma transmissão parcial do memorial de um ano de Ọ̀túnba Mákinwá no rádio, e decidiu que devia a Yèyé uma segunda visita de condolências. Estava levando um presente com ela, um vestido de adire laranja. Depois de um ano vestindo preto, Caro esperava que Yèyé estivesse pronta para algo colorido.

Ela dobrou o vestido de adire e o enfiou em um saco de papel. Assim que Ẹniọlá chegasse, ela poderia ir e deixar a loja sob seus cuidados. Ele retomava o trabalho antes de qualquer um dos outros aprendizes, às vezes chegando antes mesmo de ela abrir a porta da frente. Ela era grata por sua dedicação, mas lamentou que ele parecesse convencido de que nunca mais voltaria à escola. Esse menino, que há pouco mais de um ano fazia suas tarefas na sala dela, não parecia mais se importar em seguir em frente com seus estudos. Nas poucas vezes em que ela tocara no assunto com ele, Ẹniọlá insistiu que não merecia a escola. Ela ainda não entendia o que ele queria dizer com isso. As pessoas diziam que sua irmã era a mais inteligente. A escola lhe lembrava muito dela? Caro esperava que ele mudasse de ideia logo.

Ela viu os pôsteres quando chegou ao jardim para esperar por Ẹniọlá. Eles tinham sido colados em seu muro em algum momento durante a noite. Ela afugentara alguns meninos que haviam tentado cobrir seu muro com panfletos semanas antes das eleições para governador. Esses mesmos meninos, provavelmente, tinham voltado durante a noite para desfigurar o muro dela com os pôsteres de agradecimento do novo governador, os famosos obrigado-por-ter--votado-em-mim. Caro começou a arrancá-los, mas decidiu esperar a chegada de Ẹniọlá. Ele era alto o suficiente para alcançá-los sem precisar subir em um banquinho. Além disso, hoje em dia, ele estava ansioso por um trabalho extra além de suas tarefas de alfaiataria. Ela suspeitava que ele mantinha seu corpo se movimentando sem parar para que quaisquer pensamentos que atormentassem sua mente não fossem capazes de alcançá-lo. E quem não precisaria disso? Todo esse tempo e sua irmã ainda estava desaparecida.

Ẹniọlá prostrou-se no chão quando chegou e ficou lá por quase um minuto inteiro, como se não quisesse se levantar de novo. Ele sempre foi um menino respeitoso, mas recentemente, como suas demonstrações de honra eram tão prolongadas, ela se perguntava se não pareciam um pedido de desculpas. Algum dia, em breve, ela discutiria isso com ele. Eles ficaram juntos na frente dos pôsteres de agradecimento enquanto Caro dizia a ele para arrancá-los sem danificar o muro.

Caro percebeu que ele estava chorando quando ouviu uma lamúria. Ela se aproximou dele, colocou um braço em volta de seus ombros e apertou. Ele se inclinou para ela, mas continuou olhando para o rosto sorridente do novo governador enquanto seus soluços ficavam cada vez mais altos. Caro o abraçou com mais força. Ela ainda não podia ir para a casa de Yèyé. Precisava esperar até que Ẹniọlá estivesse calmo. Era a primeira vez que o via assim. Ela enxugou o rosto úmido dele com sua manga. Ele vinha agindo como uma sombra muda de si mesmo desde o ano passado, mas nunca havia desabado desse jeito na loja. Ẹniọlá parou para respirar e Caro ouviu a chuva caindo nos telhados, ao longe. Em outro lugar, uma tempestade irrompera e suas nuvens já começavam a escurecer seu jardim; logo, essa tempestade estaria aqui. Provavelmente ela teria que esperar até mais tarde para ver Yèyé.

AGRADECIMENTOS

Sou grata a Clare Alexander, por seu apoio e incentivo incansáveis. Kathy Robbins, pela fé contínua em meu trabalho. Todos na Aitken Alexander, Canongate, Knopf e Ouida.

Agradeço às minhas extraordinárias editoras, Jenny Jackson e Ellah Wakatama, que tornaram este livro melhor. Agradecimentos especiais a Tiara Sharma, Melissa Yoon e Rali Chorbadzhiyska, pela ajuda.

Sou grata a Jamie Byng, Jenny Fry e Lọlá Shónéyìn, que apoiaram meu trabalho ao longo dos anos. Professora Chima Anyadike, dra. Bisi Anyadike, Suzanne Ushie e dra. Joanna Lipper, por sua contínua generosidade e bondade. Trezza Azzopardi, Richard Beard, Andrew Cowan e Jean McNeil, pela orientação inicial quando comecei a trabalhar neste livro quando fui aluna deles. Kọ́lá Túbọ̀sún, pela ajuda com os sinais diacríticos.

Escola de Arte OX-Bow, MacDowell Colony, Saari Residence, 9mobile Nigéria e a Universidade de East Anglia forneceram bolsas que tornaram possível dedicação contínua a este romance. Sou grata.

Minha vida é possível por causa da minha família. Obrigada, professor Fámúrewà, por seu amor sem fim e sacrifício imensurável. Dr. JọláaJésù, por sua companhia e risadas constantes. Clã Omo-Noahbi — os três Fábìyís, os Ògúnlùsìs, os Ẹ̀sans, os Adébáyọs e os Adéyẹmís — pelo apoio constante. Os Idumas — mamãe Sarah, rev. Emeka, Neme, Enyi e Amara — pelo lugar em seus corações.

Querido papai, espero ter deixado você orgulhoso.

Meu amado marido Emmanuel, sou abençoada por sua terna luz. Obrigada pelo amor que permanece, agora como sempre.

Este livro foi impresso pela Cruzado, em 2023, para
a HarperCollins Brasil. O papel do miolo é
pólen natural 70g/m², e o da capa é cartão 250g/m².